Première de sa promotion lors de brillantes études de communication et de sociologie, **Cynthia Eden** a commencé par travailler pour le journal de l'université. Elle s'est rapidement rendu compte qu'écrire de la fiction était bien plus amusant que de se cantonner aux faits. Ella a exercé les métiers d'enseignante et de conseillère d'orientation, avant de se consacrer pleinement à l'écriture.

Du même auteur, chez Milady :

KGI :
1. *Mortellement vôtre*
2. *Ardemment vôtre*
3. *Secrètement vôtre*

CE LIVRE EST ÉGALEMENT DISPONIBLE
AU FORMAT NUMÉRIQUE

www.milady.fr

Cynthia Eden

Secrètement vôtre

Létal – 3

Traduit de l'anglais (États-Unis) par Louise Malagoli

Milady Romance

Milady est un label des éditions Bragelonne

Titre original : *Deadly Lies*

ISBN : 978-2-8112-1278-0

Bragelonne – Milady
60-62, rue d'Hauteville – 75010 Paris

E-mail : info@milady.fr
Site Internet : www.milady.fr

Celui-là est pour toi, Joan.
Merci d'aimer les histoires à suspense
et d'être une si bonne amie !

Remerciements

J'aimerais remercier ma merveilleuse éditrice, Alex Logan, pour ses conseils et son soutien. Merci d'avoir cru en mes personnages de la SSD et de m'avoir offert la chance d'écrire cette série.

Pour mes amies, si nombreuses à m'avoir aidée… Merci Manda, d'avoir discuté boutique avec moi. Merci Ashley, de toujours me comprendre au quart de tour. Merci Saundra, pour l'inspiration que tu m'apportes. Merci au docteur Laura P. de m'avoir conseillée (et de m'avoir soutenue avec une ferveur peu commune !). Mesdames, je n'y serais jamais arrivée sans vous.

Pour mon mari, Nick… Merci de comprendre que lorsque je disparais dans les tréfonds de mon esprit, cela ne veut pas dire que je t'ignore. Pas du tout. Et quand tu es obligé de me répéter cent fois la même chose, ce n'est pas parce que je ne t'écoute pas. C'est juste que les personnages qui me parlent dans ces moments-là le font plus fort que toi, alors je les entends mieux.

Pour mon fils, Jack, mon futur écrivain : continue de rêver, mon trésor, et continue d'inventer des histoires. N'arrête jamais de rêver !

Prologue

— Je pensais que tu aurais plus de valeur.

La voix sembla se rapprocher, basse et moqueuse.

— Après toutes tes vantardises, toutes tes conneries, je pensais vraiment que tu vaudrais plus cher.

Jeremy Briar s'agita sur son siège, mais c'était inutile. Ses mains étaient attachées aux accoudoirs, le ruban adhésif bien trop serré lui cisaillant les poignets. Ses jambes étaient fixées aux pieds de la chaise. Un bandeau lui couvrait les yeux, le plongeant dans le noir, et la fumée de cigarette lui brûlait les narines.

— L… laissez-moi partir…, articula-t-il d'une voix râpeuse.

Ils ne lui avaient rien donné à manger ni à boire depuis… seigneur, depuis combien de temps ?

— M… ma famille… I… ils paieront tout ce que vous vou… voulez…

Simplement pour me récupérer.

Il y eut un rire. Lugubre et méchant.

— Non, pas un putain de centime.

Le froid envahit sa poitrine, lui glaçant le cœur.

— Non ! (L'adhésif le mordit cruellement.) M… mon père, je vous l'ai dit, c'est…

— Un imbécile. (La voix, toujours basse, flottait dans la pénombre.) Je lui ai donné des instructions. Mais le problème, mon petit Jeremy, c'est que ce connard n'a pas été foutu de les suivre.

Un flot de bile monta dans sa gorge.

— N… non…

— Je ne demandais pas grand-chose, en plus. Juste quatre millions, en échange de toi. Quatre millions, putain.

Des bruits de pas résonnèrent. Trop pour une seule personne. Il y avait quelqu'un d'autre.

— C'est ce qu'il trimballe dans son portefeuille, ce salaud.

On entendait la colère frémir dans ce murmure nerveux.

Jeremy se passa la langue sur les lèvres, conscient que la voix disait vrai. Son père possédait la moitié de la ville. Il avait cette somme à la banque, largement. *Alors quoi, putain ?* La bouche de Jeremy était affreusement sèche. Plus tôt, il avait hurlé, hurlé tant qu'il pouvait, mais personne n'était venu le chercher.

Personne ne l'avait aidé.

— Ton père prend ça pour une plaisanterie.

Jeremy tressaillit à un contact sur son épaule. Fin, aiguisé. *Un ongle ?*

La pointe de l'objet s'enfonça dans sa chair.

Bordel. *Un couteau.* Un gémissement s'échappa de ses lèvres.

— L… laissez-moi lui parler… Je le convaincrai…

Ce n'était pas une plaisanterie, putain. Cette lame était bien trop réelle.

— Je lui ai dit quoi faire.

Le murmure frôla l'oreille de Jeremy, qui frissonna.

— Je lui ai dit où déposer le paquet. Où mettre l'argent. Je lui ai tout dit, et s'il avait tout simplement suivi mes instructions, tu serais chez toi à l'heure qu'il est.

La lame lui entailla l'épaule.

Jeremy se pissa dessus.

— S'il… s'il vous plaît…

— Petit bourge, c'est la première fois que tu supplies quelqu'un ?

Jeremy acquiesça brusquement. Il savait que son bandeau dégoulinait de larmes. Il était incapable de les retenir. La peur lui rongeait les tripes, et il savait, il savait que son père l'avait laissé mourir.

« Tu passes ton temps à me décevoir, petit. Pas question que je vienne encore une fois te tirer du pétrin. Débrouille-toi. »

Il s'agissait des derniers mots que son père lui avait adressés. D'accord, il avait déconné et s'était fait choper avec de l'herbe sur lui. Mais est-ce qu'il avait mérité ça ?

Ne me laisse pas mourir.

— Supplie-moi encore.

La lame plongea plus profondément dans la chair de son épaule.

Et Jeremy supplia. Et implora, et promit n'importe quoi pour que le feu qui lui consumait l'épaule s'arrête.

Il voulait que la douleur cesse. Il voulait rentrer chez lui.

Mauvais rêve. C'est juste un mauvais rêve. Je vais me réveiller, je vais…

Le couteau s'extirpa de sa chair avec un son gras d'éclaboussure. Jeremy cria et s'affaissa dans sa chaise, mais la lame le suivit. La pointe effleura sa mâchoire, monta le long de sa joue, puis se glissa sous le bord de son bandeau.

— Tu vas transmettre un message à ton vieux de ma part.

L'espoir jaillit en lui. *Oui, oui !* Si on le laissait parler à son père, il parviendrait à lui expliquer. Ce n'était pas une blague. Putain, pas une blague du tout. Son père comprendrait. Les salauds auraient leur argent, et Jeremy serait libre.

— Je lui dirai tout ce que vous voulez, je lui dirai…

La lame sectionna le bandeau.

Jeremy cligna des yeux face à la lumière soudaine, incroyablement vive.

— Tu n'as pas besoin de dire un mot.

Au son de la voix, qui ne murmurait plus, son cœur s'arrêta de battre.

L'homme se pencha sur lui, l'arme à la main. Jeremy vit les autres, aussi, lorsqu'ils s'avancèrent en pleine lumière.

Jeremy secoua la tête.

— Ne…

Le couteau transperça le haut de son bras. Puis il descendit, et le salaud tordit la lame, fendant la chair et le muscle en un long geste ininterrompu, lui ouvrant le bras de l'épaule au poignet.

Jeremy hurla.

— On va lui envoyer un message.

La silhouette tourna autour de Jeremy en le regardant fixement, avec un sourire qui lui tordait les lèvres sans jamais parvenir jusqu'à ses yeux.

— On va voir ce que dira ce connard quand il retrouvera ce qu'il reste de toi.

Chapitre premier

L'agent spécial Samantha Kennedy, du FBI, avait vu l'enfer. Elle avait plongé le regard dans celui du diable et entendu son rire. Elle était morte, mais le destin l'avait ramenée à la vie.

Le destin ne ferait pas cette faveur à Jeremy Briar.

Prenant une profonde inspiration au parfum de putréfaction et de sang, Samantha contempla le cadavre étendu sur l'asphalte, les bras en croix, juste devant le grand portail noir en fer forgé.

Les yeux de Jeremy étaient ouverts. C'était leur unique option. Le salaud lui avait coupé les paupières. Son corps était lacéré, les deux bras fendus de l'épaule au poignet. Un sourire rouge lui barrait la gorge, et son ventre…

Elle arracha brusquement son regard au cadavre. *Ne pense à rien. Ne ressens rien.*

Sam tourna le dos au malheureux Jeremy et faillit rentrer tout droit dans son patron, Keith Hyde.

Celui-ci ne regardait pas le corps. Il la regardait, elle.

— Vous êtes prête à vous en occuper ? demanda-t-il en scrutant son visage de ses yeux sombres.

Sa voix profonde parut se répercuter en écho tout autour de Sam, qui sentit ses bras se couvrir de chair de poule.

Elle savait qu'il s'attendait à ce qu'elle échoue. Ils s'y attendaient tous. Tous les autres agents de son unité. Aucun d'eux ne la pensait encore capable de faire son travail.

Peut-être qu'ils ont raison.

Sam déglutit. Elle appartenait à la Serial Services Division, une unité d'élite du FBI. La plupart des agents auraient volontiers vendu père et mère pour rejoindre cette équipe, spécialement constituée pour pister et appréhender les tueurs en série. La SSD disposait de moyens presque illimités. Et Hyde n'avait de comptes à rendre à personne.

C'était son équipe. Son domaine.

Et Samantha était le foutu maillon faible.

— Je suis prête à tout, dit-elle d'une voix timide, alors qu'elle l'aurait voulue sèche.

Bon sang. Il la regardait comme s'il s'attendait à la voir craquer d'une seconde à l'autre. Ne lui avait-elle pas déjà prouvé, au cours des six derniers mois, qu'elle n'allait pas s'effondrer ? Que voulait-il qu'elle fasse de plus ?

Le soleil paraissait assombrir encore davantage la peau de Hyde, de la couleur d'un café riche et onctueux. Il pinça les lèvres, et elle sut qu'il ne la croyait pas.

Pour changer.

— J'ai reçu le feu vert, rappela-t-elle.

Sa voix se raffermissait, maintenant qu'elle était en rogne. Le cadavre derrière elle réclamait son attention, et Hyde lui faisait perdre son temps avec un interrogatoire.

— Je sais que les psys vous jugent capable de prendre des affaires en charge.

Il croisa les bras sur sa poitrine. Derrière eux, un flic en uniforme se pencha pour vomir dans les buissons. Génial. Niveau préservation de la scène du crime, c'était parfait. Hyde parut la soupeser du regard tout en poursuivant :

— Mais les prendre en charge et y survivre, voilà deux choses très différentes.

Il s'attend à ce que je craque.

— Ne vous inquiétez pas pour moi.

Du pouce, Sam désigna le corps derrière elle, ignorant la sueur qu'elle sentait dégouliner entre ses omoplates.

— Inquiétez-vous plutôt pour la famille de ce pauvre type.

L'odeur de la mort avait empli ses narines. *Va-t'en.* Oh, comme elle avait envie de s'enfuir. À toutes jambes.

Mais elle savait qu'on n'échappait pas à la mort. La mort pouvait vous rattraper n'importe où. Dans le cas de Samantha, jusque dans ses rêves.

— Il correspond au schéma habituel, annonça Sam en s'apercevant que les types de la scientifique venaient d'arriver.

Elle s'écarta, Hyde sur les talons, comme les experts les dépassaient pour commencer à travailler sur le cadavre. *Dépêchez-vous*, pensa Sam. Car elle savait que les parents du pauvre homme se trouvaient dans la maison. Elle avait vu les rideaux bouger, et savait qu'ils regardaient à l'extérieur, qu'ils contemplaient la dépouille de leur fils et s'attribuaient la responsabilité de ce qui était arrivé.

— Jeremy Briar, murmura-t-elle. Vingt-deux ans, fils unique de Kathleen et Morgan Briar. Jeremy a été vu pour la dernière fois il y a trois jours, dans un bouge nommé *Le Centre*, tout près de l'université.

Avant de s'évanouir dans la nature.

— Son père a reçu une demande de rançon, déclara Hyde d'un ton froid. Vingt-quatre heures après la disparition de Jeremy.

Samantha ne se retourna pas pour observer le corps. Les cadavres, cela n'avait jamais été son fort. Elle préférait demeurer dans son bureau et traquer sa proie sur le Net. Mais sa sécurité n'était plus à l'ordre du jour. Désormais, elle devait prouver qu'elle était bien capable de faire son boulot. Le psy chargé de son cas avait compris, lorsque Sam lui avait expliqué ne pas vouloir aller se cacher derrière un bureau. Et c'était grâce à lui qu'elle se trouvait ici, tout près de s'effondrer intérieurement. Elle s'aperçut que Jeremy n'était pas tellement plus jeune qu'elle.

L'âge n'a aucune importance, pas quand la mort vient vous chercher.

— Pourquoi le père n'a-t-il pas payé ? demanda Sam.

Elle mit une main en visière et se retourna pour contempler de nouveau la demeure. Absolument énorme. On aurait pu y caser quatre maisons ordinaires. Le type avait très certainement assez d'argent pour récupérer son fils.

— Apparemment, Jeremy avait eu quelques ennuis avec la justice, et une fâcheuse tendance à se faire mal voir des bookmakers. (Hyde marqua une pause avant de poursuivre.) M. Briar a pensé que son fils essayait de lui extorquer de l'argent.

Oh, merde. Le père n'avait pas cru au coup de fil, et Jeremy avait payé.

— Pensez-vous que la victime soit morte rapidement ?

La question lui échappa avant qu'elle puisse la retenir. Mais elle savait l'effet que cela faisait lorsqu'un malade sadique prenait son temps avec vous, vous amenant à le supplier de vous tuer enfin.

— E… est-ce que la majorité des blessures lui ont été infligées post mortem ? compléta-t-elle.

— Non, répondit aussitôt Hyde.

Samantha ferma les yeux malgré elle, un instant seulement.

— Je ne veux pas que vous preniez en charge cette affaire, Kennedy, assena Hyde d'un ton cassant.

Elle rouvrit immédiatement les yeux.

— Monsieur, je suis…

Mais un éclair traversa le regard sombre.

— Je ne veux pas de vous sur le terrain, et je me fous pas mal de ce qu'a pu dire ce con de psy. (Il se rapprocha d'elle.) Vous n'êtes pas prête. Vous croyez peut-être que je ne vous vois pas trembler ?

Sam sentit sa respiration se bloquer.

— Je peux le faire.

Le désespoir perçait dans sa voix.

— Peut-être, rétorqua Hyde. (Il secoua la tête.) Mais je veux que vous retourniez au bureau. C'est Dante qui prend la tête de cette affaire. S'il a besoin de vous, eh bien…

— Ne faites pas ça, parvint-elle à articuler.

Samantha ravala la boule qui s'était formée dans sa gorge. Elle avait bossé comme une dingue pour être sûre de pouvoir rester en première ligne.

— Je connais mon boulot. Je connais…

— Je connais mes agents.

Aucune expression ne vint animer son visage. Il la dominait de toute sa taille, froid et insensible.

— Et je sais que vous n'êtes pas prête.

Elle ne craquerait pas. Pas ici. Pas devant lui. Surtout pas *lui*.

— C'est vous qui m'avez mise sur l'affaire du Phénix.

Cette enquête avait été la dernière affaire importante à laquelle elle avait collaboré, et c'était Hyde qui l'avait envoyée en renfort sur ce cas d'incendie criminel.

— Si vous pensiez que je n'étais pas prête, vous n'auriez pas dû m'y envoyer.

— Vous n'êtes pas à votre place sur le terrain, agent Kennedy.

Elle fit un pas en arrière, ébranlée. La pique l'avait atteinte en plein cœur.

— Vous pensez que je ne suis pas assez forte, c'est ça ?

Cela avait toujours été sous-jacent, depuis le tout début. Elle n'était pas comme les autres agents. Sam savait qu'elle n'avait pas leur expérience, ni leur âpreté. Son vingt-quatrième anniversaire n'était pas bien loin derrière elle, alors oui, elle était plus jeune. Mais elle avait réussi les mêmes examens, les mêmes manœuvres. Elle avait prouvé sa valeur, bon sang.

— Je sais que vous êtes forte.

À ces mots, Samantha battit des paupières, incrédule.

— Le problème, c'est que *vous* l'ignorez.

Sam entrouvrit les lèvres, mais resta muette.

— Et vous avez peur. Tellement peur que si vous vous retrouviez face à un coupable, je ne sais pas ce que vous feriez, Kennedy.

Elle non plus.

— Nous savons tous les deux que vous n'avez pas accompli votre meilleur travail sur le terrain.

Non, elle avait toujours été plus performante au bureau, au milieu de ses ordinateurs. Mais elle ne pouvait pas y demeurer éternellement, et en quelques occasions – comme l'affaire du Guetteur – elle s'était rendue sur le terrain.

Les résultats n'avaient pas été bien reluisants.

Son souffle ne parvenait plus que faiblement à s'échapper de ses lèvres. *Je peux le faire.*

— Retournez au bureau, répéta Hyde. Si Dante a besoin de vous…

Avec effort, elle réussit à acquiescer lentement. Elle avait été appelée sur cette scène de crime uniquement parce que le reste de la SSD planchait sur d'autres affaires. *Proximité et disponibilité.* Mais Sam avait également été contactée parce qu'elle était déjà impliquée dans l'histoire. Des cas similaires étaient survenus quelques semaines à peine avant la disparition de Jeremy Briar.

C'était elle qui, la première, avait repéré le schéma. Ce genre de chose ne lui échappait jamais.

Sam s'obligea à dresser le dos bien droit.

— Je n'échouerai pas, Hyde.

C'était tout ce qu'elle pouvait dire, puisqu'elle se refusait à le supplier. Pour l'instant, du moins.

Il se contenta de la fixer de son regard noir.

En se forçant à expirer, déterminée à ignorer la puanteur, Sam le dépassa avec un coup d'épaule. Elle garda la tête haute et s'interdit même de cligner des yeux, jusqu'à atteindre sa voiture.

Sam grimpa dans le véhicule et claqua la portière. Elle agrippa le volant, avec la sensation d'avoir les paumes à vif, et battit des paupières.

Deux larmes roulèrent sur ses joues.

Bordel.

Ne comprenait-il pas ? Sans son job, elle n'était rien.

D'ordinaire, Sam n'était pas du genre à coucher à la légère. Elle était de ces femmes qui appréciaient l'engagement, le romantisme et la douce lueur des bougies.

Non, elle l'avait été. Désormais, elle était différente, et elle ressentait un besoin. Celui d'oublier qui elle était et de se concentrer sur ses sensations.

Je ne peux pas travailler. Je n'arrive pas à dormir la nuit. Je n'arrive même pas à fermer les yeux sans me souvenir…

Sam prit une longue inspiration.

Oublier.

À cet instant, elle aurait fait presque n'importe quoi pour ça.

Sam avait quitté la scène de crime plusieurs heures auparavant. Lorsqu'elle était rentrée chez elle, une invitation à une réception chic l'attendait sur le porche, produit de l'ingérence maternelle. D'après sa mère, Sam avait de bonnes chances de dénicher un conjoint potentiel à l'une de ces assommantes soirées mondaines.

Sam n'était pas en quête d'un conjoint. Elle voulait juste s'envoyer en l'air. Du sexe torride. Sauvage et débridé. Et elle connaissait précisément l'homme capable de combler tous ses besoins.

Ce candidat parfait se trouvait de l'autre côté de la pièce, séparé d'elle par une masse compacte d'individus. L'atmosphère de la fête, étouffante et bruyante, résonnait des rires feints et des voix criardes des invités faisant mine de s'intéresser les uns aux autres.

Faire mine… Elle en avait plus qu'assez.

Sam attrapa une coupe sur le plateau d'un serveur. Elle descendit le champagne en deux gorgées et joua des coudes en direction de sa cible.

Il la reconnaîtrait. Sam n'en doutait pas. En tout cas, il avait intérêt.

Ils avaient couché ensemble deux semaines plus tôt. Elle en était sortie épuisée, endolorie et comblée… pour un temps.

Jusqu'à ce que son corps en redemande.

Elle espérait vraiment que ce type se souviendrait d'elle.

On pouvait dire qu'elle-même se souvenait de lui.

Max Ridgeway. Grand, brun, très sexy. L'homme qui l'avait fait jouir en deux minutes. L'homme qui l'avait fait hurler.

L'homme qui lui avait donné le goût du sexe sans engagement.

De toute sa vie, Max avait été son troisième amant, même s'il l'ignorait. Elle avait veillé à bien jouer son rôle. Après tout, elle aussi savait faire semblant. Elle s'était montrée parfaitement détachée et sûre d'elle, prenant garde à ne pas se trahir.

— Toi.

Sa voix, basse et grondante, la surprit. Elle leva les yeux vers lui et le vit s'approcher d'elle d'un pas déterminé.

Mets ton masque, ma fille. Le spectacle commence. Sam releva le menton et ourla les lèvres en un sourire aussi faux que ceux qui l'entouraient. *Oublie. Oublie tout, sauf lui.*

Pourquoi chercher quelqu'un d'autre, alors qu'il était là ? Il était tout ce dont elle avait besoin. Il était…

Assez canon pour fracasser la glace qui emprisonnait sa poitrine.

Max lui agrippa le poignet et l'attira contre lui. Les hommes autour d'eux arboraient fièrement leurs costumes élégants, les femmes souriaient dans leurs atours griffés. C'était une soirée haut de gamme, dont les invités souffraient à la fois d'un excès d'argent et d'alcool.

Il approcha son visage – qui n'était pas beau, mais sexy, terriblement sexy – de celui de Samantha. Mesurant environ un mètre quatre-vingt-dix, Max était bien bâti, musclé, avec une peau que le soleil avait teintée d'un brun doré. Ses cheveux d'un noir de jais, un rien trop longs, bouclaient très légèrement sur sa nuque, par-dessus son col.

La première fois qu'elle l'avait vu, elle avait su qu'il était l'homme qu'elle voulait. Elle était entrée dans le bar, avait balayé l'endroit du regard, et choisi l'homme le plus fort parmi ceux qu'elle voyait.

— Tu es partie sans un mot.

Oh. La colère faisait vibrer sa voix. Sam humecta ses lèvres artistement peintes pour ce soir. Cela faisait partie du masque. D'ordinaire, elle se fichait pas mal du maquillage.

Elle s'était rendue à cette fête pour une seule et unique raison. Lui. Elle en voulait plus.

Sam se dressa sur la pointe des pieds pour murmurer, tout près de sa bouche :

— Je suis là, maintenant.

Elle vit se crisper un muscle, le long de sa mâchoire.

— Chérie, tu as très mal choisi ton moment.

Sam faillit sourire. Elle l'aurait fait, si elle avait été une autre femme. Au lieu de cela, elle battit des paupières, non seulement pour paraître détachée mais parce que ses lentilles la rendaient folle.

— C'est pour toi que je suis venue, lui dit-elle.

Elle eut envie de l'embrasser. Mais non, ce n'était pas encore le moment.

— Et moi, je t'ai cherchée, putain.

Là, elle dut s'avouer surprise. Elle s'était figuré que cet homme passerait très vite à la femme suivante sur sa liste.

— Viens avec moi, dit-il.

La main qu'il serrait sur son poignet lui faisait presque mal. Presque, car Max connaissait sa force. Lorsqu'il se mit à marcher, fendant la foule à coups d'épaule, elle le suivit, impatiente de quitter cet endroit.

Quelques instants plus tard, il poussait de sa main libre une porte de verre, envoyant valser le battant. Ils émergèrent sur le balcon. L'air piquant de l'automne rafraîchit le corps de Samantha. Max referma la porte d'un coup de pied, et enfin, enfin ! le bruit s'arrêta.

Ils étaient seuls.

— Quand tu m'as accosté dans le bar, tu n'avais pas la moindre idée de qui j'étais, pas vrai ?

Une lampe éclairait son visage, révélant de fines ridules aux coins de ses yeux bleus et projetant derrière lui une ombre noire, qui le faisait paraître encore plus massif.

La colère perçait de plus en plus clairement dans sa voix. Quoi, ce type ne pouvait-il pas se contenter d'apprécier une nuit torride, comme elle ? C'était quoi, le problème ? Sam se força à hausser une épaule. Max la tenait toujours par le poignet, et elle sentait les cals au bout de ses doigts. Il n'était pas né riche ; non, pas cet homme-là. Et quand elle l'avait vu pour la première fois, dans ce bar, avec son jean délavé et sa veste élimée, elle n'aurait jamais imaginé que…

— Tu t'es enfuie après t'être réveillée et avoir compris dans quel lit tu te trouvais.

Sam n'avait pas fait très attention à ce qui l'entourait lorsqu'il l'avait ramenée chez lui. Elle était trop occupée à lui arracher ses vêtements. Mais à la lueur froide du petit matin, elle avait vu…

La photo du beau-père de Max sur la cheminée. Un homme qu'elle avait déjà rencontré. Un homme avec lequel sa propre mère avait eu une liaison, il y a bien longtemps.

— Tu t'es juste présenté comme « Max ».

La voix de Samantha était rauque. Ce n'était pas délibéré. Mais le regard de Max, ce regard d'un bleu si lumineux, s'étrécit, et Sam entendit son souffle se raccourcir.

— Et toi, c'est Samantha, répliqua-t-il.

Les prénoms, c'était bien tout ce dont on avait besoin pour une nuit sans lendemain, non ?

— En effet.

— Qu'est-ce que tu me veux ? demanda-t-il en l'emprisonnant contre le mur de brique, à droite de la porte.

Son corps était chaud, bon sang ! Sam avait l'impression de brûler. Elle sentit son érection massive contre le tissu de sa robe. Une robe très courte et très moulante, qu'elle avait trouvée enfouie tout au fond de son placard.

— J'en veux plus, répondit-elle.

C'était la vérité. Elle pouvait au moins lui avouer ça.

Il émit un grondement sourd.

— Ça m'est égal que tu sois riche, poursuivit Sam.

Oui, disons-le une fois pour toutes. Ce n'était pas son argent qui l'avait fait fuir. Ce n'était pas non plus ce qui l'avait attirée chez lui. Si elle était partie, c'était parce que la nuit était terminée.

— Je ne veux pas d'un amour éternel.

Les faux serments de conte de fées n'étaient pas faits pour elle.

Max libéra son poignet pour mieux lui enserrer la taille.

— Qu'est-ce que tu veux ? demanda-t-il.

Récupérer ma vie.

Elle glissa sa main entre leurs deux corps et posa la main sur le cœur affolé de Max.

— Je te l'ai dit… j'en veux plus.

Plus de sexe. Plus de passion.

N'importe quoi qui fasse reculer les ombres. Qui lui donnerait l'illusion d'être normale, pas une cinglée, pas quelqu'un qui n'était même plus capable de faire son boulot.

Une femme que cet homme désirait.

Max fit descendre sa main gauche le long du corps de Sam, et referma les doigts juste sous l'ourlet de sa robe.

Sam s'arrêta de respirer. *Oui. Là.* Juste là. Seule une porte les séparait de la foule… et alors ? Elle en avait envie.

Il fit remonter ses doigts calleux sur sa cuisse. Un peu plus haut, plus haut encore, centimètre après centimètre.

— Putain. Tu es toute nue là-dessous, souffla Max d'une voix rugueuse.

Ses yeux se plissèrent.

Elle lui sourit, ignorant son cœur qui bondissait dans sa poitrine.

— Ça te pose un problème ?

Ses doigts s'immiscèrent entre ses cuisses. Elle était déjà trempée de désir pour lui. Prête, impatiente.

Il lâcha un soupir étranglé. De deux doigts, longs et épais, il s'introduisit entre ses lèvres et trouva son sexe. Il les y enfonça jusqu'à la garde.

Sam tressaillit et se dressa sur la pointe des pieds. Elle lui agrippa les épaules et les serra tandis qu'un frisson électrique la parcourait tout entière. Elle planta ses ongles dans sa veste de costume, impeccablement repassée. Tant pis. Elle crispa les muscles de son sexe autour de ses doigts, pressée de jouir, de ressentir cette montée de plaisir brutal quand…

Il retira ses doigts.

Max se pencha vers elle, et ses lèvres frôlèrent son oreille comme il murmurait :

— Tu veux m'utiliser comme un objet sexuel ?

De ses doigts, il la caressa tout doucement, tout près du cœur de son désir. Il la provoquait, la torturait.

Sam ferma les yeux très fort.

— Encore un petit coup rapide, et puis tu t'en vas ? demanda-t-il tout bas.

Il pressa son érection contre sa cuisse. Son membre long était prêt à la prendre ici, sur-le-champ. À remonter sa jupe et à se glisser en elle, les faisant jouir tous les deux.

— Je pourrais être n'importe qui, pas vrai ?

Il la pénétra à nouveau de ses doigts, profondément. Le plaisir transperça Sam et lui coupa le souffle.

— Qui je suis, tu t'en fiches complètement.

Max posa ses lèvres sur son cou et les pressa sur son pouls qui s'emballait. Il se mit à lécher, à sucer.

Oui, oui…

Se fichait-elle de savoir qui il était ? Vraiment ?

— Qui suis-je, chérie ?

À présent, Sam distinguait à peine le sens des mots qu'il grondait tout contre sa peau.

Le va-et-vient de ses doigts continuait en elle. Max effleura du pouce la source de son désir. Un peu plus, encore un peu… Elle était si proche de l'orgasme qu'elle en tremblait. *Encore.*

— M… Max, souffla-t-elle.

L'air de la nuit était agréable sur sa peau, car elle avait soudain très chaud. Elle s'embrasait, ici, elle se consumait totalement.

Elle gardait les yeux fermés, car elle ne voulait pas le voir... *lui*.

Elle ne voulait que ressentir. Le plaisir. La vie. Et pas le contact froid de la mort.

La porte grinça en un avertissement d'une seconde à peine.

— Hé, Max! cria une voix masculine. Je voudrais te présenter quelqu...

Max enfonça profondément ses doigts en elle.

Sam étouffa un gémissement lorsqu'un flot de plaisir envahit tout son corps, en une vague de jouissance brûlante.

— Pas maintenant, grogna Max.

— Oh, merde, d... désolé, mec...

La porte se referma en claquant.

Sam lâcha un souffle haletant.

Max leva la tête et la regarda.

— Il ne t'a pas vue.

Non. L'homme avait dû simplement voir Max, collé contre une femme sans visage. Pas elle.

Parce qu'elle n'était pas du genre à faire l'amour sans s'engager. Pas du genre à traquer un homme jusque dans une fête, à retirer sa culotte et à lui demander de la prendre sur le balcon. Elle était une gentille fille. Une fille discrète. Elle l'avait toujours été.

Sa hanche vibra. Ce n'était pas à cause de lui, même si elle aurait presque pu s'attendre à...

Bon sang, son portable !

Elle plaqua les mains sur le torse de Max et le repoussa.

Les doigts de l'homme glissèrent le long de ses cuisses.

— Samantha ? Il ne t'a pas v…

D'une main tremblante, Sam attrapa son téléphone et lut le message. « Reviens sur la scène à Melbourne dès que possible. Nouvelle victime. » Le message provenait de l'agent Dante. De Dante, bordel.

— Je… dois y aller, bredouilla-t-elle à Max.

Elle le vit écarquiller les yeux.

— Alors là, pas question.

Il secoua la tête d'un air grave et ne bougea pas d'un pouce. Une montagne de muscles. Un homme furieux et très excité.

— Tu ne vas pas t'enfuir, cette fois. On n'a pas terminé.

Non, ils n'avaient fait que commencer. Mais elle ne pouvait pas désobéir à Dante, pas s'il semblait vouloir lui donner une chance de s'intégrer à l'équipe.

— Max, je…

Il l'embrassa. Il l'avait fait jouir sans l'embrasser une seule fois, et le contact de ses lèvres lui parut choquant. Trop intime. *Après ce qu'il a fait ?* Oui, trop…

Il introduisit sa langue entre ses lèvres, et la goûta. Il réclama et s'appropria la langue de Sam, qui se prêta volontiers au jeu.

Sam aimait son goût. Il y avait du vin dans son baiser. Tout comme sa propre langue devait avoir le goût du champagne. Acide, mais sucré.

Cet homme savait utiliser sa langue. Il savait pénétrer, laper, et la faire lutter pour le rejoindre.

Sam crispa les doigts sur son téléphone. Ses mamelons se tendaient douloureusement, et son sexe frissonnait.

Encore. Encore. Ils n'avaient pas la nuit devant eux, mais ils avaient au moins quelques instants. Ici même.

Sam s'arracha à son baiser.

— Je suis désolée. J'ai… du travail.

Il la dévisagea, dents serrées. Son menton volontaire s'abaissa légèrement tandis qu'il l'observait.

— Quel genre de boulot exigerait que tu ailles travailler à une heure pareille ?

Il ne voulait pas réellement le savoir. Sam laissa ses lèvres s'incurver. Faire semblant était devenu si facile.

— Je travaille avec…

Par contre, il faudrait vraiment qu'elle apprenne à contrôler sa voix. Celle-ci était faible et mal assurée.

— Avec… des ordinateurs. J'ai une urgence technique.

C'était à demi vrai. Et à demi faux.

Max cilla.

— Tu…

— Je dois y aller, coupa-t-elle.

Il fallait qu'elle se change. Les autres ne devaient sous aucun prétexte la voir dans cette tenue. Il lui faudrait une heure pour se rendre à Melbourne depuis Washington. Pourquoi Dante avait-il besoin d'elle ? Et…

Une nouvelle victime ? Cela ne collait pas avec le schéma habituel. Pas du tout. Sam s'arracha à Max et se dirigea vers la porte.

— Tu t'enfuis, encore une fois.

Le désir grondait encore dans sa voix. C'était le timbre rocailleux d'un homme qui n'avait pas pris son plaisir.

— Non, je m'en vais, c'est tout.

Elle ne regarda pas en arrière. *Dis quelque chose.* Elle savait qu'elle lui devait au moins ça. Laisser un homme dans cet état…

L'ancienne Sam n'aurait jamais fait une chose pareille.

Mais après tout, l'ancienne Sam était morte. Elle était morte il y a des mois, dans l'eau du lac où un tueur en série avait abandonné son corps brisé. Et ces jours-ci, on aurait dit que seul son fantôme subsistait encore.

Elle dressa le dos bien droit.

— Sam Kennedy.

Sa voix était plus basse qu'elle ne l'aurait souhaité.

— Je m'appelle… Sam Kennedy.

Elle attendit, curieuse de voir s'il ferait le lien avec sa mère, mais aucun éclair de reconnaissance n'anima son visage. Pour autant qu'elle le sache, Max et sa mère ne s'étaient jamais rencontrés, et puisque cette dernière se trouvait actuellement en Europe, il y avait peu de chances qu'ils se croisent de sitôt.

Mais le cœur de Sam battait tout de même un peu trop vite. En lui révélant son nom de famille, elle avait abaissé un de ses boucliers.

— Samantha Kennedy, répéta doucement Max comme s'il savourait ce nom sur sa langue.

Mais il avait tort.

Il s'entêtait à l'appeler Samantha, alors qu'elle n'était que cette bonne vieille Sam. En dépit des espoirs de sa mère, elle n'avait jamais été assez chic pour s'appeler Samantha. Elle referma les doigts sur la poignée de la porte et commença à l'ouvrir.

— Comment puis-je te retrouver, Samantha ?

Il voulait la retrouver ?

Houhou, allô, Sam. Tu l'abandonnes avec la trique. Évidemment qu'il veut te revoir.

Mais elle ne voulait pas qu'il voie son monde. Jamais. C'était dans cette vie inventée que Max et elle pouvaient se rejoindre. Nulle part ailleurs.

Pas dans la rue. Pas dans les ténèbres où elle travaillait. Pas avec les meurtriers. Il n'avait pas besoin de les connaître.

— Tu ne peux pas, Max, soupira-t-elle avant de lui jeter un dernier coup d'œil. Mais moi, oui. Je te retrouverai.

Sauf s'il lui disait d'aller se faire voir. Sauf si…

— On dirait une promesse.

C'en était une.

Elle acquiesça brièvement et ouvrit la porte. Un homme se tenait non loin de là, jeune et beau, du même âge qu'elle à peu près. Il l'étudia du regard avec un sourire entendu.

Sam le dépassa sans ralentir, l'esprit déjà focalisé sur l'affaire en cours.

Sur le cadavre qui l'attendait.

Samantha Kennedy.

Elle avait donc un nom complet. Un nom, un visage… une gaule qui lui faisait un mal de chien.

Max Ridgeway se dirigea vers l'extrémité du balcon. Il empoigna l'épais garde-fou métallique et inspira profondément.

Il sentait encore son goût.

Samantha.

Elle avait joui sous ses doigts. Il n'avait pas manqué la crispation violente de son sexe, ni la crème onctueuse qui s'était déposée sur sa main. Elle avait joui, l'avait embrassé, et était partie.

Elle s'était servie de lui.

Nom de dieu, les femmes l'exploitaient en général pour son argent. Pour son pouvoir.

Mais pour le sexe ?

Il ne devrait sûrement pas se plaindre. Il était censé trouver ça génial, non ?

Mais ce n'était pas le cas. Max tira sur son nœud papillon pour le desserrer. Il détestait ce fichu machin, il détestait cette fête minable où il avait été forcé de se rendre. Il y a cinq ans, il n'aurait jamais mis les pieds à un tel événement, mais ces jours-ci, il savait qu'il devait jouer le jeu pour assurer la bonne santé de ses affaires.

Ses affaires. À la minute où il avait aperçu Samantha, il avait tout oublié des contrats sur lesquels il avait commencé à travailler au cours de la fête. En principe, les coups d'un soir n'intéressaient pas Max. Séduire des inconnues ne lui disait plus rien depuis longtemps. Mais ça, c'était avant. Avant que Samantha le touche, et qu'il se perde dans son regard sombre et tumultueux.

Ce soir-là, il n'avait pas pu la lâcher, pas après l'avoir goûtée. Il avait pris sa bouche et avait su qu'il la prendrait, elle.

Au commencement. Pour lui, c'en était un.

Max attendait davantage de Samantha Kennedy qu'une poignée d'heures torrides dans l'obscurité.

Dans la rue, en contrebas, elle sortit en courant du bâtiment et traversa à la hâte les taches lumineuses des réverbères. Ceux-ci embrasèrent les reflets roux de sa chevelure, semblant faire naître des flammes parmi les boucles luxuriantes.

Samantha.

Quand elle s'était approchée de lui, dans le bar, son visage en forme de cœur était si pâle, ses yeux bruns si écarquillés… Ses lèvres, rouges et luisantes, tremblaient.

Elle avait peur, et il l'avait désirée.

Un coup rapide.

Non.

Max savait déceler les secrets chez une femme, et Samantha portait les siens telle une cape drapant son petit corps sensuel.

Samantha grimpa dans une petite Coccinelle rouge. Il faillit en sourire. Il ne s'attendait pas à…

Elle fonça hors du parking dans un rugissement de moteur, et il la suivit des yeux jusqu'à voir disparaître les lueurs rouges des feux arrière.

Il lui serait facile de la retrouver. Il avait des relations à Washington ; les siennes, et celles de son beau-père. Il pourrait remonter sa piste et découvrir tout ce qu'il y avait à savoir sur Samantha Kennedy en quelques heures à peine.

Si c'était ce qu'il désirait.

Des secrets.

Il en avait, lui aussi. À revendre.

« Je te retrouverai. » Elle avait intérêt. Car Samantha Kennedy avait fait une grave erreur. Elle lui avait donné un avant-goût, et Max s'apercevait désormais qu'il en voulait davantage.

Max était un salopard perpétuellement avide : c'était dans sa nature. Quand il voulait quelque chose, il se servait.

Il voulait Samantha.

— Je croyais que ce n'était pas ton truc, les femmes du monde.

La voix railleuse de son frère adoptif flotta jusqu'à lui.

Max ne se retourna pas. Il avait entendu la porte s'ouvrir, tout comme la première fois que Quinlan s'était invité sur le balcon. *En choisissant très mal son moment.*

— Désolé de vous avoir interrompus. (Max entendit Quinlan s'avancer d'un pas souple sur le sol dallé.) Je ne savais pas que ça t'éclatait de faire ça en public, mec.

— Ce n'est pas le cas.

D'habitude.

— Et quoi que tu aies cru voir ici, oublie-le, ordonna Max.

Ce n'était pas non plus son genre de déballer sa vie intime au moindre prétexte. Lentement, Max se retourna pour dévisager son petit frère. Bordel, son âge était sans doute bien plus proche de celui de Samantha que les trente-trois ans de Max.

Quinlan déglutit et détourna le regard. Il leva la main gauche pour se frotter le cou, et sa bague ornée d'un fer à cheval – un prétendu porte-bonheur, offert par son père – jeta un éclat doré.

Son frère adoptif paraissait toujours hésiter à le regarder bien en face. Depuis la mort de la mère de Max, leur « père » aussi.

Max se dirigea vers la porte. Il en avait fini avec cet endroit. Pas envie de jouer les lèche-bottes ni de faire la fête. Ce dont il avait besoin… venait de s'éclipser au volant de sa voiture.

« *Je te retrouverai.* » Il valait mieux.

Sinon, c'est moi qui te retrouverai, chérie.

Chapitre 2

Les paumes de Samantha étaient moites de sueur. La peur se nicha, pesante, dans le creux de son ventre. Elle claqua la portière de la voiture, s'essuya les mains sur le pantalon noir qu'elle avait revêtu chez elle, et leva les yeux sur l'imposant manoir.

Deux voitures de police étaient garées près de la porte. Une équipe d'analyse de la scène de crime s'était réparti la zone.

Elle prit une grande inspiration, puis redressa les épaules et s'avança en sortant son badge.

— Je suis du FBI. Où est l'agent Dante ?

Dante, pas Hyde. Elle n'avait pas envie de voir ce dernier pour le moment.

Un flic en uniforme lui indiqua la grande demeure.

— Avec la victime.

Ce nouveau meurtre n'avait aucun sens. Les Briar n'avaient qu'un fils : aucun autre membre du foyer ne correspondait au profil privilégié par le kidnappeur. Ses victimes étaient des hommes riches d'une vingtaine d'années. Des fêtards dont les parents avaient trop d'argent et pas assez de temps à leur consacrer.

Le premier enlèvement avait eu lieu trois mois auparavant. La demande de rançon était survenue vingt-quatre heures après la disparition de l'étudiant. Le père avait payé, et dès le lendemain, le fils était revenu, incapable de fournir la moindre description de ses ravisseurs.

Puis un homme avait été enlevé en Virginie, un autre à Washington. Le pauvre Jeremy Briar avait été kidnappé dans le Maryland.

Toutes les victimes se trouvaient sur des campus universitaires lorsqu'ils disparaissaient, ou plutôt dans l'un des bars environnants.

Deux hommes étaient revenus vivants.

Deux autres n'avaient pas eu cette chance.

Les kidnappeurs étaient malins, très doués pour camoufler leurs traces, et encore plus pour choisir leurs victimes.

En ce qui concernait l'identité de ces criminels, la SSD n'avait rien. *Rien.*

Sam se hâta de suivre l'allée sophistiquée et dépassa une fontaine qui crachait un immense jet d'eau. Des voix s'élevaient, puis retombaient, parvenant jusqu'à elle par la porte ouverte de la demeure. Sam quitta le chemin dallé et s'aperçut qu'elle marchait sur une mosaïque reproduisant une toile de Rembrandt.

Trop d'argent. Peut-être trop de temps, aussi.

Sam se faufila entre les flics postés devant la porte, son badge toujours à la main.

—J'ai besoin de voir l'agent Dante.

Elle ignorait toujours pourquoi il l'avait convoquée, mais elle n'avait pas l'intention de cracher dans la soupe.

— Il est dans le bureau, l'informa un policier.

Sam haussa les sourcils. Savoir ça lui faisait une belle jambe.

Le flic piqua un fard, devenant aussi foncé que ses cheveux roux.

— Au bout du couloir, deuxième porte. La pièce où se trouve le corps.

Ah oui, le corps. Cette famille vivait décidément un calvaire.

Le carrelage fit chuinter les semelles de Sam. D'abord, ils perdaient leur fils unique, et aujourd'hui…

Sam s'arrêta net devant le bureau en question. L'équipe scientifique recouvrait le corps d'une housse mortuaire. La victime était un homme âgé aux cheveux striés de gris et à la peau bronzée, à qui il manquait la moitié du crâne.

— Morgan Briar, murmura Luke Dante en levant les yeux de ses notes.

Il adressa à Sam un signe de tête sans chaleur, depuis son poste près d'une grande fenêtre à droite.

— Mort depuis cinq heures environ.

De son regard vert, il soutint celui de Sam.

Morgan Briar. Le père. Oh, seigneur…

— Que s'est-il passé ? Pourquoi…, amorça Sam.

Le cri perçant d'une femme l'interrompit.

— Non, je n'ai pas besoin d'un avocat, nom de dieu !

Par-dessus son épaule, Sam repéra une grande femme blonde, d'une beauté glaciale, descendant l'escalier sous escorte. Elle portait un pantalon fuseau noir et un pull blanc, sans doute en cachemire. Ce dernier était maculé de sang.

— Et voici Mme Kathleen Briar, souffla Luke.

Les cheveux de celle-ci s'échappaient d'un de ces chignons élégants que Sam n'était jamais parvenue à maîtriser.

La femme était flanquée de deux policiers. L'un d'eux, un homme d'âge mûr aux tempes grisonnantes, était en train de lui lire ses droits.

— Si vous n'en avez pas les moyens…

— J'ai les moyens de me payer un avocat, connard ! Je n'en veux pas, c'est tout !

La voix de Kathleen s'était muée en un hurlement strident.

— Elle a signalé le meurtre il y a une heure à peu près, indiqua Luke à voix basse.

Sam perçut dans sa voix une pointe de l'accent traînant du sud des États-Unis. D'un pas déterminé, il vint se placer près d'elle.

Luke demeurait le dernier arrivé à la SSD. Il avait été transféré depuis Atlanta et s'était immédiatement associé à la profiler la plus compétente de leur unité, Monica Davenport.

— Il semble, poursuivit Luke en désignant le bar de la main, que Mme Briar ait bu un verre de gin avant de passer cet appel.

— Elle l'a tué ? répondit Sam en secouant la tête, incrédule.

OK… Elle ne s'était pas attendue à ça.

Le flic poursuivait la lecture de ses droits à la suspecte.

— Tout ce que vous dites ou faites pourra être retenu…

— Elle a dit au standardiste du 911 qu'elle avait abattu son mari, précisa Luke.

Il croisa les bras en regardant passer le cortège. Kathleen et son escorte avaient presque atteint la porte du bureau, à présent. Presque…

Kathleen s'arrêta pour fusiller Sam et Luke du regard.

— Je ne regrette rien, affirma-t-elle.

Luke haussa une épaule.

— Je n'ai jamais dit le contraire, madame.

Sa voix était froide. C'était étrange, d'ailleurs, car de tous les agents, c'était lui qui semblait toujours le plus passionné. Lui qui paraissait prendre les choses trop à cœur.

Peut-être fréquentait-il Monica et Hyde depuis trop longtemps.

Les yeux de Kathleen étaient aussi secs que des pierres. Elle n'était pas près de se mettre à pleurer.

— Jeremy était à moi. Ce salaud aurait dû me parler du coup de fil. Il aurait dû… (Elle s'interrompit et secoua la tête.) Jeremy serait encore vivant. Vivant !

Désormais, son époux et son fils étaient morts tous les deux, et ses yeux verts étincelaient de fureur.

— Il me trompait, lâcha durement Kathleen.

Les flics à ses côtés restaient muets, les yeux écarquillés.

— Il achetait des maisons à ses putes pour plus cher que la rançon de mon fils. (Elle déglutit.) Il l'a laissé mourir. Je le vois encore, lacéré. Mon bébé…

Elle ferma les yeux.

Luke la contempla d'un air sombre, puis croisa le regard du policier d'âge mûr.

— Emmenez-la dehors.

Ce meurtre-là relevait du département de police local, pas de la SSD, mais les flics attendaient tout de même de Luke qu'il les guide.

Le policier acquiesça et saisit les menottes qui pendaient sur sa hanche.

— Non. (Luke secoua la tête.) Mettez-la juste à l'arrière de votre véhicule.

Kathleen rouvrit des yeux lavés de leur colère. Celle-ci n'avait pas été longue. La femme battit des cils, l'air… perdu.

— Jeremy est parti, dit-elle.

Sam avala sa salive. *Morgan aussi.*

— Madame Briar, je pense que vous devriez envisager de prendre un avocat. Vraiment.

Kathleen cligna à nouveau des yeux, lentement. Elle semblait presque désorientée.

— Mon bébé…

Les flics lui empoignèrent les bras et lui firent descendre la longue allée sinueuse. Ses talons claquèrent sur les dalles.

— Je n'aurais jamais cru qu'elle réagirait comme ça, commenta Luke.

Sam tourna le regard vers lui. Brusquement, il se passa une main dans les cheveux.

— Merde, jura-t-il. Elle paraissait tellement calme, tout à l'heure.

Parce qu'elle était en état de choc.

— J'aurais dû faire venir Monica sur la scène. (Il fit quelques pas dans le couloir.) Elle aurait repéré les signes avant-coureurs. Moi-même, j'aurais dû les voir.

Monica pouvait, rien qu'en observant un tueur, distinguer jusqu'aux tréfonds de son esprit. Mais en ce qui concernait les victimes…

— Elle n'aurait peut-être rien vu non plus, rétorqua Sam d'une voix plus dure qu'elle ne l'aurait souhaité.

Luke haussa un sourcil blond.

Sam s'éclaircit la voix. Oui, ses paroles sonnaient faux… mais ces temps-ci, Monica lui faisait peur. Très peur. Elle craignait que Monica la regarde d'un peu trop près et s'aperçoive…

Brisée.

— Qu'est-ce que je fais là ? demanda Sam.

Abandonnant derrière elle le bureau et le corps de la victime, elle eut enfin l'impression de respirer librement.

— Hyde m'a dit…

— C'est moi qui commande sur cette affaire.

L'autorité vibrait sous ces paroles posées.

Sam acquiesça.

— Mais nous savons tous les deux que lorsqu'il s'agit de la SSD, Hyde a tous les pouvoirs.

D'après Sam, Luke n'avait aucun intérêt à défier Hyde pour voir qui pissait le plus loin.

— Hyde m'a dit de rester à l'écart, termina-t-elle.

Ils arpentèrent tous les deux le couloir. Aucun domestique n'était en vue. Dans une demeure de cette taille, Sam s'était attendue à trouver une femme de ménage, ou du moins quelqu'un. Mais peut-être Kathleen Briar avait-elle congédié le personnel avant d'abattre son mari d'une balle dans la tête à bout portant.

— Hyde t'a dit de te retirer de cette affaire, et pourtant tu es là, fit remarquer Luke. Tu ne pouvais pas t'empêcher de t'en mêler quand même, on dirait.

Sam se tourna et surprit son regard sur elle. Il semblait la jauger.

— C'est toi qui m'as appelée, répliqua-t-elle.

Et elle avait rappliqué au galop.

— Monica souhaite que je me serve de toi pour résoudre cette affaire.

Sam n'aurait pas été plus stupéfaite s'il lui avait envoyé son poing en plein visage. Monica et Hyde, d'ordinaire, étaient d'accord sur tout.

— Elle dit que tu en avais besoin.

Sam releva le menton.

— En effet.

Et elle était capable de le faire.

— Mais dis-moi, Sam, que feras-tu quand tu te retrouveras nez à nez avec le danger ?

Sam se passa la langue sur les lèvres. « *Tu es prête à mourir ? Supplie-moi… Allez, supplie…* » La voix de ce salaud semblait ne jamais quitter son esprit.

— Hyde te croit sur le point de craquer, déclara franchement Luke. Il t'a déjà laissée partir une fois, à l'essai, mais il ne pense pas que tu sois prête.

Luke l'avait emmenée à l'écart des autres enquêteurs. Peut-être voulait-il ménager son orgueil en s'adressant à elle en privé. Comme s'il lui restait assez d'orgueil pour s'en soucier.

— Je suis prête.

Sam avait mis de l'acier dans sa voix.

— Peut-être, répondit-il.

Elle soutint son regard, refusant de céder.

Il exhala un soupir.

— Je t'aime bien, Sam. Ce n'est pas normal, ce que tu as subi dans l'affaire du Guetteur.

Ne tressaille pas. Surtout pas.

— Mais je ne te laisserai pas faire merder *mon* affaire.

Ses paroles étaient douces et rudes à la fois.

C'était à prévoir. Pour la SSD, l'affaire passait toujours en premier.

Luke marqua une pause.

— Je dois avoir une confiance absolue en toi et en ton travail.

Dans leur division, la confiance était la clé. On faisait confiance à son équipe. On savait qu'on pouvait compter sur eux.

Luke plissa les lèvres et poursuivit :

— Je suis au courant, pour ta crise d'angoisse en Virginie.

Sam sursauta. *Quoi ?* Non, non, elle s'était réfugiée dans un bureau abandonné. Personne ne…

— Deux flics t'ont vue. Ils ont fait leur rapport à Hyde et c'est pour ça qu'il t'a interdit le terrain dès ton retour à Washington.

Sam respirait trop vite, trop fort.

— Je n'ai pas eu d'autre crise depuis des semaines. Le psy du département m'a donné le feu vert.

Et ça, est-ce que tout le monde s'en fichait, ou quoi ?

— Et je te donne une deuxième chance. (Luke inclina la tête sur le côté.) Prouve à Hyde qu'il a tort. Montre-lui l'acier dont tu es faite, celui qui t'a maintenue en vie quand le Guetteur a tenté de te briser.

Mais je me suis brisée. J'ai craqué. Je l'ai supplié.

— Néanmoins, si je vois que tu commences à faiblir, si j'ai l'impression que tu n'es pas assez forte pour faire ton boulot…

Il n'eut pas besoin de finir. Elle avait compris.

— Tu me retireras de l'affaire.

Alors, elle aurait échoué deux fois, et elle pourrait dire adieu à sa carrière au sein de la SSD.

Luke opina gravement.

Eh bien, au moins Sam connaissait la position de Dante dans cette histoire. Et elle savait qu'elle devait une fière chandelle à Monica.

— Maintenant, va mener l'analyse du matériel informatique que l'équipe a confisqué, ordonna-t-il. À partir de ce moment, tu bosses officiellement sur cette affaire. Franchement, on n'a personne d'aussi doué que toi pour pirater un système. Les types que Hyde avait mis sur le coup ne t'arrivent pas à la cheville.

Non, en effet. Mais quand le grand patron donnait un ordre, on s'exécutait. Il avait voulu qu'elle lève le pied et se contente d'assister les nouveaux techniciens, elle l'avait fait. Aujourd'hui, cependant…

— Je veux savoir absolument tout ce qu'il y a à découvrir sur la vie et la famille de Jeremy Briar, exigea Luke. Jusqu'au moindre détail.

Une fois arrivée au bureau, elle explorerait à fond leurs finances et s'assurerait qu'aucun membre de la famille n'avait besoin de cette rançon. Peut-être l'un d'eux avait-il désespérément besoin d'argent. Peut-être un cousin venait-il de toucher le fond. L'argent pouvait conduire les gens à se retourner contre leurs propres parents… et ils pouvaient se montrer incroyablement cruels.

Parfois, ces crimes avaient quelque chose d'un peu trop familier.

Accéder aux documents bancaires était facile. Impersonnel. Éplucher les e-mails personnels de la famille et parcourir leurs sites Internet serait nettement plus intime.

— Les médias vont s'en donner à cœur joie, sur ce coup-là, prévint Luke. Les Briar font souvent les gros titres dans cette région du pays, mais maintenant que le père et le fils sont morts, on va avoir droit à un vrai feu d'artifice.

Jusqu'ici, les médias n'avaient pas vraiment fait le lien entre les différents enlèvements. Les deux hommes qui étaient revenus vivants avaient été envoyés à l'étranger par leurs parents. Et les doutes de la presse… étouffés sous le poids des vieilles fortunes.

Quant à l'autre victime, Peter Hollings, qui avait été renvoyé chez lui en pièces détachées après le paiement de la rançon sous forme de billets marqués et identifiables…

Ses parents avaient quasiment effacé toute trace de la vie de leur fils. Le reste du monde croyait sa mort due à un accident de voiture. L'argent avait le pouvoir de réécrire l'histoire.

— Comment les kidnappeurs réagiront-ils, quand leurs crimes feront la une des journaux ? interrogea Sam.

Certains tueurs désiraient ardemment attirer l'attention. Le pyromane que la SSD avait traqué en Virginie ne rêvait que de son quart d'heure de célébrité.

Luke croisa son regard.

— C'est vrai qu'au début, on aurait vraiment dit qu'ils souhaitaient rester discrets.

« Ils » : Hyde était persuadé qu'ils étaient sur la piste d'un groupe de ravisseurs.

— Mais vu la façon dont le corps de Jeremy Briar a été exposé, je pense qu'à présent, ils veulent un peu de publicité.

La presse se chargerait donc bientôt d'attiser la curiosité générale.

— Ils avaient un message à faire passer, conclut Sam en se massant la nuque.

— À la prochaine famille, compléta Luke. Pour leur montrer ce qui se passe lorsqu'on refuse de payer.

Max ne dormait pas lorsqu'on frappa à sa porte. Pourtant, il était presque 3 heures du matin.

Il pensait à elle. Il sentait toujours Samantha contre lui, et lorsque le son parvint à ses oreilles, il fonça immédiatement vers la porte.

« Je te retrouverai. »

Max tira le battant sans prendre la peine de jeter un coup d'œil par le judas.

Samantha.

Elle se tenait là, dans le couloir bien éclairé, mais elle n'était plus la femme fatale d'il y a quelques heures. Pas de petite robe sexy. Pas de décolleté plongeant.

À la place, elle portait un simple pantalon et une chemise, noirs. Cette couleur ne faisait qu'accentuer la pâleur de son teint. Et elle semblait perdue.

— Un endroit pareil devrait posséder un système de sécurité plus efficace, fit-elle remarquer.

Il aimait sa voix, douce, dépourvue d'accent. Onctueuse et sexy.

— Je n'ai eu aucun mal à entrer, affirma-t-elle.

— J'avais donné des instructions pour que le portier te laisse monter.

Il avait passé dix minutes à la décrire à Charlie.

Lorsque Samantha écarquilla légèrement les yeux, Max sut qu'il l'avait prise au dépourvu. Bien. Elle-même n'avait pas manqué de le surprendre, le premier soir.

« Je ne veux pas d'amour. Je ne veux pas d'éternité. C'est toi que je veux. Maintenant. »

Comment aurait-il pu résister à ça ?

Samantha se balança sur ses talons.

— Tu devrais faire installer un système de sécurité électronique. Tu devrais voir chaque personne avant que…

Elle s'interrompit et secoua la tête.

Des ombres soulignaient ses yeux. Des cernes qu'elle n'avait pas tout à l'heure, sur le balcon.

— Samantha ?

Ils se connaissaient à peine, mais il y avait quelque chose entre eux. Une sorte de lien.

Elle hésita avant d'avouer :

— Je n'avais pas envie de rester seule ce soir.

On ne pouvait pas faire plus brut ni plus sincère que ça. Le sexe de Max se gonfla comme le désir jaillissait en lui. Il avait encore son goût sur la langue.

Elle ouvrit les yeux.

— Tu as envie d'être seul, toi ? (Son regard s'agrandit.) Attends… Tu n'es peut-être… Est-ce que tu es seul ?

Max lui prit la main et la tira à l'intérieur.

— Plus maintenant.

Il claqua la porte et écrasa sa bouche sous la sienne.

Les lèvres sensuelles de Samantha s'ouvrirent aussitôt pour l'accueillir. De la langue, elle frôla celle de Max, la lécha, l'excita, et Max eut l'impression de sentir chacune de ses caresses directement sur son sexe.

Elle avait posé les mains sur lui, effleurant son torse nu. Ses mains, merveilleusement tièdes et douces… il les adorait. Encore plus quand elle s'en servait pour empoigner son membre et le caresser avec vigueur.

Que tout le reste aille se faire voir, tout sauf… elle. Elle, il voulait la prendre.

Elle suça la lèvre inférieure de Max, l'aspirant dans sa bouche, et le cœur de Max s'affola dans sa poitrine. Pourquoi ? Pourquoi avait-elle un tel effet sur lui ?

Il avait eu son lot d'aventures. Il n'aurait pas dû…

Samantha s'écarta de lui.

— Qu'est-ce que tu…

Elle se mit à genoux devant lui.

— C'est mon tour.

Elle baissa sans ménagement son pantalon de survêtement et posa sa bouche – oh, bordel de dieu – au bout de son érection.

— Samantha !

Elle referma la paume à la base de son sexe, et se pencha vers lui, absorbant centimètre après centimètre sa chair, aspirant, suçant, l'enserrant fort entre ses lèvres.

Max plongea les mains dans les cheveux de Samantha.

Celle-ci avala sa salive et s'avança plus près encore.

Elle accéléra le rythme, glissant contre sa peau, le prenant de plus en plus profondément dans sa bouche, tandis que sa langue lapait et explorait sa chair. Plus profond. *Encore.*

Max positionna sa tête et cambra le bassin vers cette bouche chaude et sensuelle. Ses testicules se crispèrent, son dos fut parcouru d'un frisson, et l'orgasme monta en lui, plus proche de seconde en seconde, si proche qu'il en avait presque mal.

Samantha leva les mains et se libéra de son emprise en un instant, haletante.

— Pas encore, murmura-t-elle.

Le regard fixé sur lui, elle se passa la langue sur les lèvres, retira sa chemise et la jeta au sol. Elle portait un soutien-gorge blanc, très simple, mais ses seins gonflant les bonnets rendaient le sous-vêtement sexy en diable.

Elle se débarrassa de ses chaussures et ôta son pantalon en se tortillant. Puis elle tira un petit paquet de sa poche arrière.

Elle avait vraiment tout prévu. Elle déchira l'emballage et déroula le préservatif sur son membre palpitant.

Samantha se dressa devant lui, son corps frôlant celui de Max, chaque centimètre de sa peau crémeuse près de le rendre fou.

Elle glissa les doigts sous l'élastique de sa culotte, et la baissa.

— Maintenant, lui dit-elle d'une voix qui semblait l'envelopper tout entier.

Pas besoin de lui dire deux fois.

Max la souleva contre lui. Elle l'enlaça de ses longues jambes fuselées. Son sexe, crémeux et rebondi, vint caresser le membre de Max.

Il fit deux pas et la plaqua contre la porte. Puis il l'étreignit et la pénétra profondément.

Seigneur, il était prêt à exploser. Il sentit l'orgasme monter à nouveau, et il la prit à coups de reins violents, rapides et profonds, la possédant avec la fureur qui grondait en lui.

Elle avait basculé les hanches en arrière, et à chaque glissement le membre de Max caressait son clitoris. Elle gémit, ondula sous lui et se cambra, se battant pour provoquer sa jouissance.

Plus vite. *Plus vite. Plus fort.* Elle lui murmurait ses désirs à l'oreille.

Elle enfonça les ongles dans les fesses de Max en l'encourageant. Voilà ! Voilà la femme de cette première nuit. La femme qui aimait le sexe débridé et qui ne s'arrêtait pas tant qu'elle n'avait pas joui.

Encore et encore.

Son sexe se crispa sur celui de Max, l'enserrant de ses spasmes violents, massant parfaitement son érection. *Oui…*

Max se retira, puis plongea en elle jusqu'à la garde. Il jouit en grognant le nom de Samantha, et en la serrant si fort contre lui qu'elle en tirerait sûrement quelques bleus.

Il la tint ainsi, collée à son corps, car cette fois, il ne la laisserait plus partir.

Plus tard, un hurlement réveilla Max. Un son vibrant d'une terreur si absolue que Max sentit la peur serrer son propre cœur. Il se dressa d'un coup et repoussa les draps.

Samantha se débattait sur le lit, sa peau pâle luisant au clair de lune. Elle avait levé les bras et semblait vouloir repousser quelque chose, combattre l'invisible. Elle hoquetait, le souffle haché, semblant peiner à respirer.

— Ne… ne me remettez p… pas…

Putain, mais c'est quoi ce bordel ?

Max donna un coup à l'interrupteur, et la lumière baigna la pièce.

— Samantha.

Elle se cambra, mais ses yeux demeurèrent fermés.

— Ne me…

Max lui attrapa les bras et l'attira contre son torse.

— Samantha !

Elle ouvrit soudain les yeux.

— Tuez… pas.

Max ouvrit de grands yeux. *Quoi ?*

Puis il s'aperçut que le regard de Samantha était vide. Ses pupilles dilatées étaient fixées droit devant elle, sur un cauchemar que lui-même ne voyait pas.

Son souffle gargouillait dans sa poitrine. Bon sang, elle avait l'air en pleine asphyxie !

Max pressa ses lèvres contre celles de Samantha. Puis il lui souffla dans la bouche. Une grande, longue goulée d'air.

Samantha posa les mains sur ses épaules et le repoussa, le surprenant encore une fois par sa force.

— Qu… qu'est-ce qui se passe ?

Elle n'avait plus la voix terrorisée d'auparavant.

Samantha. Elle était revenue.

Mais son regard était toujours vitreux, son visage dépourvu d'expression.

Il ne la lâcha pas. Au contraire, il raffermit son emprise. *La tenir. La protéger.*

Max lâcha un long soupir.

— Tout va bien, Samantha.

Elle déglutit, produisant un son trop clairement audible dans la pièce silencieuse.

— Qu'est-ce que j'ai fait ? demanda-t-elle, d'une voix plus assurée.

Max tenta de sourire, une prouesse au vu des palpitations violentes de son cœur et de la tension qui lui nouait l'estomac.

— Je crois que tu as juste fait un mauvais rêve. On en fait tous.

Sa peau était fraîche sous les doigts de Max, ses muscles tendus. Elle cligna des yeux, puis les plissa un peu.

— On en a tous, répéta-t-elle d'une voix monocorde.

Max leva la main pour lui envelopper l'épaule.

— Tu veux en parler ?

Il avait un mal fou à conserver un ton calme et léger. *Tu veux me raconter pourquoi dans ton rêve, tu suppliais quelqu'un de ne pas te tuer ?*

— Je ne me souviens de rien. (Elle eut un rictus.) Je ne me souviens jamais de mes cauchemars. (Silence.) C'est plutôt une bonne chose, non ?

Il la contempla, prenant note des courbes douces de ses joues, des légères taches de rousseur parsemant l'arête de son nez. Sa mâchoire était serrée, son petit menton relevé, et son épaisse chevelure ébouriffée encadrait son visage comme une crinière.

Elle était sexy.

Ça, c'était le cas depuis le début.

Mais à présent, il y avait autre chose. Une tension le long de ses lèvres pleines. Des ombres au fond de ses yeux.

Et elle enfonçait les ongles dans la chair des épaules de Max. Pas dans le feu de la passion, cette fois. Avec terreur.

— Pendant un moment, on aurait dit que tu avais cessé de respirer.

D'après Max, c'était suffisant pour considérer qu'on était bien au-delà du simple cauchemar.

— Tu avais l'air de lutter pour trouver de l'air.

Il y eut un silence, le temps d'un battement. Puis deux, et…

— Eh bien, dans ce cas, heureusement que tu étais là.

Ses lèvres s'incurvèrent, mais les ombres ne quittèrent pas son regard. Elle lui effleura le torse de ses doigts.

— Je suis contente que tu m'aies fait du bouche-à-bouche.

Elle était en train de se refermer comme une huître. Max serra les dents.

— Laisse-moi me rafraîchir un peu, et… (elle l'embrassa rapidement, en le mordillant) tu pourras me faire oublier toute cette histoire de rêve.

Samantha s'écarta de lui. Elle se leva et se dirigea vers la salle de bains, complètement nue, la tête haute, ondulant des hanches.

Il la regarda faire sans rien dire. Il bandait, évidemment, mais avec elle dans les parages, il n'avait aucun moyen de s'en empêcher.

La porte se referma derrière elle avec un léger déclic.

Le son de l'eau qui coulait envahit la pièce.

Et il s'aperçut qu'il avait serré les poings. *C'est à ça qu'elle ressemble quand elle ment.*

Sam se dévisagea dans le miroir. Elle avait agrippé le robinet à deux mains, bien trop fort, dans l'espoir de s'empêcher de trembler.

Cela faisait six semaines qu'elle n'avait pas eu de réminiscence. Et oui, c'est bien ce que c'était. Pas un cauchemar. Pas un foutu mauvais rêve.

Une vision du passé.

Elle était censée aller mieux.

Max l'avait vue ainsi, faible. Non, non, il n'aurait pas dû la voir dans cet état. Elle le voyait pour le sexe, pour le plaisir. Pour éloigner les fantômes.

Elle n'était pas là pour se montrer empêtrée dans ses souvenirs.

« Tu avais l'air de lutter pour trouver de l'air. »

Bordel. Juste… bordel.

Sam recueillit un peu d'eau dans sa main et s'en aspergea. Mais cette tiédeur ne fit pas fondre le gel qui paralysait son visage.

Elle ne pouvait pas se permettre de laisser son passé la hanter, la contrôler. Luke allait étudier le moindre de ses faits et gestes. Les autres agents aussi. Il fallait qu'elle se maîtrise.

Elle entendit frapper à la porte.

— Samantha ? Ça va ?

— Super ! répondit-elle.

Elle scruta de nouveau son reflet. *Menteuse.*

La poignée cliqueta. Max essayait d'entrer, mais c'était peine perdue. Elle avait verrouillé la porte.

— Donne-moi juste une minute !

Va-t'en. Fuis. Tout son corps était à nouveau raide et crispé. Elle ne pouvait pas rester ici, avec Max. Elle n'aurait pas dû faire l'erreur de s'endormir dans son lit. Ses défenses s'évanouissaient pendant son sommeil.

L'eau dégoulina de son visage sur le granit du lavabo.

— Samantha, ouvre cette porte.

Sa voix était calme. Mais ferme.

Ne montre pas que tu as peur. Jamais. Elle coupa le robinet. Lentement, sans se presser, elle ouvrit la porte. Un sourire déjà plaqué sur les lèvres, le visage presque sec, elle lui fit face.

— Désolée, Max, je crois qu'on va devoir remettre ça à une autre f…

— Arrête.

Sam haussa tranquillement les sourcils.

— Euh, arrêter quoi ?

Il ne savait pas que son cœur cognait dans sa poitrine, ni que ses muscles s'étaient tous contractés.

Max lui prit la main et l'attira vers lui.

— On n'est pas obligés de baiser.

Au moins, c'était direct. Mais elle commençait à comprendre que c'était sa marque de fabrique. Il disait ce qu'il pensait, et que les autres aillent se faire voir.

Ça devait être agréable, de vivre comme ça. Elle-même s'inquiétait trop de ce que les autres pensaient.

Ce n'est qu'avec lui que je peux me laisser aller et m'abandonner au plaisir. Mais le plaisir était terminé pour cette nuit, et elle ne pouvait pas prendre le risque de laisser remonter ses souvenirs.

— Viens au lit, chérie.

Sa voix était douce, mais son étreinte, la poigne qui l'entraînait vers le lit, était inébranlable.

L'arrière des genoux de Sam heurta le matelas.

— Je dois y aller. J'ai une réunion très tôt demain matin. J'avais oublié…

— Foutaises.

Il la poussa sur le lit. Elle recula, glissant sur les draps frais. Max la suivit, possessif, et elle aperçut son sexe, énorme et long, tendu pour elle.

Sam secoua la tête.

— Je croyais qu'on n'allait pas…

Il l'entoura de ses bras et la serra contre lui. Cela n'avait rien de sexuel. Il se contentait de… l'enlacer.

Et cela lui fit peur.

— Endors-toi, Samantha.

Dans ses bras. Elle se crispa encore davantage.

— Si les rêves reviennent, je te réveillerai.

Max s'étira, éteignit la lampe, et se retourna vers elle.

— Tu n'es pas la seule à faire des cauchemars.

Il ne comprenait pas.

— Dors.

Non, il ne comprenait pas, mais… mais elle n'avait pas envie d'être seule. N'était-ce pas la raison pour laquelle elle s'était rendue dans ce bar, la première fois ? Pour trouver quelqu'un d'autre ? Pour sentir une autre peau contre la sienne ? Pour savoir que quelqu'un la désirait ? Que quelqu'un ne voyait pas en elle une épave brisée ?

Le clair de lune que déversaient les vitres se posa sur elle. Elle tourna le dos à Max, car elle ne voulait pas qu'il voie son visage.

Sam se passa la langue sur les lèvres, se délecta de son étreinte confortable, et enfin, enfin ! parvint presque à se sentir en sécurité.

Dans les bras d'un inconnu.

Elle était vraiment cinglée.

L'odeur âpre du détergent lui brûla les narines lorsqu'il pénétra dans la maison, à l'extrémité de Sycamore Lane.

Il l'avait récurée lui-même, du sol au plafond, car il voulait être sûr que ce serait bien fait. Il ne tolérerait pas la moindre erreur. C'était bien trop important.

La chaise l'attendait dans la chambre du fond. Cette pièce de trois mètres sur quatre n'était meublée que par ce siège en bois. Le chêne brillait de propreté, désormais, mais plus tôt il avait été maculé de rouge. Le sang avait dégouliné sur le parquet.

Jeremy Briar n'avait pas eu une mort facile. Il lui avait tranché la gorge, pas trop profondément pour ne pas sectionner la jugulaire, mais assez pour empêcher ce petit con de hurler. Il ne l'avait pas égorgé par peur que quelqu'un l'entende. Dans le coin, il n'y avait aucune chance. Il en avait simplement marre de ses cris affolés et de ses supplications.

Les supplications ne marchaient pas avec lui.

Seul l'argent pouvait arrêter sa main. Si seulement le père de Briar avait payé la rançon…

Alors Morgan Briar n'aurait pas été forcé de racler le trottoir pour récupérer la chair et le sang de son fils unique.

Un bruit de moteur retentit au-dehors. Un ronronnement feutré. Il jeta un coup d'œil par la fenêtre. Pile à l'heure.

Il se détourna de la chaise. Elle ne resterait pas vide bien longtemps.

Une fois que la triste histoire de Jeremy aurait fait les gros titres, il se choisirait un nouveau pigeon. Cette fois, les salauds sauraient qu'ils étaient obligés de payer. Plus personne n'essaierait de le rouler à présent.

Il traversa le couloir en sens inverse et quelques instants plus tard, ouvrit la porte d'entrée.

Les premières lueurs de l'aube grignotaient déjà les ténèbres.

Son associée le rejoignit à pas pressés, perchée sur ses talons hauts, soufflant des panaches de brume dans l'air froid.

— Je crois que j'ai une idée pour la suite, dit-elle.

Il sourit.

— Non, j'en ai une meilleure.

Il était temps de passer au niveau supérieur.

Il avait déjà choisi leur prochaine victime. En fait, il les avait déjà toutes choisies depuis des mois. Il avait planifié la moindre de leurs actions, et il n'était pas près de s'arrêter. Pas avant d'arriver au bout de la liste, ayant récolté tout ce qui lui était dû.

Ces connards ont le choix : payer, ou saigner.

Chapitre 3

— J'ai besoin d'argent.

Les coups réguliers des marteaux se répercutaient tout autour de Max. Des scies électriques fendaient le métal, faisant jaillir des gerbes d'étincelles. Il fallut une seconde à la requête pour traverser les différentes couches sonores, et lorsque Max l'entendit, il repoussa son casque en arrière, essuya la sueur qui lui piquait les yeux et battit des paupières.

— Quinlan ? Qu'est-ce que tu fous ici ?

Son frère adoptif ne s'était jamais intéressé à son entreprise de construction immobilière. D'après ce que savait Max, il n'était pas vraiment du genre à se salir les mains. Les soirées chics, ça, c'était son truc.

Mais les chantiers comme celui-ci étaient tout ce que Max connaissait vraiment. Le bâtiment, c'était sa vie depuis plus de dix ans. Longtemps avant que sa mère s'acoquine avec son prince pas franchement charmant, il avait choisi cette voie et avait sué sang et eau pour assurer le succès de sa boîte.

Quinlan baissa sa tête brune et entra dans ce qui serait un jour une cuisine de première classe. Un jour très proche, si seulement Max recevait enfin ces foutues pièces manquantes.

— Tu m'as bien entendu, mec, insista Quinlan.

Il balaya d'un regard nerveux les ouvriers alentour, mais ils ne lui jetèrent pas même un coup d'œil.

— J'ai besoin d'argent.

Ce n'était pas la première fois que Quinlan venait le trouver.

— Combien ? demanda Max.

Son entreprise était parvenue à tenir et même à prospérer avec les années, en dépit de la crise économique. Il ne boxait pas dans la même catégorie que son beau-père, pas plus qu'il ne souhaitait le faire, mais il se portait tout de même suffisamment bien pour que les invitations aux réceptions huppées continuent d'atterrir dans sa boîte aux lettres.

Quinlan secoua la tête.

— Non, je veux *mon* argent, précisa-t-il.

Ah, c'était donc ça, le problème.

Son frère serrait les poings.

— Mon grand-père m'a laissé ce fond. L'argent m'appartient, cracha Quinlan.

Et c'était une sacrée somme. Assez d'argent pour conduire un homme à se comporter en imbécile fini. Max soupira.

— Tu n'as plus que deux ans à attendre, et le fond sera à ta disposition.

— J'ai pas envie d'attendre, putain !

Ce grognement, en revanche, fit tourner la tête aux autres gars. Ils savaient que Max ne se laissait traiter comme ça par personne, pas même par son frère.

— Désolé, mais je crois que tu vas être obligé d'attendre, putain.

Max haussa les épaules et reporta son attention sur les plans du chantier.

— Parle-lui, gémit Quinlan. Dis à mon père que j'ai besoin de fric. J'en ai besoin tout de suite…

— Pourquoi ?

Max secoua la tête, remarquant que son frère transpirait de manière tout à fait anormale.

— Pourquoi est-ce que tu en as besoin ? poursuivit-il.

Quinlan pinça les lèvres en un rictus crispé.

Et merde. Max lâcha les plans et avala en un instant la distance qui les séparait. Il empoigna son frère, remonta ses manches de chemise et examina ses bras.

— Tu recommences à te shooter ?

Quinlan avait déjà subi quatre cures de désintoxication. Quatre. Les toubibs affirmaient qu'il était guéri, et quelques semaines plus tard, Quinlan recommençait.

Son frère tenta de lui retirer ses bras. *Pas la peine d'essayer.* Max ne fit qu'affermir sa prise.

— Tu recommences ?

Il lui fallait du fric pour nourrir ses sales habitudes. Super, vraim…

— Non !

Il n'avait pas de marques de piqûre sur les bras. Mais Quinlan pouvait aussi s'être remis à sniffer de la coke.

— La… la dernière fois c'était juste à cause de ce qui est arrivé à…

— Ne prononce pas son nom, coupa Max.

Il ne voulait pas entendre Quinlan parler de sa mère, ou de la tragédie qui l'avait frappée.

— Elle disait qu'on était frères. (Quinlan déglutit.) Que je pouvais compter sur toi.

Max laissa tomber les mains de son frère.

— C'est le cas.

C'était lui qui avait envoyé Quinlan en cure de désintox. Pas le vieux. Le père de Quinlan ne se souciait apparemment pas des problèmes de drogue de son fils.

— Parle-lui, Max. Débrouille-toi pour que je récupère cet argent. J'en ai besoin, martela Quinlan.

Et si tu le gagnais? Max ravala ces paroles. Ils s'étaient déjà disputés à ce sujet. Quinlan ignorait ce que c'était de partir de zéro, et de se battre pour réussir. De faire sans arrêt des journées de dix-huit heures, jusqu'à se sentir près de s'évanouir.

Non, Quinlan n'avait jamais connu que la richesse.

Et son connard de père.

Max avait bossé jusqu'à ce que tout son corps lui fasse mal, travaillé nuit après nuit à mettre sa vie sur les rails. Oui, il pourrait se retirer dans un bureau, à présent, et tout diriger depuis un fauteuil bien confortable, mais…

Mes projets, mon boulot.

— S'il te plaît, mec. Il n'y a que toi qui peux m'aider.

Max hocha sèchement la tête. Très bien. Il parlerait à l'autre, pour ce que ça changerait… c'est-à-dire rien.

— Merci, Max ! (Un grand sourire fendit le visage de Quinlan, révélant ses fossettes.) Je savais que tu m'aiderais !

Bien.

Quinlan tourna les talons et s'éloigna de quelques pas rapides.

— Oh ! (Il regarda par-dessus son épaule.) J'aurais dû te le dire hier soir. Ta nouvelle petite amie est canon.

Max se contenta de lui rendre un regard inexpressif. Sa « petite amie » ? Pas tout à fait, non.

— Comment vous vous êtes rencontrés ? voulut savoir Quinlan.

Dans un bar. Elle m'a accosté. M'a proposé qu'on s'envoie en l'air sans s'engager.

Mais l'engagement était sorti de nulle part, hier soir, lorsqu'il l'avait tenue dans ses bras, ignorant la gaule qui l'avait tenu éveillé jusqu'à l'aube.

— Dans le coin.

Il pencha la tête sur le côté et observa son frère. Ses mains tremblaient, non ? Oui, ça se voyait.

Il a recommencé à se camer.

Quinlan déglutit.

— Ou… ouais… À plus, mec, OK ?

Oui, il le reverrait sans tarder. Max serra les lèvres.

Il avait promis à sa mère de prendre soin de Quinlan. Son frère, non par le sang, mais par l'ordre d'une mère. Il avait promis…

Et Max tenait ses promesses. Même celles qu'il avait envie de trahir.

— Tous les grands journaux de la région ont fait leur une sur l'enlèvement et le meurtre de Jeremy Briar.

La voix posée de Monica Davenport résonnait avec clarté dans la salle de conférences.

Sur sa chaise, Sam changea de position. Oui, elle avait vu les gros titres. « QUI A TUÉ LE PLAY-BOY ? » Les titres étaient gras, énormes, agressifs. Mais... un play-boy ? Non, pas Jeremy...

— Un de ces torchons est même parvenu à mettre la main sur une photo du corps mutilé de Briar. Une image qui ressemblait à l'une de nos propres photos de la scène.

Monica plissa les lèvres. Hormis cela, son expression n'avait pas changé, mais ce détail suffit à convaincre Sam qu'elle était sérieusement en rogne. Monica – ou « Glaçon », comme on l'avait surnommée lorsqu'elle étudiait à l'Académie – n'était pas vraiment du genre émotif.

L'équipe constituée par Luke afin de travailler sur cette affaire s'était rassemblée dans cette salle pour écouter le dernier rapport de Monica, et découvrir ce qui les attendait dans les jours à venir.

— Les enlèvements sont devenus une affaire publique. Les familles savent très précisément ce qui va se passer si elles ne paient pas pour faire libérer leurs fils.

Leurs fils. Jusqu'à présent, seuls des hommes avaient été enlevés. Des hommes forts et sportifs, la vingtaine. Tous avaient disparu dans un rayon de trois cents kilomètres autour de Washington.

— Est-ce qu'on peut s'attendre à ce que les crimes soient copiés par d'autres individus ?

La question venait de l'agent Jon Ramirez. Il avait dernièrement résolu une affaire de viols en série à Denver, et Dante l'avait intégré à l'équipe. Jon, le dos appuyé à son dossier, le regard noir et perçant, tapotait le bord de la table avec son stylo.

— Des jeunes hommes riches qui disparaissent... Ça pourrait en séduire plus d'un.

— C'est possible. (Monica croisa les bras sur sa poitrine et acquiesça lentement.) Attendez-vous à cela.

Génial. Une complication de plus à ajouter à l'affaire.

— Et attendez-vous à ce que les vrais kidnappeurs frappent bientôt. Très bientôt.

Sam secoua la tête.

— Mais d'ordinaire, il s'écoule toujours au moins deux semaines entre...

— Leur dernière victime ne leur a pas rapporté d'argent. Ils vont en harponner une autre.

« Harponner »... Un terme bien froid pour parler d'une vie humaine.

— Les quatre dernières victimes ont toutes été enlevées dans des bars proches de campus universitaires. Ce sont leurs terrains de chasse, rappela Monica.

Jusqu'ici, les kidnappeurs n'ont jamais frappé deux fois au même endroit.

À ce qu'ils savaient, du moins.

— Nous avons passé au peigne fin les bars où nos victimes ont été enlevées, coupa la voix bien plus chaleureuse de Luke. Personne ne se souvenait de les avoir vus partir.

Sam s'éclaircit la voix.

— J'ai extrait les images de la caméra de surveillance routière située dans la même rue que le bar *Le Centre*. J'ai pu relever une bonne centaine de plaques d'immatriculation.

Luke haussa un sourcil.

— J'ai comparé ces plaques avec celles des véhicules repérés par les caméras sur les autres scènes. Aucune ne correspondait. (Mais elle n'était pas près de laisser tomber.) J'ai les noms et les adresses des propriétaires de ces voitures. Nous pourrions recueillir leurs témoignages. Peut-être l'un d'eux se souvient-il avoir aperçu Jeremy.

Luke hocha la tête, cette fois.

— Bon travail, Sam. (Il désigna Ramirez du doigt.) Toi et Kim, vous récupérez cette liste de témoins ? Voyez si l'un d'eux était assez sobre pour se souvenir de notre victime, et de la personne qui est partie avec lui.

— Ces types sont malins, murmura Monica. J'ai relevé au moins trois sorties au *Centre*. Un videur est généralement posté à l'entrée principale, mais les autres portes n'étaient pas surveillées. S'ils sont sortis par-derrière...

— Alors ils ont pu emprunter East Benedict Road et échapper aux caméras de surveillance, termina calmement Sam.

Oui, elle avait pensé à cet autre itinéraire, et si les tueurs étaient aussi organisés que le supposait la SSD, ils y avaient pensé aussi.

Mais tout le monde faisait des erreurs, et il y avait une toute petite chance que leurs tueurs se soient emmêlé les pinceaux.

— On cuisine tout témoin potentiel. (Luke balaya la pièce du regard.) Et on travaille à repérer le prochain terrain de chasse des kidnappeurs.

Ses yeux s'arrêtèrent sur Sam.

Elle sut ce qu'il attendait d'elle. Sam humecta ses lèvres sèches et annonça :

— J'ai commencé à générer une carte prévisionnelle, basée sur les statistiques dont nous disposons, afin d'identifier les bars auxquels ils pourraient s'attaquer.

Les schémas. Elle les connaissait et avait toujours été douée pour les déceler, là où les autres n'en percevaient aucun.

— Nos kidnappeurs préfèrent les bars les plus fréquentés, situés à moins de quinze kilomètres d'un campus universitaire et ne fermant pas avant 4 heures du matin.

— Combien en as-tu trouvé ?

— Dans la zone d'attaque ? demanda Sam.

La zone d'attaque, soit l'étendue de trois cents kilomètres de rayon au sein de laquelle sévissaient les kidnappeurs.

— Vingt-trois, compléta-t-elle.

Les étudiants adoraient les bars.

Ramirez jura et répliqua :

— On ne peut pas couvrir un terrain de cette taille.

— Si, contra Luke. Il va juste falloir qu'on se démène un peu. On va demander des renforts à la police locale, et faire en sorte que les employés de ces bars soient alertés.

Les épaules de Sam s'affaissèrent. *Un boulot de terrain*. Pas de problème, elle y arriverait.

L'attention de Luke était toujours braquée sur elle.

— Sam, je veux que tu continues à éplucher les finances des Briar. Creuse plus profondément dans leurs ordinateurs et extrais-en le maximum d'infos.

Sam se força à acquiescer brièvement.

— C'est comme si c'était fait.

Ils n'avaient pas pu obtenir l'accès aux ordinateurs des autres victimes. Les familles s'étaient réfugiées derrière leurs avocats aussi vite que possible. Mais cette fois, c'était différent.

Dans la matinée, Sam avait déjà amorcé une analyse de l'ordinateur portable : trop facile. Il lui avait suffi de cinq secondes pour contourner la protection par mot de passe. En ce moment même, son programme téléchargeait tous les e-mails supprimés et les fichiers cryptés de Jeremy.

Les documents financiers de la famille paraissaient normaux. Pas de dettes majeures. Pas d'argent disparu dont on ignorait la destination.

Luke énuméra plusieurs des bars à surveiller, situés autour des campus. Ils se concentraient sur les universités les plus importantes, où les étudiants provenaient de familles riches et puissantes.

Luke assigna des zones d'investigation aux autres agents. Seule Sam était privée de sortie.

—Allez, on se bouge, les gars, conclut-il. Prévenez les barmans et les serveuses, dites-leur d'ouvrir l'œil… et trouvons ces salopards avant que quelqu'un d'autre se fasse enlever.

Ou tuer.

La musique était forte. Non, assourdissante. Mais c'était bien dans ce bouge, en bordure du campus de Georgetown, que Sam avait besoin de se trouver.

Elle se tenait quelques pas au-delà de l'entrée du *Centre*, et balayait du regard le bar noir de monde. Le videur posté devant la porte – un grand type musculeux à l'oreille chargée de piercings – lui avait fait signe d'entrer dès qu'elle avait sorti son badge. Elle savait que d'autres agents l'avaient déjà interrogé. Kevin Milano était à son poste le soir où Jeremy avait disparu, mais il ne se souvenait pas de l'avoir vu quitter l'endroit.

D'après les e-mails qu'elle avait lus, Jeremy Briar retrouvait ses amis dans ce bar un vendredi sur deux.

Et la troisième victime, Curtis Weatherly – celui qui était parvenu à rentrer chez lui avant d'être expédié au Mexique illico presto – était également passé dans ce bar. D'accord, une virée au *Centre* représentait un sacré trajet en voiture depuis son domicile en Virginie, mais il était venu… une semaine avant son enlèvement. Curtis n'avait pas répondu aux questions des agents, elle n'avait donc pas obtenu ce détail directement de lui.

Par chance, il l'avait mentionné sur sa page Facebook, et elle avait consigné toutes ses activités.

Deux victimes, un seul bar.

Encore un schéma. Et peut-être, peut-être, si elle fouillait assez profondément dans les vies des autres victimes, Sam y retrouverait-elle aussi le nom du *Centre.*

Minuit se rapprochait. Elle n'avait pas encore parlé de ce lien à Luke, mais ce serait la première chose qu'elle lui dirait demain matin.

Et elle était là parce que…

Quelqu'un la bouscula, et Sam pivota immédiatement, prête à se défendre.

— D… désolé…, marmonna l'ivrogne, qui la dépassa en titubant.

Elle expira lentement. *Reprends-toi.* Son arme était dans son sac. Elle était entourée d'étudiants soûls, pas d'assassins.

Enfin, si, l'un d'entre eux en était peut-être un.

Et c'était pour cela qu'elle était là. Pour cela qu'elle s'était forcée à entrer dans le bar après avoir attendu vingt minutes dans sa voiture. Elle était agent du FBI, nom d'un chien ! Son boulot était de suivre les pistes. Elle pouvait le faire.

Si elle avait demandé à quelqu'un d'autre d'examiner l'endroit, Hyde aurait douté d'elle. Encore plus qu'il ne le faisait déjà. Une étude rapide, quand même, elle devrait pouvoir s'en charger.

Non ?

En tirant sur les bords de sa veste, Sam fendit la foule. *Pas vraiment mon genre d'endroit.* Mais bon, elle avait obtenu son diplôme universitaire à dix-sept ans, âge où elle n'y avait pas sa place au regard de la loi.

Une éternité plus tard, elle atteignit le bar et frappa de la paume le comptoir luisant. Le barman leva les yeux, un sourcil levé.

— Tu veux quoi ?

Sam inspira profondément.

— Je cherche un homme.

Le profilage avait déterminé que le chef de la bande était de sexe masculin.

— Mon cœur… (Il fit un geste vague en direction de la foule.) T'as que l'embarras du choix.

Le barman paraissait âgé d'environ trente ans. Son crâne était chauve et luisant, ses mains tatouées.

Samantha grinça des dents et se dressa de toute sa hauteur.

— Non, un jeune homme, probablement la vingtaine, beau, intelligent…

— Ouais, alors écoute, c'est pas que j'en ai rien à foutre de ta petite liste de courses…

— Il serait plutôt seul, s'entêta Sam, consciente que ses joues étaient de plus en plus rouges et qu'elle parlait trop vite. Il passerait pas mal de temps à observer les autres clients. Peut-être tout particulièrement ceux qui semblaient flamber le plus d'argent…

— Samantha ?

La voix grave et rugueuse s'était élevée juste derrière elle. Sam pivota…

Et se trouva nez à nez avec Max. *Quoi ?*

Il secoua la tête.

— Qu'est-ce que tu fais là ?

Oh, merde. Elle humecta ses lèvres.

— Je…

— Elle cherche un mec, mon pote, comme toutes les autres, intervint le barman dans son dos, d'une voix lasse et traînante.

Les yeux de Max devinrent deux fentes.

— J'y crois pas une seconde.

Oh, bordel. Ça s'annonçait très mal.

— Euh, non, j'étais en train de…

Mener une enquête.

Max se pencha vers elle.

— Chercher un autre amateur de sexe sans engagement ?

La colère brillait dans son regard.

Peut-être l'heure était-elle aux aveux. *Salut, je suis Sam, agent du FBI. Je t'ai accosté dans un bar, et je ne sais même pas trop pourquoi. Je suis peut-être en train de devenir folle, mais ne dis rien à mon boss ou il me vire sans préavis.*

Sam se passa la langue sur les lèvres. Ce n'était ni le bon moment, ni le bon endroit pour déverser d'un coup toutes ces informations.

— Ce n'est pas ce que tu crois, parvint-elle à articuler à la place.

L'acier de ses yeux l'avertit qu'il était bien loin de la croire.

— Écoute, j'étais…, commença-t-il.

— Max !

Un autre homme se fraya un chemin parmi la foule. Plus jeune, avec un air qui lui disait quelque chose.

— Max, j'ai cru que tu n'arriverais jamais !

Des yeux gris foncé. Une gueule d'ange. Des joues déjà rougies par la bière.

Le déclic se fit dans l'esprit de Samantha. Il était à la fête hier soir. Et cette voix… c'était le type qui était sorti sur le balcon.

Elle braqua de nouveau son regard sur Max, et vit se crisper un muscle sur sa joue.

— Samantha, j'aimerais te présenter mon frère, Quinlan Malone.

Elle ne lui offrit pas sa main à serrer. Cela aurait été difficile, étant donné que Max emprisonnait les deux d'une poigne de fer.

Quinlan lui adressa un grand sourire, mais parut chanceler légèrement.

— Ravi de vous rencontrer, belle demoiselle.

Euh… OK.

— Tu lui as parlé ? demanda-t-il à Max. Qu'est-ce qu'il a dit, mec ? Est-ce que…

— Pas un centime, Quinlan, répondit Max entre ses dents serrées.

Il tourna la tête, presque imperceptiblement, pour regarder son frère dans les yeux.

— Il a dit non.

— Putain !

Le regard de Sam passa de l'un à l'autre.

— Max…, intervint-elle.

Là, c'était carrément gênant. Elle n'avait aucune expérience de ce genre de situation. En tant que fille unique, elle n'avait jamais été exposée aux querelles entre frères et sœurs.

— Frank dit que tu en as assez pour le moment. (Les lèvres de Max avaient pris un pli tendu.) Tu n'auras rien d'autre.

Quinlan tourna les talons et partit en trombe à travers la foule.

— Bordel. Accorde-moi un instant, d'accord ?

Max la lâcha et se lança à la suite de son frère.

Mais Quinlan entra en collision avec un type qui ressemblait à un footballeur, énorme et musclé, et le chaos éclata.

La colère, les poings, les cris. Un amas d'hommes entremêlés roula sur le sol.

La peur glaça les veines de Sam, mais elle bondit en avant.

— A… arrêtez ! hurla-t-elle.

Quinlan fut projeté à terre. Violemment.

Sam glissa la main dans son sac, à la recherche de l'arme cachée à l'intérieur. Elle joua des coudes pour se rapprocher.

— Lâchez-le ! C'est un or…

— Bordel, rugit Max en repoussant les hommes qui l'entouraient, arrêtez un peu vos conneries !

Son cri parut calmer la foule. Il tira son frère de la bagarre.

Sam inspira.

Quinlan se dégagea de l'emprise de Max et s'éloigna à travers la foule bouche bée.

Sam s'aperçut qu'elle avait la main serrée sur son arme. Soigneusement, elle la lâcha, la laissant retomber au fond de son sac à main.

Puis Max revint à ses côtés. Il lui tendit la main.

— Viens, on s'en va.

« Ils ne frappent jamais deux fois au même endroit. »

Sam glissa une main dans la sienne.

Quinlan les regarda partir. *Le fils de pute.* Il avait su, au fond de lui, que le vieux ne lui filerait pas l'argent.

— Cet enfoiré n'aurait pas dû te frapper, murmura une voix féminine, douce et sexy.

Elle se faufila près de lui. Grande et mince, elle portait une minuscule robe noire qui couvrait à peine le haut de ses cuisses.

Il engloutit une longue gorgée de bière.

— Quelques bleus à la mâchoire, c'est rien comparé au reste de mes problèmes.

Sa bague au fer à cheval scintilla, pour le narguer.

La femme s'assit près de lui. Sans attendre qu'il l'y invite. Elle se contenta de s'asseoir, et sa robe remonta encore un peu plus.

Pas de petite culotte.

— Je suis douée pour écouter, susurra-t-elle en lui caressant le bras. Je suis sûre qu'en parler te ferait beaucoup de bien.

— Non, la seule chose qui me ferait du bien, c'est que mon cul-serré de père me donne mon argent.

Mais son père ne lui donnerait rien du tout. Combien de fois l'avait-il supplié et s'était-il fait rembarrer ? Combien de fois, putain ?

Il espérait que son père change d'avis, alors il avait envoyé Max jouer les médiateurs. *Une dernière chance.*

Il avait dit non.

Et rien d'autre.

Elle baissa les cils.

— Les parents, c'est l'enfer, parfois, dit-elle.

Elle se pencha en avant, et ses longs cheveux blonds vinrent lui chatouiller le bras.

— Je veux simplement récupérer ce qui m'appartient !

Est-ce que c'était si mal de sa part ? Non, non, ce n'était pas lui qui avait mal agi. C'était ce vieux connard.

Elle lui prit sa bière des mains. Savoura une longue et lente gorgée.

— Je sais que c'est ce que tu veux…

Elle passa son index sur le goulot de la bouteille.

— Je sais, Quinlan, je sais…

Elle caressa encore une fois le goulot.

— Finis celle-là, dit-elle, et je t'offre la prochaine.

— Où est ta voiture ? demanda Max, toujours chauffé à blanc par la colère.

Samantha le regarda en clignant de ses grands yeux sombres.

Un autre homme… ? Putain, j'aurais dû me douter que j'étais juste un mec parmi tant d'autres, pour elle. J'aurais dû m'en douter.

Comme elle ne répondait pas, il fit un tour sur lui-même et distingua la Volkswagen rouge au bout de la rue.

— Tu rentres chez toi. C'est fini pour ce soir, décréta-t-il.

— Je n'étais pas là pour me trouver un amant.

Sa voix était douce, apaisante.

Il se tourna et vit qu'elle le regardait en fronçant les sourcils. Un froncement minuscule, presque invisible sur son front.

— Si j'ai besoin de faire l'amour, lui dit-elle à voix basse, je sais que je peux venir te trouver.

Quoi ? Bon sang, mais qui disait des trucs pareils ? Enfin, à part elle ?

— Tu satisfais mes besoins. Je ne vois pas pourquoi…

Parfois, cette femme pouvait se montrer terriblement clinique.

— Quel âge as-tu, Samantha ?

Il avait cru qu'elle avait dans les vingt-cinq ans – *pitié, pas plus jeune* –, mais si elle se trouvait dans ce bar, si elle étudiait à Georgetown, alors…

— Vingt-quatre ans.

OK. Trop jeune tout de même, mais bon…

— J'en ai trente-trois, dit-il.

Elle se contenta d'acquiescer.

— Tu es encore à la fac, ajouta Max. Je…

Samantha se mit à rire :

— J'ai quitté la fac depuis longtemps. J'ai terminé mon doctorat il y a trois ans.

Quoi ?

Elle lui caressa la joue.

— Tu ne me connais pas vraiment, Max. Je ne suis pas la femme que tu t'imagines.

Ouais, c'était le moins qu'on puisse dire.

— Fais-moi confiance. Je n'étais pas en quête d'un joli passe-temps.

Et qu'est-ce que cela pouvait faire, après tout ? Elle avait raison. Il ne la connaissait pas. Ils avaient fait l'amour, pas discuté longuement des choses profondes de la vie. Il aurait dû n'avoir rien à carrer de ses habitudes sexuelles. Il s'était bien amusé, et maintenant…

J'en veux encore plus. Je n'en ai pas eu assez.

Samantha se dressa sur la pointe des pieds, rapprochant sa bouche nue et pulpeuse de la sienne.

— J'aime faire l'amour avec toi.

Son sexe se tendit brutalement. *Couché !*

— Tu me donnes ce dont j'ai besoin, en ce moment, poursuivit-elle. Exactement ce que dont j'ai besoin.

Dans deux secondes, il allait lui donner ce dont elle avait besoin, ce qu'elle lui demandait avec ces grands yeux et cette voix sensuelle.

Elle tira la langue et lui lécha la lèvre inférieure.

Bordel.

Il lui prit les bras et les serra, s'empara de sa bouche et y plongea la langue. Elle n'avait pas le goût du vin, ni de la bière ; sucré, acide.

Simplement celui d'une femme.

Ses seins s'écrasèrent contre son torse, les mamelons déjà tendus, et Max glissa la main entre leurs deux corps. Il prit un sein entre ses doigts, à travers sa fine chemise, le pétrit et le caressa, rêvant de ce mamelon dressé sous sa langue.

— Max ! gémit-elle.

Elle avait envie de lui, autant que lui d'elle. *Tout autant.*

Quinlan s'écarta du bar.

— Faut que je me tire d'ici.

La blonde lui sourit.

— Tu veux un peu de compagnie ?

Oui. Il l'embrassa, se délectant de ses lèvres rouge sombre, et la pièce parut tournoyer autour de lui.

Il s'arracha à elle, lentement, et lui prit la main en se dirigeant vers la porte.

— Non, dit-elle en le tirant en arrière. Par ici.

Elle désigna la porte de derrière.

OK, si elle y tenait. En cet instant, il l'aurait suivie n'importe où.

Vraiment n'importe où.

Ils réussirent à se rendre chez Max. De justesse. Il avait suivi Samantha, collant de près sa Coccinelle et maudissant son membre tendu de désir.

Il n'avait pas morflé à ce point depuis ses dix-huit ans. Qu'est-ce que Samantha lui avait donc fait ? Pourquoi n'arrivait-il pas à se rassasier d'elle ?

Ils franchirent tant bien que mal le vestibule. Lorsque les portes de l'ascenseur se refermèrent sur eux, Max ne put résister davantage. Elle s'adossa à l'un des miroirs qui couvraient les parois, et il remonta sa chemise. Son soutien-gorge était bleu pâle…

Il écarta la dentelle, révélant son mamelon rouge sombre. Une cerise mûre et sucrée. Il referma les lèvres sur son sein et le suça, savourant ce mamelon sur sa langue. Il lécha, caressa, mordit délicatement sa chair.

Le gémissement de Samantha lui emplit les oreilles tandis qu'elle s'arc-boutait contre lui. Son membre était raide à lui faire mal, et si l'ascenseur n'accélérait pas le mouvement…

Il demanderait à Samantha de s'en occuper.

« Ding ! »

Elle le repoussa légèrement.

— Max, quelqu'un pourrait…

Deux secondes plus tard, il lui avait retiré sa chemise. Le visage de Samantha s'était empourpré, ses yeux brillaient de désir, et lorsqu'elle baissa le regard… eh bien, Max sut qu'elle ne pouvait pas manquer la tente que formait son pantalon.

Mais son étage était désert. Ils se ruèrent dans le couloir. Max était sur le point de défoncer la porte lorsqu'il parvint enfin à tourner la clé dans la serrure.

Le lit, le lit, arriver jusqu'au lit.

Leurs vêtements tombèrent à terre. La chemise de Samantha. Puis la sienne.

Ils n'étaient encore que dans l'entrée.

Elle se débarrassa de ses chaussures.

Il fit de même.

Elle ôta son pantalon.

Putain.

Elle entra d'un pas chancelant dans la chambre, retira son soutien-gorge. Puis sa culotte…

Samantha se laissa tomber sur le lit, écartant ses cuisses pâles, et il s'empara de sa chair soyeuse pour l'ouvrir encore davantage. À lui de la goûter.

Il la trouva trempée. Prête. En bas, son goût était plus riche, plus savoureux. Il lécha son clitoris, émerveillé de la façon dont elle se pressait contre lui. Elle soupira. Mais cette fois…

— Dis mon nom, Samantha, ordonna-t-il en grognant presque.

Ils se servaient l'un de l'autre.

Pour le sexe. Pour le plaisir. D'accord, mais il ne voulait permettre aucune ambiguïté quant à l'identité de l'homme avec qui elle couchait.

Il plongea sa langue en elle.

— Max !

Il lécha, lécha encore. Putain, il n'en avait toujours pas assez. Il la savourait, et il en redemandait. *Un vrai drogué.*

Samantha se cambra. Elle était proche de l'orgasme, si proche qu'il sentait son sexe frissonner.

Max s'arracha à elle et tira un préservatif de la table de nuit. Il en recouvrit son membre, revint se mettre en place et la pénétra profondément.

Samantha jouit au premier coup de reins, en une explosion qui la secoua tout entière et la fit se contracter sur lui comme un étau.

Il ne s'arrêta pas. Il plongea en elle, encore et encore, faisant grimper la tension. Encore plus haut, encore plus fort, encore plus intense.

Les épaules de Max se couvrirent de sueur. Les gémissements de Samantha résonnèrent dans la pièce. Le lit protesta.

Elle l'entoura de ses jambes, pressant les chevilles contre ses fesses. Ses yeux, grands ouverts, étaient rivés sur lui.

Elle me voit.

Il explosa en elle.

Max s'assoupit, brièvement, et fut réveillé par le grincement de la porte.

La conscience lui revint aussitôt. Il se redressa d'un coup.

— Tu t'enfuis encore ?

Vêtue de son soutien-gorge et de sa culotte, Samantha jeta un regard en arrière.

— Je ne peux pas rester dormir ici.

« Je ne peux pas. » Tu ne veux pas. Bien sûr. Que du sexe.

S'il voulait qu'une femme reste dormir chez lui, il n'avait qu'à ouvrir son tiroir et choisir un numéro de téléphone. Peut-être même allait-il le faire. Il serra les dents et siffla :

— Tu connais le chemin. Vas-y, et…

Le téléphone posé sur la table de nuit se mit à sonner. Qui pouvait donc l'appeler à une heure pareille ? Merde, s'il y avait un problème sur un de ses chantiers… Tout en jurant, Max décrocha.

— Ridgeway, annonça-t-il.

Samantha sortit à reculons de la pièce. Il n'allait pas la suivre, n'essaierait pas de l'arrêter. Peut-être était-il temps de mettre un terme à cette folie. Ça ne rimait à rien ; c'était…

— J'ai quelque chose qui vous appartient…, murmura une voix râpeuse.

— Quoi ? (Max battit des paupières, puis se passa la main sur le visage.) Qui êtes-vous ?

— Si vous voulez le récupérer, débrouillez-vous pour que je sois payé.

— Écoutez, mon vieux, je ne sais pas qui vous êtes, mais cette conversation est terminée.

Il était trop tard pour ces conneries.

Dans le couloir, Samantha s'immobilisa. Il aperçut la courbe de sa hanche, le galbe de ses fesses magnifiques.

— Ne me rappelez pas, compris ? cracha Max en écartant le téléphone de son oreille.

— À combien estimez-vous la vie de votre frère ? le nargua la voix, de ce chuchotement exaspérant.

Il lui fallut un moment pour comprendre. *« Frère »*. Max sursauta.

— De quoi parlez-vous ? aboya-t-il.

Un rire moqueur. Le sang de Max se glaça.

— J'ai votre frère, et si son vieux refuse de casquer, je vous le renverrai en petits morceaux.

Non, non, ça n'était pas en train d'arriver. C'était des conneries. Une très mauvaise blague.

— Vous avez Quinlan ?

La porte gémit. Elle ne se fermait pas, cette fois ; elle s'ouvrait. Samantha se glissa dans la pièce. Max braqua le regard sur elle : son visage était pâle, ses yeux écarquillés et rivés sur lui.

— Si vous voulez que le sang de Quinlan reste à l'intérieur de son corps, vous allez faire ce que je vous dis.

Bordel.

— Laissez-moi lui parler, immédiatement !

— Ce n'est pas vous qui donnez les ordres.

Ce son qui tambourinait dans ses oreilles, couvrant presque les paroles de ce salaud… était-ce son cœur ?

— Vous ne l'avez pas, affirma Max, mû par une certitude soudaine.

Ce type était un malade.

— Vous ne savez même pas…, continua Max.

— Si vous n'aviez pas été si occupé à baiser votre jolie petite pute au milieu de la rue, vous m'auriez peut-être vu sortir du *Centre* avec lui. Vous étiez là. Vous auriez pu le sauver.

Max serra le téléphone à le broyer. *Il nous a observés.*

— Passez-moi mon frère !

— Non. (Le rire dément retentit à nouveau.) Soyez un gentil petit coursier et faites ce qu'on vous dit. Je vais envoyer un message au vieux… et vous, vous allez vous assurer qu'il paie.

Une blague, c'est forcément une blague…

— Vous en parlez aux flics, vous essayez de marquer les billets, et le légiste passera des semaines à reconstituer le corps de votre frère. Compris ? *Des semaines.*

Puis le téléphone se tut.

Chapitre 4

— Max ?

Samantha fit un pas vers lui.

— Max, qu'est-ce qui se passe ?

Très soigneusement, il reposa le combiné sur son socle.

— Il faut que tu t'en ailles.

Quinlan. *Merde, mais comment un truc pareil a-t-il pu arriver ?*

Max avait lu un article dans le journal sur ce type, Briar. Le pauvre avait été quasiment débité en tranches et abandonné devant la maison de ses parents. Mais bon sang, ça s'était passé dans le Maryland. Pas à Washington, pas…

Max bondit hors du lit et se mit à enfiler ses vêtements.

— Va-t'en, Samantha, insista-t-il.

Elle ne pouvait pas être témoin de tout ça. Il ne voulait surtout pas la mêler au cauchemar qui s'apprêtait à submerger sa vie.

Enlevé.

Il fallait qu'il aille voir Frank. *Tiens bon, Quinlan. Tiens bon.*

Max pivota et faillit renverser Samantha. Elle le saisit par les épaules.

— Dis-moi ce qui se passe.

— Un problème familial. C'est tout.

Max s'écarta d'elle. Il se rua dans le couloir, ramassa la chemise de Samantha et la lui lança.

— La récréation est terminée, dit-il.

À ces mots, elle plissa les yeux. Il savait qu'il se comportait comme un connard, mais il était obligé de l'éloigner. *Ne pas laisser cette histoire la toucher.*

— Chérie, appelle-moi la prochaine fois que tu as envie d'un coup rapide, mais…

— Arrête ! (Les joues de Samantha s'étaient empourprées.) Je t'ai entendu. Tu le sais !

Elle se rapprocha de lui, les sourcils froncés, et baissa la voix en demandant :

— Quelqu'un a pris ton frère ? Quelqu'un a enlevé Quinlan ?

Il se contenta de la regarder fixement.

— Qu'est-ce qu'ils veulent ? murmura-t-elle.

Elle semblait terrifiée, à présent. La même peur étreignait le cœur de Max, assortie d'une fureur ardente, redoutable.

— Je ne le sais pas encore.

Sa bouche s'était totalement asséchée.

Samantha passa la tête par le col de sa chemise. Ses boucles souples retombèrent en désordre autour de son visage.

— Ils vont te rappeler, non ? Si on reste ici, ils finiront par rappeler…

Elle finit rapidement de s'habiller.

Max secoua la tête. *Pas le temps.*

— Il faut que j'aille chez mon beau-père. (Il se détourna d'elle.) Ce connard, au téléphone, a dit qu'il enverrait un message…

Mais quand ? Et que réclamerait-il ?

De l'argent, bien sûr, mais combien ? Frank Malone était si scandaleusement riche… Sa première épouse avait appartenu à une très vieille famille, extrêmement fortunée. Lorsqu'elle était morte, Frank avait hérité de tous ses biens.

Quoi que réclame cet enfoiré, Max ferait en sorte qu'il l'obtienne de Frank. Il n'allait pas laisser son frère subir le même sort que Briar.

— Je pense que ce sont les mêmes, marmonna-t-il sans se retourner. Les mêmes que ce type, dans les journaux.

— Tu ne peux pas en être sûr, rétorqua Samantha.

Sa voix avait claqué comme un fouet, et Max sursauta, surpris.

Elle le contourna pour l'obliger à la regarder en face.

— Tu ne sais rien de ces gens. Ça pourrait être un canular, un mauvais tour. Quelqu'un qui a lu cette histoire dans la presse et qui essaie de te faire marcher.

Si seulement…

— Le type, au téléphone… il nous a vus au *Centre*.

Samantha l'écouta, bouche bée.

— Il était là, chérie. Il t'a vue, il m'a vu, et il a chopé mon frère alors que j'étais trop obsédé par toi pour penser à respirer.

Max fouilla les profondeurs de son regard, de ses grands yeux sincères, et l'espace d'un instant, un soupçon affreux déchira son âme.

Leur rencontre avait été si soudaine… Elle s'était jetée dans ses bras…

Puis elle était apparue à cette fête, à Washington. *J'y étais, Quinlan aussi.*

Et au *Centre. J'y étais, Quinlan aussi.*

Samantha était là hier soir, et ce soir…

Frank Malone ne cracherait rien si Max disparaissait. Max n'était pas le fruit de ses entrailles ; le vieux n'en aurait strictement rien à carrer. L'argent, la fortune familiale, n'était lié qu'à Quinlan.

— Ce type t'a dit qu'il t'avait suivi ?

Une surprise réelle s'était peinte sur ses traits délicats.

Max se saisit de ses clés.

— Rentre chez toi. Je n'ai pas le temps de…

— Je viens avec toi ! coupa-t-elle d'un ton précipité. Où que tu ailles, quoi que tu fasses, je viens aussi.

Lorsqu'il leva les yeux, elle ramassait ses chaussures.

— Je ne vais pas te laisser t'occuper de ça tout seul, décréta-t-elle.

Max secoua la tête :

— Tu ne sais pas à quoi…

— Tu ne sais pas à quoi tu t'exposes, toi non plus, l'interrompit-elle en lui prenant la main. Mais tu n'es pas obligé d'affronter ça seul.

Max serra les dents.

— Soit tu me laisses venir avec toi, soit je te suis, donc tu ferais mieux de…

— Ils nous surveillent peut-être toujours. Putain, pas peut-être, sûrement ! L'autre enfoiré au téléphone m'a dit que si j'allais voir les flics, je récupérerais mon frère en petits morceaux !

Elle tressaillit.

— Max, tu devrais…

— Tu as lu les gros titres ? Tu as vu ce qu'ils ont fait à l'autre pauvre type ?

Il avait souffert pendant des heures.

— Ils lui feront la même chose, poursuivit Max.

Il ferma les yeux un moment, rongé d'inquiétude et de culpabilité.

— J'étais là, et je ne les ai même pas vus l'emmener.

— Ce n'est pas ta faute !

— Je vais récupérer Quinlan. Quoi que je doive faire, je le ferai, et je retrouverai mon frère.

Il croisa le regard de Samantha. Celle-ci se contentait de le dévisager, le visage anxieux. *Elle pense que je ne le reverrai jamais.*

Et au fond de lui, il craignait la même chose.

Max conduisait vite. Trop vite. La ceinture de sécurité cisailla l'épaule de Sam lorsqu'il prit un virage trop serré, et elle lâcha un soupir nerveux. Elle avait enfoui la main dans son sac, et composait un SMS aussi vite que ses doigts le lui permettaient.

Elle ne pouvait qu'espérer que Max était trop concentré sur la route et obnubilé par l'enlèvement de son frère pour faire attention à elle.

Dépêche, dépêche… Elle pianotait à la vitesse de l'éclair, malgré le nœud qui lui tordait l'estomac.

« Il m'a dit que si j'allais voir les flics, je récupérerais mon frère en petits morceaux ! » Les paroles de Max tournaient en boucle dans son esprit.

S'il savait qui elle était réellement… S'il savait ce qu'elle était en train de faire…

Pas le choix. C'était son travail.

Et la vie de Quinlan.

Sam envoya le message et sut qu'elle venait de perdre son amant.

Le portable de Luke Dante sonna. Le bip, long et grave, indiquait qu'il venait de recevoir un message. Il était sacrément tard. Luke était bien installé, comblé, et au lit avec la femme qu'il aimait.

Il n'était pas seulement au lit avec elle. Il y a trois semaines, ils avaient emménagé ensemble. *La prochaine étape, c'est le mariage, mon cœur. Prépare-toi.* Avant que Monica ait pu dire ouf, il l'aurait unie à lui pour la vie.

Et il ne se satisferait pas de moins.

L'espace d'une seconde, il envisagea d'ignorer le SMS pendant quelques heures, jusqu'à ce que le soleil perce à l'horizon. Il voulait contempler l'aurore avec Monica. La vue était splendide, depuis sa chambre. Rien à voir avec son propre appartement. Mais il ne s'y réveillait pas souvent, ces temps-ci.

J'aime mieux être avec elle.

— Tu veux que je regarde, demanda Monica d'une voix embrumée par le sexe et le sommeil, ou tu le fais ?

Merde. Ils ne pouvaient pas se permettre d'ignorer leurs portables. Pas avec la vie qu'ils menaient.

Même ces foutus toubibs passaient de meilleures nuits qu'eux.

Luke se retourna et alluma la lampe de chevet. Une douce lueur se répandit sur le lit.

— Tu crois qu'ils en ont déjà enlevé un autre ? grogna Luke en attrapant son téléphone, à présent totalement réveillé.

« Ils ». Ces kidnappeurs qui traquaient les jeunes pleins aux as.

Monica ne répondit pas, mais son silence à lui seul en disait long, n'est-ce pas ?

Il effleura l'écran tactile. *Sam*. Non, ça n'avait aucun sens. Si les kidnappeurs avaient frappé de nouveau, c'est Hyde qui l'aurait prévenu, pas elle.

— Luke ? Qu'est-ce qui se passe ?

Il fit défiler l'écran et le message apparut.

« Nouvelle victime des K. Tiens-toi prêt. »

— C'est quoi ce bordel ?

« K » : kidnappeurs, sans doute. Ils avaient enlevé quelqu'un d'autre et c'était tout ce que Sam jugeait bon de lui dire ? Qu'est-ce qu'elle foutait ?

Une main douce se posa sur son épaule, et il sentit un souffle léger près de son oreille.

— Qu'est-ce qu'elle fait ? interrogea Monica en se penchant pour lire le message.

— Je n'en ai pas la moindre idée, avoua Luke.

Et ça lui fichait les jetons.

— C'est une entorse au protocole. Sam sait que…

Sam sait qu'on ne déroge pas à la légère aux règles du FBI.

Le lit grinça lorsque Monica se rallongea.

— Elle le sait. Sam sait beaucoup de choses que la plupart des gens ignorent. Respire un bon coup, ordonna Monica, et essaie de comprendre pourquoi elle t'a contacté de cette manière. Elle sait que tu es ici, donc elle aurait aussi bien pu t'appeler sur le fixe.

Luke regarda par-dessus son épaule. Les yeux vifs de Monica, posés sur lui, brillaient dans la pénombre.

— Elle… ne pouvait pas parler à voix haute, suggéra-t-il.

C'est pour cela qu'elle avait envoyé un SMS.

— Peut-être parce qu'elle n'était pas seule, répondit Monica.

Pas encore. Pas elle. Luke crispa la main sur les draps.

— Tu crois qu'ils…, commença-t-il.

— Non, Sam n'est pas leur type, le rassura-t-elle aussitôt.

Mais Luke secoua la tête.

— Elle est issue d'une famille riche, ma chérie. On le sait tous les deux. Une vieille fortune de Boston.

Si les types se sont renseignés sur elle, s'ils savent ce qu'ils pourraient en tirer…

Sam avait tourné le dos à la vie de château pour rejoindre le Bureau, mais ce monde-là n'avait pas disparu pour autant ; elle y était toujours liée. *Et s'ils avaient trouvé ce lien ? Ce ne serait pas la première fois que des criminels s'intéressent à ceux qui les traquent. Ni la première, ni la dernière.*

— Leurs victimes sont des hommes, insista-t-elle doucement, le visage serein. Ce n'est pas Sam qui est visée. Si elle avait été enlevée, ils ne l'auraient jamais laissée t'envoyer ce message.

Luke inspira profondément.

— Son portable.

S'il voulait trouver Sam, ou si Sam souhaitait qu'il la trouve, il y parviendrait facilement.

Monica haussa un sourcil et opina.

— Les traceurs que Hyde a implantés sur nos portables après l'affaire du Guetteur… Pour la trouver, tu sais qu'il te suffit d'activer le signal.

Que le téléphone soit allumé ou non, la puce fonctionnerait tout aussi bien.

Elle avait raison. Luke composa le numéro de la SSD. En attendant qu'un agent lui réponde, il chercha la main de Monica et mêla ses doigts aux siens.

Une demeure luxueuse s'élevait devant eux, sévère et imposante. Un portail électronique noir restreignait l'accès à la colline où elle se perchait. Max écrasa la pédale de frein, faisant hurler les pneus, et entra le code d'entrée d'un doigt rageur.

— Tu aurais peut-être dû téléphoner d'abord, commenta Sam à voix basse tout en scrutant les environs.

Certes, un mur immense ceignait la propriété, mais aucun gardien n'était en vue. Personne pour assurer la sécurité aux abords du domaine. Deux caméras de surveillance flanquaient le portail, mais il serait relativement facile de les éviter.

— Il n'aurait pas répondu.

La voix de Max était glacée, lugubre. Sam fronça les sourcils. Cela ne lui ressemblait pas. Pas du tout.

Les portes s'ouvrirent dans un bourdonnement sourd. La Jeep bondit en avant, à un cheveu des barreaux métalliques qui s'écartaient. Quelque part dans le lointain, des chiens grondèrent, menaçants.

Le véhicule s'arrêta brusquement devant un parvis ornementé. Max sauta hors de la voiture et Sam le suivit, grimpant à la hâte l'escalier de marbre comme il tambourinait déjà sur la porte.

— Beth ! Allez, ouvre la porte ! cria-t-il.

L'intérieur de la maison s'illumina. Sam recula pour mieux observer l'édifice.

Max abattit un poing furieux sur le battant.

— Tout de suite !

Mais la porte demeura close.

Sam se passa la langue sur les lèvres et affermit son emprise sur son sac. Son badge s'y trouvait, ainsi que son portable… Sa seule manière d'être suivie à la trace par ses collègues.

— Max, on devrait…

La porte s'ouvrit. Une grande femme, vêtue d'un déshabillé bleu diaphane, les fusilla du regard.

— Mais enfin, que se passe-t-il, Max ? Tu sais quelle heure il est ?

Max la balaya d'un œil impatient.

— Réveille-le.

— Tu sais ce qu'il prend pour dormir. (La femme exhala un long soupir et fit quelques pas en arrière.) C'est peine perdue.

Max franchit le seuil à grandes enjambées, Sam sur les talons.

— Tu es venu… accompagné, dis-moi ? remarqua la femme à voix basse. Eh bien, n'est-ce pas merv…

Max montait déjà l'escalier.

— Attends, non, tu ne peux pas…

Il fit halte à mi-chemin de l'étage.

— J'ai reçu un appel il y a une demi-heure, Beth. Quinlan a été enlevé. Par un fils de pute qui exige une rançon de Frank.

Beth écarquilla les yeux, chancelante.

— Enlevé… ?

Max gravit quatre à quatre les marches restantes.

Sam hésita.

— Qui êtes-vous, exactement ? interrogea-t-elle.

Elle avait besoin de connaître tous les acteurs du drame.

La blonde déglutit.

— B… Beth Dunlap. L… l'assistante personnelle de Frank. (Ses yeux bleu pâle s'étrécirent.) Et vous, qui êtes-vous ? La dernière petite amie en date ?

— Euh…

Un homme âgé, aux épaules voûtées, émergea de la pénombre.

— Beth, pouvez-vous m'expliquer ce qui se passe ? demanda-t-il d'un ton posé.

Beth noua la ceinture de son déshabillé.

— Max est ici, Donnelley. Il dit… il dit que Quinlan a disparu.

Non, il avait dit que Quinlan avait été *enlevé*.

— Je pense…, commença Sam.

Un rugissement retentit à l'étage, puissant et furieux.

Sam se précipita vers l'escalier, suivie de près par Beth.

— Frank ! hurla l'autre femme. Frank !

Lorsqu'elles atteignirent le palier, Sam pivota vers la gauche, puis vers la droite. *Là-bas !* Des éclats de bois brisé jonchaient le couloir un peu plus loin. Elle s'élança sous les lustres énormes, contournant les morceaux de la porte défoncée. À l'intérieur de la pièce, Max était en train de secouer un autre homme, aux cheveux noirs striés d'argent. Le corps de celui-ci était flasque, ses yeux fermés.

Toujours fermés ?

« Tu sais ce qu'il prend pour dormir. »

— Réveille-toi ! vociféra Max. Réveille-toi, putain ! Ton fils a disparu, tu m'entends ? Il a disparu !

Max le secoua de plus belle, faisant ballotter sa tête d'avant en arrière.

Sam se rua sur eux, empoigna Max par le bras et arrêta son geste brutal.

— Attends…, amorça-t-elle.

Il braqua son regard sur elle. La souffrance brûlait dans ses yeux.

— Je ne voulais pas remettre les pieds dans cette baraque, cracha-t-il entre ses dents. Je ne voulais pas revoir…

— M… Max ? articula l'homme en entrouvrant des yeux vitreux.

— Qu'est-ce qu'il a pris ? s'enquit Sam.

Le vieil homme entrevu au rez-de-chaussée venait de les rejoindre. Il observait la scène, mais demeurait quelques pas en retrait.

— Des somnifères, répondit-il toujours aussi calmement. Il en prend toutes les nuits.

C'est pour ça que le kidnappeur a appelé Max, et pas Malone. Il connaissait ses habitudes. Il savait qu'il ne serait pas en mesure de répondre.

Cela signifiait que les kidnappeurs étaient liés de manière intime à cette famille. Ce n'était que par ce biais qu'ils avaient pu accéder à une telle information.

— Donnelley, vous êtes son médecin, bordel ! siffla Max. Réveillez-le !

Le vieillard déglutit.

— Je… vais faire tout mon possible.

Sam ne lâcha pas Max. Les yeux de son beau-père s'étaient déjà refermés. Elle éloigna son amant du lit, en l'enlaçant et le tirant vigoureusement. Son corps était crispé sous ses doigts.

Un tintement à peine audible retentit à l'intérieur de son sac à main.

Son souffle se bloqua. *Mince.*

Max secoua la tête :

— Beth, est-ce que quelqu'un est passé ici ce soir ? Est-ce que…

Beth avait serré les poings, nerveuse :

— Je ne crois pas. J'étais là, mais je dormais. Je n'ai pas…

— Qu'a-t-il dit quand il t'a appelé, Max ? coupa Sam.

Un message. Il avait parlé d'un autre message.

Sur la table de nuit, le téléphone se mit à sonner. À longs trilles stridents.

Frank tressaillit et rouvrit les yeux, mais tous les autres se figèrent.

Max laissa échapper un souffle anxieux, les yeux rivés sur le téléphone.

— Il a dit qu'il contacterait Frank.

Le téléphone sonna de plus belle.

— Ils voulaient que tu le réveilles, articula Sam dans un souffle. Ils savaient, et ils voulaient…

Beth se rua sur le téléphone et s'en empara.

Max lui agrippa la main.

— Non.

L'appareil sonna encore une fois.

— Réponds ! hurla Beth.

Max adressa à son beau-père un regard assassin.

— Connard. Il a besoin de toi.

Il arracha l'appareil à Beth et décrocha.

— On l'a localisée, annonça une voix calme dans l'oreille de Luke. Elle est au 1 000, Rightmont Lane. C'est la maison de Frank Malone, le type qui…

— Je sais qui c'est.

Tout le monde connaissait Frank Malone, dit « le Fumier ». Il avait fait fortune en démolissant un petit quartier d'affaires, aux abords de Washington. Luke soupira bruyamment.

— Frank a un fils, non ?

— Oui, répondit Ramirez d'un ton étonnamment alerte pour quelqu'un qui se trouvait encore au bureau à 3 heures du matin. Il s'appelle Quinlan Malone. Vingt-trois ans. Jusqu'à une époque assez récente, il était étudiant à Georgetown.

Voilà qui correspondait aux cibles habituelles des kidnappeurs.

— Trouve-moi tout ce que tu peux au sujet des Malone, OK ? Absolument tout.

Luke ignorait comment Sam avait découvert l'enlèvement. En général, la SSD arrivait trop tard. Dans le cas des deux survivants, ils n'avaient été informés des rapts qu'après le retour des jeunes hommes sains et saufs.

Mais aujourd'hui, s'il avait raison, si Sam avait raison, et qu'ils prenaient l'affaire dès le départ…

Il se pourrait qu'on réussisse à les choper.

Les mains moites, Max souleva le combiné.

— Allô.

Max ne se présenta pas, cette fois. Peut-être se trompait-il. Peut-être…

— Vous vous déplacez vite, Ridgeway, murmura la voix rauque et râpeuse. Mais malgré ça, vous n'avez pas réussi à réveiller l'autre fils de pute, pas vrai ?

— Comment est-ce que…

— C'est mon domaine, le nargua l'homme. Mon petit spectacle. Cela fait des semaines que je sais tout ce qu'il y a à savoir sur votre famille. Des semaines.

Max leva les yeux. Donnelley avait fait asseoir Frank sur son lit, et son beau-père clignait des yeux d'un air hagard, luttant pour s'arracher à sa léthargie chimique.

— Si vous saviez, rétorqua Max sans parvenir à contenir sa rage, alors pourquoi m'avez-vous envoyé ici ? Pourquoi…

— Parce que j'avais besoin de savoir si vous étiez capable d'exécuter mes ordres. C'est vous qui allez déposer l'argent, Ridgeway. C'est vous qui allez sauver votre frère, et je devais m'assurer que je pouvais vous faire confiance.

Un test.

— Il ne fallait pas que vous fonciez chez les flics. Il ne fallait pas que vous passiez des coups de fil inopportuns.

Max était si tendu que les muscles de ses épaules lui faisaient mal.

— J'ai respecté vos instructions.

Samantha se rapprocha de lui.

— Demande à parler à Quinlan, dit-elle.

Max leva son regard vers elle. Produisant un murmure à peine audible, elle articula :

— Débrouille-toi pour qu'il te passe ton frère.

Des cernes sombres étaient apparus sous ses yeux.

— À combien estimez-vous la vie de votre frère ? grinça la voix au bout du fil.

Les yeux de Samantha étaient vrillés aux siens. Max prit une grande inspiration, et au lieu de répondre, ordonna :

— Passez-moi mon frère.

L'insupportable rire tordu, dément, retentit à travers l'appareil.

— Quinlan n'est pas vraiment en état de parler pour le moment.

— Putain ! Est-ce qu'il est vivant ?

Combien de temps ce salaud avait-il détenu Jeremy Briar avant de commencer à le découper ?

— Quinlan est vivant. Et si vous désirez qu'il le reste, vous allez me préparer cinq millions de dollars avant 10 heures du matin.

— Quoi ? Je ne peux pas réunir une telle somme en liquide avant…

— Je sais que vous, non. Mais quand le vieux aura réussi à ouvrir ses petites paupières dodues… lui, il pourra.

Cinq millions de dollars.

— Si nous payons, vous nous rendez Quinlan ? C'est comme ça que ça marche ?

— Vous payez… (La voix ne riait plus. Ce n'était qu'un frottement rugueux, sinistre.) Vous n'essayez pas de me rouler, et oui, vous le récupérerez… en un seul morceau, ou presque.

— Je veux des preuves ! tonna Max comme son cœur s'affolait dans sa poitrine. Avant de faire quoi que ce soit, je veux des preuves. Je veux…

Clic.

— Des preuves, murmura-t-il en balançant le portable dans le container à poubelles le plus proche.

Ils voulaient toujours des preuves. Il se hâta de revenir à sa voiture, en soufflant des panaches d'air blanc. Comme il tendait la main vers la portière, son regard tomba sur les gants noirs qui recouvraient ses doigts.

Une preuve.

Il sourit.

Il savait exactement quel morceau envoyer à ce connard de grand frère. Tout à fait le genre de preuve qu'il désirait.

— Fais le numéro de rappel, conseilla Samantha.

Max cligna des yeux sans comprendre.

— Étoile, six, neuf. Tout de suite, exigea-t-elle. Tu peux récupérer son numéro.

Max s'exécuta.

— Numéro non identifié, regretta-t-il. Je n'ai aucun moyen de…

Sam lui tourna le dos.

— Il a pu bloquer l'affichage du numéro avant d'appeler, mais je suis prête à parier qu'il s'est servi d'un téléphone jetable.

Max fronça les sourcils et étudia Samantha, les tempes martelées par un élancement douloureux. Ses épaules étaient droites, elle marchait à pas sûrs et rapides, et sa manière de parler…

— L'appel n'a duré que quarante-deux secondes, déclara-t-elle en regardant sa montre. Il a chronométré son coup, afin de…

— Où… où est… Quin ? intervint une voix pâteuse, ensommeillée.

Frank s'était réveillé.

Max se plaça au-dessus de lui.

— Il n'est pas là. Écoute, il a été…

Mais Frank ne faisait pas attention à lui. Il regardait Samantha.

— K… Katie ? Est-ce que c'est…

Max serra les poings :

— Ce n'est pas elle !

— Il la demande toujours, quand il se réveille, expliqua Donnelley en haussant ses épaules voûtées. Laissez-lui le temps d'émerger, et alors vous pourrez lui dire…

Que son fils unique avait disparu, et serait peut-être bientôt mort.

Max secoua la tête. Cinq millions de dollars.

— Beth, viens avec moi. Il faut qu'on descende et qu'on appelle la banque.

En tant qu'assistante de son père, elle aurait accès à ses comptes.

— Il faut qu'on appelle les flics ! contra Beth en reculant rapidement. Tu plaisantes, ou quoi ? On ne peut pas gérer ça nous-mêmes ! On a besoin de la police. Ils ont les moyens de retrouver Quin ! Ils pourront…

Provoquer sa mort.

— On n'en parle à personne.

Max balaya toute la pièce du regard et s'arrêta un instant sur chaque visage, s'attachant même aux yeux chassieux de Frank.

— Absolument personne. Compris ?

Beth était le maillon faible. Elle frissonnait, submergée par la peur. Il devrait la surveiller attentivement.

— Cette histoire ne doit en aucun cas être rendue publique, insista-t-il. Sinon, nous ne reverrons pas Quinlan vivant.

— Alors vous… les croyez, osa Donnelley d'un ton hésitant. Vous êtes certain qu'il ne s'agit pas d'un canular ?

Le regard vert du vieillard demeurait ferme, mais son visage déjà ridé semblait s'être creusé encore davantage.

— Ils doivent te fournir une preuve, affirma Samantha, les mains sur les hanches. S'ils ne peuvent pas prouver qu'il…

— Ils étaient au *Centre*, la coupa Max. Ils nous ont vus, et ils ont emmené Quinlan.

Ce n'était pas une arnaque. Il le savait.

Samantha secoua la tête.

— On ne sait pas ce qu'il s'est passé après qu'ils ont quitté le bar.

Après un silence, elle ajouta :

— Ton frère a peut-être essayé de s'enfuir. S'ils ont été trop violents dans leurs efforts pour le maîtriser...

Non, seigneur, non.

— Quin... lan ? (Frank prit appui sur le lit pour se redresser.) Qu'est-ce... qu'est-ce qui se passe ?

Samantha ne détourna pas une seconde son regard de Max.

— Avant de leur fournir l'argent, tu dois obtenir la preuve que Quinlan est toujours vivant.

Parce qu'elle pensait qu'il était mort.

Et il craignait qu'elle ait raison.

Quarante minutes plus tard, Luke reçut un nouveau SMS de Sam. Son portable sonna et l'écran s'illumina, affichant...

« Les K ont appelé. Numéro masqué. »

— Bordel.

C'était à prévoir, au regard des précédents enlèvements, mais ils contacteraient tout de même la compagnie téléphonique. Peut-être, avec beaucoup de chances, dénicheraient-ils une piste pouvant les mener au tueur.

— Quand on aura le relevé, ça sera comme pour les autres, l'avertit Ramirez. Juste un jetable, rien d'autre...

Luke siffla en lisant le reste du message.

« Flics = mort. »

Luke se passa une main sur le visage.

— Il faut que j'entre là-dedans. (Il croisa le regard de Ramirez.) Trouve-moi un moyen d'entrer, Jon.

Ce ne serait pas facile, parce qu'il aurait parié un mois de salaire que les kidnappeurs surveillaient la maison. Ils s'assureraient que les flics ne s'en approchent pas. Pas de nouveaux visages.

Il faut absolument que j'entre.

— Il a besoin d'une couverture, conseilla Monica qui les observait, assise non loin de là. Un boulot qui n'éveillera pas les soupçons, mais qui lui permettra de s'introduire dans la maison.

— Laisse-moi un peu de temps, promit Ramirez, et je te ferai entrer par la grande porte sans que personne n'y trouve à redire.

Luke savait que Ramirez en était capable. C'était évident.

Mais…

Et Sam ? Quelle était sa couverture, à elle ? Elle en avait forcément une. Car si les kidnappeurs savaient qu'elle appartenait au FBI, alors la victime était déjà morte.

Quinlan Malone hurla lorsque la lame plongea dans sa chair. Le sang jaillit, en un flot tiède qui recouvrit sa main.

— Ça suffira pour les convaincre, murmura la voix. Un morceau…

Quinlan exhala un long sifflement. La douleur le parcourut comme une flamme, et la bile envahit sa gorge.

— Il paiera… Putain, il paiera…

Le cœur de Quinlan tambourinait dans ses oreilles, étouffant presque les mots crachés entre des dents serrées. Sa main le lançait, le brûlait, et *oh… Merde…*

Des larmes coulèrent sur ses joues.

— Il paiera, insista la voix avant d'ajouter, tout bas : il a intérêt.

— Ces kidnappeurs n'obtiendront pas un seul centime de nous.

À ces mots, Sam écarquilla les yeux. La voix qui les avait prononcés ne butait plus sur les mots. Non, désormais, elle était forte, âpre, et très, très en colère.

La vitre du bureau laissait passer les premières lueurs de l'aube, qui hésitait encore à percer la nuit. Frank, debout près de la fenêtre, contemplait l'horizon. Habillé et pleinement réveillé, il n'avait plus rien de l'homme drogué, hagard, qui peinait à comprendre ce qu'on lui disait.

Max arpentait nerveusement la pièce, son corps musclé visiblement tendu à se rompre. En entendant les paroles de Frank, il se figea.

— Tu plaisantes, s'écria-t-il.

— Absolument pas. (Frank se retourna vers lui.) Je n'ai pas l'intention de céder à de telles pressions, mon garçon. Je ne vais pas…

— Mais c'est votre fils, l'interrompit Sam, stupéfaite. Si vous ne faites rien, il mourra.

Ne comprenait-il donc rien ?

Frank la balaya de son regard gris acier.

— Je ne vous connais pas, ma chère, et je vous déconseille de fourrer votre nez dans les affaires de ma famille.

Bien. Sam déglutit et releva le menton. Autrefois, de telles paroles auraient suffi à la décourager, à lui faire baisser la tête et courber le dos. Mais elle n'était plus la même femme, désormais, et en soutenant le regard de Frank, elle s'aperçut que cet homme – avec tout son pouvoir, son argent, son arrogance – ne lui faisait pas peur. *Quand on s'est déjà trouvée face au diable, on n'a plus rien à craindre d'un sale type arrogant.*

— Vous ne lisez donc pas les journaux ? N'avez-vous pas vu ce qui est arrivé à Jeremy Briar ? Le cas de Quinlan… ressemble énormément à…

Frank esquissa un geste négligent de ses doigts potelés.

— C'est une tentative de copie. D'autres ordures ont entendu parler de ce meurtre, et ils ont imaginé s'enrichir grâce à lui. Sur mon dos.

Oui, la SSD avait envisagé cette éventualité, mais…

— L'idée pourrait même venir de Quin lui-même. (Les yeux de Frank, déjà deux fentes, parurent s'étrécir encore davantage.) Ce petit con vient justement de me réclamer de l'argent. Peut-être pense-t-il que de cette manière, il aura plus de succès…

— Et si ce n'est pas Quinlan ? rétorqua Max. (Sam se tourna pour le regarder.) On va simplement rester là, assis sur nos culs, et le laisser crever ?

— Briar n'a même pas été tué à Washington, Max ! (Frank s'approcha de lui à grandes enjambées.) Allons, tu es plus malin que ça. Du moins, c'est ce que je croyais.

Sam se surprit à regretter le Frank sous somnifères.

— Ce ne sont pas les mêmes gars, martela Frank d'un ton péremptoire. Ils ne viendraient pas jusqu'à Washington, alors qu'ils sévissent dans le Maryland…

— Si, affirma-t-elle à voix basse. Ils en sont capables.

Sa voix était empreinte de certitude, et, à ses mots, Max pencha la tête. Son regard transperça le sien.

Le cœur de Sam battait cent fois trop vite. Elle avait les mains moites. *Dis-lui. Il faut que tu lui dises.*

Frank ne paierait pas. Elle le lisait dans ses yeux, le sentait dans l'atmosphère tendue qui les entourait.

Peut-être Quinlan Malone était-il un petit con immature, qui n'aimait rien tant que flamber l'argent de son père. Ce ne serait pas le premier que Sam rencontrait.

Mais cette situation était différente, ce n'était pas un stratagème d'enfant gâté, et c'était à Sam de le leur faire comprendre.

Le silence s'étira un peu trop longtemps. Puis…

Le parquet grinça lorsque Max s'avança vers elle.

— Samantha…

Elle avait toujours adoré sa manière de prononcer son nom. Jamais « Sam », non, pas lui. Il caressait son prénom, ne manquait jamais de le savourer. Dans sa bouche, il était sexy. Fort.

Mais cette fois, il y avait quelque chose d'autre dans sa voix. Un soupçon. La chaleur avait disparu, remplacée par un frisson glacé.

— Tu en sais plus que tu ne veux bien l'avouer, pas vrai ? la pressa Max.

Sam ne voulait pas lui mentir. Surtout pas maintenant. Elle acquiesça lentement et vit les yeux de Max se plisser, sa mâchoire se serrer.

— Qui est cette femme, Max ? interrogea Frank. Tu n'en amènes jamais, ici.

— Elle ne m'a pas vraiment laissé le choix, murmura Max en se rapprochant d'elle.

Sam avait l'impression que son regard la brûlait.

— Elle était avec moi lorsque j'ai reçu l'appel, et également lorsque j'ai croisé Quinlan pour la dernière fois, au *Centre*.

Sam avala un souffle court. Oh, non… Elle savait où tout cela allait le mener.

— Tu ne comprends pas…, commença-t-elle.

— *Le Centre* ? intervint Frank d'une voix pleine de dégoût. J'avais interdit à Quin de remettre les pieds dans ce trou à rat. Après sa désintoxication, je lui ai dit…

Du dos de la main, Max effleura la joue de Sam.

— Je ne te connais pas vraiment, c'est ça ?

Elle ne put que secouer la tête. S'il savait…

Max referma la main sur son menton, se pencha vers elle et murmura :

— Qui es-tu, bordel ?

Une nouvelle sorte de fureur avait allumé son regard, et la peur embrasa le cœur de Sam.

Pour changer.

— Max ? interpella Frank, visiblement perplexe. Qu'est-ce qui…

— Quinlan a été enlevé au *Centre*. (Max raffermit sa prise sur le visage de Sam.) Elle était là. La veille au soir, elle était aussi à la réception des Lenwood… où Quinlan se trouvait également. Elle a surgi de nulle part, juste avant que mon frère disparaisse, et je ne pourrais même pas te dire qui elle est réellement.

Sam leva la main et le repoussa.

— Et il y a ça, aussi, remarqua-t-il. Chérie, tu es beaucoup plus forte qu'il n'y paraît.

Si seulement.

— Ce n'est pas ce que tu crois. (Le regard de Sam passa de Max à Frank.) Je… je ne suis pas complice des kidnappeurs. Ce n'est pas ça ! (Elle inspira profondément.) Bon, il y a des choses que je ne t'ai pas dites, OK ?

Mais Max se contenta d'attendre en la regardant fixement, et elle sut… *Il va péter un plomb.*

— Ce que je m'apprête à vous dire ne doit pas quitter cette pièce, vous comprenez ? (Sa voix se fit plus basse, plus dure.) Vous ne pouvez pas le dire à Beth. Ni à Donnelley. À personne.

Jamais Max ne l'avait regardée avec une telle froideur.

— Leur dire quoi ?

Elle soutint son regard.

— Je suis du FBI.

Chapitre 5

— Conneries, déclara aussitôt Frank.

Mais Samantha secoua la tête, et ses yeux, tristes et désolés, demeurèrent rivés à ceux de Max.

— Je travaille avec la SSD…

— Qu'est-ce que c'est que ça, encore ? demanda Frank.

Samantha ne lui accorda pas un regard.

— C'est la Serial Services Division, une unité relativement récente au sein du FBI, constituée spécialement pour traquer et appréhender les tueurs en série.

La rage bouillonna en Max, et son champ de vision se teinta de rouge.

— Tu l'as tué, rugit-il.

Ces mots surgissaient tout droit de ses tripes. *Je vais récupérer mon frère en petits morceaux.*

Samantha battit des paupières, et, pendant un instant, il crut voir briller des larmes dans ses yeux. Mais non, il n'y avait plus rien. Rien que les ténèbres.

— Vous êtes bien trop jeune, protesta Frank en venant se placer aux côtés de Max. Vous n'êtes pas…

— J'ai vingt-quatre ans, dit-elle froidement. Et je travaille pour le Bureau depuis que j'ai obtenu mon doctorat au MIT.

Quoi ? Non, l'informatique, elle a dit qu'elle travaillait sur…

— Ma spécialité est la récolte d'informations.

Sa voix demeurait terriblement calme et froide.

— Je travaille aussi à la détection de schémas par l'analyse détaillée de…

— Ils ont dit pas de flics, cracha Max. Je te l'ai dit. Tu le savais !

— Mais c'était trop tard, murmura-t-elle.

Quoi, était-ce la souffrance qu'il entendait percer dans sa voix ? Non, pas possible. Cette femme le manipulait depuis le premier instant.

Un agent du FBI. Un petit génie, apparemment. Elle l'avait dragué, avait couché avec lui sans tabou, sans entraves. C'était donc comme ça qu'on procédait, au FBI ? Est-ce que…

— Non ! explosa-t-elle.

Max s'aperçut alors qu'il venait de lui aboyer tout cela à voix haute.

Samantha lui saisit les bras et les serra.

— Tu ne comprends pas… La SSD planche sur cette affaire depuis si longtemps.

Le cœur de Max s'emballait dans sa poitrine.

— Ce bar… où on s'est rencontrés. (Elle se mordit la lèvre inférieure.) J'y étais parce que l'endroit correspondait aux terrains de chasse des kidnappeurs. Ils enlèvent leurs victimes dans les bars situés près des campus. Je n'étais pas là pour me trouver un amant, je menais une enquête. Et puis… je t'ai vu.

Putain… Le FBI ?

— Quand tu as reçu ce coup de téléphone… ton frère… (Ses lèvres tremblèrent.) Ton frère, et l'affaire sur laquelle je travaille. Je ne pouvais pas laisser passer ça, alors que c'était l'occasion pour moi de…

Max se dégagea de son emprise. *L'occasion pour elle.*

— L'occasion pour toi de rien du tout, putain ! C'est de la vie de mon frère qu'on parle, là ! Ce n'est pas le moment pour toi de te faire bien voir des médias parce que tu mènes une enquête. C'est mon frère, martela-t-il d'un ton assassin.

Ne comprenait-elle pas ?

Elle baissa les yeux, battit des paupières. Une fois, deux fois. Il lui semblait presque entendre tourner les rouages de son esprit, dans un cliquetis mécanique.

Un vrai robot.

Où était passée la femme qui s'était embrasée dans ses bras ? Il ne pouvait s'agir de la même personne.

Max frotta ses yeux douloureux. *Réfléchis.*

— Ils ne savent pas où tu es, supposa-t-il.

Oh, seigneur, faites que ce soit vrai.

— Tu n'as pas prévenu ton patron, et donc la… la… (Qu'avait-elle dit, déjà ?) la SC…

— SSD. Division des Cri…

Max l'arrêta d'un geste.

— J'ai l'air d'en avoir quelque chose à foutre, là, tout de suite ?

Elle pinça les lèvres.

— Ils ne savent pas, décréta Max.

Il remarqua que Frank posait maintenant sur elle un œil appréciatif. Un œil différent.

— Et tu ne vas rien leur dire, poursuivit-il. Nous n'allons pas souffler un seul mot de tout ça à ton boss du FBI jusqu'à ce que tout soit terminé, et que Quinlan soit revenu à la maison.

Nous pouvons y arriver. Nous pouvons…

— Elle les a déjà contactés, dit Frank. (Il pencha la tête tout en étudiant Samantha du regard.) N'est-ce pas ?

Quoi ? Non ! Max ne l'avait pratiquement pas quittée des yeux…

Pratiquement.

Samantha hocha la tête.

— Je suis désolée… mais c'est mon travail, avoua-t-elle à voix basse.

La colère transperça Max, lui brûla la peau, le consuma de l'intérieur. Il se détourna brusquement d'elle.

Et abattit son poing sur le mur le plus proche.

Une flaque de sang s'étalait sur le sol. D'un rouge très sombre, presque noir. Pas vif. Pourquoi les gens se l'imaginaient-ils toujours rouge vif ? C'était faux. Le sang était sombre. Après quelques instants, il devenait terriblement froid et…

— On a un problème.

Le kidnappeur examina sa main tenant la relique.

— Non, répondit-il. On a une preuve.

Il leva l'objet pour le mettre en évidence, et entendit hoqueter derrière lui.

— Qu'est-ce que tu as fait ? T'es complètement taré, ou quoi ? Qu'est-ce que tu…

Lentement, il se tourna pour faire face à son amante. Son magnifique visage était blême, d'une blancheur presque parfaite sous la pluie dorée de ses cheveux. Une pâleur qui n'enlevait rien à sa beauté. Non, ce teint ivoire l'adoucissait seulement, lui donnant l'air vulnérable.

Ce qu'elle n'était pas.

Il n'avait jamais fait l'erreur de le croire.

Il sourit en la contemplant. Elle faisait un appât si efficace. Les victimes consentantes étaient des proies faciles.

— Ce connard voulait une preuve. (Il haussa les épaules.) Je lui en ai trouvé une.

Elle jeta un coup d'œil à sa main, puis s'en détourna vivement.

— Tu… tu aurais pu simplement…

— Laisser le gars parler à son frère ? termina-t-il en secouant la tête. Non, on ne pouvait pas prendre ce risque. (Il sourit.) Et puis c'était bien plus amusant comme ça, ma belle.

Elle déglutit.

Il lui caressa le cou, laissant des empreintes sanglantes sur sa peau lisse.

Il faudrait qu'il nettoie ce sang rapidement.

Tout ce sang.

Elle regarda la chaise derrière lui, d'un air presque désespéré.

— Tu… aimes trop ça.

Il resserra les doigts sur sa gorge jusqu'à lui couper le souffle. Un éclair de peur traversa son regard. Bien… elle avait raison de le craindre.

Le sourire de l'homme s'élargit.

— Mais toi aussi.

Il écrasa ses lèvres sous les siennes et relâcha son étreinte, juste assez pour la laisser aspirer un filet d'air.

Un gémissement s'éleva entre leurs deux bouches.

Il l'embrassa en prenant son temps. C'était agréable, mais l'endroit était mal choisi. Surtout pour ce qu'il avait en tête.

Et ils avaient encore du travail.

Il releva légèrement la tête pour l'interroger :

— Et concernant notre prochaine cible, ça avance ?

Car le plan qu'il avait mis sur pied… oh, tout cela allait être génial.

Vraiment énorme.

Les médias étaient sur le coup, maintenant. Et le FBI en état d'alerte. Il allait leur offrir un spectacle du feu de dieu.

Elle acquiesça, mais s'humecta les lèvres, dévoilant brièvement sa langue rose. Ils se serviraient de cette langue, plus tard.

— Tu es… tu es sûr que ça va marcher ? s'inquiéta-t-elle.

Le sourire de l'homme s'était effacé. Pourquoi doutait-elle encore ?

— Deux pour le prix d'un, ma belle. Une affaire comme ça, ça ne se refuse pas.

Faire ce que personne n'attend. Toujours prendre l'ennemi au dépourvu. Il avait intégré ces leçons-là il y a bien longtemps.

Faire ce que personne n'attend.

Ils s'échineraient à élaborer son profil. Ils supposeraient, ils comploteraient, tentant de prédire ses coups, mais ils auraient faux. Tout faux.

Sans prévenir, il lui lança son butin. Son glapissement horrifié le fit rire.

— Fais livrer ce truc, d'accord ?

Il avait rendez-vous avec sa prochaine victime.

Veronica James tremblait en préparant le colis. Elle n'avait pas signé pour ça. Jamais de la vie.

Elle avait du sang sur les mains.

Merde. Elle courut jusqu'à l'évier et tourna le robinet. Le froid glacial la transperça tandis qu'elle frottait, encore et encore.

Il allait trop loin… Il allait…

— C'est presque fini, ma belle, murmura-t-il dans son dos.

Veronica se raidit. L'eau rose disparut en tourbillonnant au fond de l'évier.

Le vieux parquet grinça sous les pas de son complice.

— Encore quelques jours, lui promit-il d'une voix sourde, et on sera libres comme l'air.

Ses mains étaient propres, à présent. Bizarrement, le sang était très facile à rincer. Si on s'en occupait rapidement, il ne laissait jamais de tache. Veronica coupa l'arrivée d'eau et se retourna, le cœur battant. Lorsqu'elle l'avait rencontré pour la première fois, au *Centre*, elle avait pensé qu'il ferait une victime idéale.

Désormais, elle savait qu'elle n'était pas le seul chasseur en quête d'une proie, ce soir-là.

— Plus qu'un, et c'est fini ? interrogea-t-elle.

Elle ne pouvait pas se permettre de penser à tout ce qu'ils avaient fait. À tout ce qu'ils allaient faire.

Elle ne devait penser qu'à une chose : la survie. La sienne, la leur.

La survie et l'argent. Tout cet argent merveilleux qui l'attendait.

Il sourit, du même rictus un brin tordu qui avait attiré son attention, la première fois.

— On a presque assez de fric pour toute la bande. On va se casser de cette ville de merde et repartir de zéro.

L'argent. C'était tout ce qui comptait pour elle. Enfin ! Avoir assez d'argent pour faire tout ce qu'elle souhaitait !

Il fit courir ses lèvres le long de la mâchoire de Veronica. Il pouvait se montrer très doux, parfois.

Et d'autres fois…

Veronica déglutit et se rapprocha de lui. Elle ferma doucement les paupières.

— Tu restes avec moi jusqu'au bout, pas vrai, ma belle ? chuchota-t-il.

Elle acquiesça, tout contre lui.

— Je peux te faire confiance, dit-il en lui attrapant le menton pour lui pencher la tête en arrière. Et toi aussi.

Veronica rouvrit les yeux.

— Tu me fais confiance ? insista-t-il.

— Oui.

Veronica savait à quel point il était dangereux, mais… *pas envers moi.* Il ne lui ferait aucun mal. Il l'aimait. Il voulait l'épouser.

Et ils allaient être tellement, tellement riches.

Elle se passa la langue sur les lèvres. *Le sang coule et disparaît.*

— Je t'aime, assura-t-elle.

Il avait raison. Ils repartiraient de zéro, libres comme l'air et pleins aux as. Personne n'entendrait jamais parler de leur passé, et elle n'aurait plus jamais de sang sur les mains.

À 10 heures, le coup de téléphone ne vint pas. Max scrutait l'appareil posé sur le bureau de son beau-père, priant pour qu'il sonne.

Samantha s'était assise en face de lui. Frank s'était réfugié dans le salon, sans doute pour boire, ou pour faire une crise de nerfs… qui diable l'aurait su ?

— Qu'est-ce que tu leur as dit ? demanda Max en se forçant à lui faire face.

Elle releva le menton.

— J'ai informé l'agent responsable de l'affaire que quelqu'un avait été enlevé, et de qui il s'agissait.

— Comment ?

— Je lui ai envoyé un SMS dans la voiture.

Plutôt couillu, comme manœuvre.

— Et un autre ici, à l'étage, juste après le coup de fil.

Et juste sous son nez. Putain, il était vraiment aveugle. Pourquoi le téléphone ne sonnait-il pas, bon sang ? Pourquoi ? Il avait été minable, comme frère, il s'en rendait bien compte. Quinlan et lui ne s'étaient jamais entendus aussi bien qu'ils l'auraient dû, mais…

Mais les derniers mots que sa mère lui avait adressés étaient « *prends soin de lui* ». Une semaine avant de mourir, elle lui avait donné cet ordre, et elle ne lui avait plus jamais adressé la parole. Elle n'avait plus jamais rouvert ses yeux bleus.

Une seule chose. La seule chose qu'elle lui ait demandé de faire. Prendre soin du frère que la nature n'avait pas su lui donner.

Et il avait merdé royalement. Max laissa échapper un long soupir.

— Je me suis trompé sur ton compte, hein ?

— Je… je ne sais pas ce que tu veux dire, répondit Samantha d'un ton hésitant.

10 h 03.

Il durcit le regard.

— Je te croyais faible. Terrifiée, en déroute.

Des images de la nuit du cauchemar défilèrent dans son esprit. Et dire qu'il avait voulu la protéger, alors. Quel con.

— Mais apparemment, c'était un jeu, pour toi. (Il agrippa le bord du bureau.) Combien d'hommes ?

Elle haussa les sourcils.

— Quoi ?

— Combien d'hommes tu as ramassés dans les bars ? À combien d'hommes tu as demandé de te donner du plaisir, « mais pas l'éternité » ? Dis-moi, cette petite phrase, elle fait partie de ta technique habituelle ?

Ça marchait plutôt bien, en tout cas.

Elle bondit hors de son siège.

— Tu ne me connais pas. Je ne te permets pas de…

— Dire la vérité ? Elle est difficile à entendre, hein ?

Pourquoi s'était-il senti si dépendant d'elle ? Pourquoi était-ce toujours le cas ? Il la regardait, et même au beau milieu de cet enfer, il la désirait. Il sentait encore son goût sur sa langue, son parfum sur sa peau.

Tu ne la connais pas.

Du sexe. C'était tout ce qu'il y avait entre eux. Du sexe et des mensonges.

On frappa à la porte.

Max se leva et contourna en toute hâte le bureau.

— Entrez !

Samantha vint se placer devant lui. Elle se dressa sur la pointe des pieds et l'embrassa.

Aussitôt, les mains de Max vinrent lui empoigner les bras. Le baiser était dur, rageur. La bouche de Samantha était fermée. Celle de Max…

Non.

Elle ouvrit la bouche, adoucit son baiser. Elle sortit la langue pour lécher la sienne, et un grondement échappa à Max comme il la serrait plus fort. La tension dévorante qui l'habitait s'évanouit soudain, et, en cet instant, il la voulut dans ses bras, sa bouche sur la sienne, ses seins pressés contre lui tandis que…

Samantha lui arracha ses lèvres. Elle lui embrassa la joue, caressant la barbe naissante qu'il savait rugueuse. Sa bouche légère parcourut sa peau, puis il sentit son souffle sur son oreille.

— Quoi que tu ressentes… (son doux murmure le transperça de part en part) quoi que tu penses de moi… pour tous les autres, nous devons être amants.

Car tout le monde les observait.

Il leva la tête. Il la tenait toujours, mais il avait retrouvé son sang-froid, certes mince, mais alimenté par la raison qui faisait son chemin en lui.

Elle ne m'a pas touché, ni embrassé, parce qu'elle me désirait.

Elle fait son boulot. Avant, seul le plaisir comptait.

— Oh… excusez-moi, interrompit une voix grave qu'il n'avait jamais entendue auparavant.

Samantha pivota, et Max braqua le regard vers la porte. Un homme s'y trouvait, vêtu d'un jean poussiéreux et d'un tee-shirt blanc un peu trop grand. Ses cheveux blonds étaient ébouriffés, et il avait une pile de dossiers à la main.

— J'ai les plans de la maison d'hôtes que vous m'aviez demandés, patron…

Patron ?

Le type commença à refermer la porte.

— Oui, j'ai dit à M. Johnson qu'on pourrait commencer aujourd'hui, mais il a dit…

La porte se ferma avec un déclic.

L'homme laissa tomber les dossiers sur la chaise la plus proche. Il croisa les bras et son regard vert se posa sur Samantha.

— Ça va ?

Elle hocha lentement la tête.

Max sentit son estomac se nouer, comme le regard de l'inconnu passait de Samantha à lui.

— Qui…, commença Max en s'avançant, êtes-vous ?

Dix heures tout juste passées… Peut-être n'allaient-ils pas recevoir de coup de fil. Peut-être celui-ci s'était-il transformé en visite à domicile.

La majorité du personnel ne travaillait pas le week-end. Seuls Beth, Donnelley et un agent de sécurité étaient présents. Bordel, il aurait fallu mettre en place une surveillance bien plus poussée. Il aurait dû…

— C'est l'agent spécial Luke Dante, expliqua Samantha, rompant le silence. Il se trouve actuellement à la tête de l'affaire des enlèvements en série.

Max serra les poings.

— Un seul agent dans cette maison, ce n'était pas suffisant ? cracha-t-il. Pourquoi est-ce que vous n'allez pas découper Quinlan de vos propres mains, tant que vous y êtes ?

Ce connard avait débarqué par la grande porte, alors qu'il savait que les flics ne devaient pas être impliqués, et…

— Personne ne sait qui je suis, assura Luke Dante d'une voix traînante. Aux yeux de tout spectateur, je fais simplement partie de votre équipe. Vous prévoyiez bien de commencer à travailler sur la maison d'hôtes de Tyler Johnson cette semaine, non ?

Quoi ? Comment savait-il…

— Pour le reste de monde, je ne suis que l'un des employés assignés à ce chantier. Et quand je quitterai cet endroit, je peux vous assurer que personne n'arrivera à me suivre, donc c'est tout ce que quiconque saura jamais.

— Je ne veux pas de vous ici, déclara franchement Max.

Tout partait à vau-l'eau. Et le téléphone ne sonnait pas.

Dante hocha rapidement la tête.

— Compris. Honnêtement, j'aurais la même réaction si j'étais vous.

— Vous ne savez rien de ma situation, rétorqua Max d'une voix tendue.

— Bien sûr que si. (Il haussa les épaules.) Vous êtes le frère adoptif, celui auquel Quinlan aurait aimé ressembler, celui que votre mère adorait. Vous êtes l'homme auquel la victime demanderait de l'aide en premier, probablement la seule personne sur laquelle il pense pouvoir compter, et en cet instant, vous êtes au trente-sixième dessous parce que vous êtes persuadé d'avoir signé son arrêt de mort.

— Pas mal, murmura Samantha. C'est de toi, ou de Monica ?

Mais Max répliqua, furieux :

— C'est vous, les salauds qui avez signé son arrêt de mort. Ils ont dit « pas de flics » !

— Ils ne savent pas que je suis là. (Luke observa Samantha.) Et j'imagine qu'ils ignorent aussi qui tu es.

Elle confirma d'un signe de tête.

— Petite amie ? supposa-t-il.

Elle rougit. *Rougit*.

L'agent siffla doucement.

— Je me demandais ce que tu faisais là. T'as eu une sacrée chance, Sam.

« *Sam* ». Il se montrait trop familier avec elle. Qui était ce mec, pour Samantha ? Il y avait quelque chose dans ses yeux, de la chaleur, de l'affection. Si elle cherchait un amant, pourquoi pas lui ?

Pourquoi s'était-elle abaissée à écumer les bars ?

— Tu sais ce que dit toujours Hyde…, commença Dante.

Qui était Hyde ?

— Les coïncidences n'existent pas, termina Samantha. Il a raison. J'ai rencontré Max en enquêtant sur des bars présentant un risque dans la région.

L'homme hésita.

— Tu es sûre que cette rencontre n'a pas été provoquée délibérément ?

— Personne ne sait qui je suis, affirma Samantha. (Ses yeux sombres jetèrent un regard furtif à Max.) Même lui ne… (elle avala sa salive) Max vient à peine de l'apprendre.

Dante siffla de nouveau.

— Ça doit pas être cool, ça, hein ?

Mais qui était ce connard ?

— On n'a pas beaucoup de temps, alors écoutez-moi bien… (Le regard de Dante cloua Max au sol.) Qu'est-ce que les kidnappeurs vous ont dit ?

Max se balança sur ses talons.

— Que je recevrai un autre coup de téléphone. Qui aurait dû arriver il y a dix minutes.

— C'est une tactique pour vous faire peur, balaya Dante avec un geste de la main. Ils font ça à chaque fois. Vous n'aurez plus de nouvelles avant au moins deux heures. Ils veulent vous faire mariner dans votre jus, vous faire baliser un maximum.

Ça marchait très bien.

— Combien de personnes ont-ils kidnappées ? interrogea Max.

— Avec Quinlan, ça fait cinq, répondit immédiatement Samantha.

— Et combien sont revenues vivantes ?

Cette fois, la réponse se fit attendre. De l'un comme de l'autre.

— Samantha ? insista Max.

Elle laissa échapper un petit soupir.

— Deux. (Elle repoussa les mèches qui lui retombaient sur le front.) Tu as sans doute entendu parler de Jeremy Briar. Son père n'a pas voulu payer.

— Et ils ont découpé son fils en tranches. Ouais, je suis au courant. (La tension lui tordait les entrailles.) Qu'est-il arrivé à l'autre type ? Pourquoi n'est-il pas revenu ? Pourquoi…

— La rançon a été payée, mais sous forme de billets marqués et identifiables, expliqua doucement Dante. Les kidnappeurs surveillaient la maison. Ils savaient que les flics étaient sur le coup. Ils savaient que le fric n'était pas clean. Alors ils ont rendu la victime, mais… (il s'ébroua comme pour chasser un mauvais souvenir) pas en un seul morceau.

— Max…, commença la voix tendue de Samantha.

Max leva la main.

— Vous savez comment ils procèdent, grinça-t-il.

« Les kidnappeurs surveillaient la maison. » Les battements affolés de son cœur lui martelaient les tympans.

— Vous le saviez… et vous avez mis la vie de mon frère en jeu ? (Ses yeux, rivés sur Dante, se plissèrent.) Foutez le camp de cette maison.

L'agent Dante ne bougea pas.

— Nous savons comment ils procèdent, et nous essayons de les arrêter. De sauver des vies.

Max ne put que secouer la tête. Ce type ne comprenait pas. Quant à Samantha… *« Sam »*… il ne voulait pas penser à elle.

— Tu vas rester avec lui, dit Dante à Samantha.

Cela ressemblait à un ordre. Ah, mais il était à la tête de l'affaire… donc c'en était effectivement un.

— Pas question. (Max aussi savait donner des ordres.) Elle part avec vous.

Ce petit jeu, c'était terminé. Le FBI pouvait aller se faire mettre.

Dante croisa les bras sur sa poitrine.

— Je sais que vous vivez des moments difficiles, monsieur Ridgeway, mais vous avez besoin de notre aide.

Pas de son point de vue. La seule chose dont il avait besoin, c'était qu'ils décarrent d'ici.

L'attention de Dante revint sur Samantha.

— Tu as déjà ta couverture ici, Sam. Utilise-la. Ouvre grands les yeux et les oreilles. Dès que tu découvres quelque chose, transmets-le-nous. (Son regard aigu se posa de nouveau sur Max.) Monsieur Ridgeway, je vous garantis que les kidnappeurs n'apprendront rien de l'intervention de la SSD. Vous ne serez pas compromis.

Il vaudrait mieux.

— Néanmoins, c'est la meilleure occasion que nous aurons de mettre la main sur ces criminels. Nous ne pouvons pas vous forcer à coopérer, mais…

Mais le gars aurait bien aimé. Ça se voyait.

— Nous pouvons vous mettre sous protection rapprochée. Et pour ça, en revanche, on n'a pas besoin de votre accord. (Dante adressa un signe de tête à Samantha.) Dans tous les cas, l'agent Kennedy ne vous quittera pas d'une semelle.

Ce n'était pas une menace, ni un ultimatum. Il énonçait simplement un fait.

Bordel.

— Ça change quelque chose pour vous ? lui décocha Max. Si mon frère est tué à cause de vous, ça vous fera quelque chose, ou pas ?

Samantha tressaillit, mais Dante ne broncha pas.

— Toutes les victimes sont importantes à mes yeux. C'est pour ça que je fais ce travail. Vous n'aimez peut-être pas nos méthodes…

— Putain, c'est le moins qu'on puisse dire.

« Protection rapprochée ». Bien sûr… Il pouvait toujours les faire virer d'ici à coups de pied au cul, voire le faire lui-même. Mais si quelqu'un les observait, il verrait ce qui se passait, et Max ne voulait pas risquer de se faire repérer de cette manière.

— Essayez de rester calme, lui conseilla Dante. Et écoutez Sam. Son avis ne peut que vous êtes utile.

Quoi, il était censé lui faire confiance ? Alors qu'elle lui avait déjà menti ?

— Fais-moi ton rapport quand ils vous auront contactés, commanda Dante à Sam. On mettra en place la surveillance du point de rendez-vous.

Max ouvrit la bouche pour protester.

— Ils ne le sauront pas, s'empressa de lui assurer Dante. On va récupérer votre frère, monsieur Ridgeway, et on va choper les hommes qui l'ont enlevé.

Paroles, paroles.

— C'est bon, ça ira ? demanda Dante.

Max cilla :

— Ne vous inquiétez pas pour moi, je suis capable de…

— … Sam ? le coupa Dante.

Elle releva légèrement le menton.

— Pas de problème.

Dante se saisit de sa pile de dossiers.

— Vous êtes avec nous, Ridgeway ?

Samantha toucha le bras de Max et répondit à sa place :

— Il n'a plus le choix, maintenant. Je suis là.

Parce qu'elle l'avait manipulé. Il n'était pas près de l'oublier.

Mais à présent, Frank allait devoir agir. Ils se procureraient l'argent, et ils récupéreraient Quinlan, bon sang.

« En petits morceaux ». La voix de ce salaud murmurait dans l'esprit de Max comme il s'écartait de Sam.

— Si Quinlan meurt, affirma-t-il, je détruirai la SSD.

Samantha sursauta, puis répondit :

— Je veux le retrouver, pour toi.

Mais elle ne jurait pas qu'elle allait y parvenir.

— Faites-nous confiance, on fera notre boulot, promit Dante. On gardera un œil sur vous à partir de maintenant. Quand vous déposerez la rançon, on sera là.

— Et s'ils vous voient ? demanda Max. Qu'est-ce qui se passera ?

— Ce ne sera pas le cas, répliqua Dante d'un ton empli de certitude. On sait ce qu'on fait, et croyez-moi, on a des agents dont la spécialité est de ne pas être vus.

— Ramirez, commenta Sam à voix basse.

Dante acquiesça :

— Nos agents prendront les kidnappeurs en filature après le paiement. Ils les suivront à la trace jusqu'à leur repaire, et ils vous ramèneront votre frère.

Le gars était visiblement sûr de lui. Mais ce n'était pas son frère à lui dont il était question.

Dante étudia le visage de Max.

— Alors… est-ce qu'on peut compter sur votre coopération ?

Ce n'était pas comme si Max avait des tonnes d'autres choix. Il inclina sèchement la tête en signe d'assentiment.

Samantha ôta sa main de son bras.

— Merci, chuchota-t-elle.

Max serra les dents.

— Vous avez pris la bonne décision, le félicita Dante en se retournant vers la porte. Soyez prudents, vous deux. Je vous surveillerai.

— Luke, il faut que tu saches… Quinlan a été enlevé au *Centre*, l'informa Samantha.

L'autre agent s'arrêta net pour la regarder par-dessus son épaule.

— Tu en es sûre ?

— J'en suis sûr, intervint Max.

— J'étais au *Centre* juste avant qu'il disparaisse. Si nous y étions restés ne serait-ce qu'un peu plus longtemps… (Samantha secoua la tête.) Il faut qu'on poste des agents dans ce bar. Curtis Weatherly était aussi allé y faire un tour avant son enlèvement. *Le Centre…* est un maillon de la chaîne.

Dante opina.

— Je vais demander à Ramirez et à Daniels d'interroger à nouveau le personnel. On les a tous déjà cuisinés, et on a fouillé leur passé, mais on n'a rien trouvé d'inhabituel. (Il inclina la tête.) On va creuser plus profond, et faire en sorte de surveiller cet endroit de près.

Je n'aurais jamais dû laisser Quinlan seul. Le remords rongeait Max de l'intérieur. S'il n'avait pas abandonné son frère au *Centre…*

— Je peux y faire entrer des flics en civil d'un claquement de doigts, poursuivait Dante. À partir de maintenant, l'endroit sera sous surveillance permanente.

Un peu trop tard pour aider Quinlan.

Dante roula des épaules et ouvrit brusquement la porte.

— Dé… désolé, patron. Je ne savais pas que vous étiez, heu… occupé. (Son accent du Sud était d'un coup plus prononcé, sa démarche un peu plus molle.) Je reviendrai plus tard.

— Voilà, approuva Max d'une voix tendue.

Et le type disparut.

Sam se glissa à l'étage pendant que Max et Frank téléphonaient encore une fois à la banque. Elle se mouvait aussi rapidement et silencieusement que possible. Son regard courait d'une pièce à l'autre, fouillait, cherchait…

Là-bas.

Une porte fermée, au bout du long couloir. Quinlan Malone avait toujours sa chambre dans la maison de son père.

Elle tourna la poignée, et la porte s'ouvrit sans un bruit. Sam n'alluma pas la lumière. Elle n'en avait pas besoin. L'ordinateur l'attendait, au beau milieu du bureau de verre immaculé de Quinlan.

Sam ferma la porte derrière elle. La chambre, énorme, ressemblait plus à une suite qu'à une pièce unique, mais… il ne s'y trouvait rien de personnel. Pas de photos. Pas de casquettes. Pas de livres ni de magazines. Rien d'un tant soit peu intime.

Un lit couvert d'une couette noire. Une commode. Un bureau, parfaitement propre et ordonné.

Et l'ordinateur portable qui trônait au milieu.

On dirait une chambre d'hôtel. Prête à accueillir n'importe quel client, mais aucun individu en particulier. En secouant la tête, Sam prit place sur le siège et alluma l'ordinateur. Il était temps de se mettre au boulot. Elle commencerait par l'ordinateur de Quinlan, et piraterait le réseau crypté à l'aide d'un script de commande. Une fois qu'elle aurait établi un accès distant à tous les systèmes de la maison, les ordinateurs seraient à elle. Elle pourrait alors éplucher tous les comptes de messagerie et explorer les disques durs, afin de découvrir tout ce que les Malone et leur personnel pouvaient chercher à dissimuler.

L'ordinateur émit un bip de démarrage. L'écran l'invita alors à entrer le mot de passe.

Pour la première fois de la journée, Sam sourit. C'était la partie de son travail qu'elle préférait.

— Monsieur, êtes-vous certain de vouloir retirer c… cinq millions de dollars en espèces ?

La voix du banquier émergeait, tremblante, du haut-parleur du téléphone.

Frank soutint le regard de Max.

— Oui.

— Je vais m'occuper des papiers, répondit John Adams, mais cela risque de prendre du temps, monsieur. L'argent ne sera pas à votre disposition avant au moins quarante-huit heures.

— Tout de suite, articula Max silencieusement.

— Il me faut cet argent immédiatement, exigea Frank. Oubliez la paperasse, John, et préparez mon argent. Compris ?

— Je n'ai aucun moyen de retirer cette somme avant…

— Préparez l'argent. Je passerai le prendre dans la journée.

Pas de discussion. C'était un ordre pur et simple.

Et c'est ce qui lui avait valu son surnom de « Frank le Fumier ».

À l'autre bout du fil, John soupira.

— Monsieur, vous n'avez pas l'air de comprendre à quel point…

Un hurlement déchirant résonna à travers toute la demeure.

Samantha.

Max bondit de sa chaise et se rua vers la porte, Frank sur les talons. La voix du banquier bourdonna faiblement derrière eux.

Les pas de Max martelèrent le parvis dallé.

— Samantha !

Le cri résonna à nouveau, plus fort encore, puis se mua en un bruit de vomissement.

Max contourna à toute vitesse le coin de la maison, et vit Beth prostrée sur le sol, ses longs cheveux blonds tombant en pluie autour de son visage.

Pas Samantha.

— Beth ? interrogea Frank, irrité. Enfin, Beth, pourquoi diable…

Beth releva la tête, repoussa ses cheveux, et les contempla d'un œil fixe.

— B… boîte…

Des pas retentirent dans leur dos.

— Max ! appela une voix.

Cette fois, c'était bien Samantha. Forte, décidée.

Max ne regarda pas en arrière. Il avait vu la boîte. Petite, marron, elle gisait au sol, sa partie supérieure déchirée.

Beth se mit à ramper comme un crabe pour s'en éloigner.

Max eut la sensation qu'une poigne d'acier lui broyait le cœur.

— D'où vient-elle ?

— Elle… était sur les marches. Le gardien l'y a mise, j'ai p… pensé… (Beth s'interrompit, le souffle haché) J'ai pensé qu'un… c… coursier l'avait apportée du bureau.

Max se pencha et tendit la main vers la boîte. *Seigneur.*

Beth gémit.

Samantha saisit la main de Max.

— Non.

Sa peau était douce. Elle approcha les lèvres de l'oreille de Max et murmura :

— Pas à mains nues… Il faut qu'on relève les empreintes.

Il serra le poing.

— Prends ça, dit-elle en sortant un stylo de sa poche.

Il le prit, d'une main qui ne tremblait pas. Il souleva le haut de la boîte à l'aide du stylo. *Bordel de merde.*

La boîte contenait un doigt sanguinolent, recroquevillé.

Beth se mit à pleurer.

C'était un annulaire, encore orné de la bague à fer à cheval de son frère.

Putain.

— Max ? (La voix de Frank avait perdu de sa superbe.) Qu'y a-t-il dans cette boîte ?

Une preuve.

— Ils ont Quinlan.

Il venait de recevoir un morceau de son frère. Il se tourna et croisa le regard inquiet de Samantha. *Le premier morceau.*

Max se releva brusquement. Samantha l'imita, une main toujours serrée sur son poignet.

— Il est toujours vivant, Max, dit-elle d'un ton insistant.

Max tenta de se dégager. Elle ne fit que resserrer son emprise.

— Il est toujours vivant. Ça, c'est juste pour te torturer, pour te rendre plus vulnérable.

— C'est son d… doigt ! hurla Beth.

Samantha ne détourna pas le regard de Max.

— C'est un message. Tu voulais une preuve, ils t'en ont donné une. Ton frère est là-bas. Il est vivant, et nous allons le récupérer.

Preuve reçue.

Luke parcourut le reste du SMS.

« Doigt de la victime dans une boîte. Besoin de relevé d'empreintes et test ADN dès que possible. »

— Putain…

Il releva la tête pour regarder l'équipe rassemblée dans la salle de conférences de la SSD.

— Les kidnappeurs ont repris le contact.

C'était la première fois qu'ils faisaient une telle chose. Sacrée entorse au protocole.

Hyde se redressa sur son siège.

— Ils ont déjà rappelé ?

— Non.

Luke croisa le regard de Monica. Elle travaillait sur le profil des kidnappeurs.

— Ils ont envoyé un doigt chez les Malone, dans une boîte.

Aucune expression n'anima le visage parfait de Monica.

— Pourquoi changer de méthode, Monica ? demanda Luke.

Car elle saurait. Quand il était question d'assassins, elle savait toujours.

— Parce que les meurtres le changent, lui, répondit-elle.

Oui, c'est ce qu'il craignait, mais il voulait connaître son point de vue.

— Le meneur s'est montré beaucoup plus cruel envers Briar qu'envers Peter Hollings, poursuivit-elle. Il a gardé Briar en vie plus longtemps. Il lui a infligé des blessures non pour le tuer, mais pour le faire souffrir.

Oui, et cela inquiétait Luke.

Monica alimenta ses craintes en ajoutant :

— Tout cela me semble indiquer que notre tueur s'est trouvé une nouvelle passion.

— Ou peut-être qu'on n'a pas affaire au même kidnappeur, suggéra Jon Ramirez depuis l'autre bout de la table. Peut-être que c'est un débutant qui a lu dans le journal l'histoire de Briar, et qui pense devoir trancher dans le lard pour se rendre crédible.

Monica secoua très légèrement la tête en signe de dénégation.

— Les similitudes qui n'ont pas été révélées à la presse sont trop nombreuses. Personne ne savait que les hommes étaient enlevés dans des bars proches des campus, personne ne savait que le premier appel avait lieu dans les trois heures suivant les disparitions. Et personne ne savait qu'un deuxième appel était promis pour 10 heures, mais n'arrivait jamais. (Elle posa les mains à plat sur la table.) C'est le même meneur. La même bande.

— Et combien de personnes compte cette bande, d'après vous ? demanda Hyde, qui présidait en bout de table, son regard balayant tous les visages.

— Les kidnappeurs travaillent rarement seuls, affirma Luke. Ici, on a affaire à une unité, soumise à un chef dominateur…

— Comme une meute de chiens, gronda doucement l'agent spécial Kim Daniels.

Ses yeux brillaient, mais son visage était aussi neutre que celui de Monica.

— Quelqu'un doit rester avec la victime, pour le surveiller en permanence. (Luke leva la main pour commencer à compter les membres potentiels de l'équipe.) Quelqu'un doit aller récupérer l'argent. Quelqu'un doit protéger le chef. (Celui-ci ne pouvait pas se permettre de rester vulnérable un seul instant.) Et quelqu'un est chargé d'observer de près la famille de la victime.

Ils devaient identifier cet observateur. Au cas où il faisait partie des membres de la maisonnée, Sam continuerait à communiquer par SMS afin de rester discrète. Sur cette affaire, ils ne devaient pas prendre le moindre risque.

— Au minimum, annonça Luke, ils sont quatre. Au maximum, six. S'ils étaient plus, ils seraient trop nombreux à se partager le même gâteau.

— Il nous faut cette boîte, décréta Hyde. Plus vite on analysera les empreintes qui s'y trouvent, mieux ce sera.

Plutôt deux fois qu'une. Ils étaient tous d'accord là-dessus.

Luke laissa échapper un grognement.

— Il faut qu'on parle aux autres victimes.

Il voulait les interroger en tête-à-tête, les obliger à répondre à la moindre de ses questions. Mais l'argent et le pouvoir se mettaient souvent en travers de ce genre d'entretien.

— Je veux qu'ils reviennent aux États-Unis.

Hyde hocha la tête :

— J'y travaille.

Si Hyde ne parvenait pas à les faire revenir, alors c'était impossible.

Luke examina les choix qui s'offraient à lui. *Pas bien nombreux.*

— En attendant, décida-t-il, on va s'entretenir avec eux à distance. Organisez-moi une conférence téléphonique dès que possible, parce que j'ai vraiment, vraiment besoin de leur parler.

Les victimes étaient mortes de trouille. Luke comprenait. Ils essayaient de se convaincre que le cauchemar qu'ils avaient vécu n'était pas réel. Mais la vie d'un autre homme était en jeu.

Et Luke ne faisait pas ce travail pour arrêter les tueurs une fois leur méfait accompli, le flot de sang tari, les corps partis à la morgue. Il était là pour sauver des vies, bordel, et c'est bien ce qu'il avait l'intention de faire.

Sam accompagna Max et Frank à la banque. Elle sourit aux autres clients, arborant un visage aimable et neutre. Après un bref échange de politesses, le responsable de la banque, John Adams, les fit passer dans son bureau où on leur apporta l'argent.

Cinq millions de dollars : le prix d'une vie. Celle de Quinlan Malone.

Le responsable transpirait. Frank aussi.

Pas Max.

Max tenait fermement – presque trop – la main de Samantha. Il avait entremêlé leurs doigts et la maintenait tout près de lui.

Il avait un rôle à jouer. Elle aussi.

— Excusez-moi, messieurs, murmura-t-elle. Pourriez-vous m'indiquer les toilettes pour dames ?

Le responsable pointa du doigt vers la gauche.

En lui adressant un sourire timide, elle se leva et suivit l'étroit couloir dans la direction indiquée. Sa robe, empruntée à Beth, ondoyait souplement à chacun de ses pas. Un instant plus tard, Sam poussait la porte des toilettes.

Tandis que Sam s'approchait du lavabo, une femme se retourna pour attraper l'essuie-mains et la percuta.

Le sac à main emprunté de Sam tomba à terre.

— Désolée, s'excusa la femme en ouvrant de grands yeux bleus.

Elle se pencha, le rideau de ses cheveux noirs masquant son visage tandis qu'elle ramassait le sac.

— Je ne vous ai pas vue arriver.

Elle referma une poigne ferme sur l'objet.

Sam inclina la tête. L'agent spécial Monica Davenport avait toujours eu un sens aigu du timing.

— Pas de problème, assura Samantha.

Le doigt et la boîte se trouvaient à l'intérieur du sac, protégés par un sac plastique.

En moins de dix secondes, l'échange fut terminé.

Lorsque Sam rebroussa chemin, elle avait la tête haute, le sac au creux du coude, et Max l'attendait, tenant lui-même un sac de voyage dans chaque main.

Sam ne put s'empêcher de jeter un coup d'œil à son chargement.

— Partons d'ici, les pressa Frank.

Un vigile les escorta jusqu'à la porte. Les escarpins de Samantha – empruntés, eux aussi, et bien trop serrés pour elle – cliquetaient sur le carrelage. Elle avait l'impression de sentir tous les regards posés sur eux.

Frank avait avec lui son agent de sécurité personnel. Jared Kinney occupait les fonctions de chauffeur et de garde du corps. Sam avait appris qu'il résidait chez les Malone, dans un appartement surmontant le garage.

Jared poussa la porte. Le soleil éblouit Sam de ses rayons. Dans une heure, l'astre se coucherait. Il avait fallu tout ce temps au responsable de la banque pour réunir l'argent. La journée s'était déjà enfuie, irrécupérable.

Mais il y aurait un autre coup de téléphone avant la nuit. Si les kidnappeurs suivaient les habitudes qu'ils avaient établies, ils reprendraient très bientôt contact avec Max.

Ils descendirent les marches, lentement et sûrement, sans un mot. Jared ouvrit à Frank la portière de sa Cadillac. Lorsque son beau-père fut à l'intérieur, Max lui transféra les deux sacs. Sa propre Jeep était garée de l'autre côté de la route. Il se détourna.

Mais Frank lui attrapa la main.

— Tu reviens à la maison, n'est-ce pas ?

Max le dévisagea d'un regard dur.

— J'ai besoin de toi, insista son beau-père. Il faut que tu restes jusqu'à ce que tout cela soit terminé.

— Je reviendrai.

Max se dégagea. Jared referma la porte. Sam et Max regardèrent la longue berline s'éloigner.

Dès que les feux les y autorisèrent, ils s'avancèrent sur le passage piéton, d'un pas mesuré, déterminé, et…

Un moteur rugit.

Aussitôt, Sam tourna la tête vers la droite. Une petite BMW noire roulait dans leur direction, vite, très vite…

Hein ? Le cœur de Samantha battit à se rompre durant la fraction de seconde qu'il lui fallut pour comprendre.

— Cours ! hurla-t-elle.

Cette foutue voiture fonçait droit sur eux. Se rapprochant à une allure de plus en plus délirante, elle bifurqua pour les suivre tandis qu'ils traversaient au galop la rue presque déserte.

Non, pas eux. Ce n'était pas « eux » que visait le véhicule.

Sam poussa Max vers l'avant et sentit une bourrasque d'air lui frôler le dos comme elle bondissait elle aussi. Elle heurta Max, et ils s'écroulèrent tous deux sur le bitume. Une odeur de goudron brûlé et de sang lui emplit les narines. Elle se releva aussi vite qu'elle le put et pivota à temps pour voir disparaître les feux arrière de la BMW, au coin d'un virage serré.

— Putain, c'était quoi, ça ?

Sam se retourna vers Max. Il s'était dressé sur les genoux et tentait d'essuyer ses mains dégoulinantes de sang.

Tout comme celles de Sam. Le bitume ne leur avait pas fait de cadeau.

— Il faut qu'on quitte cette rue. Tout de suite, déclara-t-elle.

— Parce qu'un connard vient de griller le feu rouge ?

— Non. (Elle lui attrapa le bras et le tira sans ménagement en direction de la Jeep.) Parce que, d'après moi, ce connard vient d'essayer de t'assassiner.

Chapitre 6

L'ange à la robe rouge lui apparut dans un nuage de parfum et de sexe. Adam Warrant battit des paupières, la contempla longuement, et aima ce qu'il voyait.

— Chérie, où tu te cachais pendant toutes ces années ?

Elle lui sourit et s'empara de sa bouteille de bière. Elle avait de jolies mains. Longues et pâles. Ses doigts aux ongles rouge sang firent le tour du goulot.

— Tu ne me croirais pas, si je te le disais.

Elle caressa encore une fois le col de la bouteille.

— Mais je suis là, aujourd'hui, Adam.

Il fronça les sourcils. La musique était tellement forte… Il arrivait à peine à l'entendre. Il se pencha vers elle et respira un nouvel effluve de son parfum. *Le sexe à l'état pur.* Son membre se tendit. Le haut de la robe rouge laissait deviner ses tétons.

— Qui es-tu ? demanda-t-il.

Elle décrivit un dernier cercle lent sur le goulot, puis laissa descendre sa main le long de la bouteille, d'un geste doux, presque comme si elle… pompait.

Il déglutit. *Nom de dieu.*

Elle lui tendit la bière et posa une main sur son torse.

— Je suis une femme qui va t'offrir une nuit dont tu te souviendras toujours.

À ces mots, Adam sourit, puis engloutit le contenu de la bouteille.

— Des promesses, des promesses…

« Une voiture a failli écraser Max. Tentative délibérée. Les règles ont changé ? »

Luke secoua la tête à la lecture du SMS de Sam.

— Kim, on a un problème.

Un gros problème. Ce type d'attaque ne faisait pas partie du protocole habituel.

— Hé ! s'exclama Kim d'une voix aiguë, à côté de lui.

Elle tenait son portable pressé contre son oreille.

— J'ai Ramirez en ligne. Il dit qu'une BMW a failli aplatir Sam et Ridgeway devant la banque, sur l'avenue Pines.

Ramirez. Leur homme de l'ombre, sur cette affaire. Il surveillait Sam et Ridgeway, tout en s'assurant de ne jamais être vu.

— Oui, je sais, répondit Luke.

Kim plissa les yeux :

— Tu savais que Ramirez avait relevé la plaque ?

Elle se mit à pianoter sur le clavier le plus proche.

Par-dessus son épaule, Luke la regarda accéder au système d'immatriculation des véhicules et y entrer les numéros relevés. En moins de cinq secondes, les résultats apparurent à l'écran.

— Alors ça, c'est pas mal…, grommela Luke.

La plaque correspondait à une BMW déclarée au nom de Jeremy Briar. Le vol du véhicule avait été signalé par sa mère juste avant qu'elle soit interpellée pour avoir assassiné son mari.

La voiture de Jeremy. Utilisée par ses meurtriers afin de s'attaquer à un autre homme.

Mais… pourquoi ? D'un point de vue économique, ce n'était pas brillant. Les morts ne pouvaient payer de rançon.

— Il faut qu'on en parle, déclara Sam lorsqu'il devint évident que Max avait choisi d'ignorer la tentative de meurtre.

L'ignorer. Ce type était-il complètement fou ? Il avait failli y rester, mais il ne trouvait aucun commentaire à faire.

Ils s'étaient rendus chez lui pour y prendre des vêtements propres et un sac pour la nuit. À présent, ils étaient presque de retour chez son beau-père, et ils allaient en parler, bon sang !

Sam le vit serrer les dents. Elle ravala sa propre peur et sa colère, espérant renvoyer une image à peu près sereine.

— Max… Quelqu'un a essayé de te tuer, martela-t-elle.

OK, elle n'avait pas l'air serein du tout. Tant pis.

— Pourquoi diable est-ce qu'ils essaieraient de me descendre ? rétorqua-t-il.

La Jeep accéléra avec un rugissement.

Pourquoi ? C'est ce que Sam souhaitait découvrir. Elle n'aimait pas cette situation. Pas du tout. Les kidnappeurs n'auraient jamais lancé une offensive comme celle-ci. Violer leur protocole ne leur vaudrait que des ennuis.

— Tu n'aurais pas dû me pousser hors de leur route, maugréa-t-il.

Sa voix grave vibrait de colère.

Sam tripota sa ceinture.

— Oui, eh bien, si tu avais marché plus vite, je n'aurais pas eu besoin de te pousser.

Max serra les mains sur le volant et répliqua :

— Tu t'es rendue vulnérable. Tu aurais dû foncer te mettre à l'abri, au lieu de te préoccuper de moi.

— Me préoccuper de toi fait partie de mon travail. Pour le moment.

— Ah bon, seulement de ton travail ? siffla-t-il.

Sam battit des paupières :

— Qu… quoi ?

Mais il tournait le volant pour s'engager dans la longue avenue sinueuse menant à la demeure des Malone. Un gardien, posté près de la porte, leur fit signe de continuer en reconnaissant Max.

— Je ne te comprends pas, reprit Max en approchant la Jeep de la maison. Agent du FBI ? Je ne t'aurais jamais vue faire ça, jamais de la vie.

Pourquoi ? Parce qu'elle était faible ?

— Je n'ai jamais rien fait d'autre.

Ni jamais rien souhaité d'autre.

Il freina brusquement et se tourna pour la regarder.

— Et quoi ? Tu prends ton pied, à faire ça ? Traquer les tueurs ? Voir les cadavres ?

Elle prit une grande goulée d'air.

— Non.

— Pourquoi est-ce que tu le fais ?

— Parce que je sais que les monstres n'existent pas que dans les contes de fées.

Oh oui, elle le savait bien. Lorsqu'elle fermait les yeux, elle voyait son propre monstre.

— Et leur place est derrière les barreaux, hors de portée des innocents, ajouta-t-elle.

Ou six pieds sous terre. Mais elle n'était pas censée énoncer cela à haute voix. Le penser, oui ; mais son badge l'interdisait de le dire.

Max tendit la main pour enrouler une boucle des cheveux de Sam autour de son doigt.

— Tu penses que tous les tueurs devraient être emprisonnés, dit-il.

Une nuance plus sombre avait teinté ses mots, durcissant sa voix.

— Mon boulot est d'arrêter les meurtriers. C'est comme ça.

Sam déboucla sa ceinture, mais ne s'écarta pas de lui. La triste vérité était qu'elle aimait le contact de sa main sur sa joue.

Mais il laissa tomber sa main, et sa bouche prit un pli sévère.

— Tu vois tout en noir et blanc. Il n'y a pas de gris, dans ton monde, hein ?

— Et dans le tien ? contra-t-elle. J'ai vu ton visage quand tu as appris que je travaillais pour le FBI. Tu étais furieux, Max.

Une telle rage était impossible à masquer.

— Mais oui, je suis en rogne. Tu ne devrais pas être ici. Tu devrais être loin, très loin…

Wahou, c'était agréable de sentir que sa présence était appréciée.

— Je n'irai nulle part.

La SSD ne la laisserait pas abandonner son poste, et, de plus, elle ne voulait pas le quitter.

C'était l'heure pour elle de se montrer courageuse. *Je peux le faire.* Hyde surveillerait chacun de ses faits et gestes. Si elle se plantait…

Eh bien, Quinlan mourrait. Max la haïrait. Et elle se retrouverait à la rue.

Mais sinon, pas d'inquiétude !

— Ils vont appeler ce soir, déclara-t-elle. (À chaque fois, les kidnappeurs se manifestaient de nouveau vingt-quatre heures après l'enlèvement.) Ils te donneront leurs instructions concernant l'échange.

— Et tu les répéteras à tes agents.

Max coupa le moteur.

— Fais-moi confiance, d'accord ? supplia Sam. (Oui, une note de désespoir perçait malgré elle dans sa voix.) La SSD ne fera pas tout foirer. Les agents se tiendront assez loin pour ne pas être vus, mais ils ne rateront pas un détail de la scène. Ils pourront suivre les kidnappeurs après le paiement de la rançon. Ils mettront un terme à tout ça. Plus personne n'aura à souffrir.

— J'ai envie de te croire, chérie.

Max referma la main sur les clés, formant un poing serré. Un poing aux phalanges meurtries, souvenir de son coup dans le mur de ce matin.

— Mais le problème, c'est que j'ai un mal fou à te faire confiance.

Sam garda la tête haute.

— Alors ne me fais pas confiance, mais écoute-moi. Ce n'est pas ma première affaire. Ni celle de la SSD. Nous tenons tête aux tueurs, et nous ramenons des victimes vivantes.

Ils l'avaient ramenée, elle.

Max pencha la tête. Ses yeux étincelèrent.

— Alors pourquoi ai-je l'impression que tu n'es pas réellement sincère avec moi ? Certaines victimes ne reviennent pas, pas vrai ?

Elle se détourna de lui et ouvrit brutalement la portière. L'air froid la heurta comme une gifle, mais c'était ce dont elle avait besoin. Sam se hâta d'avancer, déterminée à entrer dans la maison.

— Samantha.

La voix de Max la figea sur place. Les graviers craquèrent sous ses pas lorsqu'il la rejoignit. Et il fut là, attrapant ses mains et les enveloppant dans les siennes.

— On ne sait jamais qui peut nous observer, chérie.

Ce rappel était sensuel, avec une nuance d'acier tranchant.

Elle lui adressa un regard oblique.

— Je ne te connais pas vraiment, concéda-t-il. (Il pencha la tête et effleura sa bouche de la sienne, en une caresse aimante.) Mais toi, tu ne me connais pas vraiment non plus.

C'était un avertissement.

Il se pressa contre ses lèvres. Dur, insistant.

Elle ouvrit la bouche pour l'accueillir. Pas parce qu'ils risquaient d'être observés, mais parce qu'elle avait envie de l'embrasser, et au diable les éventuels spectateurs. Qu'ils regardent donc. Leurs langues se rencontrèrent, se goûtèrent. Et le froid parut refluer.

Avec lui, de nouveau. Dans ses bras. Le cœur de Sam s'accéléra, et son sexe se mouilla. Dans le lit de Max, elle n'avait pas eu besoin de faire semblant. Pas besoin de paraître plus forte qu'elle ne l'était. Au lit, ils n'étaient que des corps, des désirs.

Homme.

Femme.

La pluie se mit à tomber, doucement d'abord. Des gouttes légères constellèrent la peau de Sam. Puis plus fort, plus dru, l'orage qui avait menacé toute la journée éclata enfin.

Max releva la tête et la regarda, les cils chargés d'eau, les joues ruisselantes. Sam sentait le goût de la pluie sur sa langue, mêlé à celui de son amant.

— Max ! hurla une femme.

Le cri était strident, éperdu.

Sam tourna la tête. Beth se tenait sur le seuil et leur adressait des gestes.

— Le téléphone ! cria-t-elle. C'est…

Tous deux se mirent à courir.

Max parvint à l'intérieur le premier, et Beth pointa un doigt derrière elle.

— Frank est dans son bureau. Ils ont appelé sur son portable. Je… je sais que c'est eux…

Les chaussures de Sam crissèrent, trempant le luxueux carrelage, lorsqu'elle se rua en direction du bureau.

— Oui, nom de nom, j'ai bien reçu votre « preuve », aboyait Frank dans le combiné. (Sam rabattit la porte du bureau, les y enfermant tous les trois.) Maintenant, vous allez m'écouter, et je vous prie de…

Il s'interrompit, et Sam vit ses yeux se plisser. Son épaisse pomme d'Adam se souleva comme il déglutissait.

— Non, je n'ai pas besoin d'une autre livraison. Je vais payer, espèce de salaud, mais arrêtez de lui faire du mal !

Frank se passa une main tremblante dans les cheveux.

Une victime. C'est ce qu'était devenu Frank le Fumier. Terrifié, désespéré. Il n'aimait pas ce à quoi il était réduit. Sam distinguait dans ses yeux une lueur de révolte, mais il n'avait pas le choix, et il ne savait pas quoi faire.

Sam détourna le regard. Elle n'aimait pas observer les victimes. Dernièrement, les côtoyer était devenu difficile. Luke, lui, avait un don pour cela. Il savait les mettre à l'aise, et leur extirpait des témoignages incroyablement détaillés. Samantha, en leur présence, se sentait... *faible. Parce que je suis l'une d'elles?*

— Quand.

Frank avait voulu cracher ce mot comme un ordre, mais sa voix brisée en fit une supplique. Sur sa main, les taches de vieillesse ressortaient par contraste avec la pâleur de ses doigts, crispés sur le téléphone.

— Je... je vais devoir retourner à la banque. J'irai, et... (Il s'interrompit pour écouter son interlocuteur.) Oui, il est là.

Frank articula silencieusement, à l'attention de Max: « Ils veulent que tu sois présent. »

— Oui, nous vous apporterons l'argent, poursuivit Frank à haute voix. (Son regard gris se braqua sur Sam.) Nous deux, seuls. Vous avez m... ma parole.

Ses épaules s'affaissèrent, et il raccrocha.

Sam s'avança vers lui pour s'emparer du téléphone et tenter d'afficher le numéro de l'appelant. Cette fois, il n'était pas masqué. Les kidnappeurs n'avaient pas pris cette peine. Très bizarre. Ils paraissaient trop malins pour commettre ce genre d'erreur.

Mais tout le monde fait des erreurs...

Sam sortit son portable et envoya le numéro à Luke par SMS.

— Ils veulent dix millions, maintenant. (Frank semblait perdu.) Dix millions! Ce salaud affirme que le prix est monté parce que nous avons mis trop de temps à nous rendre à la banque.

— Il joue avec vous, commenta Sam en pianotant à toute vitesse. (« 10 millions. ») La rançon devait être de dix millions depuis le début.

— Alors pourquoi ne l'a-t-il pas dit dès le départ ? cria Frank, tournant sa colère vers elle.

Il fallait s'y attendre, et Sam ne s'en formalisa pas. Toute cette rage qui bouillonnait devait forcément se déverser sur quelqu'un, et elle était la cible idéale. Elle prit une longue inspiration avant de répondre.

— Parce que ce type aime mener les gens en bateau. Il sait que vous allez passer une soirée agitée, à téléphoner à votre banquier et à votre avocat, à vous démener pour obtenir la deuxième moitié du fric qu'il vous demande. Vous serez faible et facile à manipuler. Exactement ce qu'il souhaite.

Frank la dévisagea en battant des paupières.

— Ce n'est pas la première fois qu'il augmente la rançon. Avec la première victime, il ne l'avait pas fait. Je ne sais pas, peut-être a-t-il pensé après coup qu'il aurait pu récolter davantage. (Le kidnappeur ne ferait pas deux fois la même erreur.) Maintenant, il joue toujours à ce petit jeu avec les familles.

— Un jeu ? répéta Max. Nous ne sommes pas en train de jouer. C'est de la vie de mon frère qu'il s'agit.

— Je le sais, et j'ai besoin que vous me fassiez confiance. Je peux vous aider à récupérer Quinlan. (Elle soutint son regard.) Dites-moi où vous devez déposer la rançon.

Mais Frank hésita.

— Il a dit que seuls Max et moi devions le savoir.

Sam resserra la main sur son portable. *C'est contraire à leur protocole*. D'ordinaire, une seule personne livrait l'argent. Une.

— La SSD vous surveillera à distance. (Elle lui répétait ce qu'elle avait déjà promis à Max.) Les kidnappeurs ne s'apercevront pas de la présence des agents, mais cela nous permettra de les suivre après le paiement de la rançon. Nous retrouverons Quinlan…

Frank secoua la tête.

— Ils ont dit qu'ils me le renverraient. Une heure après, ils le renverront.

Ne comprenait-il pas ?

— Et puis ils enlèveront quelqu'un d'autre, répliqua Sam. Peut-être qu'ils le découperont en morceaux. Peut-être qu'ils l'épargneront. Ou peut-être qu'ils balanceront son cadavre devant la maison de ses parents, comme pour Jeremy Briar.

Elle inspira de nouveau, consciente qu'elle avait haussé la voix.

— Dites-moi où doit se faire le paiement.

Ils en avaient besoin. La SSD devait mettre un terme à ces enlèvements.

— Wyham Park.

Un lieu public, immense. De nombreuses entrées, de nombreux arbres. Des cachettes partout. Là, un individu pouvait disparaître en trente secondes à peine, s'il le souhaitait. *Merveilleux*.

— À midi, compléta Frank.

L'heure de pointe. Celle de la pause déjeuner. Très malin.

Tandis que Sam faisait courir ses doigts sur l'écran tactile de son portable, on frappa doucement à la porte.

— Beth…, lâcha Max dans un soupir. C'est elle qui nous a avertis du coup de fil.

D'un pas rapide, il alla ouvrir la porte.

Beth se tenait sur le seuil, les yeux écarquillés, le visage blême.

— E… est-ce qu'il est…

— Ils veulent qu'on fasse un échange, expliqua Frank. Ces salauds veulent dix millions, tout de suite, ou ils vont le tuer.

— Frank…, murmura Beth en se hâtant de le rejoindre. Je suis désolée.

Elle tendit la main vers lui.

Frank leva la sienne pour l'arrêter.

— Pas maintenant, Beth.

Il repoussa sa main et se dirigea vers le bar pour s'y servir un grand verre de whisky.

— Pas maintenant, répéta-t-il.

Sam surprit le tressaillement de Beth. Intéressant. Très intéressant.

Sam se souvint des e-mails trouvés hier soir sur l'ordinateur de Quinlan. Elle se demanda si Frank savait que sa jeune maîtresse couchait également avec son fils. Il était parfois si facile de dissimuler une liaison, surtout lorsque celui à laquelle on devait la cacher passait toutes ses nuits dans un sommeil presque comateux. *Si facile…*

Sam rangea son portable dans son sac. Beth se tourna pour repartir. Mais Sam avait eu le temps d'apercevoir ses yeux. Son regard bleu n'était pas empli de larmes, mais d'une rage meurtrière.

Sam tapa un nouveau SMS. « Envoyez-moi les rapports sur leurs antécédents à tous dès que possible. » C'était la procédure de routine, bien sûr. Dès que la SSD avait appris la disparition de Quinlan, ils avaient certainement commencé l'examen du problème sous tous les angles.

Elle avait mené sa propre enquête, depuis son arrivée. Grâce à l'ordinateur de Quinlan, elle avait pu analyser en détail ses interactions sur les réseaux sociaux. Elle avait remonté son mur pour examiner ses activités durant ces dernières semaines, et avait transmis la liste de ses « amis » au bureau de la SSD afin qu'ils les comparent avec celles des autres victimes.

Elle s'était aussi infiltrée dans l'ordinateur de Donnelley. Le bon docteur avait un goût prononcé pour la pornographie, et cherchait depuis quelque temps des partenaires sur des sites de rencontres. Aucun de ses e-mails ne lui avait paru suspect, mais Sam prévoyait tout de même d'éplucher l'historique de ses finances dès qu'elle aurait accès au système informatique de la SSD.

En parcourant les relevés de comptes en ligne de Frank, elle avait eu la confirmation que la fortune de celui-ci se portait très bien. Comme toujours, les kidnappeurs s'étaient choisi une cible dont la famille n'aurait pas de difficultés à les payer.

Mais Sam désirait plus d'informations que ce qu'elle parvenait à glaner au sein du réseau personnel de la demeure. Demain, après le paiement de la rançon, elle disposerait à nouveau de ses moyens habituels. Alors, elle passerait une heure entière dans son bureau, et découvrirait jusqu'au dernier des secrets des Malone.

— Je veux Jon sur le terrain demain, au parc.

Luke, en donnant cet ordre à son équipe, savait qu'il ne les surprendrait pas. Ancien tireur d'élite, Jon était de loin le meilleur lorsqu'il s'agissait de surveillance à distance.

— Garde-les dans ton viseur, Jon. Toute cette affaire… (Luke s'ébroua) j'aimerais éviter qu'elle nous explose en pleine figure.

— Oui, confirma la voix profonde de Hyde, qui venait d'apparaître dans l'encadrement de la porte. Nous sommes bien d'accord.

Luke inclina la tête :

— Monsieur, nous n'aurons plus jamais une telle opportunité d'agir. Sam nous sert cette affaire sur un plateau.

Les pièces du puzzle ne s'imbriquaient toujours pas parfaitement, selon Luke, mais il n'allait pas non plus cracher dans la soupe. S'ils pouvaient résoudre cette affaire… arrêter ces meurtriers…

— Il faut que nous parlions avec Kathleen Briar, déclara Monica en hochant la tête. Je veux savoir exactement ce que son époux lui a dit concernant les demandes de rançon. (Un léger soupir lui échappa.) Pour autant que je sache, c'est la première fois que deux personnes sont convoquées sur le site du paiement. Soit ils modifient leur protocole aujourd'hui, soit ils avaient déjà prévu de le faire pour Briar…

— Ce serait plus facile à savoir si elle ne l'avait pas descendu d'une balle dans la tête, murmura Kim en tapotant le bord de la table avec son crayon. On aurait pu l'interroger directement. Plus simple.

— Si vous aimiez la simplicité, commenta Hyde d'une voix traînante, vous ne travailleriez pas pour le Bureau.

— En effet. (Kim lui adressa un grand sourire, qui s'évanouit rapidement.) Je dois vous dire à tous quelque chose d'important.

Elle ouvrit le dossier posé devant elle et poussa quelques pages en avant sur la table.

— Les empreintes digitales sur la boîte correspondent à celles d'une ancienne détenue. Une femme appelée Kailey Elizabeth Gentry, prostituée, originaire de Boston.

Bordel ! Ils tenaient peut-être quelque chose. La piste qu'ils attendaient. Celle qui…

— J'ai trouvé une photo de Kailey. (Kim esquissa un sourire sans joie.) C'est drôle : elle ressemble à s'y méprendre à Beth Dunlap, à peu près dix ans plus jeune.

Bon sang…

— Sam nous a dit que c'était Beth qui avait ramassé la boîte.

— Oui, répondit Kim, et j'imagine que cette femme n'a pas compris ce que ce geste pouvait révéler sur son compte. (Elle secoua la tête.) Jusqu'ici, l'examen des antécédents de Beth n'avait rien donné.

Pour Kailey, en revanche…

— J'ai creusé plus profondément, après ça, poursuivit Kim. Je ne suis pas aussi douée ni aussi rapide que Sam avec les ordinateurs, mais j'ai quand même trouvé quelques infos. Il semble que Mlle Kailey ait épousé un certain Gunther Dunlap lorsqu'elle avait vingt ans. Un type plus vieux qu'elle, avec un peu d'argent. Quand il est mort un an plus tard dans un accident de voiture, elle a gardé le fric et s'est mise à utiliser son deuxième prénom.

Son nom de famille actuel lui venait donc de son époux décédé. Et aujourd'hui, Kailey vivait avec un autre homme plus vieux et plus fortuné qu'elle.

— Kailey n'est pas la seule, dans cette maison, à avoir un casier, reprit Kim en se penchant en avant, le visage grave. Et je pense qu'il faut qu'on transmette cette information à Sam de toute urgence.

Le regard de Luke s'étrécit.

— Qui d'autre ?

L'agent de sécurité ? Il n'avait pas l'apparence d'un habitué des ruelles sombres, mais…

— Maxwell Ridgeway n'est pas tout à fait aussi propre sur lui que les magazines financiers aimeraient le faire croire.

Luke posa les yeux sur le document qu'elle venait de faire glisser devant lui. Il le parcourut, le cœur battant de plus en plus vite. *Merde.*

— J'ai dû faire sauter quelques verrous. (Kim haussa les épaules d'un air désinvolte, mais Luke comprit que cela n'avait pas été facile.) Apparemment, quand la mère de Max a épousé Frank Malone, le passé de Max a en quelque sorte… disparu.

Mais pas totalement. Rien ni personne ne disparaissait jamais vraiment.

— Violences volontaires ayant entraîné la mort…, souffla Luke.

Il sentit une douleur sourdre sous ses tempes. Sam connaissait-elle les antécédents de cet homme ?

Non, non, elle ne peut pas le savoir.

— Qu'est-ce que c'est ? demanda Monica en tordant le cou pour déchiffrer le document.

Kim lui en tendit une copie, puis en fit passer d'autres au reste de l'équipe en expliquant :

— Quand il avait quatorze ans, Maxwell Ridgeway a battu un homme à mort avec une batte de base-ball.

Nom de dieu.

Kim marqua une pause.

— Et c'est l'homme que Sam est en train de protéger, jour et nuit, sans le moindre renfort.

Sam décrocha son téléphone à la première sonnerie.

— Allô.

Elle prenait soin de répondre comme le ferait n'importe qui, sans rappeler automatiquement son matricule comme elle en avait l'habitude.

— Va dans une pièce où tu seras en sécurité, lui aboya Luke dans l'oreille. Vas-y toute seule, et immédiatement.

Elle se détourna de Max et ferma la porte de la pièce.

— Je suis en sécurité.

Mais pas seule. Frank était parti à la suite de Beth. Et Sam ne voulait pas quitter Max.

— Il a un casier, Sam. Un passé que le vieux a dû sacrément se démener pour étouffer.

Les épaules de Sam s'affaissèrent.

— Quinlan ?

Elle s'était déjà posé la question. Deux des autres victimes avaient été arrêtées pour possession de drogue.

— Non, Max.

Sam cilla :

— Tu es sûr ?

— Samantha ? interrompit Max. (Il fit quelques pas, silencieux sur l'épaisse moquette.) Qui est-ce ? Qu'est-ce qui se passe ?

Elle jeta un regard par-dessus son épaule. Luke avait-il entendu la voix de Max ? Elle secoua la tête, les yeux rivés à ceux de Max.

— Il a tué un homme, révéla Luke. Tu m'entends ? Il a tué un homme.

Les lèvres de Sam étaient si engourdies qu'elle eut du mal à répondre.

— Quand ?

— Il y a des années de ça. Il avait quatorze ans. Ridgeway a frappé un type du nom de John Dean avec une batte de base-ball. Il est passé devant le juge des mineurs, et, à dix-huit ans, il s'est fait virer du centre de détention juvénile. Puis, quand sa mère a commencé à fréquenter Malone... un juge a enterré son dossier, comme par magie.

Mais la SSD était capable de déterrer n'importe quel dossier.

— Fais attention à toi, compris ? la pressa Luke.

Le regard bleu de Max la transperça.

— Et Beth Dunlap n'est pas celle qu'elle prétend être, non plus, continua Luke. Son vrai nom, c'est Kailey Elizabeth Gentry. Elle a été condamnée pour racolage quand elle avait dix-huit ans.

Les gens n'étaient jamais ceux qu'ils semblaient être. *Pas même moi.*

Samantha lâcha un soupir étranglé.

— Samantha ? (Max haussa les sourcils, inquiet.) Qu'est-ce qu'il y a ? (L'angoisse envahit ses yeux.) C'est Quinlan ? Il lui est arrivé quelque chose ?

Elle secoua la tête en signe de dénégation.

— Il est avec toi, grogna Luke au bout du fil.

Oui, Max était juste devant elle. Sam, dos au mur, ne pouvait plus bouger. Elle avait toujours son arme, mais celle-ci se trouvait dans son sac sur le bureau, hors de sa portée.

Tu n'as pas besoin d'arme. Il ne t'a fait aucun mal. Il ne te touche même pas.

Le soupir de Luke fut clairement audible à travers le combiné.

— Reste vigilante, à chaque seconde. Ne fais pas confiance à ce type. Ne fais confiance à personne, dans cette maison.

Autrefois, il y a bien longtemps, elle avait été de nature confiante. Cette époque était révolue. Elle n'avait pas besoin de l'avertissement de Luke.

Tu couches avec un tueur. Comment sa vie avait-elle pu devenir aussi folle ?

Elle avait pensé de Max qu'il était l'homme le plus intimidant, dans ce bar. Le plus fort. Le plus sexy.

Mais y avait-il eu autre chose ? L'avait-il attirée parce qu'il recélait une part de noirceur ? Un écho à ses propres ténèbres ?

Son estomac se noua.

— Je suis assez grande. Je sais ce que je fais, assura-t-elle à Luke.

— Si tu as besoin de moi, appelle-moi, ordonna Luke. Rien à foutre de l'affaire. Appelle-moi.

D'un doigt sur l'écran, Sam coupa la communication.

Max tendit la main vers elle, et elle tressaillit, en un réflexe instinctif.

Son expression se durcit.

— Tu sais, dit-il simplement.

Deux mots qui résonnaient d'une compréhension glacée, d'une rage ardente.

Puis Max se rapprocha encore, et Samantha se retrouva plaquée au mur.

Sois forte. Arrête. Arrête de te laisser faire.

— J'imagine que c'était ton « agent spécial ». (Max eut un rictus amer.) Laisse-moi deviner... Il a fouiné dans mon passé.

— C... c'est la routine. (C'était vrai.) Les membres de la famille et les proches font tou... toujours l'objet d'une enquête.

Meurtrier.

Max ? Non, il n'avait rien d'un tueur de sang-froid. Il l'avait serrée dans ses bras lorsqu'elle s'était réveillée en hurlant dans son lit.

Il leva les mains et l'emprisonna contre le mur.

— Tu es un agent, une vraie dure à cuire, murmura-t-il. Mais tu es tellement terrorisée que tu trembles comme une feuille. (Il soutint son regard.) Ça te fait peur, de savoir que tu es tout près d'un tueur ?

— A... arrête.

Il fit courir ses lèvres le long de la mâchoire de Sam.

— Tu disais que la place d'un tueur est derrière les barreaux, n'est-ce pas ? Mais tu m'as laissé te toucher. Tu m'as laissé te goûter tout entière.

Elle posa les mains sur son torse et le repoussa. Il ne bougea pas.

— Tu as couché avec un meurtrier, poursuivit Max.

Sam le poussa plus fort.

— Laisse-moi tranquille !

L'ordre qu'elle avait voulu donner, froid et posé, s'était mué malgré elle en hurlement. Mais elle était en train de s'effondrer intérieurement. Max ne savait pas, ne pouvait pas savoir. Ses secrets à elle lui appartenaient. Personne ne les avait déterrés.

— Tu me voulais plus près, avant. (Comment ses yeux bleus pouvaient-ils être si sombres ?) C'est tout juste si tu ne me suppliais pas.

Sam serra les poings et attaqua. De l'épaule, elle lui heurta violemment l'abdomen tout en le frappant de sa main droite. *Mets-le par terre. Mets-le à genoux.*

Ils s'écrasèrent sur le sol. Max grogna sous le choc et leva les bras.

Réponds, bats-toi…

Il lui attrapa les poignets et roula sur lui-même pour se placer au-dessus d'elle. Sam se débattit, donnant des coups de tête et des coups de pied. Non, ce n'était pas fini, elle n'était pas vaincue. Elle était forte. *Plus forte.*

— *Vous ne me ferez plus de mal !*

Les mots lui échappaient, le passé et le présent s'étaient entremêlés.

— *Je ne vous supplierai pas. Je ne…*

— Putain, Samantha, mais arrête ! Arrête !

On tambourina à la porte.

— Qu'est-ce qui se passe là-dedans, nom de dieu ? rugit Frank.

La poignée trembla bruyamment. Sam avait verrouillé la porte par réflexe, pour sécuriser la pièce.

Max la regarda, haletant. Son regard était exempt de fureur. Elle n'y lut que de l'inquiétude. Un soupçon de peur. Pour elle.

Brisée. Oh, non, seigneur, non… Si Hyde apprenait ce qu'elle venait de faire…

— Tout va bien, clama Max sans relâcher sa prise sur elle. Laisse-nous, merci !

Sam perçut l'hésitation de Frank, mais après quelques instants de silence, elle entendit ses pas s'éloigner.

Elle ferma les yeux, et laissa retomber sa tête sur la moquette. Qu'avait-elle fait ? Et pourquoi ?

— Tu n'es pas celle que tu prétends être, dit Max d'une voix grondante.

De ses doigts qui tenaient les poignets de Sam, il se mit à la caresser, doucement, lentement, pour l'apaiser.

— Tu n'es pas l'agent dur à cuire, pas vrai ?

Elle aurait voulu l'être.

Il posa les mains de Sam sur le sol, mais maintint sa prise caressante.

— Quelqu'un t'a fait du mal, dit-il d'un ton plein de certitude.

Et, enfin, plein de la colère qu'elle attendait.

Sam rouvrit les yeux.

— Lâche-moi.

Ils tiendraient le coup ce soir. Comment, elle l'ignorait, mais il leur faudrait tenir bon. Et demain, après le paiement, elle raconterait à Hyde ce qui s'était passé. Elle ne pouvait plus protéger Max, pas alors que la personne qui l'attaquait n'était autre qu'elle-même.

Et Hyde verrait qu'il ne s'était pas trompé. Elle ne pouvait pas reprendre le travail. Elle n'était pas prête. Loin de là.

— Est-ce que tu as été violée ? demanda-t-il.

Le corps puissant de Max, aux muscles bandés, épousait celui de Sam.

Celle-ci eut un spasme nerveux. *« Je… je ferai n'importe quoi ! S'il vous plaît, ne m… me… »*

— Non, murmura-t-elle.

C'était la vérité. Le sexe n'intéressait pas ce salaud. Seule la peur l'intéressait.

— Laisse-moi me lever.

— Tu pleures, lui dit Max d'une voix… étrange.

Elle ne parvenait pas à retenir ses larmes. Elles coulaient toutes seules. Pourquoi ne pouvait-elle ressembler à Monica ? Monica ne pleurerait jamais. Monica regarderait les tueurs dans les yeux, en ferait de la pâtée pour chiens, et retournerait tranquillement vaquer à ses occupations.

Max lâcha ses poignets, et, de ses doigts calleux, il essuya ses larmes. Sam avait l'impression que l'air qu'elle respirait lui brûlait les poumons.

Lentement, il s'écarta d'elle et se leva. Il lui tendit une main qu'elle saisit, en remarquant le tremblement de ses propres doigts.

— Après le paiement, un nouvel agent sera assigné à cette affaire.

C'était une phrase toute faite, maladroite, mais elle n'avait plus la force de faire mieux. Elle se dressa sur ses jambes, qui lui parurent à peine assez fortes pour supporter son poids.

— Je… je suis désolée. Ce que j'ai fait est inexplicable. (Elle soupira et s'aperçut qu'il lui tenait toujours la main.) Je vais signaler l'incident immédiatement, et…

Et quoi ? Que ferait-elle ?

— Je me suis comporté comme un con, dit Max. (Elle leva les yeux pour rencontrer les siens.) J'étais furieux, et j'ai attaqué le premier. (Il pencha la tête vers elle.) Il n'y a rien à signaler.

Sam l'avait frappé. Pour elle, c'était le genre de choses qu'il fallait signaler.

— Tu ne m'as pas fait mal, chérie, et quelque chose me dit que si un agent du FBI voulait réellement blesser quelqu'un, il y arriverait.

Un ricanement amer franchit les lèvres de Sam.

— Peut-être pas, répondit-elle.

Elle n'avait pas réussi à s'enfuir, cette fois-là. Et elle n'avait pas été assez maligne pour s'apercevoir qu'un démon la traquait.

Sam baissa de nouveau les yeux.

— Regarde-moi, demanda-t-il.

Mais elle n'en avait pas envie. Elle voyait son reflet dans ses yeux, et elle ne supportait pas cette image. Sam retira sa main. Elle agrippa son sac et se dirigea vers la porte, le dos bien droit.

— Je l'ai tué.

L'aveu de Max s'abattit sur la pièce comme une chape de plomb.

Elle ne regarda pas en arrière.

— J'ai ramassé la batte et je l'ai frappé. Dean est tombé. Il y avait du sang partout sur le sol.

Je ne tournerai pas la tête. La porte était toute proche. Plus que quelques pas.

— Avant de frapper, je lui ai dit de s'éloigner d'elle. J'ai demandé à ce fils de pute d'arrêter de lui faire mal, mais il ne m'a pas écouté.

Sam déverrouilla la porte.

— Elle était pleine de bleus, et de sang. Elle le suppliait d'arrêter.

Sam posa la main sur la poignée. Hésita. Regarda en arrière. Le regard de Max la cloua au sol.

— Je n'allais pas laisser ce salaud violer ma mère, continua-t-il, alors j'ai pris la batte que j'avais ramenée de mon entraînement de base-ball, et j'ai frappé. (Des échos de sa fureur et de sa souffrance perçaient dans sa voix.) Un coup, et il est tombé. Il ne s'est pas relevé.

Quatorze ans.

— Ils m'ont enfermé. (Max redressa les épaules.) J'ai purgé ma peine, et quand j'ai eu dix-huit ans, ils m'ont amené dans une pièce pleine d'inconnus et ils m'ont demandé si j'étais désolé d'avoir tué John Dean.

Le demi-sourire las qui se dessina sur ses lèvres était un peu cruel, un peu froid.

— Je leur ai dit « non, absolument pas ». Tu vois, Samantha, si c'était à refaire, je le referais. Je le frapperais de la même manière, sans hésiter une seule seconde. (Il haussa les épaules.) Je suis comme ça.

Pas parfait. Sombre. Dangereux.

— Mais je veux savoir… (Les rides minuscules aux coins de ses yeux parurent se creuser.) Comment es-tu, toi ?

Je ne sais pas. La triste vérité.

— Il… il faut que je…

M'enfuie. Sam se passa une main sur le visage et y sentit les traces humides de ses larmes.

— Il faut que je finisse de fouiller les ordinateurs de cette maison. Je n'ai plus beaucoup de temps.

Sam se détourna de lui. *Demande-lui pardon. Dis-lui que tu ne penses pas qu'il ressemble aux criminels que tu traques.*

Dis quelque chose. Elle se hurlait cet ordre dans son for intérieur, mais, cette fois, aucun mot ne sortit. Elle ouvrit la porte et s'éloigna.

— Tu ne peux pas passer ta vie à fuir.

Le murmure de Max la suivit, et elle sut qu'il avait raison.

Chapitre 7

— J'ai quelque chose qui vous appartient, monsieur Warrant.

Le kidnappeur jeta un coup d'œil à la montre sur son poignet. Le lampadaire qui le surmontait éclairait parfaitement le cadran. 1 h 03 du matin. Ils avaient enlevé le fils Warrant deux heures plus tôt, juste sous le nez des flics qui montaient la garde au *Centre*. Grâce à son homme infiltré dans le bar, il avait appris la présence de ces sentinelles… et le moyen de les éviter.

Le fait que son complice se soit fait embaucher au *Centre* avait été un gros coup de chance. Ils n'avaient plus besoin de traquer la proie qu'ils convoitaient. Désormais… il lui suffisait d'attendre que ces imbéciles viennent le chercher, lui. Dès leur arrivée au *Centre*, son complice le prévenait par téléphone.

Puis le jeu commençait… ainsi que venait de le découvrir Adam.

Adam. Ce gros con d'Adam. Puisqu'il avait quitté le bar de son propre chef – comme tous les autres – les flics n'avaient rien remarqué d'inhabituel.

— Qu… quoi ? bégaya le père Warrant.

En même temps, cela n'avait rien d'étonnant. Il venait d'être réveillé dans le lit de sa maîtresse.

Toujours la même routine. Ces vieux salauds étaient tellement prévisibles. Le jeu en devenait si facile…

— Je tiens Adam, précisa-t-il toujours à voix basse, et si vous ne payez pas, je vous le renverrai en petits morceaux.

Cette phrase retenait toujours leur attention.

— Quoi ? Qui êtes-vous, espèce de connard ? tempêta Slayton.

Il était réveillé, à présent. Bien.

— Je suis l'homme qui tient ce cher gros con d'Adam, et qui le tuera si vous me mettez en colère.

Il se mit à marcher. La rue était déserte, comme toujours, mais il préférait quand même ne pas rester trop longtemps en pleine lumière.

— C'est n'importe quoi. Vous n'avez pas…, commença Slayton.

Les gens ne croyaient jamais ce qu'on leur disait. C'était triste. Pourquoi fallait-il qu'ils soient si méfiants ?

— Je peux vous envoyer une preuve.

Il aimait bien ce truc-là, maintenant. Et ça ne serait que justice. Puisqu'il avait fait une faveur à l'une des familles, il devait maintenant s'en acquitter auprès des autres.

— Adam est à l'université ! Il n'est pas…

— Il était au *Centre*, à boire, comme tout bon étudiant.

Les flics et le FBI allaient prendre cher dans les journaux, après ça. *Je l'ai enlevé sous vos yeux.* Adam était tellement affamé qu'ils n'avaient même pas eu besoin de le droguer. Quand la blonde sexy était partie, il s'était lancé à ses trousses, seul. Grave erreur.

— Je tiens Adam, répéta-t-il. Il est attaché et me supplie de l'épargner.

Du moins, il l'aurait fait si sa bouche n'avait pas été couverte de ruban adhésif.

— Non, vous mentez, vous…

— Quelle valeur a-t-il à vos yeux ? coupa-t-il au milieu du cri du père. Vous feriez mieux d'y réfléchir, vieux salaud, et vite.

Adam serait sa dernière victime. Après lui, il aurait assez d'argent – *ils* auraient assez d'argent – pour quitter définitivement la région. Non, le pays. C'était bien ça, le plan, non ? Et tous les membres de son équipe le savaient.

Le téléphone n'émettait plus qu'un bourdonnement.

— Vous allez voir les flics, je commence à trancher. Et votre fils mourra.

Il donnait des avertissements ; on ne pouvait donc pas dire qu'il était responsable des morts. Si les gens n'étaient pas capables de suivre une suite d'instructions simples… eh bien, ils provoquaient leur propre malheur. Et celui de leurs proches.

— Qu… qu'est-ce que je dois faire ? demanda Slayton d'une voix brisée par la peur.

— Attendez mon appel, et commencez à réunir votre argent.

Il raccrocha et sourit à l'appareil. Trop facile. Il s'avança sur le pont, la tête rentrée dans les épaules pour se garder du vent glacé. Arrivé au milieu du pont, il jeta le portable dans l'eau trouble, sans s'arrêter de marcher.

L'observateur garderait un œil sur Warrant. D'habitude, il assignait deux observateurs à chaque famille, mais, cette fois, il avait préféré scinder ses ressources en deux.

L'heure du bouquet final approchait.

La faible lueur de l'écran baignait le visage de Samantha. Max s'avança dans la pièce, à pas délibérément bruyants, afin qu'elle soit avertie de son arrivée. Elle se trouvait dans la chambre qui leur avait été assignée. La chambre de Max, plus précisément, bien qu'il n'y séjourne jamais.

Frank, à l'autre bout du couloir, ne s'était pas bourré de somnifères ce soir, préférant – à en croire les sons qui s'échappaient de sa chambre – se taper Beth.

Max ferma la porte, la verrouilla, et observa Sam.

— Tu trouves quelque chose ?

Il savait qu'elle avait obtenu l'accès à tous les ordinateurs de la demeure, alors qu'il se chargeait de détourner les regards indiscrets. Elle s'était de nouveau approprié l'ordinateur portable de Quinlan. Max se demanda ce qu'elle avait trouvé sur le disque dur de son frère.

Elle leva les yeux vers lui, et il lut dans son regard qu'elle hésitait à lui dire quelque chose.

— Quoi ? demanda-t-il en retirant sa chemise, qu'il jeta sur une chaise.

Presque deux heures et demie du matin, et il était toujours survolté. Bon sang, si ça continuait, il n'arriverait jamais à se reposer.

Comment pourrais-je dormir alors que je ne sais pas ce qu'est en train de subir Quinlan ?

— Tu savais que Beth était aussi la maîtresse de ton frère, n'est-ce pas ? osa Samantha.

Max croisa les bras sur sa poitrine.

— Non.

Il ne s'approcha pas d'elle. Il ne voulait pas lui faire peur. Pas une deuxième fois.

— Mais je ne suis pas surpris. C'est lui qui l'avait présentée à Frank.

Si Frank avait appris que son fils couchait avec Beth, eh bien… dans son esprit, cela aurait constitué une raison supplémentaire de la sauter.

Frank était un vrai connard.

Mais c'était loin d'être le pire des hommes que sa mère avait fréquentés. Elle avait vraiment un don pour dénicher les tocards.

Ne commence pas à penser à ça.

— Ton frère joue de l'argent.

Samantha posa une main sur le bord de l'écran du portable. Ses jambes étaient étendues sur le lit, l'ordinateur en équilibre sur ses cuisses.

— J'ai mis un moment à le découvrir, mais j'ai réussi à décrypter un code qui masquait une partie des informations contenues là-dedans. (Elle se passa la langue sur la lèvre inférieure, la laissant humide et appétissante.) Il fait énormément de paris, Max.

En entendant cette révélation, il battit des paupières, puis secoua la tête.

— Il joue ?

La drogue, oui : il était au courant. Mais ça… ?

— Il a effacé les e-mails. Mais je n'ai pas eu de mal à les récupérer, ajouta-t-elle dans un souffle. Cela fait un certain temps que ton frère joue. Et il a l'air de parier sur absolument tout. Matchs, courses de chevaux, combats.

— Pas étonnant qu'il m'ait demandé de convaincre Frank de lui ouvrir l'accès à son fonds fiduciaire.

Max poussa un soupir et se dirigea vers la fenêtre. Cette vue valait des millions de dollars, et rien du tout à la fois.

— C'est grave à quel point, ses dettes ? demanda-t-il.

Il y eut un silence. Puis…

— Il avait demandé de l'argent avant de disparaître ? fit Samantha.

Le portable se referma avec un déclic.

Les étoiles étincelaient sur le lac. La première fois que la mère de Max avait vu ce lac, il l'avait émerveillée. Elle avait appelé Max pour lui faire admirer la façon dont les étoiles se reflétaient à la surface. Mais désormais, lorsqu'il le regardait, Max ne voyait qu'une étendue d'eau noire.

— Oui, Quinlan avait besoin d'argent, et il voulait que ce soit moi qui le demande. Il n'a jamais su tenir tête à Frank. (La tension accumulée rendait sa nuque douloureuse.) Comme si ça allait faire une différence, que ce soit moi qui tende la main.

Il jeta un regard par-dessus son épaule et découvrit Samantha qui l'observait, le front légèrement plissé.

— Combien ? insista Max. De combien s'était-il endetté ?

— Deux cent mille dollars, à peu près.

Putain.

— Je paierai, affirma-t-il. (Quinlan aurait dû le lui demander directement.) Quand on le récupérera, je rembourserai tout ça. Je m'assurerai qu'il ne replonge pas là-dedans. Tout ira bien.

S'il le répétait assez souvent, cela finirait peut-être par arriver. « *Quand on le récupérera.* »

Samantha se laissa glisser jusqu'au bord du lit et se leva lentement.

— Est-ce que Quinlan a beaucoup de problèmes qui nécessitent ton aide ?

Elle portait toujours cette robe empruntée, un peu trop lâche au niveau du buste. Lorsqu'elle se pencha en avant, ce décolleté trop grand offrit à Max une vision alléchante. Il inspira profondément, et eut l'impression de goûter sa saveur.

— Tu sais déjà pour la drogue, n'est-ce pas ? demanda-t-il.

Cette femme avait l'air de tout savoir.

Elle sait pour moi. Et elle ne supporte pas que je la touche.

Max reporta son regard sur le lac. Il pressa la main contre la vitre froide.

— Quand je l'ai vu, la dernière fois… (elle se racla la gorge) heu… Max, est-ce qu'il se drogue à l'heure actuelle ? interrogea-t-elle d'une voix pleine d'inquiétude.

C'était probable, hélas.

— Il a fréquenté une demi-douzaine de centres de désintoxication. Il est devenu accro quand… quand ma mère est tombée malade.

C'est tout ce que je dirai d'elle pour le moment. Il lui avait assez ouvert son âme pour ce soir.

— Chaque fois que je le crois tiré d'affaire, la drogue le reprend, conclut-il.

Et le fait que Frank semble n'en avoir rien à secouer n'aidait pas tellement.

— C'est dur de voir quelqu'un qu'on aime se battre contre une addiction, dit-elle d'une voix très douce.

Il avait la sensation qu'elle parlait d'expérience.

— On ne peut pas lutter à leur place, poursuivit-elle. (Le parquet craqua sous ses pas tandis qu'elle se rapprochait de lui.) Même si on donnerait n'importe quoi pour le faire.

Max carra les épaules en se retournant vers elle.

— Qui était-ce, pour toi ? demanda-t-il.

— Ma mère. Il lui a fallu du temps, un sacré bon bout de temps, même, pour arriver à lâcher la bouteille. (Samantha secoua tristement la tête.) Ses amis n'ont rien fait pour l'y aider. Elle ne faisait que s'amuser, non ? Où était le problème ?

Samantha repoussa ses cheveux en arrière.

— Mais ils ne vivaient pas avec elle, reprit-elle. Ils ne la voyaient pas boire au petit déjeuner. Ni rentrer après minuit et monter l'escalier presque à quatre pattes. Et ils n'étaient pas là le jour où… (Elle s'interrompit pour avaler une grande goulée d'air et esquissa un triste sourire.) C'est dur, répéta-t-elle. Très dur.

Il la dévisagea.

— Ils n'étaient pas là le jour où… quoi ?

Le regard de Samantha était sombre, hanté.

— Ils n'étaient pas là le jour où je suis tombée dans le lac, et qu'elle ne l'a même pas remarqué, tellement elle était soûle.

Max serra les poings.

— Elle est sobre depuis des années, aujourd'hui, mais ça a été un combat long et difficile. Mon père n'a pas tenu jusqu'au bout. Elle a perdu la plupart de ses amis… Je suppose qu'ils ne la trouvaient plus aussi marrante qu'avant.

« Le jour où je suis tombée dans le lac… »

— On ne peut pas contrôler les autres, ajouta-t-elle après un instant de silence. On ne peut pas leur faire faire ce qu'on veut, même si c'est pour leur bien.

Elle s'était montrée douloureusement sincère avec lui. Il pouvait bien lui retourner cette faveur. *Allez, je retourne en enfer ce soir, pour elle.*

— On a diagnostiqué le cancer de ma mère il y a deux ans, commença-t-il. Elle a subi les opérations, la chimio… mais rien n'a marché.

Il l'avait vue se faner sous ses yeux. Chaque jour, elle devenait plus pâle, plus frêle.

— Quinlan… sa propre mère l'avait abandonné, et je crois qu'il n'a pas supporté de voir quelqu'un d'autre disparaître comme ça.

Moi, en tout cas, je n'y suis pas arrivé.

Quinlan était resté tout du long dans la chambre de sa mère. À la regarder, à lui parler alors qu'elle partait.

— Au début, personne n'a remarqué ce qu'il faisait.

Ils avaient été si occupés à pleurer sa mère qu'il leur avait fallu un moment pour s'apercevoir de l'état de Quinlan.

— Je pense que la drogue a dû anesthésier sa souffrance, au moins au début. Et puis…

Et puis Quinlan en était arrivé à aimer les sensations qu'elle procurait.

Ils se regardèrent en silence.

— Je n'ai pas l'intention de le laisser tomber. Jamais.

Mais il savait qu'elle avait raison. Il pouvait envoyer son frère suivre toutes les cures imaginables, mais si Quinlan prévoyait de recommencer dès sa sortie… Max se passa une main sur la nuque, dans l'espoir de balayer le nœud qui s'y était formé.

— Je le ramènerai chez lui, et je ferai tout ce que je pourrai pour l'aider à s'en sortir, promit-il.

Que pouvait-il faire d'autre ?

— Tu parles de toi, murmura-t-elle. De ce que toi, tu feras. Mais Frank ? Que fait-il ?

Frank paraissait bouleversé, aujourd'hui, comme si tout son monde avait été renversé sens dessus dessous… et c'était le cas. Peut-être allait-il enfin prendre ses responsabilités, et pour la première fois, s'intéresser réellement à son fils.

Samantha pencha la tête sur le côté.

— À ton avis, quels sont les sentiments de Quinlan à l'égard de son père ?

— Il le déteste, son vieux. (Et c'était toujours ainsi que Quinlan l'appelait.) Frank se tape sa maîtresse, comment penses-tu qu'il le prenne ?

— Je dirais qu'il a de l'animosité pour lui.

Alors là, c'était peu de le dire… C'est alors que Max comprit, et la devança :

— Non, non, pas question. Ne le pense même pas. (Max grinça des dents.) Mon frère est la victime, dans tout ça.

Avait-elle essayé de le manipuler, à l'instant ? De lui donner l'impression qu'ils étaient proches afin qu'il baisse sa garde ?

Elle haussa une épaule, en un geste qu'elle voulait sans doute désinvolte.

— Je n'ai jamais dit le contraire.

Elle soutint son regard sans ciller.

Oui, pendant un instant, durant le premier coup de téléphone, lui-même avait douté. Il s'était interrogé. Quinlan avait tant désiré cet argent, avant de disparaître…

Ses doutes n'avaient pas subsisté longtemps, cependant, pas avec ce connard au bout du fil menaçant de faire du mal à Quinlan. Puis ce foutu colis était arrivé.

Son frère était bel et bien la victime.

— Il est temps de dormir, ordonna-t-il, fatigué des doutes et de l'angoisse. Il est tard, et on va se partager le lit.

Elle ouvrit de grands yeux et jeta un regard nerveux au lit en question.

— C'est notre couverture, tu te souviens ? expliqua-t-il.

Au diable la couverture. La triste vérité, c'est qu'il la désirait encore. Et l'abominable vérité était qu'elle ne voulait pas qu'il la touche.

On pouvait fuir son passé. On pouvait passer dix ans à essayer de changer, mais il y aurait toujours des gens pour vous regarder et voir, au fond de vous, qui vous étiez réellement.

Un tueur. Quand Samantha le regardait, il savait ce qu'elle voyait.

Elle poussa un petit soupir.

— Je ne suis pas là pour maintenir ma couverture, Max.

Ses cheveux avaient l'air doux comme de la soie, et ses lèvres, sans maquillage, étaient pulpeuses, toutes proches.

— Je suis là parce que j'ai envie de l'être. Je t'ai parlé de mon passé parce que je voulais que tu apprennes à me connaître.

Quoi ?

— Tu me fais peur, avoua-t-elle.

Super. *Tu me fais peur à moi aussi, chérie.*

— Et je… je suis désolée, pour ce qui est arrivé à ta mère. Le cancer… et avant, aussi. Son agression.

Elle aurait aussi bien pu le frapper à nouveau. Il tenta de conserver son sang-froid, mais avec elle, il avait un mal fou à se contenir.

— Tu as vérifié mon histoire, pas vrai ? interrogea-t-il sèchement.

Elle avait dû appeler ses agents lorsqu'elle s'était retrouvée seule. Il ne pensait pas qu'elle ait pu le croire sur parole.

— Max…

Il la dépassa sans ménagement.

— Je vais me coucher, déclara-t-il. Fais ce que tu veux, ça m'est égal.

Il retira son pantalon. Pas de boxer. Elle l'avait déjà vu tout nu, de toute façon.

— Ne dors pas de la nuit, si ça te chante.

Lui, en tout cas, ne dormirait sans doute pas. À chaque fois qu'il fermait les yeux, il revoyait ce doigt coupé et se demandait où se trouvait son frère.

— Mais ne t'inquiète pas, je n'ai pas l'intention de te sauter dessus.

Si seulement. Frank avait tout compris. Le sexe, intense et passionné, était le moyen idéal de repousser les démons.

De rester sain d'esprit jusqu'à l'aube.

Tiens bon, Quinlan. Tiens bon.

Max grimpa dans le lit, ferma les yeux et tenta d'oublier la présence de Samantha. Mais il l'entendait.

Chacun de ses gestes feutrés. Chaque bruissement de tissu.

Le lit s'affaissa légèrement lorsque Samantha s'y glissa à son tour. Il sentit son parfum, léger, fleuri, et voulut en sentir davantage.

Non. On n'obtenait pas toujours ce qu'on voulait. Il le savait mieux que bien d'autres.

Silence.

Elle était au lit avec lui. Toute proche. S'il tendait la main, il pourrait la toucher.

Il ne tendrait pas la main. Mais il ne put retenir une question :

— Est-ce qu'il est vivant ?

Il ouvrit les yeux dans la pénombre et poursuivit :

— Tu connais ces salauds. Est-ce que tu penses qu'il est vivant, quelque part, blessé et terrifié… ou qu'ils l'ont déjà découpé ?

Son regard s'ajusta avec difficulté à l'obscurité tandis qu'il attendait sa réponse. Pas des conneries réconfortantes, mais la vérité.

Elle lui effleura le bras. Une chaleur soudaine envahit tout son corps.

— Il est vivant.

Max parvint presque à la croire. Presque.

Elle fit glisser sa main sur son torse, s'arrêtant juste au-dessus de son cœur, et il sut qu'elle percevait ses battements désordonnés.

— Ne fais pas ça, conseilla-t-il. (C'était le seul avertissement qu'il donnerait.) Sauf si tu veux que je termine ce que tu es en train de commencer.

Entre eux, il ne pouvait pas y avoir de contact innocent, en ce moment. Pas de caresses réconfortantes dans le noir. Au plus profond de l'enfer, il la désirait encore. Putain, il avait eu envie d'elle à chaque instant, même quand la rage bouillonnait dans sa poitrine.

Son sexe était dur, prêt, parce qu'elle était toute proche. La tentation de la toucher était puissante, car il savait qu'elle lui ferait oublier, pendant un bref moment, le cauchemar qu'il était en train de vivre.

— J'ai peur des émotions que tu provoques en moi.

La voix de Samantha brisait de nouveau le silence. Dans le noir, elle se montrait sincère. Surprenant. Mais non, après tout ; peut-être que dans le noir, elle l'avait toujours été. Quand leurs corps se touchaient et que leur désir explosait.

La véritable Samantha ?

— Je sais que je ne devrais pas, poursuivit-elle d'une voix sensuelle dont il avait l'impression de sentir la caresse sur son membre, mais j'ai toujours envie de toi.

Samantha se redressa légèrement, appuyée sur le côté, et il sentit son souffle sur sa joue.

Et il la désirait. Si elle ne s'écartait pas…

Plus d'avertissements.

— C'est mal, murmura-t-elle, sa voix résonnant comme un péché dans la pénombre. Cette affaire, nous. Mais… mais j'ai besoin d'être avec toi encore une fois.

Il l'attrapa et l'attira contre lui. Sa peau glissa contre la sienne, et il en voulut davantage. Il en aurait davantage.

— Tu ne me fais pas confiance, chuchota-t-elle, les lèvres à deux centimètres des siennes.

Et toi non plus. Mais il ne le dit pas. C'était inutile. Ils le savaient tous les deux.

— Tu ne...

Max l'embrassa. Il enfouit les doigts dans ses cheveux, attira son visage vers lui, et pressa ses lèvres contre celles de Samantha. Elle gémit dans sa bouche et se cambra contre lui. Elle portait toujours cette fichue robe, alors qu'il voulait sentir sa peau nue.

Il fit glisser ses mains le long de son corps. Pas de préliminaires. Pas de caresses. Ce n'était que du sexe pur. Sauvage. Sans détour. Du plaisir et un orgasme, voilà ce qu'il voulait.

Elle le chevaucha, plaçant une cuisse veloutée de chaque côté des jambes de Max. La robe retombait sur leurs deux corps. Il empoigna le tissu et le remonta jusqu'à ses hanches. D'un coup sec, il déchira la culotte qu'elle portait.

La bouche de Sam se détacha de la sienne lorsqu'elle haleta en réponse.

Préservatif. Bordel, il avait oublié ça...

Sa chair tiède, crémeuse, effleura son sexe. Elle était prête pour lui, tout comme lui pour elle. Non, il était carrément sur le point d'exploser pour elle. Max tendit la main et tâtonna frénétiquement du côté de la table de nuit. Il trouva l'interrupteur de la lampe de chevet, qui illumina le lit. Il avait rangé son portefeuille dans le tiroir, tout à l'heure. Il lui restait un préservatif. *Un*.

Elle se pencha au-dessus de lui et ouvrit le tiroir.

— Je l'ai, dit-elle dans un délicieux murmure.

Samantha déchira l'emballage et en sortit le préservatif. Elle toucha Max, et il frissonna. Non, non, trop près. Quand elle posait les mains sur lui…

Il roula sur lui-même et la plaqua contre le lit, la laissant jambes écartées, sa robe enroulée autour de la taille. Seulement du sexe.

Il n'y avait jamais eu autre chose.

Il déroula le préservatif. *Je voulais sa chair contre ma chair. Je voulais sa chaleur, tout autour de moi, sans rien pour nous séparer.*

Max pressa son érection contre l'entrée de son sexe. Elle tendit la main pour le toucher à nouveau, mais il lui attrapa les poignets et les emprisonna contre le matelas.

Seulement du sexe.

Son regard brûlant le transperça.

Putain, *perdu*. Un regard, et il était… Max l'embrassa. Le baiser aurait dû être dur et rageur, mais il était plus que ça. Éperdu. Comme s'il était affamé d'elle, et c'était peut-être ça. Affamé, accro, en manque d'*elle*.

Il s'enfonça profondément en elle. Elle émit ce petit gémissement venu du fond de sa gorge, ce gémissement qui le rendait fou, et il la pénétra plus vite, plus fort, tout en lui dévorant le cou. Sa peau était douce, si douce. Il la mordit en s'enfonçant en elle jusqu'à la garde.

Elle s'arc-bouta sous lui, puis chuchota :

— Plus fort…

Son sexe se tendit encore davantage, et il lui donna ce qu'elle demandait.

Elle avait libéré ses mains de son emprise, et les faisait courir sur lui. Il sentit ses ongles dans la chair de ses épaules.

Il voulait ses seins. Sentir ses tétons dans sa bouche.

Elle se redressa contre lui, se pencha, et passa sa petite langue rose sur le téton de Max.

Il gronda. Elle se mit à rire. À *rire*. Elle pencha la tête en arrière, et le contempla. Son regard était exempt de peur, empli d'un désir aveugle.

Un tueur. Elle savait ce qu'il était, mais en le regardant, elle semblait ne voir qu'un homme.

Plus vite, plus profond. Le lit se mit à grincer ; si quelqu'un risquait de les entendre, Max s'en foutait royalement. L'orgasme monta en lui, mais il ne voulait pas encore jouir. Il ne voulait pas s'arrêter. Les muscles délicats de Samantha le serraient si fort. *Trop bon. Ne t'arrête pas.*

Du pouce, il pressa son clitoris. Il voulait qu'elle aime ça. Qu'elle en ait besoin autant que lui. Davantage. Il la caressa et sentit son sexe se resserrer encore sur le sien comme il s'enfonçait en elle.

Elle jouit, et il vit le plaisir déferler sur son visage, assombrissant ses yeux.

Seulement du sexe. Seulement…

— Samantha !

Il lutta contre son orgasme. Plus longtemps. *Encore*. Elle se contracta sur son membre avec un spasme délicieux qui le fit se crisper des pieds à la tête. Elle était si proche. Il ressentait son plaisir. Il la ressentait, elle. À l'intérieur, à l'extérieur. Partout, *elle*.

Il explosa en elle, lâchant la bride à une éruption de plaisir incandescent qui lui brûla les veines et lui lacéra le corps.

Bon sang, encore. *J'en veux plus.*

Tellement plus qu'il ne l'aurait imaginé.

— Il y a des gens qui sont incapables de suivre de simples instructions. (Submergé de rage, il baissa les yeux sur l'homme ligoté.) Bon sang, c'est quand même pas bien compliqué, si ?

Le type s'agita, tirant sur ses liens, en grognant quelque chose sous le ruban adhésif.

— J'ai bien peur que toi, t'aies tiré le mauvais numéro.

Il poussa un long soupir et resserra la main sur le manche de son couteau.

— Et pour ta gouverne… ça va faire mal.

D'un geste vif, il arracha le bandeau. Des yeux exorbités, empreints de désespoir, le regardèrent, et le type secoua la tête, très vite, encore et encore.

Mais il haussa les épaules en contemplant ce pauvre con.

— Tu devrais t'en prendre à ta famille, mec. C'est eux qui t'ont fait ça. Eux qui t'ont tourné le dos.

D'autres grognements étouffés émergèrent du ruban gris. Il leva son couteau et fit un pas vers sa proie. Du coin de l'œil, il surprit un mouvement derrière lui et sut qu'elle était venue en spectatrice. Comme avant.

Il aimait bien qu'elle le regarde travailler.

Il fit courir sa lame sur le visage du type. Lentement, soigneusement. Cet abruti de Briar l'avait énervé, mais celui-là ? Il en était presque venu à… l'apprécier.

Il ne se priverait pas pour autant de le couper en rondelles.

— Ils auraient simplement dû payer. (Il haussa les épaules. *Pas ma faute.*) J'ai montré à tout le monde ce qui se passe quand on ne paie pas.

Ils connaissaient les règles.

Il avait transmis son message au monde entier. Et malgré tout, ils essayaient de le rouler. Ils pensaient pouvoir le battre sur son propre terrain.

Un dernier soupir franchit ses lèvres.

— Tu aurais dû valoir plus cher.

Sam ne s'éveilla pas en hurlant cette nuit-là, tout simplement parce qu'elle ne dormait pas. Elle resta étendue aux côtés de Max, le cœur battant toujours la chamade, le bras de l'homme en travers de son ventre. Elle se demanda ce qu'elle faisait, exactement.

La question était loin d'être inédite.

Elle aurait dû bouger. Se lever. Ne pas se sentir si bien dans ce lit, avec lui. Ne pas avoir l'impression que leurs deux corps s'imbriquaient parfaitement.

L'obscurité les enveloppait. Elle n'avait pas besoin de s'inquiéter des émotions qui animaient son visage. Elle avait tant de mal, parfois, à dissimuler ce qu'elle ressentait. Combien de fois sa mère lui avait-elle dit : *« Je sais ce que tu ressens, Samantha Jane ! Je le lis sur ton visage. »* Jouer la comédie n'avait jamais été son fort, mais elle s'y efforçait tout de même, du mieux qu'elle pouvait.

Elle lui caressa l'épaule. Il avait roulé sur le ventre, le visage tourné vers elle. Elle entendait sa respiration, profonde et régulière, mais elle savait qu'il ne dormait pas.

Ils étaient ensemble, et pourtant si loin.

Un léger carillon retentit non loin d'elle, et elle se crispa. *Oh, non, pas maintenant, par pitié.*

Mais Max s'était déjà mis en branle. En un éclair, il roula hors du lit et fondit, nu, sur le téléphone de Sam. La faible lueur de l'écran éclaira son visage tandis qu'il lisait le SMS.

Pas Quinlan, songea Sam. *Faites qu'ils n'aient pas retrouvé de corps.* Max releva la tête, les ombres masquant la plus grande partie de son visage.

— Il y a du nouveau, gronda-t-il. « Problème. Reste sur tes gardes. »

Samantha remonta le drap sur son corps. Sa nudité, qui ne la gênait pas auparavant, la mettait maintenant mal à l'aise.

— Max…

Mais il avait déjà pivoté sur lui-même pour se ruer vers une grande armoire à côté du balcon. Il l'ouvrit en grand, révélant une télévision à écran plat.

— Dante a dit qu'on devait allumer la télé, grommela-t-il.

À ces mots, Sam s'extirpa du lit. *Et merde, ils ont trouvé un corps.* Elle attrapa la main de Max avant qu'il ait pu appuyer sur la télécommande.

— Non, Max. Tu n'as pas besoin de voir...

Du pouce, il pressa le bouton. Aussitôt, l'écran s'alluma. Max se mit à zapper à toute vitesse, ignorant les publicités et les films en noir et blanc jusqu'à tomber sur une chaîne d'information locale.

Des présentateurs – assis devant un bureau, le visage tendu, les cheveux parfaitement coiffés, le costume bien repassé – rendirent son regard à Sam.

« Ce matin, des nouvelles inquiétantes nous parviennent de Washington », annonça le journaliste aux cheveux bruns. *« Un jeune homme bien connu vient d'être kidnappé, et sa famille souhaite que* vous *l'aidiez à le retrouver. »*

— Oh, merde, souffla Samantha.

Non, non, ça ne pouvait pas être vrai. Elle n'avait pas quitté Max d'une semelle. Il n'avait pas contacté les médias. Qui l'avait fait ? Frank ? Avait-il révélé leur histoire au monde entier ? Ou bien Beth ?

Une seconde plus tard, les journalistes avaient disparu, et une image filmée en direct remplit tout l'écran. Un homme d'âge mûr, aux cheveux gris foncé et au regard décidé.

« Je veux retrouver mon fils. Adam a été enlevé. Ces salauds le tiennent, et je veux le récupérer », assena l'homme.

Une image du jeune homme disparu s'afficha en bas à gauche de l'écran. Un blond souriant, aux cheveux bouclés, avec une fossette sur la joue gauche.

« Ils veulent que je paie pour le revoir. Eh bien, je n'ai pas l'intention de jouer le jeu », poursuivit l'homme, les yeux rivés à la caméra. *« Je suis prêt à vous payer, vous, pour que vous me disiez où il se trouve. J'offre une récompense de cinquante mille dollars pour toute information concernant mon fils, Adam Warrant. Il a vingt-deux ans, il mesure un mètre soixante-quinze et pèse environ quatre-vingts kilos. Il a les cheveux blonds et les yeux bleus. Il est sorti hier soir…* (l'homme parlait très vite) *dans un bar près de Georgetown. Il était au* Centre. *Je suis sûr que quelqu'un a vu ce qui lui est arrivé. »*

C'était la dernière chose à faire. Cet homme ne comprenait-il donc pas ? Sam serra les poings. Oh, seigneur.

« Contactez-moi. (L'homme aboya un numéro, qui s'afficha aussitôt en bas de l'écran.) *Dites-moi où se trouve mon garçon, et qui sont ces malades qui l'ont enlevé. »*

Sam ferma les yeux de toutes ses forces.

— C'est Slayton Warrant, commenta Max à voix basse.

Elle savait de qui il s'agissait. À Washington, la plupart des gens le connaissaient. Sam savait aussi qu'il avait investi une somme rondelette dans cette chaîne de télévision en particulier. Pas étonnant qu'il ait pu obtenir une diffusion aussi rapide. Les journalistes n'auraient jamais laissé passer une histoire pareille, de toute façon, mais…

Mais il n'a aucune idée de ce qu'il vient de faire. Sam ouvrit les yeux, déglutit, et aurait pu jurer sentir le goût du sang.

— La SSD va se mettre en route vers son domicile.

Pour tenter de lui faire entendre raison… mais c'était trop tard. Le mal était déjà fait.

Max reposa la télécommande, tandis que l'émission se poursuivait devant eux.

— Il a raison. Quelqu'un a forcément vu quelque chose.

Et beaucoup de gens n'avaient rien vu du tout. Ces gens-là l'appelleraient, eux aussi.

Max se passa une main calleuse dans les cheveux.

— Adam et Quinlan ont tous les deux disparu au même endroit… bordel ! Ça n'aurait jamais dû arriver !

— Non, répondit-elle d'une voix beaucoup plus basse que la sienne. En effet.

Une autre violation du schéma. Deux hommes disparus en même temps. Enlevés dans le même bar. La SSD avait interrogé les employés du bar – à deux reprises – et avait même posté des agents sous couverture au *Centre*, par précaution. Oh, bon sang, Hyde allait piquer une crise mémorable. Jamais une autre victime n'aurait dû disparaître de cet endroit.

Et pourquoi si vite ? C'était un changement de rythme surprenant. En général, les kidnappeurs n'enlevaient une nouvelle victime qu'une fois que la rançon de la précédente avait été payée, ou que…

Elle jeta à Max un coup d'œil oblique.

Ou qu'ils l'avaient tuée.

— Que va-t-il se passer ? demanda Max en se tournant vers elle.

Son regard figea Sam sur place, et elle espéra qu'il ne pourrait lire la peur dans son regard.

— Quand ils verront ce qu'a fait Warrant, continua-t-il, que feront les kidnappeurs ?

Ils tueront.

— Peut-être que Slayton recevra un vrai tuyau, dit Max. Peut-être qu'ils retrouveront Adam et Quinlan.

S'il avait envie de le croire, pourquoi piétiner ses espoirs ?

En prenant son temps, il suivit la courbe de la rue et entra dans le parc. Sa capuche était relevée, masquant son visage, et son survêtement épais dissimulait la forme de son corps.

Il évita le regard des joggeurs et des autres passants. Lorsqu'il fut certain que personne ne l'observait, il pénétra dans le bois et sortit son téléphone.

À la deuxième sonnerie, quelqu'un décrocha.

— Slayton Warrant à l'appareil.

Mais évidemment, ce n'était pas lui. La voix appartenait à un larbin quelconque. Un imbécile à qui Warrant avait refilé le boulot, pendant qu'il débitait son discours hypocrite à la télé.

— J'ai un tuyau.

Il prenait soin de chuchoter, car il se doutait qu'ils enregistraient les appels. Qu'ils essayaient de tracer leur origine, aussi. Tout ce qu'ils pouvaient. Les flics devaient déjà être chez Warrant. Peut-être même le FBI. Il savait que le FBI faisait de son mieux pour le traquer.

Ça ne suffisait pas.

Il avait enlevé Adam juste sous leur nez. Chapeau, le grand méchant FBI et ses toutous en uniforme.

Choper Adam devant eux lui avait provoqué une telle jouissance… *Personne ne peut m'arrêter.*

— Monsieur, gazouilla la voix au bout du fil, je vais vous demander de parler plus fort. La ligne n'est pas très bonne…

— Il a merdé, répondit-il sans élever la voix. Warrant connaissait les règles, et il a merdé.

Il l'avait su immédiatement. Dès que le van des journalistes s'était garé devant la maison, son observateur l'avait alerté.

Et Adam était mort.

— Heu… monsieur ?

Un soupçon de peur s'était instillé dans la voix. Bien. Cet imbécile avait raison d'avoir peur.

— C'est sa faute. Dites-lui ça. (Les règles étaient simples, bordel.) Mais je lui ai rendu son fils.

Pas de la manière qu'il voulait, par contre. Il rit doucement avant de poursuivre :

— Warrant possède tellement d'immobilier, dans cette ville. Beaucoup trop. S'il veut retrouver Adam, il va falloir qu'il fasse un peu de ménage.

Oh, oui.

— Qu… qui est-ce ? Nous offrons une récompense, monsieur, si vous…

Il voyait d'ici le flic à côté de ce connard, décrivant des cercles avec sa main en lui disant de faire durer l'appel. Ça ne marcherait pas.

— Je n'ai pas demandé cinquante mille.

Pour de la petite monnaie, il ne se serait pas donné une telle peine.

— Adam valait plus cher que ça.

En soupirant, il raccrocha. Puisqu'il portait des gants afin de se confondre avec les joggeurs – il faisait un froid de canard – il n'avait pas besoin de s'inquiéter des empreintes ; il jeta tout simplement le portable dans les buissons, à ses pieds. Puis, inspirant profondément, il s'élança en avant. Il savait qu'il retrouverait le sentier environ dix mètres plus loin. Son cœur se mit à battre de plus en plus vite.

Il gagna le sentier et continua à courir. Se mêler aux autres serait facile, à présent. Il avait toujours eu un don pour ça, de toute façon. Avec un sourire, on pouvait aller n'importe où.

Mais avec de l'argent, on pouvait aller partout.

Il fit un petit geste de la main en croisant une blonde sexy. *Partout.*

Combien de temps mettraient-ils à trouver le corps ? Il espérait que ce serait court. Même dans ce froid, Adam se mettrait rapidement à puer.

S'il avait bien calculé son coup – et il était très doué pour l'organisation –, les flics écumeraient les bâtiments à la recherche d'Adam au moment précis où serait payée la rançon de ce bon vieux Quinlan.

Une diversion. C'était si simple. Et génial.

Bon sang, que c'était facile.

Chapitre 8

— On divise l'équipe, décréta Luke.

La tête rentrée dans les épaules en réponse au froid mordant, il s'adressait d'un ton rapide à Kim Daniels. Autour d'eux, la demeure des Warrant grouillait d'activité. Ils avaient établi la liste de tous les biens immobiliers de Slayton. Il s'avérait que ce type possédait effectivement la moitié de la ville.

— Kim, il faut qu'on commence par les propriétés les plus isolées.

Les kidnappeurs avaient certainement préféré se débarrasser du corps de leur victime en toute discrétion.

Luke tapota du doigt la liste des adresses :

— Ces trois bâtiments-là sont désaffectés.

Un magasin de tissu. Une salle de sport. Un vieux garage.

— Pas d'yeux, pas d'oreilles, murmura Kim. Idéal pour déposer un cadavre.

Kim n'y allait pas par quatre chemins. Ce n'était pas son genre. Quand elle avait entendu parler du message télévisé de Warrant pour la première fois, elle s'était tournée vers Luke et avait prononcé trois mots : « Il est mort. »

L'agent spécial Kim Daniels n'était pas ce qu'on appelait une grande optimiste. Mais en ce qui concernait cette affaire, il était difficile de l'être.

— On a besoin de Monica, ajouta-t-elle à voix basse, son souffle formant un panache devant ses lèvres.

Elle avait raison. Bien sûr. Luke et Monica ne pouvaient être partenaires à proprement parler, mais il pouvait tout de même tirer parti de ses talents.

— Emmène-la sur place avec toi, dit-il.

Il savait que Monica était déjà en route pour les rejoindre. Rien ni personne n'aurait pu la tenir à l'écart d'une telle situation. Pour poursuivre son travail de profilage, Monica aurait besoin d'analyser la scène. Lorsqu'elle verrait la position du corps et l'endroit où le tueur l'avait déposé, peut-être aurait-elle un déclic.

— Parles-en à Hyde, conseilla Luke. Voyez qui d'autre on peut dépêcher pour seconder la police locale dans ses recherches.

Pourquoi Slayton Warrant a-t-il alerté les médias ? Pourquoi ?

— Tu envoies Ramirez sur le paiement de la rançon, avec Ridgeway et Frank Malone ? s'enquit Kim.

— Oui, il y va, et je viens en renfort. (Luke ne pouvait pas s'en empêcher.) Hyde a fait venir Kenton, pour gérer les médias quand tout ça nous explosera à la gueule.

Et ça ne devrait plus tarder. Tout particulièrement lorsque les médias découvriraient qu'Adam Warrant avait été enlevé alors que deux agents du FBI étaient postés au *Centre*.

Kim s'approcha et lui prit le bras.

— Ce n'est pas ta faute, chuchota-t-elle. Warrant est allé voir les journalistes tout seul. Il avait été prévenu, comme les autres…

— Comme Ridgeway, tu veux dire ? répliqua-t-il entre ses dents.

Il savait que dans l'énorme demeure de Rightmont Lane, Sam pensait la même chose.

— Quand on viole les règles, marmonna-t-il, ces fils de pute tuent des gens, c'est bien ça ? Nous aussi, on a désobéi.

Kim soutint son regard et répondit :

— Ils l'ignorent.

Aucun d'eux ne pouvait être sûr de ce que les kidnappeurs savaient ou non.

— Une fois que le paiement sera terminé, je me sentirai beaucoup, beaucoup mieux, soupira Luke.

Il connaissait son travail. Il savait que le danger était toujours présent, à chaque putain de seconde, mais l'angoisse lui rongeait les tripes depuis l'instant où il avait appris que Sam était impliquée, et qu'elle allait devoir bosser sur cette affaire.

— Je ne veux pas que Sam fasse partie des dégâts collatéraux, avoua-t-il.

Il n'oublierait jamais son regard, lorsqu'il l'avait trouvée dans l'eau…

Luke serra les dents. En voyant Sam, il avait compris ce à quoi devait ressembler Monica, des années plus tôt, quand le cauchemar s'était immiscé dans sa vie pour la première fois.

Il y avait beaucoup trop de cauchemars dans ce monde.

— Sam est plus forte que tu te l'imagines, affirma Kim d'un ton sans réplique. Plus forte que nous tous. Elle a déjà survécu une fois, et elle recommencera.

Mais Kim n'avait pas été là ce jour-là. Elle n'avait pas vu Sam de ses propres yeux. Ni entendu son premier murmure, lorsqu'ils étaient parvenus à la faire respirer de nouveau.

— Les hommes, regretta Kim en secouant la tête. Tu ne sais donc pas que ce qui ne nous brise pas nous rend plus dangereuses ? (Elle eut un grand sourire, teinté d'une pointe de vice.) Pour moi, c'est exactement ce qui s'est passé.

Physiquement, Kim était petite et délicate, avec son visage exotique et sa silhouette fuselée. Mais si ce qu'on racontait sur elle était vrai – et à en croire les observations de Luke, c'était plus que probable – c'était une vraie tueuse. Une tueuse qui, par chance, travaillait du côté des gentils.

— Conneries ! Foutaises ! Dégagez de mon chemin ! hurla une voix.

Slayton Warrant apparut dans l'encadrement de la porte, le visage rougeaud, les yeux étincelants de colère.

— Bande de connards, vous ne comprenez rien ! C'est à vos supérieurs que je veux parler. C'est…

— Nous, coupa Kim en posant ses poings serrés sur sa taille svelte. Si vous voulez parler aux responsables, les voici devant vous.

Warrant plissa les yeux :

— Vous êtes du FBI ?

— Agent spécial Luke Dante, se présenta Luke en lui tendant la main.

Warrant fronça les sourcils, mais la serra brièvement.

— Voici l'agent spécial Kim Daniels.

Elle ne lui offrit pas sa main. Kim n'était pas un as des relations humaines.

— Tous les membres de la police locale nous feront leur rapport directement, à partir de maintenant. (Luke veillait à s'exprimer calmement. Monica aurait été fière de lui.) Nous allons procéder à l'examen poussé de toutes vos propriétés immobilières, afin de…

— Conneries, répéta Slayton. (Une pointe d'accent texan perçait sous chacun de ses mots.) Il n'a pas…

— Le kidnappeur vous a dit de « faire le ménage », expliqua Luke d'une voix toujours posée. Ce n'était pas par hasard. Il nous a dit où trouver votre fils.

Mais Slayton Warrant secoua la tête, péremptoire.

— Non, ce petit con au téléphone essayait simplement de me troubler. Mais il va falloir qu'il comprenne que je ne me trouble jamais.

Le regard de Kim croisa de nouveau celui de Luke. Impossible de manquer le dégoût qui s'y lisait. Luke se racla la gorge et reprit la parole :

— Monsieur Warrant, vous savez qu'une victime d'enlèvement a récemment été retrouvée, assassinée, devant la demeure de ses parents ?

Le regard de Warrant s'étrécit.

— Vous essayez de me dire qu'il s'agit des mêmes personnes ?

Il était trop tôt pour en être sûr. Mais…

— Pendant que les équipes se préparent, j'aurais quelques questions à vous poser.

Warrant secoua la tête :

— Non, pas de questions. Je dois passer à nouveau à la télévision. J'augmente la somme. Cent mille dollars. Ça devrait faire sortir les loups du bois et les pousser à s'entre-tuer. J'aurai récupéré Adam dans une heure, maximum.

Ce type ne comprenait vraiment pas.

— Un homme ferait n'importe quoi, pour de l'argent, poursuivit Warrant en baissant ses épais sourcils. Je l'ai appris il y a bien longtemps.

— Alors vous devriez savoir, intervint Kim d'une voix onctueuse, que ces kidnappeurs vont se mettre très, très en colère lorsqu'ils comprendront que vous n'allez pas les payer.

Warrant la regarda en battant des paupières.

Bon sang, ce type n'y avait même pas réfléchi ?

— Monsieur, je vous déconseille d'intervenir à la télévision pour le moment. (Luke croisa les bras.)

Comment les kidnappeurs vous ont-ils contacté pour la première fois ?

Warrant tenta de le contourner. Luke bougea en même temps que lui.

— Désolé, je n'ai pas dû me montrer assez clair. (Son ton était devenu d'acier. Il n'était plus si calme, à présent.) Comment les kidnappeurs vous ont-ils contacté pour la première fois ? articula-t-il.

Ils n'avaient plus beaucoup de temps, et Luke n'avait pas l'intention de perdre le sien en ronds de jambe.

S'il existait une chance, une toute petite chance, qu'Adam Warrant soit encore vivant, Luke allait la saisir.

— J'ai besoin de connaître tous les détails, exigea-t-il, et tout de suite.

Il avait déjà donné l'ordre de faire venir des chiens spécialisés dans la recherche de cadavres, mais, nom de dieu, il voulait se tromper. Il voulait espérer. Et retrouver Adam Warrant, vivant.

— Fais attention à toi, lâcha Sam.

Elle serra Max dans ses bras, s'autorisant à le tenir un peu trop longtemps et un peu trop fort. Elle lui avait prêté son arme. Le haut de l'étui frotta contre son bras lorsqu'elle l'étreignit. Savoir qu'il avait cette arme sur lui ne la réconforta pas.

Cela ne fit que la terrifier davantage.

Frank attendait près de la porte, un épais sac de voyage noir dans chaque main, le front mouillé de sueur.

— Tout va bien se passer, assura Beth en se penchant vers Frank, un sourire mal assuré sur les lèvres. Vous allez le récupérer. (D'une main qui tremblait légèrement, elle lui caressa le torse.) Dans moins d'une heure, tout ça sera terminé.

Frank ne lui rendit pas son sourire. Un léger duvet gris avait recouvert ses joues. En cet instant, il paraissait plus vieux, plus faible. Après un moment de silence, il se détourna de Beth et appela :

— Max, enfin ! Viens donc.

Max regarda Sam, puis se pencha vers elle et lui murmura à l'oreille :

— Si ton équipe fait tout foirer, je les crucifie.

— Ne t'inquiète pas, mon cœur, dit-elle à haute voix.

Elle ferma les yeux avant d'ajouter à voix basse :

— Tout ira comme sur des roulettes. (Elle priait pour que ce soit vrai.) Dépose la rançon, et ramène-nous ton frère.

Il l'embrassa. *Une dernière fois.* Puis il rejoignit Frank, et tous deux se hâtèrent en direction de la voiture qui les attendait.

Sam ne le suivit pas. Cela ne faisait pas partie de son rôle. Son rôle était de jouer les petites amies compatissantes, afin de ne pas inquiéter les observateurs potentiels.

Personne ne voulait que les kidnappeurs s'inquiètent. Les hommes inquiets étaient dangereux.

— Je crois que j'ai besoin d'un verre, marmonna Beth. Un grand verre, bien corsé.

Elle se dirigea vers le bureau de Frank. Sam attendit qu'elle ait disparu, puis sortit son portable et tapa un SMS rapide.

« Cadavre ? »

Les chiens ne trouvèrent rien sur les deux premiers sites, mais à l'instant même où Monica pénétra dans le vieux garage sur Murrows Road, elle sut que la fin d'Adam Warrant n'aurait rien d'heureux.

Les chiens attendaient juste au-delà du seuil, sous les rayons de soleil qui filtraient à l'intérieur du bâtiment. Leurs dresseurs les retenaient, mais la posture des chiens indiquait une tension évidente.

— Lui, déclara Monica en désignant le plus petit chien.

Les narines de l'animal frémissaient, et ses pattes avant étaient écartées.

— Ne le lâchez pas trop, mais voyons où il nous mène.

Kim était derrière elle.

— Cet endroit est fermé depuis trois mois, indiqua-t-elle, mais il y a des marques de pneus récentes à l'extérieur.

Après la fouille, ils les photographieraient et élaboreraient des moules à partir des empreintes, si l'opération se déroulait comme l'estomac noué de Monica le prédisait.

Ils traversèrent l'entrée poussiéreuse, et dépassèrent un mur de machines imposantes. Tournèrent à gauche, puis à droite. Un étroit couloir serpentait au milieu du bâtiment. Cet endroit était un vrai labyrinthe.

Puis l'odeur frappa Monica, comme une gifle en plein visage. C'était une puanteur qu'elle connaissait bien. Elle se raidit.

— Retenez le chien, commanda-t-elle.

Inutile de le laisser entrer dans cette pièce, au fond. *Préservation de la scène.* Elle connaissait à la lettre la procédure, mais…

Mais l'espace d'un instant, elle hésita face à cette porte. *Tellement de mort, toujours, tout le temps.* Parfois, elle avait l'impression que la mort l'entourait en permanence. *Sauf quand je suis avec Luke.* Luke savait la ramener à la vie.

Devant la porte, l'odeur était étouffante, mais elle savait qu'elle devait conserver un visage impassible. Entretenir son image. Au fil des ans, Monica avait eu plus d'une occasion de s'entraîner à masquer ses émotions. *Glaçon*. Oui, elle savait que ce surnom circulait encore dans son dos, mais ceux qui le colportaient avaient tort. En apparence, oui, elle portait une armure infranchissable… mais Luke avait réussi à s'y infiltrer pour parvenir jusqu'à elle.

Monica leva la main pour faire signe aux autres de rester en arrière et dégaina son arme. Elle serra le pistolet dans sa main gantée et de l'autre, poussa la porte. Un, deux…

Elle pénétra dans la pièce d'un pas rapide, le dos légèrement courbé, Kim sur les talons. L'autre femme brandissait également son arme. Elles balayèrent la pièce du regard, et…

— C'est bon, chuchota Monica.

La pitié ralentit les battements de son cœur.

Slayton Warrant allait effectivement retrouver son fils aujourd'hui.

Le corps d'Adam était étendu sur le sol, les bras en croix, comme la dernière victime. De longues entailles lui zébraient le visage et ses bras ; sa gorge avait été tranchée de part en part.

Près de lui gisait une petite boîte brune.

Kim enclencha la sécurité de son arme et la rangea dans son étui.

— C'est vraiment un sacré malade, ce type.

Monica fouilla la pièce du regard en remisant son propre pistolet. Il n'y avait pas la moindre tache de sang, ni de traces dans la poussière du sol. Rien d'autre qu'un corps proprement balancé, et parfaitement mort.

Et une boîte. Monica s'agenouilla et l'ouvrit prudemment de ses doigts gantés.

Kim s'approcha pour regarder par-dessus l'épaule de Monica.

Un doigt.

Elle avait remarqué que l'annulaire gauche d'Adam avait été coupé.

Kim exhala un profond soupir :

— On dirait que ce connard aime exhiber sa nouvelle marque de fabrique.

Une preuve de vie. C'est ce qu'avait représenté le doigt de Quinlan Malone. Dans le cas d'Adam Warrant, cela ressemblait plutôt à une preuve supplémentaire de sa mort.

— En effet, déclara Monica en reposant la boîte à l'endroit précis où elle l'avait trouvée. Il les relie les uns aux autres. La position du corps de Briar ainsi que ses blessures étaient presque identiques à celles-ci. Tout est très cohérent.

— En observant la plaie, intervint Kim, on a l'impression que le doigt a été coupé avant la mort de Warrant.

D'après Monica, c'était le cas de la majorité de ces blessures. Le tueur se délectait de la souffrance qu'il infligeait à ses victimes.

— Nous savons que le chef est quelqu'un d'extrêmement organisé, murmura Monica.

— Oui. (Kim expira nerveusement.) Alors, qu'est-ce que cette ordure nous réserve, maintenant ?

Monica savait que Luke le découvrirait bientôt, et elle ne parvint pas à étouffer la pointe de terreur qui fit s'affoler son cœur. Luke était un bon agent. Non, mieux que bon. Il savait ce qu'il faisait. Mais…

Elle s'inquiétait car elle n'avait jamais tenu à rien ni à personne comme elle tenait à lui.

Et si elle le perdait…

Sois prudent, Luke.

Wyham Park était noir de monde. Joggeurs, mères promenant des bébés emmitouflés dans des poussettes géantes, couples avalant sur le pouce leur déjeuner.

Max slaloma parmi eux en balayant l'endroit du regard. De gauche à droite, de droite à gauche, sans arrêt.

Frank le suivait d'un pas aussi rapide que le sien, sans un mot, ses sacs de voyage à la main. Ils devaient déposer la rançon dans moins de deux minutes.

Et ils récupéreraient Quinlan, ensuite. Pas de discussion possible à ce sujet.

Ils tournèrent au coin du parc, et la foule se fit moins dense. Max n'avait pas repéré le moindre signe de la présence des agents, et il espérait que cela continuerait.

Le visage de Samantha s'imposa à son esprit. Ses grands yeux, ses lèvres douces. Le pistolet qu'elle lui avait prêté, et qu'il sentait dans son dos.

— C'est… c'est là, articula Frank d'une voix frémissante.

Son ton dur et arrogant avait disparu. La dernière fois que Max l'avait entendu parler ainsi, c'était un an auparavant, au téléphone. L'appel avait retenti au beau milieu de la nuit. Et Max avait appris la mort de sa mère.

Max resserra sa prise sur les sacs qu'il portait. Dix millions de dollars. Un sacré paquet de fric. Deux gros sacs pour lui, deux pour Frank.

— Il a dit… derrière le chêne fendu, chuchota Frank.

L'arbre les attendait, avec son tronc brisé en deux par la foudre il y a bien longtemps. Max lança des coups d'œil inquiets alentour. Il ne voyait plus de joggeurs. Plus de femmes promenant leurs enfants. Bordel, est-ce qu'ils étaient censés abandonner l'argent ? Ici ? Et si quelqu'un d'autre tombait dessus ? Et si…

Deux hommes émergèrent du bois pour s'avancer dans leur direction. C'était forcément des hommes. Grands, presque autant que lui, aux épaules larges. Ils portaient des survêtements noirs, et des masques de ski leur couvraient le visage.

Ils portaient également des pistolets équipés de silencieux. Indispensable pour tuer dans un endroit public.

— Laissez tomber les sacs et reculez, commanda l'homme qui s'était placé légèrement en avant.

Il pointait son arme droit sur Max. L'autre type, plus petit de quelques centimètres, tenait Frank en joue.

Frank lâcha les sacs. Max l'imita. Leurs sacs tombèrent au sol avec un bruit sourd. Max et Frank reculèrent, les mains en l'air.

— Nous ne sommes pas armés, annonça Frank en haussant la voix.

Conneries. Max savait que Frank avait un pistolet caché sous sa veste. Il en conservait toujours un dans sa demeure principale, bouclé dans le coffre-fort de sa chambre. Frank l'en avait sorti avant leur départ pour Wyham Park.

— Retournez-vous et allez-vous-en ! aboya l'homme. Si l'un de vous tourne la tête, je vous descends tous les deux.

Max se crispa.

— Et Quinlan ? demanda-t-il. Quand est-ce qu'on le récupère ? Quand ?

— Quand on aura compté l'argent, le nargua l'autre.

Max vit ce connard presser un peu plus fermement la détente de son arme.

— Allez, dégagez, ou je dis à mon ami de tirer une balle dans la tête du vieux.

Max le crut. Lentement, prudemment, il se retourna.

— Gardez les mains en l'air, tout le temps ! Compris ? En l'air !

Max, les mains en l'air, se mit à marcher aux côtés de Frank, avec l'impression de sentir les flingues pointés dans leurs dos.

— Deux, armés, commenta doucement Jon Ramirez dans l'oreillette de Luke. (Luke se pencha et fit semblant de nouer ses lacets près de l'entrée du parc.) Ridgeway et Malone ont déposé la rançon. Ils sont en train de partir.

— Reste avec les kidnappeurs, ordonna Luke à voix basse, dans le micro que dissimulait sa capuche.

Deux hommes. Pas étonnant. Ils se sépareraient dès qu'ils auraient quitté le parc pour compliquer la filature. Malin. Mais pas assez.

— Toi et Hyde, séparez-vous. Suivez-en un chacun. (Car le grand patron était là, lui aussi, en observateur.) On va voir où ils nous mènent.

— Ils ont ramassé l'argent. Ils se déplacent.

Luke se redressa et s'étira ostensiblement. Chaque muscle de son corps était tendu par le stress. Déjà un mort aujourd'hui. *Pas un de plus.*

— Pas de visuel sur Ridgeway et Malone. Les kidnappeurs sont en vue. Plus maintenant.

Ridgeway et Malone n'allaient pas tarder à apparaître au tournant et à sortir du sentier qui traversait les bois. Ils seraient en sécurité dans quelques instants. *Dépêchez-vous.*

Max avait toujours les mains en l'air. Il entendit des pas lourds s'éloigner. Ces salauds s'enfuyaient avec leur argent.

Mais ils n'iraient pas loin. Et en cet instant, Max était vraiment content que les agents de la SSD soient cachés dans ces bois.

— C'est bon ? demanda Frank.

Max le vit baisser lentement les bras.

Puis il entendit une brindille se briser derrière eux. Bien trop près.

« Si l'un de vous tourne la tête, je vous descends tous les deux. »

Max se mit lui aussi à baisser les bras. Lentement. Doucement. Frank avait tressailli. Il avait entendu la brindille se casser, lui aussi.

Vous n'allez pas attendre qu'on tourne la tête, hein ? Max prit une grande inspiration et se jeta sur Frank. Une traînée de feu lui déchira l'avant-bras, en une explosion de douleur silencieuse. *Fils de pute.* Tandis que son sang dégoulinait sur le sol, Max dégaina le pistolet de Samantha.

Un autre homme… ou bien l'un de ceux qu'ils avaient déjà vus ? Max ne parvint pas à le savoir. Il vit simplement un homme, vêtu d'un survêtement et d'un masque de ski noirs, brandir son arme et viser…

Max leva son pistolet. Ils étaient à découvert. Merde.

— Rentre sous les arbres ! cria-t-il à Frank.

Il tira sur ce salaud. La balle atteignit l'homme à l'épaule.

Je ne peux pas le tuer. Il sait où se trouve Quinlan.

L'homme hurla. Un cri long et perçant, empli de douleur et de rage.

Max bondit en direction des arbres et tira de nouveau. L'autre leva son arme et fit feu à son tour.

— Fusillade ! prévint Luke en commençant à courir.

Il savait que la femme blonde aux cheveux courts et au survêtement rose vif le suivait. Il s'élança plus vite, plus vite encore, se rapprochant du tonnerre de coups de feu tandis que la foule se pressait en sens inverse, en une masse confuse et terrifiée.

La femme était Sam déguisée. Il l'avait convoquée juste après le départ de Malone et Ridgeway. Elle le talonna comme il se hâtait en direction de l'orée du bois. Ils prirent un virage serré et s'avancèrent avec précaution, aussi près des frondaisons que possible, et Luke aperçut…

Des taches de sang sur le sol. Ridgeway et Malone n'étaient pas là. Il n'y avait personne en vue.

— Ici ! tonna une voix profonde depuis les fourrés.

— Max, murmura Sam.

Elle fonça dans sa direction en zigzaguant parmi les arbres, Luke sur les talons.

— Sécurisez la zone, aboya Luke dans son micro. On a des hommes à terre dans le premier quadrant. Les kidnappeurs sont armés. Soyez extrêmement vigilants.

— Max ? dit Sam en se laissant tomber près de lui.

Il la dévisagea d'un œil stupéfait et secoua la tête.

— C'est quoi, ce bordel ? Tu ne devrais pas être ici !

— C'est un agent de la SSD, rétorqua Luke sans baisser son arme. Elle va là où on a besoin d'elle.

Le bras de Max ruisselait d'un sang sombre et épais. Sam plaqua les mains sur sa plaie :

— Elle est comment, cette blessure ?

— La balle a traversé tout net. (La sueur perlait sur sa lèvre supérieure.) C'est juste hyper douloureux.

— Malone ? apostropha Luke.

L'homme était à genoux, courbé en deux.

— Je vais bien, grogna-t-il. Ce salaud m'a tiré dessus, et il m'aurait abattu d'une balle dans la tête si Max n'avait pas été là.

Luke remarqua que les deux hommes avaient des armes à la main, qu'ils tenaient encore fermement.

— Qui est-ce qu'on cherche ? interrogea Sam en essayant d'endiguer le flot de sang qui s'écoulait du bras de Max. Qui a fait ça ?

— Je… je n'ai pas vu grand-chose… un homme, je dirais. Un mètre quatre-vingt-cinq, à peu près, quatre-vingt-dix kilos, en survêtement noir…

— Deux hommes tout en noir, marmonna Frank en serrant son pistolet si fort que ses jointures devinrent blanches. Nous leur avons donné l'argent, et ils ont essayé de nous tuer.

Cela ne faisait pas partie du protocole habituel. Que se passait-il, ici ?

— Faites venir l'équipe médicale d'urgence, ordonna Luke qui les savait déjà sur le qui-vive.

Max secoua la tête :

— Non, ils nous observent peut-être encore. Ils pourraient voir…

— Ils savent, Max, coupa Sam. (Luke ne l'avait jamais entendue s'exprimer d'une voix si grave et si tendue.) Quand les coups de feu ont retenti, nous avons couru vers vous. Si quelqu'un vous observait… ils savent. (Elle poussa un soupir étranglé.) Tu saignes trop, et ça ne s'arrête pas. Il faut qu'on t'emmène à l'hôpital.

— Quinlan…

— Notre priorité, c'est toi, lui cria-t-elle presque. Nous n'avons pas Quinlan, à l'heure actuelle ; nous t'avons, toi !

— Je vais bien. (Le visage de Max se crispa, et il lui prit les mains.) Je ne vais pas vous laisser m'emporter sur une civière, pas tant que Quinlan sera toujours là-bas.

Luke balaya le sol du regard. Trop de sang. *Merde.* Sam avait raison. La balle avait dû toucher une artère.

— L'équipe médicale, tout de suite !

Le parc devait être sens dessus dessous. Luke le savait. Ces coups de feu avaient de quoi déclencher une panique générale, et faire régner le chaos parmi la foule en déroute.

C'était exactement ce dont les kidnappeurs avaient besoin. Au milieu de cette folie, il leur serait plus qu'aisé de disparaître.

— Ramirez, dis-moi que tu as le tien, pria Luke.

Ramirez n'aurait pas perdu son homme. Impossible. Il ne manquait jamais sa cible.

Des parasites grésillèrent à l'oreille de Luke. Puis…

— Je l'ai.

Mais ces mots ne provenaient pas de son oreillette. Ramirez émergea des fourrés. Oh, bordel.

— Le mec a fait une boucle et il est revenu. Je suis resté à distance au début, pour voir ce qu'il faisait… (Ses yeux noirs se plissèrent.) J'étais obligé de tirer. Il avait Ridgeway en joue. Je n'avais pas le choix.

Samantha lâcha un soupir entre ses dents serrées.

— Où est-il ? interrogea-t-elle.

— Par terre, à quelques mètres d'ici.

Mort.

— On ne le suivra nulle part, celui-là, conclut Luke avant de pester à voix basse.

— Putain, gronda Ridgeway.

Luke ne put déterminer s'il jurait parce qu'il avait mal ou parce qu'ils venaient de perdre une piste.

— Le deuxième homme, où est-il ? Où est-il ? tonna Luke en broyant presque son micro miniature.

Hyde était là-bas. Il...

— Il se déplace, annonça Hyde d'une voix posée. Le suspect se dirige rapidement vers l'ouest au volant d'un pick-up bleu.

Dieu merci. Plus calme, Luke se détourna, laissant l'équipe médicale investir l'endroit.

— Je veux un hélico sur les traces de ce connard, exigea-t-il. (Le centre de commande était également à l'écoute.) Gardez-le en vue, mais ne vous approchez pas. Donnez-moi le numéro de sa plaque, et suivez ce rat jusqu'à son trou.

— Et Quinlan ? demanda Frank. Où est mon fils ? Nom de dieu, est-il au moins encore en vie ? Qu'est-il arrivé à l'autre jeune homme ? Où est-il ?

En morceaux. Monica avait appelé Luke pour l'en informer. Luke baissa son micro, pour un instant seulement.

— Monsieur, restez avec les agents, recommanda-t-il à Malone.

Luke adressa un bref regard à Ramirez et à Sam. Ramirez acquiesça, mais Sam ne quittait pas Ridgeway du regard.

Luke prit une inspiration rapide et reporta son attention sur les civils.

— Jusqu'à ce que tout ceci soit terminé, vous demeurerez tous les deux sous garde rapprochée.

Il n'était pas question qu'il perde un de ces deux hommes.

Hyde énonça le numéro d'immatriculation du pick-up dans son oreillette. L'équipe technique l'entendrait également, et une alerte serait transmise à tous les services de police, assortie de l'injonction de ne pas intervenir. Il fallait seulement suivre l'homme, pas l'arrêter. Pas encore.

— Qu'est-il arrivé à l'autre jeune homme ? répéta Frank d'une voix tremblante.

Luke rengaina son arme. Malone et Ridgeway méritaient qu'il se montre honnête avec eux. Il tentait d'observer ce principe avec toutes les victimes. Même lorsque la vérité était dure à entendre.

— Ils l'ont tué.

Vu ce qui venait de se passer, Quinlan Malone était le prochain sur la liste. S'il n'était pas déjà mort.

Mais il tut cette partie-là de la vérité, car il savait combien Malone était près de craquer.

— Je viens avec vous.

La voix froide de Ridgeway figea Luke sur place alors qu'il commençait à se détourner.

Luke jeta un coup d'œil par-dessus son épaule. Sanguinolent, mais debout à présent, Ridgeway soutint son regard. Sam se tenait à ses côtés.

— Vous n'allez pas me forcer à rester à l'écart, poursuivit Ridgeway. Je viens.

Luke comprenait sa détermination. C'était une affaire de famille. L'absence de liens du sang n'y changeait rien. La famille restait la famille.

— J'ai suivi vos règles, bordel, cracha Ridgeway. Et regardez ce qui s'est passé.

Luke carra les épaules. Ce type savait-il réellement ce qu'il demandait ?

— Vous imaginez ce qu'on risque de découvrir.

La filature jusqu'au repaire des kidnappeurs ne se solderait pas nécessairement par une fin heureuse. Ils n'y trouveraient peut-être que davantage de sang, et un nouveau cadavre.

— Vous pensez tous qu'il est déjà mort, rétorqua Ridgeway.

Il braqua le regard sur Sam. Celle-ci resta muette, se contentant de lui rendre son regard. Luke savait qu'autrefois, elle aurait peut-être tenté de faire preuve d'optimisme. Plus maintenant.

Ridgeway ne sursauta même pas lorsque deux membres de l'équipe médicale lui empoignèrent le bras, et enchaîna aussitôt :

— Quoi qu'il en soit, je viens.

Il serait si facile de le neutraliser. De le boucler en lieu sûr jusqu'à ce que ce cauchemar soit terminé.

Mais ce n'était tout simplement pas ainsi que Luke travaillait.

— Recousez-le, ordonna-t-il aux médecins. Il met du sang partout.

S'ils parvenaient à endiguer l'hémorragie, si une artère n'avait pas été touchée…

Alors il donnerait au gars ce qu'il voulait. Luke espérait simplement que Ridgeway savait à quoi il s'exposait.

— Reste avec lui, ordonna-t-il à Sam. (Puis il inclina la tête à l'intention de Ridgeway.) Vous restez avec nous aussi longtemps que nous pourrons nous le permettre.

Les deux urgentistes se penchèrent sur la blessure. Ridgeway serrait les dents, la chemise trempée de sang. Sa main droite était crispée sur celle de Sam. Luke ignorait si Sam lui tenait la main afin d'apporter son soutien à son amant, ou si Ridgeway désirait à tout prix la garder près de lui.

Peut-être les deux.

Le pick-up bleu pénétra dans le parking souterrain, à une vitesse souple et prudente, et s'arrêta au deuxième niveau, près de l'entrée secondaire. Le niveau qui ne disposait pas de caméra de sécurité. Le niveau à demi plongé dans l'obscurité, car il en avait brisé l'éclairage un peu plus tôt.

Le conducteur sauta hors du véhicule, désormais vêtu d'un tee-shirt blanc et d'un jean bleu.

On l'a. Putain, on a réussi.

Ses cheveux noirs étaient trempés de sueur, ce qui les faisait coller à son crâne.

Le type s'approcha de lui, qui l'attendait près de la vieille berline. Ils n'avaient pas beaucoup de temps pour transférer l'argent, une minute peut-être. Moins.

— Jette les sacs dans le coffre, indiqua-t-il au conducteur.

Son coffre était déjà ouvert. *Dix secondes.* Le conducteur jeta les deux premiers sacs. *Treize secondes.* Les deux autres sacs atterrirent avec un bruit sourd.

Seize secondes pour le transfert. Parfait.

— Mike a fait demi-tour pour les finir, comme vous l'aviez demandé, déclara le conducteur du pick-up avec un large sourire. Ça n'a pas dû être dur de dégommer ces deux cons.

Mais Mike n'avait pas rappelé. Peut-être cela n'avait-il pas été si facile.

Sans Mike, ce serait… encore plus rapide.

— Tu portais des gants pour conduire le camion ?

Ils avaient volé le pick-up trois heures plus tôt. Un petit échange de plaques plus tard, il était prêt à servir.

— Ouais, en permanence. (Le type claqua la portière du pick-up.) Allez, tirons-nous d'i…

Le couteau s'inséra tout juste entre deux de ses côtes. La lame s'enfonça, puis tourna. Des lèvres du conducteur s'échappa un sang mousseux.

— Le plan a changé.

En fait, non. C'était son plan à lui depuis le début. Pourquoi partager l'argent ? Cela n'avait aucun sens. Pas alors qu'il pouvait tout prendre pour lui seul.

— Désolé, Jim, mais tu ne vas pas te tirer d'ici, finalement.

Il retira très lentement sa lame. Jim s'écroula à genoux. Sa tête tomba en arrière et il lui adressa un regard écarquillé et stupide, qui signifiait : « Mais qu'est-ce que tu as fait ? » Quel con, vraiment. Comment avait-il pu ne pas s'en douter ?

Pas de temps à perdre.

Il trancha la gorge de Jim, d'une oreille à l'autre. Un de moins…

Lorsque la tête de Jim heurta le béton, il était déjà à bord de la berline.

Puis il recula, ajusta son rétroviseur, vit le cadavre étalé sur le sol… et se remit en route.

Hyde observa le corps, en prenant garde de rester à distance de la flaque de sang qui se figeait déjà sur le béton. Les vêtements étaient différents, la carrure similaire, et le type gisait juste derrière ce foutu pick-up que Hyde avait pris en chasse.

Hyde serra les dents. À l'instant même où le véhicule avait pénétré dans le parking, il avait su que cela allait mal tourner. Il l'avait suivi aussi vite que possible, mais cela lui avait pris deux minutes en raison d'un ralentissement à l'extérieur. Deux minutes.

Largement assez de temps pour mourir.

Il leva les yeux et examina le périmètre. Pas de caméras de sécurité. Évidemment. Il sortit sa radio.

— Bouclez la zone, ordonna-t-il.

C'était trop tard, cependant ; il le savait. Les kidnappeurs avaient été très habiles.

— Personne ne rentre, personne ne sort.

Jusqu'à ce qu'ils aient passé le parking au peigne fin.

— Monsieur ?

— Contactez Dante. Dites-lui qu'on a un nouveau corps.

Il secoua la tête. *Et dites-lui de se préparer à en trouver d'autres.*

Car il savait comment fonctionnent les criminels. Manifestement, quelqu'un était en train de balayer derrière lui.

Chapitre 9

C'était la première fois que Max entrait au quartier général du FBI. Il arpenta la petite pièce, les mains serrées, l'épaule douloureuse.

Samantha l'avait conduit ici lorsqu'ils avaient quitté le parc. Ils avaient fui le chaos juste avant le déferlement des journalistes. Elle ne lui avait pas beaucoup parlé, mais, plusieurs fois, il avait surpris sur lui ses grands yeux tourmentés.

La porte derrière lui s'ouvrit en grinçant. Il ne se retourna pas. Il était grand temps que quelqu'un le rejoigne, même s'il savait qu'on l'observait depuis la seconde où il était arrivé. Le long miroir, sur la gauche, était forcément sans tain.

— Il y a du nouveau.

La voix douce de Samantha emplit le petit espace, et Max ne put s'empêcher de se crisper.

— Hyde a suivi le deuxième kidnappeur jusqu'à un parking souterrain, près de la gare.

Max la regarda par-dessus son épaule.

— Le temps que Hyde parvienne à y entrer…

— C'est qui, ce Hyde ?

Samantha carra les épaules.

— Keith Hyde a créé cette unité. Hyde, c'est la Serial Services Division.

Elle avait abandonné son survêtement d'un rose écœurant et était sobrement vêtue d'un chemisier et d'un pantalon noirs, ce qui la faisait paraître plus pâle. Ses cheveux cascadaient sur ses épaules.

Ils avaient donc envoyé l'artillerie lourde sur cette affaire.

— Et ? pressa-t-il.

Car il y avait autre chose, qu'il n'allait pas aimer. Mais jusqu'ici, qu'avait-il aimé ? Rester là, à poireauter comme un idiot, était insupportable. Depuis presque deux jours maintenant, il n'avait rien fait.

Il n'était pas ce genre de type.

— Le temps que Hyde réussisse à entrer dans le parking, dit-elle, c'était trop tard.

Les battements de son cœur ralentirent, puis s'accélérèrent brutalement comme il se tournait face à elle.

Elle soupira :

— Le conducteur qu'il suivait était mort, et l'argent avait disparu.

Quoi ?

— Et Quinlan ? s'exclama-t-il. Est-ce qu'il est vivant ?

Il voulait la vérité, brute et sans détour. Il l'eut.

— Je ne sais pas, répondit-elle tout bas.

Samantha craignait que son frère soit mort, comprit-il alors.

Le kidnappeur savait que les autorités étaient impliquées. Il avait son argent. Pourquoi prendre la peine de garder Quinlan en vie ?

— Ils avaient prévu de vous tuer, Malone et toi, depuis le début, reprit Samantha. Tu l'as compris, n'est-ce pas ? C'est pour ça qu'ils vous ont tiré dessus dans le parc.

Son épaule le lançait.

— L'agent spécial Monica Davenport aimerait te parler. Elle a des questions à te poser sur ta famille…

Max l'empoigna par les épaules et l'approcha de lui, ignorant la douleur qui lui poignardait l'épaule.

— Je suis un suspect ? C'est ce que tu essaies de me dire ?

Samantha secoua la tête :

— Monica est notre meilleure profiler. Elle essaie de comprendre pourquoi les choses se déroulent différemment pour toi et ta famille. Ces types n'ont jamais attaqué les familles au moment du paiement. Mais vous… ils étaient décidés à vous abattre.

S'il n'avait pas entendu cette brindille se briser…

Samantha fronça les sourcils et son front se plissa légèrement :

— Si vous y étiez allés sans arme, vous auriez été des cibles faciles. Et même armés, si Ramirez n'avait pas été là, vous seriez probablement morts.

Sa voix semblait tendue, en contradiction avec la flamme sombre de son regard.

Max contempla Samantha, fasciné par ses yeux brûlants.

— Tu ne m'avais pas dit que tu serais là.

S'il avait su… eh bien, qu'aurait-il fait ? Il ne serait jamais parvenu à l'en dissuader.

— Je ne pouvais pas te laisser y aller sans moi. Et quand j'ai entendu les coups de feu… (Elle lâcha un soupir anxieux.) Tu m'as fait peur, Max.

Elle était sincère. Son émotion réelle se lisait sur son visage et s'entendait dans sa voix.

C'était la femme qu'il désirait voir. Celle qui s'était cachée à lui. À elle-même, peut-être. Seigneur, c'était la femme qu'il voulait.

— Max ?

Il prit sa bouche, écrasant ses lèvres sous les siennes, et il la savoura. *Ce n'est pas fini.* Elle ne pouvait pas lui échapper une fois de plus.

De la gorge de Samantha s'échappa un gémissement sourd, et un frisson la secoua tout entière. Puis elle posa les mains sur lui, lui agrippa les épaules et…

Il se dégagea brusquement.

— Putain ! jura-t-il.

— Je suis désolée. J'avais oublié…

Max lui prit les mains et la poussa contre le mur. Au diable la douleur. Il l'avait, elle, ici et maintenant, et il ne voulait pas la perdre.

Sa langue plongea en elle alors que son sexe se tendait contre son jean. Pas le bon endroit, pas le bon moment. Il ne pouvait pas la prendre ici, mais il se contenterait de la goûter.

Et il devrait s'en satisfaire lorsqu'elle s'en irait.

Ses seins heurtèrent le torse de Max. Ses tétons se tendaient, impatients, excités. Elle le désirait tout autant que lui. Il suffisait qu'ils se touchent pour s'embraser.

— Pourquoi ? s'entendit-il dire tandis qu'il dévorait la colonne mince de son cou. Pourquoi est-ce que j'ai autant besoin de toi ?

C'était une addiction. Plus il en avait, plus il en voulait.

Était-ce pareil pour elle ? Est-ce que sa faim ne faisait qu'augmenter, de jour en jour ?

Le pouls de Samantha tambourinait sous ses lèvres, de plus en plus vite, mais elle ne lui répondit pas.

Et il entendit la porte grincer à nouveau. *Qu'ils aillent se faire foutre.* Il resserra son étreinte sur Samantha.

— Hmm… Souhaitez-vous que je repasse plus tard ? interrogea une voix féminine, calme et discrète.

Samantha se raidit contre lui. Elle le poussa des mains. Forte à nouveau. Pourquoi oubliait-il toujours sa force ?

Max s'écarta d'elle et tourna le regard vers l'agent qui venait d'entrer.

— Tout va bien, ici ? intervint une autre voix, masculine.

Dante. Il s'avança dans le dos de la femme aux cheveux bruns, et Max ne manqua pas de remarquer la main qu'il posait au creux de ses reins.

— Tout va bien, répondit Samantha.

Elle avait vraiment, vraiment besoin de s'entraîner à conserver une voix impassible.

Max gratifia les deux nouveaux agents d'un sourire froid.

— Vous choisissez mal votre moment.

Afin de venir le cuisiner. *Marre de ces conneries.* Il savait jouer les salauds, et il était déjà à fond dans le rôle.

— Je croyais que vous deviez me tenir au courant, à partir de maintenant, agent Dante, fit-il remarquer.

La femme s'avança dans la pièce dans un délicat cliquetis de talons hauts. Elle tira une chaise près de la petite table en bois. Oui, il savait bien qu'il se trouvait dans une salle d'interrogatoire. Ces pièces se ressemblaient toutes, et il n'avait pas oublié la dernière fois qu'il en avait visité une.

Il était seul, ce jour-là. Pas d'avocat. Pas de membres de sa famille. Sa mère était en pleine crise d'hystérie. Ils l'avaient flanquée dans une ambulance, et ils avaient emmené Max. Il avait avoué sans se faire prier. Après tout, pourquoi mentir ?

J'ai frappé. J'ai frappé ce salaud. Je n'hésiterais pas à le refaire.

— Pourquoi ne pas vous asseoir, monsieur Ridgeway ? suggéra la femme.

— Appelez-moi Max.

Elle esquissa un sourire qui ne vint pas réchauffer ses yeux bleu pâle, pas même légèrement.

— Max, je suis l'agent Monica Davenport.

Ah, oui. La profiler.

Dante fit quelques pas pour aller se placer près de la fenêtre. Celle-ci, jugea Max, était sans doute renforcée ; mais vu qu'ils se trouvaient à plusieurs étages de hauteur, les suspects ne devaient pas beaucoup sauter.

Max tira la chaise à lui avec le pied. Il s'assit et étendit les jambes devant lui. Samantha n'avait toujours pas bougé.

Ces deux-là l'avaient-ils observé à travers le miroir ? Si oui, alors ils connaissaient son point faible. *Elle.*

— Alors, j'ai entendu dire que votre équipe avait merdé une fois de plus, et que l'autre connard est mort, déclara Max.

Il était prêt à aller droit au but.

— J'ai bien peur que cet homme soit mort avant que nos agents aient pu parvenir sur place, répliqua froidement Monica, sans que la moindre trace d'expression n'anime son visage de marbre. Mais je vous assure que nous faisons tout notre possible pour…

— Non, vous n'en dites pas assez, coupa Max. (Il tourna son regard vers Dante.) Je vous l'ai dit, je veux tout savoir. Ne me laissez plus hors du coup. Positif, négatif… je veux savoir.

Dante opina :

— Nous avons simplement besoin que vous répondiez à quelques questions. (Son ton était serein, presque amical.) Ce n'est qu'à ce moment-là que nous pourrons vous révéler tout ce que nous savons.

Max rit.

— Non, mais qu'est-ce que vous me faites là ? Vous êtes censé être le gentil, vous ?

Il braqua de nouveau les yeux sur la femme. Bon flic, mauvais flic. Quel jeu stupide.

— Vous n'avez pas l'air méchante, lui dit-il.

— Vous n'imaginez même pas, murmura-t-elle, avec un regard polaire qui le glaça sur place.

— Savez-vous, demanda Dante avec sa pointe d'accent du Sud, pourquoi votre famille a été visée ?

Max se laissa tomber contre le dossier de sa chaise.

— Parce que mon beau-père est riche. Pas besoin d'être un génie pour le deviner.

— Ton frère adoptif correspondait au profil des victimes, intervint Samantha.

Max lui jeta un regard oblique. Elle s'avança, le menton bien haut.

— Je te l'ai dit, poursuivit-elle. C'était la victime numéro cinq.

— Il ne correspondait pas parfaitement au profil. Quinlan n'était pas étudiant, fit remarquer Monica.

— Non, en effet, dit Max en secouant la tête, conscient que Samantha se rapprochait. Il a quitté Georgetown au semestre dernier.

À un an de son diplôme. Quinlan disait qu'il y retournerait. Désormais, en aurait-il l'occasion ?

— Votre beau-père a-t-il des ennemis ? s'enquit Dante.

Max rit :

— Oui, des dizaines. Tous les chefs d'entreprise qu'il a grugés. (Et ils étaient nombreux.) Mais si vous voulez leurs noms, vous allez devoir vous adresser à lui.

— Nous le ferons, répliqua Monica.

Elle glissa une mèche brune derrière son oreille gauche, et haussa négligemment l'épaule droite.

— Et vous, avez-vous des ennemis, Max ?

Une main vint se poser sur son épaule indemne. Le contact était doux, léger. Samantha se tenait à ses côtés. Des ennemis ? Il se redressa sur son siège.

— Personne qui me haïsse assez pour faire une chose pareille.

Monica ouvrit un dossier et fit glisser vers lui une série de photos.

— Connaissez-vous un ou plusieurs de ces hommes ?

Il étudia les photos en couleurs, et effleura celle du blond au sourire malicieux. Il l'aurait reconnu même si son image n'avait pas été diffusée aux informations.

— Adam Warrant. Il fréquentait Quinlan, il y a quelques années.

Subitement, il sentit la tension autour de lui grimper d'un cran.

— Et les autres ? interrogea Dante.

Max examina les photos. Le roux avec le nez cassé lui disait quelque chose.

— Je… l'ai peut-être vu en compagnie de Quinlan, un jour, mais je n'en suis pas sûr.

— Connaissez-vous son nom ?

La voix de Dante était toujours aussi posée.

— Non, non, je ne suis même pas sûr de l'avoir vu, mais…

Max fronça les sourcils en se remémorant un jour de pluie, où il était allé voir Quinlan dans sa chambre d'étudiant.

— Je crois que je l'ai vu quand Quinlan était à Georgetown. (Du doigt, il tapota la photo.) C'est une des victimes ?

Encore un qui connaissait Quinlan ? Quelles étaient les probabilités pour que…

— Non, ce n'est pas une victime. (Monica lui reprit la photo.) C'est le membre du groupe des kidnappeurs que nous avons retrouvé, la gorge tranchée, dans le parking souterrain.

Max riva brusquement ses yeux aux siens.

Monica pencha la tête vers lui :

— Sam a analysé ses empreintes et les a retrouvées dans nos fichiers. C'est comme cela que nous avons obtenu cette photo. Il s'appelle James Hackley. C'est un ancien détenu, et, pour autant que nous le sachions, il n'a jamais étudié à Georgetown ni dans aucune autre université.

Max plissa les yeux.

— Et voici l'autre homme, ajouta-t-elle en faisant glisser vers lui une nouvelle photo.

Cette fois, il était évident que l'homme était mort. Ses cheveux étaient noirs, coupés très court. Ses yeux étaient fermés. Son front portait la marque d'une plaie par balle.

— Le connaissez-vous ?

C'était sûrement le type qui avait essayé de le tuer.

— Non. Jamais vu.

Du moins, pas sans un masque de ski sur la figure.

— Il n'est pas connu de nos services, affirma Samantha, mais je suis en train de faire analyser son visage par un logiciel de reconnaissance faciale. Je compare son image avec les vidéos extraites des caméras de surveillance placées près des bars. Si nous parvenons à l'isoler et à l'associer à une voiture, je pourrai retracer l'origine de la plaque. (Elle expira lentement.) Et la plaque nous donnera un nom.

Monica récupéra toutes les photos.

— Nous allons trouver ce qui réunit tous ces hommes, et nous retrouverons votre frère.

— En morceaux ? lâcha-t-il sans pouvoir se retenir.

Monica ne répondit pas.

— Nous le retrouverons, le rassura doucement Samantha. Ne perds pas espoir.

Max vit le regard de Dante se poser sur elle.

— Vous nous avez procuré un lien, déclara Monica. Deux des victimes se connaissaient. Peut-être se connaissaient-ils tous.

— Ou peut-être fréquentaient-ils tous la mauvaise personne, suggéra Samantha.

James Hackley.

Monica remit ses fiches en ordre.

— Nous allons partir de Hackley pour commencer. Il finira par nous mener aux autres.

Max posa les deux mains à plat sur la table.

— Vous en êtes sûre ? Mon frère est là-bas. En train de mourir à petit feu, assena-t-il.

Monica regarda Samantha.

— Je comprends. (Et cela semblait vrai.) Croyez-moi, nous faisons tout ce que nous pouvons. Restez ici, d'accord ? Nous aurons peut-être d'autres photos à vous montrer, très bientôt.

Elle se leva en repoussant sa chaise.

Max bondit sur ses pieds, lui aussi :

— C'est tout ? C'est tout ce que j'ai le droit de faire ? Regarder vos foutues photos ?

Dante fit un pas en avant.

— Calmez-vous. Nous savons que vous vivez une situation éprouvante…

— Vous ne savez pas ce que c'est de savoir que quelqu'un à qui vous tenez est entre les mains d'un tueur ! Vous ne savez pas ce que c'est de voir les minutes s'écouler en sachant qu'il va mourir. Vous ne savez rien.

Il y eut un silence.

— Je sais ce que c'est, murmura Samantha.

Max tourna brusquement la tête vers elle, et son regard le happa.

— Et ils le savent aussi. Crois-moi, ils le savent. (Elle leva la main et lui effleura la joue, du bout des doigts.) Nous travaillons nuit et jour. Ne perds pas foi en nous, pas encore. Tu ne peux pas abandonner.

La douleur dans sa voix était presque palpable.

— Samantha ?

— Nous allons sortir d'ici, lui promit Samantha d'une voix plus forte, plus ferme. (Elle jeta un coup d'œil à Monica.) J'ai lu les dossiers. Je sais que vous avez interrogé le barman, Nic, au *Centre*. Il a dit…

il a dit qu'il avait vu une femme auprès de Quinlan, juste après que Max et moi l'avions quitté.

— Une blonde. (Le regard de Monica passa de l'un à l'autre.) À peu près vingt ans, vingt et un ans. Il a dit qu'elle avait de longues jambes et un petit tatouage représentant un couteau sur l'épaule gauche.

— Il s'est souvenu d'elle uniquement parce qu'il se souvenait de vous deux, ajouta Dante en penchant la tête sur le côté. Il a dit qu'une rousse était venue lui poser des questions, et qu'un homme qui se trouvait avec elle a pris part à une bagarre.

— Vous lui avez fait forte impression, murmura Monica.

— Après votre départ, reprit Dante, le barman a vu une blonde accoster Quinlan.

— Nous n'avons pas encore réussi à la retrouver, mais des policiers en civil l'attendent au *Centre*. (Monica s'éloigna de la table.) Grâce à Kim, nous savons qu'une blonde correspondant à son signalement a également été vue avec Adam Warrant juste avant sa disparition. (Elle haussa un sourcil sombre.) Ce même barman se souvenait d'elle.

La coïncidence était trop énorme.

— Elle fait partie de la bande ?

— Nous pensons qu'elle servait d'appât. (Monica serra les mains sur ses dossiers.) Nous nous demandions comment les hommes avaient été persuadés de quitter le bar… Nous savions qu'ils avaient été drogués à l'aide de somnifères. Les deux hommes qui sont revenus vivants ne se souvenaient même pas d'être entrés dans un bar.

— La perte de mémoire est une conséquence courante de l'ingestion de Rohypnol, expliqua Dante. Mais pour cette raison, les victimes ne pouvaient pas nous dire avec qui ils étaient partis.

— Aujourd'hui, nous avons une piste. Nous cherchons cette femme, et nous allons la trouver.

Enfin ! Un peu de chaleur avait percé dans la voix de Monica.

— Absolument, renchérit Samantha. Max et moi allons faire un tour dans les bars, ce soir. Vous lui avez promis qu'il serait intégré à l'enquête, et ce sera le cas.

Alors ça…

— On ne se tourne plus les pouces. On fait partie de l'équipe. (Samantha adressa un bref signe de tête aux agents.) Si vous avez besoin de nous, vous pouvez me contacter par SMS, mais on n'attend plus, c'est fini.

— C'est difficile d'attendre, pas vrai, Sam ? l'interrogea doucement Monica. Ça réveille trop de souvenirs.

Samantha tressaillit.

— Mes souvenirs n'ont pas besoin d'être réveillés. Oublier… c'est ça que je n'ai jamais réussi à faire. Quoi que je fasse, je n'ai jamais pu oublier.

Mais de quoi était-elle en train de parler ?

— Partons d'ici, marmonna Samantha. Parfois, cet endroit me donne l'impression d'étouffer.

Max connaissait cette sensation. Il ouvrit la porte.

— Attendez ! appela Monica. Sam… est-ce que tu… lui fais confiance ?

Oh, merde, ça y était. Son passé. Évidemment, ils avaient tous les détails atroces dans leurs jolis petits dossiers, et il fallait qu'ils lui lancent ça au visage une fois de plus.

— Peu importe, répondit Sam. Dans tous les cas, je reste avec lui.

Ce n'était pas la réponse qu'il souhaitait, mais il était prêt à l'accepter. Il fit un pas en avant et faillit entrer en collision avec un autre agent. Une femme. Petite, délicate, au farouche regard vert.

— Viens, Max, le pria Sam en lui prenant le bras. On n'a pas de temps à perdre.

Non, et c'était peu de le dire.

Monica prit une inspiration tremblante en regardant Sam et Ridgeway s'éloigner à grands pas.

« Parfois, cet endroit me donne l'impression d'étouffer. »

Elle avait surpris les paroles de Sam, et elle comprenait. Autrefois, Monica avait eu elle aussi la sensation que le monde se refermait sur elle. Il lui avait fallu lutter pour repousser la peur.

Mais elle avait lutté, lutté, et elle s'était coupée de tous les autres, jusqu'à…

— Ça va, ma belle ? murmura Luke juste derrière elle.

Elle sentit ses doigts lui frôler le bras.

Monica tourna la tête, très légèrement. Ils se trouvaient dans le couloir, et trop d'yeux étaient posés sur eux.

Mais au diable les autres agents. Tout ce qu'ils verraient était deux de leurs collègues, parlant d'une affaire en cours. Alors si elle avait envie de passer un moment avec l'homme qu'elle aimait, elle le ferait.

— Je m'inquiétais pour toi, avoua-t-elle brusquement.

Luke cilla, et son expression s'adoucit.

Elle leva la main pour l'arrêter avant qu'il n'ouvre la bouche.

— Depuis que tu as emménagé avec moi, commença-t-elle, tout est…

Plus intense. Plus profond.

— Tout va bien, dit-elle plutôt, car c'était la vérité. Mieux que bien.

Aussi loin que remontent ses souvenirs, elle n'avait jamais été plus heureuse.

Il lui prit la main et l'embrassa brièvement.

— Pour moi aussi.

— J'ai peur, confessa-t-elle tout bas.

Il se rapprocha d'elle.

— De quoi ? demanda-t-il.

Avec lui, elle pouvait se montrer sincère.

— Les bonnes choses ne durent pas toujours, pour moi. Ma vie n'est pas faite pour les petits oiseaux et les fins heureuses. Elle n'est pas…

— Elle peut l'être, la coupa-t-il d'un ton ferme. Ta vie, notre vie, peut être tout ce que nous souhaitons en faire. (Son regard était intense, ardent.) J'allais attendre un peu pour te le dire, mais... bon sang, je t'aime, Monica, et je ne veux pas seulement vivre avec toi. Je veux t'épouser.

Monica cessa de respirer.

— Dante ! retentit la voix de Hyde à travers le couloir. J'ai besoin que vous vous prépariez pour la conférence de presse. Il va falloir qu'on explique comment les flics ont pu laisser Adam Warrant sortir de ce bar. Bordel, il faut qu'on fasse venir Kenton Lake pour s'occuper de ces conneries.

Mais Luke ne bougea pas.

— Tu n'as pas besoin d'avoir peur, lui dit-il doucement. Tu ne vas pas me perdre.

Et c'était sa crainte. Depuis l'affaire du Guetteur, elle savait que Luke était son point faible. Lorsqu'elle imaginait que quelque chose puisse lui arriver, une terreur sombre la submergeait.

— Dante !

Monica avala sa salive.

— Vas-y. On discutera...

— Très bientôt, promit Luke, les yeux luisants.

Puis il s'éloigna.

« Je veux t'épouser. »

— Oui, chuchota Monica.

Elle sut que lorsque le moment serait plus propice, elle le dirait à Luke.

Plus besoin d'avoir peur.

Frank Malone n'avait pas l'habitude d'être tenu à l'écart. Et il n'était pas non plus habitué à rester coincé dans une pièce de deux mètres sur trois, avec des agents qui lui posaient toujours les mêmes questions.

Le front luisant de sueur, il jeta un regard rageur à la porte. Cinq minutes, cinq minutes de plus, et il se faisait la malle. Les agents étaient partis trop longtemps. Ils avaient déjà tout fait foirer, et s'il ne récupérait pas son fils…

Son portable vibra dans sa poche. Il le porta à son oreille.

— Oui, je ne peux pas parler pour le moment…

— Tu as intérêt à parler, murmura la voix.

Cette voix désormais familière.

Frank jeta un regard éperdu au miroir qui recouvrait le côté gauche de la pièce.

— Je sais où tu es, Frank. (La colère pulsait dans ce murmure.) Et ça me met très, très en colère.

Frank déglutit.

— Où… où…

— Tais-toi, connard. Contente-toi d'écouter. Je ne veux pas qu'ils entendent ce que tu dis.

Frank se tut.

— Tu m'as donné ton fric, chaque centime de ce que j'avais demandé, mais tu as essayé de me rouler.

La peur serra la gorge de Frank, presque à l'étouffer.

— Devine qui va payer pour ça ?

— Pas… !

— Je t'ai dit de la boucler !

Frank ferma la bouche et se détourna du miroir, les épaules voûtées.

— Quinlan m'a parlé de toi, grinça la voix.

Frank serra les dents.

— Un beau salaud, comme père, hein ? Un père qui a trompé sa mère, sa mère adoptive, et a même tringlé sa copine.

Frank se passa une main sur le front.

— Il pense que tu vas le laisser crever.

Non, non, Quinlan était tout ce qu'il avait sur terre. Son sang.

— J'ai commencé à le couper.

Frank sentit la bile lui monter dans la gorge.

— N… ne…

Il ravala ses mots.

— Il a hurlé, et m'a supplié d'arrêter. (La voix ricana doucement.) Il saigne beaucoup, ton fiston, mais tu le sais, n'est-ce pas ?

Un éclair rouge traversa l'esprit de Frank, et un frisson parcourut tout son corps. *Quinlan*.

— Encore quelques coups de couteau, et il sera parti.

— Non, murmura Frank sans pouvoir s'en empêcher.

— Ça me semble injuste. Après tout, c'est toi qui as fait merder l'échange, pas ton minable de fils.

— Alors prenez-moi, croassa Frank.

L'autre ricana de plus belle :

— Tu n'arrives vraiment pas à fermer ta gueule, hein ?

Le regard de Frank courut nerveusement d'un coin à l'autre de la pièce. Il fallait qu'il sorte d'ici. Il fallait qu'il…

— Je te prendrai. Toi, en échange de lui, mon vieux. Une aubaine. (Il y eut un silence, puis…) Est-ce qu'il vaut ce prix-là ? Est-ce qu'il vaut ta vie ?

Frank se tourna pour se regarder dans le miroir. Il vit les rides et les cheveux blancs, les taches de vieillesse qui constellaient sa peau. Que possédait-il ? Après toutes ces années, qu'avait-il vraiment ? De l'argent, oui, bien sûr, et il avait amplement profité de sa fortune, mais…

Seul.

Depuis que Katie était morte, il était resté seul. Même les médicaments ne parvenaient pas à faire taire sa douleur.

Je n'ai qu'une chose…

Quinlan.

La réponse, la seule réponse qu'il pouvait donner était donc :

— Oui.

— Alors sors de là, connard. Éloigne-toi de ces agents, et j'échangerai ton fils contre ta vie.

Un léger déclic résonna à son oreille. Il fixa le miroir du regard. L'avaient-ils vu ? Il ne fallait pas qu'ils sachent. Surtout pas.

Il releva le menton. Il était Frank le Fumier. Il faisait tout ce qu'il voulait.

Frank quitta sa chaise et rejoignit la porte à grands pas. Il saisit la poignée et poussa le battant. Il n'était pas prisonnier. Personne ne pouvait le retenir, personne n'avait jamais pu. Une fois qu'il fut à l'extérieur, il entendit le son du téléphone, le bourdonnement des conversations. Ses chaussures produisaient un bruit sec en s'abattant sur le carrelage.

— Attendez, monsieur Malone ! l'apostropha l'agent Kim Daniels. J'ai quelque chose à vous d…

Il jeta un coup d'œil par-dessus son épaule, très brièvement.

— Je vais prendre l'air.

Il accéléra le pas, obsédé par le téléphone portable qui pesait dans sa poche avant.

— Alors je viens avec vous, déclara Ramirez qui venait d'apparaître au tournant.

Cet agent se déplaçait si silencieusement !

Frank le fusilla du regard :

— Certainement pas, non. Dégagez de mon chemin. Je sors d'ici.

— Frank ? intervint la voix de Max. (Son fils adoptif se hâta de les rejoindre.) Que se passe-t-il ?

Dieu, que cet homme ressemblait sa mère. Regarder Max faisait mal à Frank. Parce qu'alors, il plongeait dans les yeux de Katie. Il l'avait déçue. Lorsqu'elle l'avait trouvé au lit avec Beth… *Ça ne voulait rien dire, pour moi. Merde, pourquoi, pourquoi je l'ai fait ?* Il ne se rappelait toujours pas pourquoi il s'était glissé dans son lit pour la première fois. Il ne se rappelait même pas l'avoir fait, tellement il était soûl. Il ne se souvenait que de s'être réveillé et d'avoir compris à quel point il avait déconné.

Puis le cancer avait commencé à ronger Katie. La maladie l'avait touchée, et Katie n'avait plus jamais laissé Frank la toucher.

Partie.

Tout était parti.

Pas Quinlan. Pas encore.

— Ces salauds ont fait foirer l'affaire, lança Frank en désignant les agents du pouce. Je me tire d'ici. Je retourne à la maison. Peut-être… peut-être que Quinlan me contactera là-bas.

Allez, fume-les. Tu peux le faire. Ne les laisse pas voir…

— Monsieur, c'est trop dangereux…, commença Kim.

— Je ne vous ai pas demandé votre avis, cracha-t-il.

— Ils ont essayé de vous tuer, rappela Ramirez d'un ton froid. Tant que tout ceci n'est pas terminé, vous n'êtes pas en sécurité.

— Je ferai venir une dizaine de gardes chez moi. Mes gardes.

Mais il ne le ferait pas. Cette fois, il ferait tout ce que lui demanderait le kidnappeur.

— Il ne m'arrivera rien, assura-t-il.

Mais Max le regardait toujours, fixement, avec les yeux de Katie. Max savait ce qu'il avait fait. Il savait, et Max l'avait haï d'avoir brisé le cœur de Katie.

Douce Katie. Elle l'aimait, lui, pas son argent.

C'est toujours l'argent.

Pas pour elle.

— Frank…, commença Max en se rapprochant. Est-ce que tout va bien ?

Non, rien n'allait, et ce depuis des années.

— Tu es comme elle, dit Frank.

Ces mots lui avaient échappé. Merde ! Mais…

— C'est bien.

Il y avait trop de gens tordus, aux priorités détraquées.

C'était Frank qui avait tordu Quinlan. Il avait mis ce garçon à l'écart quand il était petit, et il l'avait laissé seul trop longtemps.

Plus maintenant. Il était temps pour lui de se racheter.

— Je me tire d'ici.

Max lui prit le bras :

— Nous allons le retrouver.

Toujours plein d'espoir. Katie était comme cela, elle aussi. Jusqu'aux derniers jours. Alors, elle avait abandonné.

Frank acquiesça, lugubre.

— Oui.

Il allait le retrouver.

Ils se rendirent d'abord chez Max. Sam savait qu'il voulait se débarrasser de ses vêtements pleins de sang. Elle sentait le feu de la bataille monter en lui dans l'ascenseur. Il ne parlait pas. Elle non plus.

J'ai failli le perdre.

Les portes de l'ascenseur s'ouvrirent. Ils franchirent le couloir. Il ouvrit la porte, elle entra…

Et se retrouva plaquée au mur par Max, qui prit ses lèvres et l'embrassa longuement, passionnément.

Elle leva les mains, puis hésita en se remémorant sa blessure. Elle ne voulait pas lui faire mal.

— On s'en fout, gronda Max en s'arrachant à ses lèvres. Touche-moi.

Il glissa les mains sous son chemisier. Ses mains tièdes et puissantes. Le désir tendit le corps de Sam tandis qu'il s'emparait de ses seins. Il suffisait qu'il la touche pour qu'elle s'embrase.

Avec lui, Sam avait l'impression que ce serait toujours le cas.

— J'ai envie de toi, dit-il en fixant sur elle son regard franc.

Et elle avait envie de lui.

Mais elle le repoussa.

— Du calme, murmura-t-elle.

Les dents serrées, Max fit un pas en arrière.

— Très bien, dit-il, on n'est pas obligés de…

Oh si, ils étaient obligés. Mais il fallait qu'ils fassent vite, et c'était elle qui devait le prendre, lui.

— Assieds-toi sur le canapé, ordonna Sam d'une voix tremblante.

Max plissa légèrement les yeux, mais il partit s'installer sur le vaste divan.

Sam avala sa salive et commença à se déshabiller. Elle entendit un grondement naître dans la gorge de Max lorsque son chemisier et son pantalon tombèrent au sol avec un bruissement.

J'ai envie de lui. J'ai besoin de lui. Elle dégrafa son soutien-gorge et laissa choir la dentelle sur la moquette. Elle ne portait plus qu'une culotte pour tout vêtement. Elle s'approcha de lui, et lut dans son regard qu'il se repaissait de son corps.

Elle voyait la bosse triomphante de son désir, et elle voulait son sexe en elle. Profondément. Elle voulait que ce soit sauvage et torride, mais…

Mais cette fois, ce serait différent.

Sam s'agenouilla sur le sol moelleux. Ses doigts ne tremblaient pas lorsqu'elle déboutonna le pantalon de Max et descendit la fermeture Éclair. Son érection jaillit dans ses mains, et elle le caressa, ravie de l'entendre souffler son nom.

Elle se pencha pour lécher son membre, savourant son goût. Puis Sam le prit dans sa bouche.

Il lui empoigna les épaules. Non pas pour la repousser, mais pour la rapprocher de lui. Elle lécha, suça, et son propre sexe se mouilla tandis qu'elle se délectait de lui.

Elle fit glisser sa main sur son propre corps, et la pressa entre ses jambes, juste à l'endroit où se concentrait le désir qui la faisait frissonner.

— Maintenant. (Max la poussa en arrière.) Je n'en peux plus, chérie. Je te veux tout de suite.

Sam leva les yeux vers lui et se passa la langue sur les lèvres pour déguster une dernière fois sa saveur.

La mâchoire de Max se crispa, et il l'attira au-dessus de lui sur le canapé. Il écarta sa culotte et enfouit profondément ses doigts en elle.

Sam laissa ses genoux s'enfoncer dans les coussins.

— Oui, gémit-elle. C'est tellement bon…

— Ça va bientôt l'être encore plus.

D'une main, il sortit son portefeuille. Sam aperçut l'éclat métallique du petit paquet. Elle le lui prit et sortit le préservatif.

Elle déroula la protection sur son membre tendu. Sam posa les mains sur le torse de Max, en prenant garde de ne pas toucher son épaule, et, doucement, tout doucement, elle se laissa descendre.

Son sexe l'étira, la remplit, et… *parfait*.

Elle se mit à bouger, montant et descendant. Pas trop vite. Pas trop violemment.

— Non… trop calme, protesta Max.

Il posa les mains sur taille et la souleva, décidant lui-même du rythme. Il le fit plus rapide, plongeant en elle encore plus profondément.

Sam oublia la blessure. Elle ne sentait plus que… lui.

Elle se cambra. Le membre de Max caressa son clitoris, et une sensation délicieuse déferla en elle.

Encore.

Il donna un autre coup de reins, qui fit se crisper le sexe de Sam sur le sien.

Sam s'abîma dans les yeux de Max et y lut le désir éperdu qu'elle ressentait aussi.

Elle l'embrassa. Leurs langues se rencontrèrent comme il plongeait encore une fois en elle. Elle jouit, en haletant contre ses lèvres. Les hanches de Max se levèrent, poussant en elle, encore, encore…

Lorsqu'il jouit, elle le serra très fort contre elle. Très fort, car elle ne voulait pas le laisser partir.

Malheureusement, elle savait que c'était exactement ce qu'elle devrait faire.

Ils n'avaient pas de temps pour les caresses après le sexe. Ni pour les mots doux. Ils s'habillèrent. Elle vérifia son arme, et ils repartirent. Tout cela en silence.

En silence… alors que Sam avait tant à dire.

J'ai besoin de toi. Ne me quitte pas. Fais-moi confiance à nouveau. Je ne te laisserai pas tomber. Nous allons retrouver Quinlan.

Mais Sam resta muette, car elle ne voulait pas faire une promesse qu'elle n'était pas certaine de tenir.

Sam n'emmena pas Max au *Centre*. Cela n'était pas vraiment utile. D'autres agents du FBI s'y trouvaient sûrement déjà, attendant dans l'espoir d'apercevoir la blonde.

Max et elle se tournèrent donc vers les autres bars que Sam avait repérés comme correspondant au profil type. L'un après l'autre. Ils interrogèrent les serveuses et les barmans, en quête de quelqu'un qui aurait vu cette blonde avec un couteau tatoué sur l'épaule.

Le problème était que la ville comptait beaucoup trop de jeunes femmes blondes. Et lorsque les gens buvaient, ils n'accordaient pas une attention considérable aux personnes qui les entouraient.

Leur sixième étape était une boîte nommée *L'Express*. Bruyante. Enfumée. Un groupe hurlait sur la scène, et la piste de danse était noire de monde.

Sam se fraya un chemin jusqu'au bar et, comme à chaque fois, tapa sa paume sur le comptoir et se pencha pour parler à la barmaid.

— Nous cherchons une femme, dit-elle en haussant la voix pour couvrir les rugissements de la musique.

Lorsque Sam montra son badge, la jeune femme – rousse, au nez et au sourcil percé – lui adressa un regard de vague attention. Ses bras étaient couverts de tatouages. Serpents. Lames.

— Elle est blonde, précisa Max en se faufilant à la suite de Sam. Environ vingt et un ans…

— Et elle porte un tatouage sur l'épaule droite. Un petit couteau, compléta Sam en espérant que ce détail provoquerait un déclic chez la barmaid.

Car manifestement, elle s'y connaissait en tatouages.

La rousse ne cilla pas.

— Connais pas, déclara-t-elle d'une voix qui montait légèrement dans les aigus.

— Il est très important que nous la trouvions, insista Sam en faisant glisser sa carte sur le bar.

— Pourquoi ? Elle a des problèmes ? demanda la barmaid d'une voix un peu trop précipitée.

Samantha soutint son regard circonspect :

— C'est possible. Pour l'aider, il faut que nous la retrouvions.

Sans toucher à la carte, la femme rétorqua :

— Eh bien, bonne chance alors.

Elle leur tourna le dos pour attraper une épaisse chope à bière.

— Putain, toujours rien, pesta Max d'une voix où perçait sa frustration. Est-ce qu'on va parler aux serveuses ? Ou on essaie un autre bar ?

Sam lui prit le bras et se dressa sur la pointe des pieds pour lui chuchoter à l'oreille :

— Non. On se trouve un coin sombre, et on attend.

Puis elle l'entraîna loin du comptoir. Il la suivit tandis qu'elle fendait la foule. *Là-bas.* Cette table, sur la gauche, offrait une vue imprenable sur l'entrée principale ainsi que la porte de derrière.

Elle le fit s'asseoir d'abord, puis se glissa à ses côtés, tout près.

— On tient quelque chose, annonça-t-elle.

Max se raidit :

— Quoi ?

— La barmaid la connaît.

La voix de la femme était teintée par l'inquiétude. Un tremblement qu'elle n'avait pas réussi à masquer. Sam scruta la foule. Il faisait sombre, elle n'y voyait presque rien…

— Si elle est là, poursuivit-elle, la barmaid va lui signaler notre présence, et elle essaiera de filer par la porte de derrière. (Sam jeta un coup d'œil à l'entrée principale.) Pas par là. (Elle fit pianoter ses ongles sur la table.) On n'a plus qu'à attendre.

Max serra les poings :

— La patience, ce n'est pas tellement mon fort.

— On n'a pas vraiment le choix, rétorqua Sam.

Elle ne quittait pas la sortie des yeux, car il suffirait d'une demi-seconde d'inattention pour permettre à la femme de s'éclipser.

— On n'a qu'à…, commença Sam avant de s'interrompre.

Une femme blonde et élancée poussa la porte de sortie. Elle tourna la tête et balaya la foule du regard. Elle portait une veste de cuir noir, il était donc impossible de déceler un éventuel tatouage, mais…

— C'est elle ? demanda Max, soudain tendu.

Sam s'était déjà levée.

— Il n'y a qu'un seul moyen de s'en assurer.

Elle s'avança, sentant le poids de son holster sur sa hanche.

Max l'imita. Ils se trouvaient à moins de trois mètres de la porte.

Le regard de la blonde glissa sur Sam sans s'arrêter… puis elle vit Max. À cet instant, la peur se peignit sur son joli visage, et elle pivota pour se ruer à l'extérieur.

— Elle te connaît.

La blonde avait reconnu Max, et elle s'était enfuie en courant. En général, les innocents ne fuyaient pas.

En général.

Sam se lança à sa poursuite. Elle bondit, les yeux rivés sur la porte… et se heurta à la barmaid. La femme s'était jetée en travers de son chemin et l'avait fait tomber. Les boissons qu'elle portait se fracassèrent sur le sol, et les éclats de verre brisé mordirent le bras de Sam.

— Oh, je ne vous avais pas vue…, murmura la serveuse d'une voix faussement innocente, accompagnée d'un rictus cruel.

Sam jura et la poussa sur le côté.

Max saisit le bras de Sam et l'aida à se relever. Quelques secondes plus tard, ils surgissaient à l'extérieur. La fraîcheur de l'air nocturne cingla le visage de Sam, et elle entendit un « clac clac » affolé de talons hauts sur le bitume. Pas le temps d'appeler des renforts. Sam inspira profondément et se lança à la suite de sa proie.

Merde, merde, merde.

Le FBI en avait après elle. Le FBI, et *lui*. Si Gina ne l'avait pas avertie…

Veronica James jeta un regard par-dessus son épaule. Comment avaient-ils fait pour la retrouver ? Elle était censée être en sécurité. Intouchable. Il le lui avait promis. *Promis*.

Il fallait qu'elle se barre d'ici. Sa voiture était garée à trois pâtés de maisons de *L'Express*. Elle pouvait couper à travers les immeubles, se faufiler dans la ruelle, et s'enfuir. Gina avait accepté de lui faire gagner un peu de temps, alors elle avait quand même une chance d'y arriver.

Le cœur de Veronica tambourinait dans sa poitrine tandis qu'elle cavalait. Elle détestait courir. Déjà, elle avait un point de côté, et son souffle était haché. Saloperie d'asthme. Bientôt, elle commencerait à s'étouffer, à lutter pour aspirer de l'air.

Des pas résonnèrent derrière elle. Proches, de plus en plus proches.

Non.

Ils n'allaient pas la rattraper. Ce n'était pas comme ça que ça finirait. Elle n'irait pas en prison. Elle irait sur une île. Elle se transformerait en vraie bourge et elle passerait le restant de ses jours à siroter des *piña coladas* sur la plage. Elle ne ferait plus partie des pauvres. Elle ne serait plus regardée de haut par des étudiants friqués et snobinards.

Elle avait bossé pour mériter sa nouvelle vie, et personne n'allait la lui prendre.

— Arrêtez ! cria une femme.

La rousse qui était avec lui.

— Je suis du FBI, et je vous ordonne de vous arrêter !

Veronica lança un bref regard en arrière. Son pied droit trébucha, et elle faillit tomber. Faillit. Mais ce n'était pas la première fois qu'elle prenait ses jambes à son cou en pleine nuit. Elle retira vivement ses chaussures et accéléra ses foulées.

Elle s'introduisit dans la ruelle, la respiration sifflante. Elle allait y arriver. Veronica savait qu'elle n'avait pas le choix. *Elle ne pouvait pas tomber pour meurtre.*

Mike était déjà mort. Elle avait entendu parler de lui aux infos. Le paiement ne s'était pas déroulé comme prévu, et ces agents l'avaient descendu. Ils ne parviendraient pas à l'identifier, cependant, pas avant un moment. Mike avait toujours réussi à esquiver les flics. *Mais pas cette fois.*

Mike était mort, mais Kevin était toujours là, et Kevin ne l'avait jamais laissé tomber. Elle le retrouverait à l'entrepôt, et ils se planqueraient jusqu'à ce que les choses se calment un peu.

Quelqu'un l'attrapa par le bras. Une main se plaqua sur la bouche de Veronica et étouffa le chuintement irrégulier de sa respiration.

— Ne bouge pas.

En entendant ce murmure familier, elle se détendit. Il n'aurait pas dû être là. Ils n'étaient pas censés se voir… mais oh, bordel, elle était heureuse de se trouver avec lui dans l'obscurité.

Il l'entraîna plus loin dans la ruelle et la poussa derrière un container à poubelles. Il maintint une main sur sa bouche et passa l'autre autour de sa taille.

Des larmes s'échappèrent de ses yeux. Elle avait la poitrine en feu. Mais il était là. Il prendrait soin d'elle. Il avait promis.

Les bruits de pas s'accentuèrent, lourds et précipités. Ou bien étaient-ce les battements du cœur de Veronica ?

Ceux de l'homme à ses côtés ?

Ne regarde pas dans la ruelle. Ne regarde pas.

Elle vit la rousse arriver, dans un éclair de feu sous la lueur d'un réverbère. La femme poursuivit sa course. *En direction du parking.* Précisément l'endroit où Veronica avait souhaité se rendre.

Max Ridgeway se hâtait sur ses talons. Il ne jeta pas un regard vers la cachette de Veronica.

Elle pressa les lèvres sur le gant lisse qui couvrait la main de son amant. Il lui embrassa la joue et murmura :

— Ils sont partis.

Elle était en sécurité.

Il lui lâcha la taille, et une douleur incandescente lui transperça le cœur.

Il lui appuya plus fort sur la bouche, arrêtant le cri qui montait en elle, le cri qu'elle n'avait même pas assez de souffle pour pousser.

— Ils sont partis, mais ils seront bientôt de retour. Je suis obligé de me dépêcher, ma belle.

La lame tourna en elle, lui brûlant la chair.

Veronica sentit le froid se répandre dans ses veines, engourdissant peu à peu son corps.

— Tu pensais vraiment que je partagerais l'argent avec toi ? poursuivit-il toujours dans un souffle. Tu es vraiment une petite conne… mais comme pute, tu es parfaite.

Il tira son couteau du cœur de Veronica. Son sang éclaboussa le sol. Son corps s'affaissa lentement. Elle tenta d'agripper le container à poubelle, mais ses mains glissèrent sur la paroi. En s'efforçant de se redresser, elle fit tomber le couvercle dans un fracas métallique.

Et il s'évanouit dans la nuit noire.

Sam dérapa et s'arrêta net. Elle avait entendu quelque chose. Un choc sourd, un écho... comme une porte de métal que l'on claquait. Elle pivota brusquement.

— Samantha ?

— La ruelle..., haleta-t-elle en courant, son arme brandie devant elle.

Trois mètres. Deux mètres. L'entrée de la petite rue qu'ils venaient de traverser s'ouvrait devant elle. Sam s'y engouffra.

Un chat feula et s'enfuit entre ses jambes.

Putain, putain, putain !

— Elle est partie, regretta Max d'une voix dégoûtée.

Il n'était même pas essoufflé. Max s'aventura plus loin dans la ruelle.

— Merde, il y a une sortie vers la route principale, signala-t-il. Elle est sans doute passée par là pour rejoindre sa voiture.

Les narines de Sam frémirent comme elle percevait des relents d'ordures, de tabac, et toutes sortes de choses auxquelles elle n'avait pas envie de penser. Il y avait un énorme container à poubelles sur sa droite. Le couvercle était à demi fermé.

Un fracas métallique.

Elle fit quelques pas en avant. Une autre odeur lui parvint. Plus forte. Plus récente.

— La barmaid la connaît, rappela Max. Il faut qu'on retourne là-bas et qu'on force cette femme à nous dire où habite sa copine !

Sam plissa les yeux, tentant de percer les ténèbres.

Un moteur rugit au loin. Des pneus crissèrent. Et une douleur sourde s'installa dans la poitrine de Sam.

— Je sais où elle est.

Max tournoya pour lui faire face.

En secouant la tête, Sam se pencha. Elle connaissait l'odeur du sang. Un rai de lumière jaillissait d'une fenêtre au deuxième étage, et tombait sur des mèches de cheveux blonds.

Sam sortit son portable et appela Dante. Lorsqu'il décrocha, elle annonça :

— J'ai un corps.

Le tueur écrasa l'accélérateur. Bordel, ce n'était pas passé loin. Il fit descendre la vitre et laissa l'air frais lui fouetter le visage.

C'était passé bien trop près.

Il avait prévu de tuer Veronica. Mais pas là-bas, pas ce soir. Il avait suivi ce connard de Ridgeway, et quand celui-ci était entré à *L'Express*… l'heure avait sonné.

Veronica était faible ; il en était conscient. Il avait exploité cette faiblesse. Si le FBI l'avait chopée, elle aurait avoué et tout fait foirer.

Il savait qu'il devait agir. Et puis l'adorable Veronica avait couru tout droit dans ses bras. Heureusement qu'il était prêt à la recevoir.

Les flics se rapprochaient de lui plus rapidement qu'il ne l'avait prévu. Il fallait qu'il se prépare à les recevoir, lui aussi.

Il s'arrêta au feu rouge. En baissant les yeux, il s'aperçut que sa chemise était maculée de sang. Veronica était morte facilement. Pas en une lente et douloureuse agonie. Ça avait été une mort rapide, accompagnée du minimum de douleur. Il estimait qu'elle avait mérité ça.

Pauvre Veronica. Toute sa vie, elle n'avait pas valu grand-chose.

Mais bordel, qu'est-ce qu'elle était bonne.

Il sortit ton téléphone, composa le numéro, et lorsque ce bon vieux Fumier répondit d'une voix chevrotante, il lui déclara :

— C'est l'heure.

Chapitre 10

Des lampes éclairaient le cadavre. Max se tenait à l'extérieur du cordon de sécurité jaune, mais il distinguait clairement la femme, et la tache rouge qui s'épanouissait sur sa poitrine. Le sang mêlé d'ordures et de boue sous son corps.

— Laissez-le passer ! ordonna Dante d'une voix retentissante.

Soudain, Max se vit tiré par-delà le cordon et entraîné vers le corps.

— Vous savez ce qui est en train de se passer, supposa Dante.

Non, il n'en avait aucune idée. Tout ce qu'il savait, c'était que les morts se multipliaient, et que ça n'avait rien de joyeux.

— Le chef des kidnappeurs s'efforce de balayer ses traces. Il élimine ses complices, et toute personne susceptible de l'identifier.

— Et Quinlan ?

La mâchoire de Dante se crispa.

— À ce stade… (Dante se passa la main sur la nuque.) Je suis désolé, Ridgeway, mais ses chances de survie sont extrêmement minces.

Max accusa le coup et serra les poings.

— On était tellement près de la rattraper, pesta-t-il.

Il voyait encore son visage. Ses yeux écarquillés, se posant sur lui et le reconnaissant avant de s'enfuir dans les ténèbres.

— Si seulement elle nous avait parlé…

— Elle ne se serait pas retrouvée avec le cœur pratiquement arraché, termina Dante d'un ton abrupt.

L'agent n'y allait pas par quatre chemins.

— Vous allez regarder ! hurla une voix.

Max se tourna dans la direction du son. C'était la voix de Samantha. Furieuse, déchaînée. Elle vibrait d'émotion.

Samantha se trouvait à l'extrémité sud de la ruelle. Elle avait la main serrée sur le bras d'une autre femme… La barmaid rousse qui avait averti la blonde, et fait tomber Samantha lorsqu'ils s'étaient lancés à ses trousses.

Si seulement ils avaient pu profiter de ces quelques instants supplémentaires…

— Heu, Sam ? l'interpella Dante en courant la rejoindre.

Il fit signe à Max de demeurer en retrait.

— Sam, qu'est-ce que tu…, commença l'agent.

Sam se baissa pour traverser le cordon de police et entraîna la femme à sa suite.

La barmaid hurla :

— Non, putain, non, je ne veux pas…

— Je me fiche pas mal de ce que vous voulez.

Samantha s'arrêta brutalement pour la fusiller du regard.

— Votre amie est morte, articula-t-elle lentement, et vous allez venir la voir.

La femme secoua la tête et tenta de reculer.

Samantha ne la laissa pas faire.

— Sam…, souffla Dante en se rapprochant. On est sur une scène de crime, tu te souviens ? Tu ne peux pas…

— Je n'ai plus le temps, coupa Samantha d'un ton qui avait soudain abandonné toute passion.

Sa voix était monocorde. Triste.

Max s'avança vers elle. Aussitôt, un flic s'interposa et l'arrêta d'une main sur le torse. Il ne devait pas déranger la scène de crime. Bien sûr. Comme s'il ne l'avait pas déjà fait lorsqu'il avait couru dans la ruelle, la première fois.

— Je n'ai plus le temps, répéta Samantha, et Quinlan Malone non plus.

La barmaid ne regardait pas le corps étendu sur le sol.

— Je… je ne connais pas de…, balbutia-t-elle.

— C'est mon frère, intervint sèchement Max. Il s'appelle Quinlan Malone, et il a disparu.

Samantha braqua le regard sur lui et le fixa un instant. Puis elle relâcha son emprise sur l'autre femme et s'écarta d'un pas. La rousse hérita d'une vue parfaite sur le corps inerte.

— Non ! hurla-t-elle en se détournant, tremblante.

Samantha scruta le dos de la femme.

— Vous étiez amies, Gina, dit-elle.

La barmaid opina brièvement.

— Vous lui avez conseillé de quitter le bar, mais vous auriez mieux fait de m'écouter. Je vous avais dit que je pouvais lui venir en aide.

Les épaules de Gina tressautèrent comme elle se mettait à pleurer, à sanglots lourds et violents.

— Je dois retrouver l'homme qui a fait ça, expliqua Samantha.

Gina se tourna pour la dévisager, sans laisser son regard dériver à nouveau sur le corps.

— Je dois le retrouver, car sinon… (Samantha secoua la tête.) D'autres gens vont mourir.

— Couvrez le corps, commanda Dante à l'expert qui venait de photographier la scène. Tout de suite.

Les lèvres de Gina frémirent.

— Je… je ne… sais… rien du tout…

— Vous la connaissiez, contra Samantha en désignant du pouce la femme inanimée. Et maintenant, nous avons besoin de savoir qui elle était. Dans les moindres détails.

Le corps fut recouvert d'un drap blanc.

La rousse baissa les yeux et contempla le drap.

— Il l'a abandonnée parmi les ordures, insista Samantha. Est-ce qu'elle méritait ça ?

— N… non…

— Alors aidez-moi à retrouver le salaud qui l'a tuée.

Une larme roula sur la joue de Gina, et elle acquiesça.

— Bien. Très bien, approuva Sam en posant la main sur l'épaule de Gina. Commençons par son nom. Comment s'appelait-elle, Gina ?

— V… Veronica. Veronica J… James.

— Et où habitait-elle ? interrogea Samantha en conduisant la femme à l'écart de la scène.

— Au 1 709, sur Belmont…

— Près de Georgetown ?

— Ou… oui.

Elles disparurent à l'angle de la petite rue.

— Emmenez le corps, ordonna Dante à l'équipe qui l'entourait. Et je veux une unité pour m'accompagner à Belmont. (Il lança un coup d'œil à Max.) Ça vous dit, Ridgeway ?

Essayez donc de m'empêcher de venir.

Sam se rendit avec les flics en uniforme au 1 709, rue Belmont. Les policiers s'attelèrent aussitôt à la fouille du petit studio. Max les avait accompagnés, mais Luke lui intima de demeurer à l'extérieur jusqu'à ce que l'endroit ait été examiné.

Sans se préoccuper de l'équipe qui l'entourait, Samantha s'assit devant l'ordinateur de Veronica et se mit rapidement à pianoter. Il lui fallut cinq secondes pour découvrir le mot de passe. Le groupe préféré de Veronica. Par chance, celle-ci avait posé une pile de leurs albums près de son bureau.

Sam parcourut les fichiers. Rien. Rien ! Elle fit défiler les e-mails, prenant note des noms, des dates. Elle les analysait aussi vite que possible, en quête d'une information reliant Veronica aux kidnappings.

— Alors ? demanda Kim dans son dos.

Sam secoua la tête et creusa plus profondément dans l'historique de Veronica. Ah… un itinéraire routier.

Elle extirpa le document des archives. L'itinéraire menait au 2 917, Kyler Boulevard, à Fairfax, Virginie. La requête de Veronica datait de la veille du tout premier enlèvement. *La veille.*

Fairfax était au beau milieu de la zone d'attaque ; depuis cette ville, on pouvait rejoindre en voiture les lieux de toutes les disparitions. Sam se retourna vers Kim, qui avait déjà sorti son portable.

— Recherchez cette adresse, demanda Kim au téléphone. 2 917, Kyler Boulevard. À Fairfax. Virginie. Oui, oui, c'est bien ça. Maintenant, donnez-moi le nom du propriétaire. (Après quelques instants, Kim ouvrit de grands yeux.) C'est pas vrai !

Le cœur de Sam tambourina dans sa poitrine. *Vite, vite.* Kim émit un sifflement.

— Devine qui possède un vieil entrepôt à Fairfax ?

Sam n'était pas d'humeur à jouer aux devinettes.

— Frank Malone, révéla Kim.

Quoi ?

— Apparemment, il a acheté quelques biens là-bas il y a environ cinq ans. Il s'en est servi quelque temps, et puis il les a oubliés. L'entrepôt est condamné depuis six mois. (Kim marqua une pause.) Intéressant, non ?

Sam bondit hors de sa chaise :

— Je pense qu'il faut qu'on y aille tout de suite.

Car Jeremy Briar avait été abandonné devant la maison de son père. Le corps d'Adam Warrant, dans un garage appartenant au sien.

Non, s'il vous plaît, non.

Fairfax ferait une scène de crime parfaite.

Frank avait pris la voiture de Beth et était parti seul, sans ses gardes. Il avait emporté son pistolet – il n'était pas complètement idiot – mais il avait peur.

L'entrepôt l'attendait au bout de la rue. Les fenêtres étaient sombres, les murs hauts. L'endroit était désaffecté.

Il sortit son portable, et hésita. *Appelle Max*, murmura une voix dans sa tête. Il devrait dire à Max où il se trouvait. Ce qu'il faisait.

Échangerais-tu ta vie contre la sienne ? « Est-ce qu'il vaut ce prix-là ? »

Frank serra les poings et prit une grande inspiration. Non, il n'appellerait pas Max. *Il est temps que je fasse quelque chose de bien, pour une fois.*

Il ouvrit la portière et descendit lentement de la voiture.

— Il y a quelqu'un ?

L'écho de sa propre voix lui revint. Pas la moindre voiture n'était en vue, ni la moindre lumière. Rien d'autre que la nuit, et ce satané entrepôt.

Était-ce une blague ? Encore un canular tordu, cruel, pour le faire espérer et l'abandonner sans rien ?

Puis un gémissement sourd retentit, et Frank se figea. Non, ce n'était pas un gémissement, mais le long raclement d'une porte sur du vieux bois. L'entrée principale de l'entrepôt… La porte s'était entrouverte.

Il ne voyait personne, mais quelqu'un était bel et bien là, et l'invitait à entrer.

— Qui est là ? Bon sang, sortez ! Amenez-moi Quinlan !

— Entre…, fut la seule réponse qu'il obtint.

Frank serra les dents et s'avança, à grandes enjambées. S'il y était obligé, il tuerait ces connards jusqu'au dernier, mais il allait récupérer son fils.

Il posa la main sur la vieille poignée de la porte et l'ouvrit en grand. Dès qu'il eut passé le seuil, un relent de sang et de détergent lui brûla les narines.

Quinlan ?

S'il te plaît, mon fils, sois en vie.

— Qu'est-ce qui se passe ? demanda Max.

Ils se trouvaient à l'arrière d'un 4x4 fédéral, fonçant derrière deux autres unités en direction de Fairfax.

— Comment ça, on va visiter l'une des propriétés de Malone ? interrogea-t-il. Pourquoi ?

Sam lui jeta un coup d'œil, consciente qu'elle devait se montrer prudente.

— Nous avons trouvé l'adresse sur l'ordinateur de Veronica James.

— Un entrepôt appartenant à Malone ? (Il secoua sa tête brune.) Ça n'a aucun sens !

— Visiblement, le bâtiment est abandonné. Il n'y a pas d'entreprises aux alentours. Ça ressemble… (elle s'humecta les lèvres) à l'endroit idéal pour retenir quelqu'un contre son gré.

Ou pour se débarrasser d'un corps.

Le regard de Max s'étrécit, et elle sut qu'il avait entendu ces derniers mots sans qu'elle les prononce.

— Plus vite, aboya Max à Luke. Vous ne pouvez pas pousser ce truc un peu plus ?

Ils filaient déjà bien au-delà de la vitesse autorisée.

— On rentre en silence, affirma Luke.

Sam comprit qu'il donnait ses instructions par téléphone aux policiers locaux, déjà présents sur les lieux.

— On ne leur donne pas le moindre avertissement, à ces ordures, poursuivit-il.

— Samantha, fit Max en effleurant sa main.

Elle soutint son regard.

— Est-ce qu'il est vivant ?

Sam lâcha un soupir avant de répondre :

— On le saura bientôt.

— Le dernier gars... Adam... ils l'ont trouvé dans l'une des propriétés de son père, lui aussi, c'est ça ? C'est là qu'ils avaient balancé le corps.

Elle referma la main sur la sienne. Elle voulait lui donner espoir.

— Quinlan est peut-être encore en vie.

Il lui pressa la main, mais ne reprit pas la parole. Sam non plus... Elle détestait lui mentir.

— Quinlan ? Tu es là ?

L'odeur du sang était terriblement forte. Elle emplissait les narines de Frank, faisant remonter dans sa gorge un flot de bile. Il tâtonna sur sa hanche et sortit son arme. Le FBI lui avait confisqué le Glock dont il s'était muni auparavant. Mais heureusement pour lui, de nombreux autres pistolets l'attendaient à la maison.

Il fit quelques pas hésitants. L'entrepôt était bien trop sombre. Il aurait dû démolir cet endroit il y a des mois.

— Tu es là ? répéta-t-il.

Son pied droit heurta quelque chose. Quelque chose de gros et de mou. Il hoqueta.

— Quinlan ?

Frank glissa et tomba à genoux.

— Quinlan !

Un rai de lumière vive l'atteignit en plein visage et l'aveugla.

— C'est pas ton fiston, vieux, gronda durement une voix masculine.

Frank s'élança en avant, mais se figea en sentant sur son front le canon d'un pistolet. Impossible de se tromper, même dans l'obscurité.

— Tu veux le voir une dernière fois ?

Frank était à genoux devant le salaud qui tenait l'arme. Son corps était secoué de spasmes, mais il refusait de céder.

— Laissez-le partir.

— Tu n'aurais pas dû mêler le FBI à l'affaire, rugit la voix.

— Papa !

Au hurlement de Quinlan, le cœur de Frank se mit à cogner dans sa poitrine.

Vivant. *Quinlan est vivant.*

La main droite de Frank était derrière lui, crispée sur son arme.

Le canon se détacha de son front.

— Lui, il veut te revoir. Une dernière fois.

Le rayon de la lampe torche bougea. Frank bondit en avant. Il ne prit pas le temps de viser, se contentant de tirer. Encore. Encore. Deux explosions rapides. Un cri.

La lampe heurta le sol. Le salaud aussi.

— Va te faire foutre, cracha Frank avant de courir en direction des cris de son fils.

— Il faut que tu restes là, dit Sam en contemplant le visage tendu de Max.

Ils se trouvaient à environ quinze mètres de l'entrepôt, au sein du périmètre de sécurité mis en place par les agents.

— Reste avec les flics jusqu'à notre retour.

Le regard de Max était rivé au bâtiment, qu'il luttait pour distinguer clairement.

— Il fait tellement sombre, se plaignit-il.

Pourquoi la rue n'était-elle pas éclairée ?

— Reste là, répéta Sam en serrant sa main dans la sienne. Et n'abandonne pas.

Elle aurait voulu en dire plus, en faire plus, mais trop de regards étaient fixés sur eux.

Sam se détourna et prit sa place dans la file, derrière Luke et Ramirez. Ils seraient les premiers à entrer. Ils avaient essayé de la mettre à l'écart, mais, bon sang, non. Elle n'avait plus l'intention de se laisser faire.

Luke baissa la main, leur donnant l'ordre d'avancer. Les policiers derrière eux attendaient sans un bruit. L'air était gorgé de tension, si épaisse que Sam avait l'impression de la sentir peser sur elle.

La SSD avait obtenu un mandat. Rapidement. Ils avaient tenté de joindre Malone pour obtenir sa permission, mais il n'était pas disponible. Les somnifères, d'après Beth. Il avait englouti sa dose et s'était écroulé pour la nuit.

Au signal, Sam s'élança, volant presque au-dessus de l'allée de graviers. Son souffle formait des panaches glacés dans l'air brumeux. Son cœur lui martelait les côtes. Monica et Luke avaient-ils éprouvé la même chose ? Lorsqu'elle avait été enlevée et qu'ils avaient lutté tant qu'ils pouvaient pour la retrouver, avaient-ils senti cette terreur glaciale les envahir ?

Vite. Il ne faut pas qu'on arrive trop tard. Vite.

Maintenant qu'ils étaient si près du but, elle avait peur de ce qu'elle allait découvrir. L'image du corps mutilé de Jeremy s'imposa à son esprit.

Vite !

Ramirez ouvrit la porte d'un coup de pied. Sam entra à sa suite, légèrement penchée, l'arme brandie. De sa main gauche, elle tenait une lampe torche au-dessus de son pistolet. L'endroit était plongé dans le noir.

Et il sentait la mort. Une odeur âcre et pesante de sang et de détergent. Quelqu'un avait tué, et tenté de nettoyer les dégâts.

Sam trouva le mur. Elle s'y plaqua et se mit à avancer rapidement.

À la seconde où les kidnappeurs les entendraient – s'ils étaient là –, ils s'enfuiraient. Ou ils tueraient Quinlan. Sans doute les deux.

Silence.

Luke ouvrait la marche à présent, et tourna à l'angle du mur. Sam le suivit. De sa lampe, elle balaya le sol.

Et éclaira le corps.

Un homme était étendu à terre, inerte. Une flaque de liquide noir s'était formée près de son corps. Non, pas noir. Le sang paraissait noir en raison de l'obscurité.

Elle se pencha et pressa les doigts sur sa gorge. Rien, rien du t…

Elle sentit son pouls cogner sous ses doigts. *Mon dieu, il est vivant.*

Elle examina son visage, et son regard se posa sur son oreille gauche, ourlée de piercings. Elle le connaissait. Le déclic se fit aussitôt. Kevin Milano, le videur du *Centre*.

Bon sang. Les kidnappeurs avaient une taupe dans le bar, quelqu'un qui pouvait les contacter lorsque leur proie venait y prendre un verre.

— On a un blessé, murmura-t-elle dans son micro. Que l'équipe médicale se tienne prête. On termine l'examen de la scène et…

Un hurlement résonna dans l'entrepôt. Un cri furieux, guttural, et Sam s'élança dans l'obscurité béante.

Max faisait les cent pas dans la rue, jetant des regards nerveux de tous les côtés.

— Calmez-vous, lui recommanda l'agent Kim Daniels. Je sais que c'est dur, mais dans quelques minutes, ce sera terminé.

C'était bien ce qui lui faisait peur.

Son regard dériva sur la gauche une fois encore. Une voiture était garée dans l'ombre, près de la route. Un seul véhicule. Il fronça les sourcils en l'observant. La BMW jurait avec le décor. Il n'y avait rien d'autre. Personne. Rien que cette voiture…

Il plissa les yeux pour mieux voir. La rue n'était pas éclairée, mais il distinguait un autocollant réfléchissant à l'arrière du véhicule. Il ressemblait vaguement à un dauphin. Beth avait un autocollant semblable. Elle l'avait acheté lorsqu'elle et Frank étaient partis à Orlando en voyage d'affaires, à l'automne dernier.

Un peu gros, comme coïncidence.

— Cette voiture… c'est celle de Beth, déclara-t-il.

Même modèle. Même foutu autocollant, placé au même endroit, à l'extrémité gauche du pare-chocs. Putain. *Putain*. Il se détourna de la voiture et courut vers l'entrepôt.

Mais Kim bondit en travers de son chemin et lui plaqua une main sur le torse.

— Qu'est-ce que vous dites ?

— Cette voiture ! (Il désigna la BMW.) Elle appartient à l'assistante de Frank, Beth Dunlap.

Il faisait noir comme dans un four. L'unique éclairage provenait de leurs lampes torches. Sam courait dans les ténèbres, pivotant et tournant sans cesse à la suite du rai de lumière.

Elle perçut un bruit mou, humide. Une respiration haletante. Des grognements.

Sa lampe révéla une porte ouverte devant eux.

Luke entra le premier.

— FBI ! Ne bougez plus. Attendez, c'est… putain !

L'horreur faisait trembler sa voix, et Luke n'était pas du genre à s'horrifier de peu de chose.

Sam le rejoignit en courant, et la lueur se mêla à celle de Luke. Quinlan. Quinlan était là, couvert de sang. Des entailles zébraient ses bras, son torse nu. Des plaies profondes, suintantes.

Il avait un couteau à la main. La lame dégoulinait de sang. Son poing était serré sur le manche du couteau qu'il avait enfoncé dans la gorge d'un autre homme.

L'homme hoqueta, en un gargouillis étranglé de souffrance pure. La lampe de Sam éclaira son visage. Ce n'était pas le kidnappeur. *Pas lui.*

Frank.

Le visage de Frank Malone ruisselait de larmes. La lame tout entière était plongée dans sa gorge. Le sang giclait de la plaie, inondant la main de Quinlan et imprégnant la chemise de Frank.

— P… papa ? croassa Quinlan d'une voix brisée en regardant son père, désormais illuminé par les lampes. Papa !

Quinlan se mit à trembler, à grands spasmes violents qui secouaient tout son corps.

Luke saisit le bras de Quinlan et le tira en arrière.

— Faites entrer les secours, immédiatement ! hurla-t-il dans son micro.

Il posa la main sur le couteau et le maintint en place. S'il retirait la lame, il ne ferait qu'aggraver l'hémorragie.

— Sécurisez la scène, aboya-t-il à Sam et à Ramirez. Vérifiez toutes les pièces. Trouvez-les !

Mais Sam était paralysée. Quinlan était toujours au centre de la flaque de lumière. Il leva les mains, des mains déchirées, sanglantes.

— Le s… salaud m'a dit… il a dit… que j'entendrais les coups de feu… d… dit… dit… que mon père serait m… mort… (Il bondit pour saisir la main de son père.) Papa ! Non !

— Faites entrer les autres unités, demanda Sam à voix basse dans son micro. Nous avons trois victimes. (Elle raffermit la voix.) Que les policiers fouillent l'intégralité du bâtiment. Vite !

Ramirez avait déjà fait demi-tour. Il disparut dans le couloir obscur.

Les yeux de Malone étaient rivés sur son fils. Exorbités. Éperdus. Ses lèvres tremblaient, mais seuls des râles et des gargouillis s'en échappaient.

Sam s'agenouilla près de lui.

— Malone, Malone, restez avec moi, ordonna-t-elle. Concentrez-vous. Vous allez vous en sortir.

Mensonges. Il ne s'en tirerait pas. Sa peau avait déjà pris une teinte cendrée. Tellement de sang…

Un pistolet gisait à terre près de lui.

Quinlan se balança d'avant en arrière. Il portait un jean, et rien d'autre. Des sanglots agitaient ses épaules.

Il a attaqué son père.

Un autre gargouillis mouillé franchit les lèvres de Malone.

— Qu'est-ce qu'il faisait là ? demanda Luke en compressant la plaie.

Mais le flot de sang ne ralentissait pas.

— D… désolé…, cria Quinlan d'une voix démente. Putain, je suis… désolé, papa !

Les lèvres de Frank s'animèrent. « Max ».

— Il est là, lui dit Sam. Tenez bon, d'accord ? Il est là.

— Papa, ne meurs pas !

Mais il était en train de mourir. Sam le savait. Luke le savait. Il y avait trop de sang. La plaie était trop profonde.

Sam prit la main de Frank dans la sienne. Ses lèvres bougeaient, luttant pour former les mots qu'il ne pouvait prononcer.

Des pas retentirent à l'extérieur de la pièce. L'équipe médicale, qui venait tenter de sauver la vie de Malone.

— Frank ?

Ce n'était pas l'équipe médicale. Cette voix désespérée était celle de Max. Non, non, il ne fallait pas qu'il soit là.

— C'est… c'est moi qui l'ai fait ! hurla Quinlan. Oh, mon dieu, c'est moi !

Une convulsion secoua le corps de Frank. Les secours firent irruption dans la pièce et écartèrent Sam. Elle attrapa Max, s'accrochant à lui, maculant sa chemise du sang de son beau-père.

— Tu ne devrais pas être là, gémit-elle.

Scène de crime. Preuves. Mais surtout… *Tu ne devrais pas voir ça.*

— Quinlan ? murmura Max.

Son frère leva aussitôt la tête en l'entendant. Quinlan voulut se lever, mais ses jambes le lâchèrent, et il retomba sur le sol.

Les secouristes se pressaient autour de lui.

— M… ma faute…

Max secoua la tête et s'élança vers son frère.

— Faites-le sortir d'ici ! ordonna Luke.

Et Sam fut obligée de le faire. Elle saisit Max et resserra sa prise lorsqu'il se débattit.

— Viens.

Il ne pouvait pas rester là, et voir…

Frank mourir.

Deux policiers aidèrent Sam à l'éloigner. Ils sortirent, dans l'air trop froid pour l'automne mais exempt de l'odeur du sang et de la mort. Il ne faisait plus si sombre qu'auparavant. La scène était éclairée par les nombreuses voitures de police qui l'avaient envahie, et sur lesquelles on avait monté des projecteurs qui permettaient l'examen de la scène et la sécurisation du périmètre.

— Il est vivant. (Max avait serré les poings.) Sam, il est vivant !

Quinlan, oui.

— Frank…, dit-il avant de secouer la tête. Je… je l'ai vu. Il… va s'en tirer, hein ?

Il ne l'avait pas bien vu, dans la pénombre.

— Il est blessé, Max. Grièvement.

Elle voulut le tirer à l'écart, souhaitant le protéger de ce qui allait suivre. Mais ses épaules se raidirent, en un mouvement que Sam l'avait déjà vu effectuer bien des fois.

— Il a essayé de sauver Quinlan. (La voix et le regard de Max étaient empreints de certitude.) Quand j'ai vu la voiture de Beth, j'ai su que c'était lui. La façon dont il s'est comporté au quartier général, le fait qu'il veuille à tout prix s'en aller…

Max s'interrompit en secouant la tête.

La porte de l'entrée principale s'ouvrit d'un coup, et deux secouristes en surgirent, poussant un brancard. Leur patient était l'homme trouvé dans le couloir. Ses yeux étaient fermés, et un sang poisseux engluait ses cheveux blonds.

Sam avait aperçu un pistolet, près de Frank. Avait-il tiré sur Kevin ? Celui-ci correspondait au profil élaboré par Monica… La vingtaine, bien bâti. Et il travaillait au *Centre*, ce qui lui aurait grandement facilité la tâche.

Un autre brancard émergea de l'entrepôt. Celui-ci transportait le corps inerte de Frank. Trop inerte.

Les projecteurs l'éclairèrent, d'une lumière qui en révélait trop.

— Putain, mais qu'est-ce qui s'est passé ? cria Max stupéfait. Frank !

L'équipe médicale poussa le brancard à l'arrière de l'ambulance. Les gyrophares se mirent à tournoyer au son des sirènes.

Frank Malone n'en avait plus pour longtemps.

— Pars avec lui, murmura Sam.

Quinlan serait le prochain à sortir. Max ne devait pas avoir à choisir entre eux deux.

— Vas-y, insista-t-elle en pressant la main sur son dos.

Quinlan s'en tirerait. Il avait intérêt. Mais Frank...

Max s'élança et grimpa dans l'ambulance. Avant que les portes se referment, il croisa le regard de Sam. Et le soutint.

Sam ne cilla pas. Pas tant que les portes n'étaient pas complètement closes. Puis elle ferma les yeux, et un frisson la secoua tout entière.

Lorsque Quinlan fut transporté à l'extérieur, quelques instants plus tard, il appela son père. Sa voix était brisée, pathétique, car il savait ce qu'il avait fait.

— Emmène-le, demanda Luke dans son dos. On s'occupe de la scène.

Sam monta dans l'ambulance. Le torse de Quinlan n'était pas beau à voir. Sa chair était rouge et zébrée de coups de couteau. Son bras gauche avait été ouvert du coude à l'épaule. Et sa main gauche… des bandages recouvraient ses doigts, mais un secouriste les coupa, révélant le moignon qui lui tenait lieu d'annulaire.

— Je l'ai tué, avoua-t-il d'une voix blanche.

Sam leva les yeux sur son visage marbré de larmes.

— Frank est en route pour l'hôpital. Nous ignorons si…

— Seigneur dieu ! jura le secouriste.

Les secouristes avaient découpé le jean de Quinlan. De profondes balafres s'étiraient le long de ses jambes et en travers de ses cuisses.

— Mais qu'est-ce qu'il t'a fait, mon gars ? reprit l'homme.

La sirène hurla. Luke claqua les portières derrière eux.

— Il voulait que je le supplie, murmura tristement Quinlan.

Supplie, salope. Supplie-moi. Le souvenir remonta dans l'esprit de Sam. Une autre époque, un autre tueur… et c'était Sam qui devait le supplier.

Elle saisit la main de Quinlan et la serra.

— Je l'ai fait, confessa-t-il d'une voix aussi brisée que son corps. Mais il ne s'est pas arrêté, il a juste… juste… (ses yeux se révulsèrent et il battit des paupières) continué à couper…

Sam le serra plus fort.

— Vous êtes en sécurité, maintenant.

Chapitre 11

— Je suis désolé, monsieur, mais nous n'avons rien pu faire.

Les paroles étaient froides, déplacées.

Max cligna des yeux et regarda fixement le médecin. La blouse verte qu'il portait était maculée du sang rouge de Frank.

— Lorsque votre beau-père est arrivé à l'hôpital, poursuivit l'homme en haussant les épaules, il était déjà trop tard.

Le toubib avait le visage creusé. Ses yeux gris étaient injectés de sang. Max savait qu'il aurait probablement dû dire quelque chose, mais il se sentait comme anesthésié.

— Votre frère adoptif… (le médecin déglutit) il est toujours au bloc opératoire, mais nous pensons qu'il va s'en tirer. Dès qu'il passera en salle de réveil, je… je vous le ferai savoir.

— Merci, docteur, répondit Sam.

Elle se tenait aux côtés de Max, calme et discrète. Elle n'était arrivée que quelques instants après lui. Lorsqu'elle était entrée, les docteurs venaient de franchir le couloir au pas de course tout en criant des instructions, et Max avait vu la main blême de Frank tomber du brancard.

Alors, il avait su. *Mort*.

Max demeura immobile, les yeux dans le vague, tandis que les secondes s'égrenaient. Puis il soupira et se retourna, se dirigeant droit vers la porte.

— Max !

Il ne s'arrêta pas à l'appel de Samantha. Qu'était-il censé éprouver, en cet instant ? Frank… mort. Et Quinlan. Oh, bordel, Quinlan.

Des deux mains, il poussa les portes du service des urgences. Il se hâta de sortir, tandis que le bip de sécurité retentissait derrière lui.

— Max, arrête ! (Samantha l'empoigna par le bras et le fit se retourner vers elle.) Max, je suis désolée.

Lui aussi était désolé. Il regrettait d'avoir fait confiance au FBI.

— Pourquoi était-il là-bas, Samantha ?

Elle secoua la tête, et ses boucles rebondirent sur ses épaules.

— Je ne sais pas. Ramirez essaie de le découvrir. Nous pensons… nous pensons que Frank a dû recevoir un appel du kidnappeur, qui lui a dit où aller.

Et il y serait allé. Ce connard aurait filé tout droit là-bas sans lui en toucher un mot.

— Nous allons passer en revue ses appels téléphoniques, et on trouvera peut-être…

Il se dégagea de son emprise et s'écarta d'elle. *Je ne peux pas la laisser me toucher, pas maintenant.*

— Et Quinlan ? Qu'est-ce qui va lui arriver ? Samantha, il a tué Frank ! hurla Max.

Un homme qui se tenait dans le couloir lui lança un regard horrifié et s'éloigna. Ses pas pressés résonnèrent sur le sol de l'hôpital.

— Quinlan va survivre, voilà ce qu'il va faire.

Facile à dire.

— Tu as déjà tué quelqu'un ? aboya-t-il.

Avec le boulot qu'elle faisait, c'était possible, mais…

— Non.

— On n'en revient jamais vraiment, crois-moi.

Il le savait. Certaines choses ne s'oublient pas.

Il sentait toujours cette batte de base-ball entre ses mains. La texture lisse du bois, sa dureté, son poids. Il voyait la batte fendre l'air, il entendait ce sifflement à peine audible, et contemplait les yeux de ce connard tandis qu'il comprenait ce qui allait lui arriver.

Qu'avait compris Frank, lors de ces derniers instants ? Max ferma les yeux pour ne pas voir les voitures qui vrombissaient à l'extérieur. La vie qui continuait, tandis que sa famille venait de se briser en mille morceaux.

— Tout ce qu'il voulait, c'était sauver Quinlan, dit-il.

— Frank l'a sauvé. Quinlan…

— A été torturé.

— Il a survécu. Accorde-lui une chance. Ton frère est capable de dépasser…

Max perdit la maîtrise de lui-même, et il se tourna brusquement face à elle.

— Tu n'en sais rien ! Tu t'es immiscée dans cette histoire. Tu t'es immiscée dans ma vie, et maintenant Frank est mort !

« Parles-en à la police, et tu le récupéreras en petits morceaux. » La rage bouillonna en lui et se déversa sur la victime la plus proche : elle.

— Ils avaient déjà commencé à torturer Quinlan. Ils découpaient sa chair. Tu sais pourquoi, chérie ? Tu sais pourquoi ils découpaient mon frère en morceaux ?

À cause de toi.

Ce non-dit flotta entre eux, abrupt et douloureux. Les kidnappeurs avaient changé leurs projets parce qu'ils savaient que le FBI était impliqué. Samantha et son équipe avaient violé leurs foutues règles.

Elle déglutit et se rapprocha doucement de lui.

— Oui, je sais pourquoi. (Elle marqua une pause.) Parce que ce sont de foutus psychopathes, et que ça les éclatait de faire mal aux gens. Voilà pourquoi.

Ses joues se teintèrent de rouge, et elle releva le menton.

— Ces types sont allés de plus en plus loin, depuis leur premier enlèvement, continua-t-elle. Le premier jeune homme est revenu indemne, mais le second… ils l'ont fait souffrir. Ils lui ont entaillé le torse. Le dos, aussi. D'accord, il est revenu vivant, mais ils ont joué avec lui d'abord, et ils y ont pris goût.

Quoi ?

— Tu ne m'avais jamais dit…, commença-t-il.

— Parce que j'essayais de te protéger. Quoi, tu aurais voulu que je te dise que les salauds qui avaient enlevé ton frère avaient un faible pour la torture ? Qu'infliger de la douleur leur procurait du plaisir ? Eh bien, c'était le cas.

Le visage de Frank, les yeux écarquillés, les lèvres dégoulinantes de sang.

— Ils ont tué leur troisième victime. Les parents n'ont pas respecté les règles, oui, mais comme je l'ai dit, l'escalade avait déjà commencé. La quatrième victime a été tuée, elle aussi. Ils auraient pu accorder davantage de temps aux Briar. Ils n'en avaient pas envie. Le profilage de Monica nous a montré que les attaques n'avaient pas l'argent pour seul objectif. D'après la manière dont les corps étaient mutilés, le tueur aimait faire souffrir ses victimes.

Max la regarda fixement, luttant pour intégrer tout ce qu'elle lui révélait.

— Je ne pouvais pas te le dire, reprit Sam d'une voix plus douce, plus triste. Tu avais déjà trop de soucis en tête. Et Frank… quoi ? Est-ce que j'étais censée annoncer à un père que ceux qui avaient enlevé son fils allaient le découper lentement ? (Elle secoua la tête lentement.) Je ne pouvais pas faire ça.

Les épaules de Max s'affaissèrent.

— Laisse-moi seul, demanda-t-il.

Elle leva la main et la tendit vers lui.

Il recula.

— S'il te plaît… va-t'en, maintenant. OK ?

Il se passa la main dans les cheveux. C'était trop. Tout ça, c'était trop pour lui.

— Tu en as assez fait, dit-il. Allez… va-t'en.

Le regard de Sam ne faiblit pas, mais elle laissa retomber sa main.

— Je vais te laisser un peu de temps à toi, répondit-elle.

Il laissa échapper un rire amer.

— Oui, voilà. On va dire ça.

— Mais je ne t'abandonne pas. Si tu as besoin de moi, je suis là.

Ne comprenait-elle pas ? La rage qui brûlait en lui était si forte. Il voulait s'en délester, et elle était trop près.

— Va-t'en, répéta-t-il.

Avant qu'il dise quelque chose qu'il risquait de regretter.

Sam fit les cent pas dans le couloir de l'hôpital. Kevin Milano était encore en vie, bien que celle-ci ne tienne plus qu'à un fil. En revanche, le corps de Frank était déjà froid, un étage en dessous.

Cela semblait injuste. Mais la vie suivait son cours selon des méandres souvent surprenants. Et parfois, les gentils ne gagnaient pas.

Une femme médecin, aux lèvres pincées et au regard franc, émergea du bloc.

— Il est toujours avec nous, annonça le docteur Joyce Bradshaw, mais peut-être plus pour très longtemps.

Sam inspira nerveusement.

— Est-il conscient ? demanda-t-elle.

— Tout juste.

Cela lui suffisait.

— Dans ce cas, j'aimerais lui parler, tout de suite.

Elle n'avait pas de temps à perdre.

Le médecin écarquilla les yeux.

— Je vous demande pardon ?

Sam se rapprocha de la porte fermée du bloc.

— J'ai besoin de parler au suspect.

Tant que c'était encore possible.

— Vous ne m'avez pas bien comprise, répliqua le médecin en secouant la tête. Cet homme a subi d'importantes blessures internes. Il n'est pas…

— Il s'agit de mon principal suspect pour au moins quatre meurtres.

Sam croisa les bras. C'était son travail. Elle avait l'intention de s'en acquitter.

— Avant de monter raconter à Dieu ce qu'il a fait, il va m'en parler à moi.

Elle dévisagea le médecin d'un regard brûlant.

— Je… je ne sais pas…, balbutia la femme.

— Moi, si.

Elle avait accroché son badge à sa ceinture. Elle savait que le médecin l'avait vu.

— Je sais que j'ai devant moi une pile de cadavres, et qu'un autre va bientôt s'y ajouter.

Les rides aux coins des yeux du médecin se creusèrent.

— Il ne sera peut-être même pas capable de vous répondre.

Samantha se força à hausser les épaules.

— Je poserai tout de même mes questions.

Elle fit un pas de plus vers la salle de réveil.

Le médecin s'écarta et lui ouvrit la porte en soupirant :

— Très bien.

Le bourdonnement et les bips des machines saluèrent l'entrée de Sam. Le suspect était allongé sur le lit, le teint gris, le souffle rauque.

Il émit un râle, et Sam observa son visage. Il était jeune. Séduisant, du moins jusqu'à aujourd'hui. Son front était haut, ses pommettes bien dessinées. Une fossette ornait son menton.

Sam se pencha sur le lit et lui frôla la joue.

— Est-ce que vous m'entendez ?

Kevin tressaillit. Sa peau était glacée sous les doigts de Sam. Les bips des machines se firent plus sonores, plus rapides.

— Agent spécial Kennedy, protesta le docteur Bradshaw.

— Ouvrez les yeux, ordonna Sam d'une voix plus sèche, et regardez-moi.

Ses paupières tressautèrent, mais il ne les ouvrit pas. Il lâcha un soupir irrégulier. L'infirmière qui se tenait à gauche du lit leva les yeux de son dossier d'un air stupéfait.

Sam se pencha davantage.

— Pourquoi l'avez-vous fait ? demanda-t-elle. Pourquoi avez-vous kidnappé ces hommes ?

Mais elle connaissait la réponse, bien sûr : l'argent. Tout le monde avait un prix.

Il bougea la tête en un signe de dénégation à peine visible.

Sam plissa les yeux.

Les lèvres crayeuses de l'homme s'animèrent, mais aucun son n'en sortit.

— Kevin, pourquoi les avez-vous tués ?

Rien.

Et les bips… n'étaient plus si rapides qu'auparavant. Ils étaient lents, de plus en plus lents.

Il inspira. Expira.

— Pourquoi les avez-vous tués ? martela Sam.

Sa bouche bougea de nouveau. Sam n'arrivait pas à lire sur ses lèvres, car leurs mouvements étaient presque imperceptibles. Elle approcha alors son oreille de la bouche du patient, pour tenter d'entendre ses paroles.

— Pourquoi ? demanda-t-elle une fois encore.

— Pas… m… moi…

Son murmure s'acheva dans un soupir.

Une note continue, aiguë et perçante, emplit la pièce.

— Il est en arrêt ! s'écria l'infirmière en se précipitant vers son patient.

Le médecin empoigna Sam par le bras et la tira en arrière :

— Vous devez partir. Immédiatement !

Un sang écumant s'échappa des lèvres de Kevin. Les bandages qui couvraient son torse se teintèrent de rouge. Un filet d'air franchit sa bouche en sifflant.

Sam recula, mais ne partit pas.

Deux autres infirmières entrèrent en trombe dans la chambre, suivies d'un autre médecin. Tous se pressèrent autour du lit.

— On dégage !

Sam ne voyait même plus Kevin à travers le mur de blouses vertes.

— Pas de pouls !

Sam contempla cette masse de corps agglutinés.

— On recommence ! ordonna le docteur Bradshaw.

Kevin était le fils de quelqu'un. L'amant de quelqu'un, peut-être.

Et un tueur.

Le hurlement des machines continuait, et les docteurs s'échinaient toujours. Sam resta là, à les regarder.

Ils firent de leur mieux pour ranimer leur patient, en communiquant d'une voix inquiète. Les minutes s'égrenèrent.

Sam les observa, et lorsque les infirmières et les médecins reculèrent, les gants couverts de sang, elle était toujours là.

— C'est fini, déclara le docteur Bradshaw en retirant ses gants. Heure du décès, 1 h 58 du matin.

Elle se dirigea à grandes enjambées vers la sortie, mais fit halte pour fusiller Sam du regard.

— Vous ne lui avez rien tiré, en plus. Ses tout derniers instants, et vous n'en avez rien tiré du tout.

Peut-être pas.

« Pas… m… moi… »

Peut-être que si.

Max contempla le corps immobile de Quinlan. Il était couvert de bandages de la tête aux pieds. Tant de plaies… Certaines étaient petites et superficielles, destinées à le narguer, à lui faire comprendre que la douleur allait venir. D'autres étaient profondes. Infligées pour faire mal. Pour mettre Quinlan à l'agonie.

La porte derrière Max s'ouvrit avec un léger bruissement, mais il ne tourna pas la tête.

— Je voulais te dire, commença doucement Samantha, que le suspect est mort il y a cinq minutes environ.

Le regard de Max était rivé sur les épais bandages qui enveloppaient la main gauche de Quinlan.

— Bien, répondit-il.

— Ils lui ont retiré deux balles. On va faire une analyse balistique afin de voir si elles correspondent au pistolet de Frank.

Les respirations de Quinlan étaient à peine perceptibles, mais les docteurs lui avaient administré une telle dose de médicaments… Pas étonnant qu'il ait l'air à demi mort. *Des antalgiques.* On avait indiqué à Max qu'il resterait KO jusqu'au lendemain.

— Qu'est-ce qui va lui arriver, à lui ?

Bon sang, quel bordel. Quelle tristesse, quelle folie.

— L'équipe va mener une investigation poussée de la scène avant de décider quoi que ce soit.

Max se leva du lit et se tourna pour la clouer au sol d'un regard. Mais il ne rencontra pas celui de Samantha. Ses yeux, plissés, lointains, étaient posés sur le lit.

Il vint se placer devant elle, lui masquant la vue de Quinlan. Pour la forcer à le voir.

— Il n'ira pas en prison, affirma-t-il.

La prison, ce n'était pas pour son frère. Il n'y survivrait pas, et nom de dieu, il ne méritait pas d'y aller.

— Il ne savait pas ce qu'il faisait, poursuivit Max. Il ne savait pas…

Pas comme moi.

— Il semble qu'il ait cru que le kidnappeur était revenu. (À présent, elle le regardait.) Et il l'a attaqué. Dans le noir, il n'a pas vu ce qui se passait, ni la personne qui s'approchait, avant que ce soit trop tard.

Le sang sur les habits de Frank. Le couteau planté dans sa gorge.

Max inspira longuement.

— La presse va faire des gorges chaudes de tout ça.

— On s'occupe des médias. L'agent Kenton Lake contrôle la situation.

Il vaudrait mieux.

— Ma famille a traversé assez d'épreuves.

Et ce n'était pas fini. L'enterrement. Le traitement de Quinlan.

— Je sais.

Il la dévisagea. Mon dieu, qu'elle était belle. La regarder lui faisait mal.

— Il n'ira pas en prison, répéta-t-il, conscient de sa voix trop âpre.

Derrière lui, les machines reliées à Quinlan émettaient des bips et des sifflements réguliers.

Samantha ne dit rien. Son regard se posa de nouveau sur le lit, puis sur Max.

— Je suis désolée, pour ton beau-père. Si je peux faire quoi que ce soit…

Il se raidit en entendant ce discours convenu. La même rengaine, que tout le monde débitait toujours dans ces moments-là.

Elle avala sa salive et se détourna.

— Nous allons poster deux gardes devant la chambre de ton frère.

— Quoi ? Pourquoi ?

Tous les kidnappeurs étaient morts.

Samantha avait posé la main sur la poignée de la porte.

— Il faut que nous obtenions la certitude absolue que les individus qui ont enlevé ton frère sont…

— Mais ils sont morts, affirma-t-il. Ils sont tous morts !

Samantha ne le regardait pas.

— Nous n'en sommes pas certains pour le moment, et jusqu'à ce que nous sachions exactement où nous en sommes, les gardes restent. (Elle jeta un regard par-dessus son épaule.) Sur mon ordre.

La tension martela les tempes de Max.

— Tu penses vraiment qu'il pourrait y avoir quelqu'un d'autre ? Quelqu'un qui voudrait du mal à Quinlan ?

— Je pense que c'est une possibilité, et je n'ai pas l'intention de laisser ton frère sans surveillance jusqu'à ce que nous ayons éliminé ce risque.

— Je peux m'en occuper, des gardes. J'en recruterai, je les ferai venir…

— Tu peux le faire, coupa Sam, mais ces agents demeureront à leur poste jusqu'à ce que la SSD en décide autrement.

Elle ouvrit la porte.

— C'est tout ? (Les mots lui échappèrent.) C'est fini, pour toi ?

Samantha fit halte.

— Je te l'ai dit, nous allons suivre cette affaire jusqu'au bout.

Il aperçut un type aux cheveux noirs coupés court, et entrevit l'éclat d'un badge. Tant pis si quelqu'un les entendait.

— Je parlais de nous. (*Regarde-moi.* Elle ne le fit pas.) Tu t'en vas, sans te retourner.

— Ce n'est pas ce que tu voulais ? souffla-t-elle tout bas.

Et elle fut partie avant qu'il ait pu lui dire que non, mille fois non, ce n'était pas ce qu'il voulait.

Tu l'as repoussée. Tu lui as dit de partir.

Max se tourna et revint s'asseoir près du lit de Quinlan. Il n'allait pas partir pour se lancer à sa poursuite.

Pas encore.

Six heures plus tard, Quinlan ouvrit les yeux. Il bougea d'abord la main, faisant remuer les draps, et Max se pencha en apercevant ce léger mouvement.

— Quinlan ?

Ses paupières tressautèrent un instant, puis s'entrouvrirent. Les yeux de Quinlan papillonnèrent, et la peur envahit son regard gris. Il ouvrit la bouche…

— Tout va bien, le rassura Max en lui prenant la main. Tu es en sécurité.

Quinlan tourna la tête vers lui. Lentement, prudemment.

— M… Max ?

— Oui, oui, c'est moi.

Max lâcha un soupir nerveux et pressa le bouton d'appel de l'infirmière.

— Tout va bien, tu es en sécurité, répéta-t-il.

Le regard de Quinlan erra à travers la pièce, vers la gauche, puis vers la droite.

— Hô… hôpital ? croassa-t-il.

— Tu es recousu de partout. (Max tenta de sourire, mais sa bouche ne semblait pas vouloir lui obéir.) Dans quelques jours, tu seras comme neuf.

Mais les cicatrices demeureraient, à l'intérieur comme à l'extérieur.

Quinlan fronça brusquement les sourcils.

— Qu… qu'est-ce qui s'est passé ? Je ne… (Il écarquilla les yeux.) Cette pièce ! (Il leva la main gauche tandis que les machines émettaient une série de bips affolés.) Ils… m'ont c… coupé le doigt…

Et ont commencé à le découper en tranches.

— Ils ont… dit que je ne v… valais… rien… (sa voix se brisa) que p… papa ne… (Il s'arrêta, semblant ne plus respirer.) Papa ! cria-t-il.

Merde, merde.

Quinlan dévisagea Max.

— Où est papa ? demanda-t-il plus bas, mais d'une voix toujours marquée par la peur.

La porte s'ouvrit derrière Max. Il regarda en arrière et vit une infirmière entrer en toute hâte dans la pièce.

— Il est réveillé ! dit-elle avec un sourire.

Max hocha gravement la tête. Il voulut s'éloigner du lit.

— Papa ? répéta Quinlan en attrapant son poignet.

Se souvenait-il de ce qui s'était passé ? Max ne voulait pas le lui annoncer.

Quinlan l'observa fixement, fouillant son visage du regard.

— Je… je n'ai pas…, balbutia-t-il. (Il laissa retomber sa main et s'affaissa contre le matelas.) Pas un rêve… (un lourd sanglot monta de sa poitrine, et il frissonna) p… pas… un…

Tout son corps se mit à trembler, et il expira avec difficulté.

— Calmez-vous, monsieur ! (L'infirmière passa devant Max à toute allure.) Tout va bien.

Mais les bips des machines se faisaient de plus en plus frénétiques.

— Ne vous inquiétez pas ! dit-elle à Quinlan en attrapant la poche à perfusion. Vous êtes à l'hôpital. Vous êtes…

— Mort…, coupa Quinlan dans un murmure à peine audible.

Max ne put lui mentir. Il hocha la tête.

— Qu… quoi ? (L'infirmière leva les yeux, stupéfaite.)

Quinlan ferma les yeux.

— Oh, mon dieu, oh, mon dieu… c'est… c'est moi…

Des larmes roulèrent sur ses joues.

Tandis que son frère pleurait, Max resta planté là, conscient de son impuissance.

— Je l'ai tué.

Sam se détourna de la chambre d'hôpital. Le son des sanglots de Quinlan lui fendait le cœur.

Bon sang, je ne m'attendais pas à ça.

Frank Malone n'aurait pas dû se trouver là-bas. Ils auraient dû libérer un prisonnier. Pas ramasser des morts. Elle sortit son portable et appela Luke. Il décrocha à la deuxième sonnerie.

— Dis-moi que tu as trouvé quelque chose sur les relevés téléphoniques de Frank, le supplia-t-elle.

Elle entendit un souffle. Non… un soupir.

— Le numéro correspondait à un téléphone jetable, que nous avons retrouvé ici, dans la même foutue pièce où Quinlan était retenu prisonnier.

Luke était toujours sur la scène. Elle savait qu'il passait l'endroit au crible et en analysait chaque parcelle avec l'équipe d'investigation.

Sam ferma les yeux.

— Est-ce qu'on a manqué quelque chose ?

Ou quelqu'un.

« Pas… m… moi. »

— Ramirez est au *Centre*, il s'entretient avec le gérant, l'informa Luke. Il a découvert que Milano avait été embauché quatre jours seulement avant la disparition de Jeremy Briar.

— À partir de ce moment, compléta Sam en massant ses tempes douloureuses, Milano a observé les moindres faits et gestes des policiers.

Et il avait enlevé d'autres hommes, au nez et à la barbe des autorités. Il avait un sacré culot.

— Et il y a autre chose, reprit Luke. L'argent n'est pas ici.

Sam ouvrit les yeux.

— Il n'était pas chez Veronica non plus, rappela-t-elle.

— Soit ils l'ont planqué quelque part avant que tout parte en sucette, soit…

Soit quelqu'un d'autre avait l'argent. Et si cette personne courait toujours…

Alors le cauchemar n'était pas terminé.

Lorsque Monica et Luke arrivèrent enfin chez eux, l'horloge affichait un peu plus de 9 heures du matin.

La porte se ferma avec un déclic derrière eux, et Monica perçut le soupir discret de Luke.

Elle se tourna et lui prit les mains, l'attirant à elle.

— Ce n'est pas ta faute, assura-t-elle.

Mais elle avait lu la culpabilité dans son regard. Quand il s'agissait des victimes, Luke prenait toujours tout pour lui.

La ligne ferme de sa mâchoire se crispa.

— On avait l'adresse de leur repaire, marmonna-t-il. Si on était arrivés quinze minutes plus tôt, Frank Malone serait encore vivant. (Il secoua la tête.) Je ne sais même pas comment il est arrivé là-bas. Il n'aurait pas dû y être.

Monica se dressa sur la pointe des pieds et déposa un baiser sur sa joue.

— Les kidnappeurs voulaient qu'il y soit. Ça faisait partie de leur plan.

Luke l'avait bien compris, mais en cet instant, Monica savait que ses émotions avaient pris le dessus.

C'était souvent le cas.

— Viens, allons nous coucher, dit-elle.

D'autres questions seraient bientôt soulevées. D'autres interrogatoires. D'autres fouilles. Mais pendant quelques heures, ils seraient seuls au monde.

Luke opina lentement et se mit à marcher.

Monica ne bougea pas. Les battements de son cœur s'accélérèrent. L'heure n'était pas parfaitement bien choisie. Elle avait pensé attendre un moment romantique, et… oh, *misère.* Ses mains s'étaient mises à trembler.

— Monica ? Ma chérie, qu'est-ce qui t'arrive ?

— Je t'aime.

Mais il le savait déjà. Le plus difficile, maintenant.

— Et j… je… (elle avala une goulée d'air) oui, j'accepte de t'épouser.

Et comme par magie, elle se retrouva entre ses bras. La mort et le sang avaient été repoussés au loin, et seuls Luke et elle comptaient. Il souriait en l'étreignant, et, en cet instant, elle fut heureuse.

Il s'empara de ses lèvres et l'embrassa longuement, passionnément.

Parfois, l'important n'était pas les tueurs et les victimes.

Parfois, l'important était de vivre.

Chapitre 12

Sam n'était pas très douée pour les enterrements. Elle se tint à l'écart de la tombe, sous les branches tombantes d'un chêne, pour contempler la cérémonie.

Max était là, en costume noir, le visage fermé. Des lunettes de soleil dissimulaient son regard, mais elle savait qu'il ne pleurerait pas.

Quinlan se tenait à ses côtés. Pâle. Faible. Lui ne portait pas de lunettes, et elle le vit essuyer ses larmes du dos de la main.

Beth se tenait tout près de Quinlan, comme pour le couver. Elle avait passé son bras autour de sa taille en un geste possessif. Elle portait une élégante robe noire, ainsi qu'un petit chapeau noir juché sur ses cheveux blonds.

Elle non plus ne pleurait pas. Les taches de mascara auraient sans doute juré avec son allure sophistiquée.

Sam fit quelques pas en arrière, mais ne détourna pas le regard.

Une bonne vingtaine de personnes était rassemblée autour du cercueil luisant. Un flot de roses rouges avait recouvert le couvercle. Rouge sang.

Ils avaient attendu, pour organiser l'enterrement, que Quinlan puisse être présent à la cérémonie. Et il était là.

Frank Malone serait bientôt descendu en terre, et la famille se réunirait pour découvrir son testament. Sam y assisterait également ; l'ordre provenait directement de Hyde.

Mais pour l'instant, elle se contentait d'observer, et d'attendre.

Quinlan s'avança d'un pas traînant, Beth sur les talons, prête à l'aider. Connaissait-il les secrets de sa maîtresse ?

Quinlan se pencha et posa une main tremblante sur le cercueil. Sam vit ses lèvres bouger, comme s'il parlait à Frank. Peut-être était-ce le cas. Peut-être disait-il à son père qu'il était désolé, ou lui faisait-il ses adieux à voix basse. Après un moment, Quinlan se redressa et s'éloigna, tête baissée.

Un par un, les autres l'imitèrent. Certains s'approchèrent du cercueil. D'autres se contentèrent de partir. Bientôt, il ne resta plus personne.

Sauf Max. Sa posture n'était pas voûtée ; il se tenait droit, fier, et il ne regardait pas le cercueil. Non, sa position avait changé. Malgré ses lunettes de soleil, Sam savait que c'était elle qu'il observait.

Sam patienta. En prenant son temps, Max se dirigea vers elle. D'un pas lent et délibéré, il parvint sous les branches tombantes, tout près d'elle.

— Je croyais que la SSD nous accordait un peu d'espace, dit-il.

Ses lunettes de soleil renvoyèrent à Sam sa propre image.

La SSD s'était effectivement tenue à l'écart. Mais ce n'était plus le cas. Hyde ne voulait plus prendre de gants ; il voulait commencer les interrogatoires.

— Vous ne pouviez même pas nous laisser le temps de l'enterrer, c'est ça ?

Sa colère bouillonnait sous ses airs de parfait sang-froid.

— Il y a… de nouveaux éléments, lui apprit-elle.

Comme le fait que l'argent a disparu. Disparu. La SSD avait fouillé tous les lieux présentant un lien avec les crimes et leurs auteurs. Ils n'avaient rien trouvé.

— Je voulais que toi et Quinlan sachiez que selon toute probabilité, un autre suspect a joué un rôle dans ces enlèvements.

Il ôta ses lunettes. Son regard bleu se vissa à celui de Sam.

— N'importe quel agent aurait pu venir me le signaler.

Sam savait ce qu'il voulait dire.

— Je me suis portée volontaire.

Elle avait besoin de le voir.

— Je n'ai aucune nouvelle de toi depuis six jours, fit-il remarquer d'un ton cinglant.

Son souffle se bloqua dans sa gorge. Cela signifiait-il qu'il aurait souhaité qu'elle lui en donne ?

— Tu voulais qu'on te laisse tranquille. Tu avais besoin de faire ton deuil.

Elle haussa une épaule, la laissa retomber. *C'était une vraie torture de demeurer loin de toi.* D'un ton égal, elle poursuivit :

— Hyde nous a ordonné de respecter l'intimité de la famille.

Mais elle avait pensé à lui. Non, elle s'était fait un sang d'encre pour lui.

— Hyde, répéta Max avec un rictus mauvais. Oui, apparemment, il aime bien donner des ordres. (Il pencha la tête vers elle.) Pourquoi est-ce que tu t'es portée volontaire pour venir ?

— Parce que je voulais te voir.

Elle ne pouvait se montrer plus sincère.

Il se détourna, regardant la tombe par-dessus son épaule.

— La nuit, quand je ferme les yeux, je te vois devant moi, dit-il. (Lentement, son regard revint se poser sur elle.) Qu'est-ce que tu m'as fait ?

Elle secoua la tête :

— Non, Max, je…

— Max ! appela Quinlan.

Elle prit une courte inspiration.

— Les voitures se mettent en route, signala-t-elle.

Une limousine noire attendait en tête de file, la portière ouverte.

— Tu vas devoir y aller.

Elle le reverrait dans la demeure de Frank. Ce n'était pas terminé. Loin de là. Hyde voulait connaître la teneur du testament.

Sam aussi.

Max lui attrapa la main.

— Nous savons tous les deux que tu vas assister à la lecture du testament. (Les rides minuscules qui encadraient ses yeux se creusèrent.) Qu'est-ce qu'il y a ? Ton patron pense que j'ai quelque chose à voir avec tout ça ? Que j'ai torturé mon frère, avec l'espoir dément qu'il allait attaquer mon…

— Nous pensons que les kidnappeurs prévoyaient de tuer Frank. (Elle pouvait lui révéler cela.) Le fait qu'ils l'aient appelé, qu'ils lui aient donné l'adresse… nous pensons que c'était une embuscade. Nous disposons des relevés téléphoniques. Nous avons la preuve que Frank a reçu un appel passé depuis un portable retrouvé sur les lieux du crime, donc nous sommes sûrs qu'ils l'ont attiré là-bas.

Il resserra les doigts.

— Tu crois que je lui ai tendu un piège ? Pour de l'argent ?

— Non, absolument pas, répondit-elle sincèrement.

Mais ce que Sam pensait ne suffisait pas à Hyde. Hyde voulait des preuves, concrètes et formelles.

— Ce testament ne va pas m'accorder le moindre centime.

Du pouce, Max lui caressa le poignet.

— Max !

Cette fois, ce n'était pas Quinlan qui l'appelait, mais Beth. La SSD s'intéresserait bientôt de très près à son cas. Kim avait déjà fouillé plus profondément dans son passé. À présent, il était temps de la faire venir dans leurs locaux pour un petit tête-à-tête.

— Je te crois, déclara Sam en toute franchise.

Elle faisait de nouveau confiance à quelqu'un : lui.

— Ça aurait dû se passer différemment, soupira-t-il. À un autre moment…

— Dans un autre endroit, acheva-t-elle.

Elle se força à sourire. Tant de choses les séparaient. Demi-vérités. Sang. Mort. Était-il possible de dépasser tout cela ? Pouvaient-ils même essayer ?

Du dos de sa main gauche, il lui caressa la joue.

— J'ai eu envie de toi à la seconde où je t'ai vue pour la première fois.

Le cœur de Sam fit un bond.

Il laissa retomber sa main et fit un pas en arrière.

— C'est encore le cas. Et ça durera sans doute toujours.

Sam et Jon patientaient devant le bureau de l'avocat. Lorsque la porte s'ouvrit et que le visage de Max apparut, Sam se redressa brusquement.

— Qu'est-ce qu'ils font là ? siffla Beth, furieuse.

Elle tenait toujours Quinlan dans une poigne d'acier.

Max se dirigea vers eux. L'avocat, Kris Jared, le suivit pas à pas. Max secoua la tête, et son regard glissa de Sam à Ramirez, l'observateur perpétuellement vigilant.

— J'ai hérité du magot, dit-il avec un sourire de tigre.

Sam s'était attendue à tout, sauf à ça.

— Seulement jusqu'à ce que monsieur Malone atteigne ses vingt-cinq ans, précisa Jared en essuyant son front trempé de sueur. À ce moment-là, les biens de Frank Malone reviendront à son fils biologique, Quinlan.

Max en sera le dépositaire provisoire. Sam acquiesça. D'accord. Les agents de la SSD avaient envisagé cette possibilité. En carrant les épaules, Sam se tourna vers Quinlan.

— Je sais que c'est un jour difficile pour vous…

Il l'étudia en clignant des yeux.

— Vous… vous êtes la copine de mon frère, non ?

Sam ne regarda pas Max. Ni Ramirez.

— Je suis l'agent spécial Samantha Kennedy, et je travaille à résoudre votre enlèvement.

Elle s'exprimait d'une voix discrète. Ils n'étaient pas seuls, et plus d'un curieux aurait été ravi de surprendre leur conversation pour la répéter aux médias. Chaque jour, les journaux ou la télévision trouvaient quelque chose à raconter sur Quinlan.

Heureusement que Hyde avait fait venir Kenton Lake, depuis leurs locaux en Virginie, afin de les aider à gérer la presse. L'appétit des médias pour l'affaire des kidnappings semblait insatiable. Chaque détail morbide ne faisait que le raviver.

Le retour à Washington des deux victimes survivantes, dont les témoignages étaient diffusés sur toutes les chaînes d'information locales, n'aidait en rien. Ces deux hommes se pensaient en sécurité désormais. Ils se trompaient peut-être du tout au tout.

— J'ai déjà parlé à l'autre femme. (Quinlan pinça les lèvres et jeta un coup d'œil à Jared.) Daven…

— Monica Davenport, compléta Sam poliment.

Oui, Monica avait souhaité s'entretenir avec lui dès que possible. L'échange avait été très bref, cependant, car son avocat était rapidement intervenu pour y mettre un terme. Deux solutions s'étaient alors offertes à eux : forcer Quinlan à subir un interrogatoire en règle – et laisser la presse dresser le portrait de ces sales ordures du FBI, qui s'en prenaient à une victime blessée – ou attendre qu'il soit sorti de l'hôpital. Ils avaient choisi d'attendre.

Quinlan était sorti de l'hôpital, à présent, et bien que Sam comprenne la difficulté de sa situation, il fallait qu'elle le convoque. L'attente était terminée.

— Ce n'est pas le moment…, commença Jared en hoquetant d'indignation.

Max se contentait de poser sur la scène un regard insondable.

— Nous vous avons laissé du temps, coupa Ramirez sans rien changer à sa posture décontractée. Ce temps est écoulé.

Sam soutint le regard de Quinlan.

— Demain matin, nous aimerions que vous vous présentiez aux bureaux du FBI et que vous répondiez à quelques questions. (Délibérément, elle fit glisser son regard sur Jared.) Vous et votre avocat êtes attendus à 9 heures.

— Ne me dites pas que vous soupçonnez mon client de…

Sam leva une main en l'air.

— Ne vous fatiguez pas, Jared. Il s'agit d'un interrogatoire de routine.

Des questions que l'avocat avait écartées, à l'hôpital. Ayant la presse sur le dos, la SSD avait accordé ce sursis.

Mais ils n'avaient pas quitté Quinlan des yeux pour autant.

Et cette surveillance leur avait indiqué qu'en dépit de ses blessures, Quinlan avait passé la nuit dernière en compagnie de la maîtresse de son père. Il pleurait ? Il souffrait ? Oui, sans aucun doute.

Et il s'envoyait en l'air.

— Votre présence demain matin est indispensable, insista Sam. (Elle se tourna alors vers Beth.) Et nous aimerions également vous parler, mademoiselle Dunlap.

Beth ouvrit la bouche et haleta, scandalisée.

— Moi ? Pourquoi diable auriez-vous besoin de…

— Nous souhaitons éclaircir quelques détails de votre histoire personnelle, lui rétorqua sèchement Ramirez, et Sam la vit tressaillir.

Oui, Beth, nous sommes au courant. Il est parfois difficile d'échapper à son passé.

Beth jeta un coup d'œil nerveux en direction de Quinlan.

Et maintenant, le plus difficile. Sam se tourna vers Max. Lorsqu'elle rencontra son regard, il l'examinait d'un œil trop attentif à son goût.

— Ta présence est également requise, annonça-t-elle.

Il ne cilla pas. Bon sang, que ça faisait mal de voir ses yeux si froids, si vides d'émotion.

— Je serai là, dit-il en inclinant la tête.

— Merci.

Elle aurait aimé en dire plus, mais elle ne trouvait pas les mots pour le réconforter. Parfois, elle faisait vraiment un travail pourri. Ramirez la prit par le coude, et ils firent tous deux un pas en arrière.

— Je ne… ta copine est du FBI ? s'exclama Quinlan, un peu trop fort aux oreilles de Sam. C'est complètement dingue, non ?

Elle n'entendit pas la réponse de Max, et c'était peut-être mieux ainsi. Car en cet instant, elle n'était pas sûre d'avoir envie de la connaître.

Lorsqu'on tambourina à sa porte, juste après minuit, Sam ne dormait pas. Elle était allongée sur son lit, et regardait le plafond. Son cœur fit un bond, et elle sauta hors du lit. Instinctivement, elle plongea la main dans le tiroir de la table de nuit pour y prendre son arme.

À cette heure de la nuit…

Elle dévala l'escalier de sa petite maison. Les chocs sourds redoublèrent, semblant s'impatienter.

Sam colla son œil au judas et découvrit Max. Elle se hâta d'ouvrir la porte.

Il se figea, la main encore en l'air. Des gouttelettes de pluie étincelaient dans ses cheveux et sur son manteau trempé. Une bouffée d'air frais se glissa à l'intérieur, et les bras de Sam se couvrirent de chair de poule.

— Tu penses avoir besoin de ce truc ? demanda-t-il.

Sam suivit son regard jusqu'au canon de son pistolet.

Elle ne lâcha pas son arme.

— Qu'est-ce que tu fais ici, Max ?

— Je me suis servi de ton nom pour te retrouver. J'aurais dû le faire il y a bien longtemps.

Ses paroles étaient plus graves et plus sombres que jamais auparavant.

Sam comprit soudain :

— Tu es soûl.

— J'aimerais bien.

Un éclair zébra le ciel derrière lui.

— Tu es un génie, reprit-il en posant les mains de chaque côté de l'encadrement de la porte. Combien de diplômes tu as eus, au MIT ?

Elle secoua la tête.

— Qu'est-ce que tu fais ici ?

Le regard de Max semblait brûler le sien.

— Alors ? insista-t-elle.

— J'avais besoin de te voir.

Max se pencha en avant. Sans se préoccuper de son pistolet, il prit son menton dans sa main et lui rejeta la tête en arrière.

— J'avais besoin de toi, acheva-t-il.

De ses lèvres, il écrasa celles de Sam. Sa bouche était dure, affamée, humide de pluie, et elle eut envie de lui. Sam entrouvrit les lèvres et sentit le goût du whisky sur sa langue. Le whisky… et lui.

Elle ouvrit la bouche encore plus. Elle avait besoin de le sentir encore davantage. Elle posa sa main gauche sur le torse de Max, juste au-dessus de son cœur qui battait la chamade sous ses doigts. Il enfonça sa langue dans sa bouche, et elle gémit du fond de sa gorge, un cri sourd, tandis que ses seins se tendaient de désir.

Encore.

Max lui caressa la langue de la sienne. Il releva la tête. Lentement, très lentement.

— J'ai compris quelque chose ce soir, annonça-t-il.

Elle lutta pour conserver une respiration régulière. D'accord, il voulait se la jouer calme et décontracté. Elle en était capable, elle aussi.

— Quoi donc ?

— Entre nous, ce n'est pas terminé.

Elle savait qu'elle écarquillait les yeux malgré elle.

— Bosse sur ton affaire. Fais ce que tu as à faire, mais nous, on n'a pas fini, pas encore.

Il marqua une pause, puis esquissa un demi-sourire incertain.

— Enfin, sauf si tu me vires d'ici à coups de pied au cul.

Sam resta muette. Elle laissa sa main sur le cœur de Max, et l'autre serrée sur son arme.

Il la dévisagea.

— On a pris… un mauvais départ, dit-il. Trop rapide. Trop passionné.

Mais elle secoua la tête. Il ne comprenait pas.

— Non, on a commencé comme il le fallait.

Il lui avait offert ce dont elle avait besoin. Du sexe. Du plaisir. Sans passé, sans avenir. Et maintenant…

Un coup de tonnerre fit vibrer l'air de la nuit. Sam prit une grande inspiration.

— Entre.

Sam se retourna et se dirigea vers son bureau. Elle entendit la porte se refermer derrière lui. Le claquement du verrou résonna, un peu trop fort.

Elle ouvrit le tiroir et y rangea son arme.

— Tu me fais confiance, n'est-ce pas ? demanda-t-il.

Dos à lui, Sam hésita.

Le bois protesta sous ses pieds lorsqu'il s'avança vers elle, puis il la saisit, enveloppant ses épaules de ses mains.

— Tu sais ce que j'ai fait, rappela-t-il.

Elle garda les yeux rivés sur le tiroir fermé du bureau.

— On dit que n'importe qui est capable de tuer…, poursuivit Max.

S'il était poussé dans ses derniers retranchements. Oui, Sam en était persuadée.

— Mais nous savons tous les deux que j'ai dépassé les limites. (Il y eut un silence pesant.) Et si je devais protéger quelqu'un que j'aime, je le ferais à nouveau.

Les mains qui tenaient Sam avaient tué un homme. Son regard se posa sur ses propres mains. Pâles. Minuscules. Mais qui savaient parfaitement tenir une arme.

— Je veux que tu saches, ajouta-t-il en laissant son souffle chatouiller l'oreille de Sam, que je n'avais rien à voir avec l'enlèvement. Ni aucun autre enlèvement. Je n'ai pas besoin de l'argent de Malone. Je n'en veux pas. Dès que Quinlan aura vingt-cinq ans – dans un an et demi seulement – il sera à lui.

Elle émit un soupir étouffé, et se retourna face à lui.

— Max…

— J'ai toujours voulu protéger les personnes qui m'étaient proches, mais quoi que je fasse, il leur arrive toujours malheur. (Son regard luisait, ardent.) Ils souffrent, et je ne peux rien faire pour soulager leur douleur.

Sam avala sa salive.

— Où… où est Quinlan ?

Le FBI surveillait toujours le jeune homme. Un seul coup de fil, et elle saurait exactement où il se trouvait.

Max serra les dents.

— Il est chez Frank, avec Beth. J'ai engagé des gardes du corps pour le protéger. Ils vont rester près de lui vingt-quatre heures sur vingt-quatre, jusqu'à ce qu'on soit vraiment sûrs qu'il ne court aucun danger. (Ses cheveux étaient trempés de pluie.) Mais il fallait… que je te voie.

Sam se pencha vers lui. Elle n'oublierait jamais son regard, à l'hôpital. Toute cette rage était dirigée droit sur elle.

— Max, je suis désolée de la façon dont tout ça s'est déroulé.

Car oui, elle se sentait horriblement coupable.

— Tu t'es démenée pour le trouver. (Max secoua la tête.) Ce que ces salauds ont fait… c'était eux, pas toi.

Les yeux de Samantha se mouillèrent – foutues lentilles, c'était sans doute leur faute – et elle battit des paupières.

— J'ai essayé de dormir, reprit-il, mais à chaque fois que je fermais les yeux, je te voyais.

Oh, bon sang. Sam avoua :

— Je n'ai même pas essayé.

Parce qu'elle n'arrivait à penser à rien d'autre qu'à lui.

— Putain…, jura-t-il en l'attirant plus près de lui.

Les vêtements de Max ruisselaient de pluie, mais elle s'en fichait.

— J'ai besoin de toi, gronda-t-il.

Lorsqu'ils s'embrassèrent, cette fois, elle le désirait plus que tout.

Un tee-shirt de coton fin couvrait la poitrine de Sam, un vieux short de survêtement ourlait ses cuisses, et elle ne les supportait plus. Elle voulait les jeter au loin. Et flanquer ceux de Max sur le sol.

Flanquer Max sur le sol.

Non, au lit. Faisons les choses bien. C'était différent, cette fois. Pas seulement du sexe.

Pas. Seulement. Du sexe.

— Tu es trempé, murmura-t-elle contre sa bouche. Enlève t… tes vêtements.

Elle lui lécha la lèvre inférieure. La mordilla.

Un frisson parcourut le corps de Max.

Elle plongea son regard dans le sien.

— Viens au lit avec moi, proposa-t-elle.

Elle saisit l'ourlet de son propre tee-shirt et le fit passer au-dessus de sa tête. Elle le jeta à terre, laissa à Max le temps de la contempler, puis s'éloigna. Lentement, avec soin, sachant qu'il scrutait le moindre de ses gestes.

Sam monta l'escalier. Elle entendit ses pas derrière elle. *Il arrive.*

En haut des marches, elle retira son short et se débarrassa de sa culotte, qui ne ferait que les ralentir. *Regarde derrière toi.* Sam jeta un coup d'œil par-dessus son épaule. Max était à mi-chemin de l'escalier. Il avait ôté sa chemise. Son torse… oh, que ses muscles étaient sexy.

Sam avait l'impression de sentir la chaleur de son regard sur sa peau. Et il toucherait bientôt son corps. Chaque centimètre. Tout comme elle toucherait le sien.

Elle entra dans sa chambre. Il y faisait sombre, très sombre. Elle aimait cela. Depuis toujours. Tout était plus doux, dans le noir. On s'y cachait plus facilement.

Sam marcha jusqu'au lit et se glissa sous les draps.

Ses pas étaient étouffés par la moquette qui tapissait l'étage, mais elle pouvait presque sentir sa présence. À l'instant précis où il entra dans la chambre, Sam le sut.

Plus près, de plus en plus près…

Ses yeux s'ajustèrent à l'obscurité, et elle distingua sa silhouette imposante près du lit. Elle leva la main et toucha son ventre plat. Sa peau était chaude. Elle laissa courir ses doigts plus bas. Il avait retiré son pantalon. Son sexe était dressé. Épais, tendu, prêt. Elle referma la main sur lui et caressa cette chair dure, de haut en bas. Une fois. Deux fois.

Max lui prit la main et serra les doigts sur son poignet. Il monta dans le lit, l'entourant de sa force, de son odeur. Il porta à la bouche le sein de Sam, emprisonna son téton entre ses lèvres et le suça.

Sam se cambra au-dessus du lit et se mordit la lèvre inférieure. *Oui.*

— Ne te retiens pas, recommanda-t-il en soufflant sur son téton dressé. J'ai envie de t'entendre.

Il relâcha sa prise sur son poignet. Il s'étira au-dessus d'elle, tendant la main vers la table de nuit. La lampe s'alluma avec un clignotement, émettant une lueur trop vive, et Sam battit des paupières.

— Et de te voir, ajouta-t-il. Sous toutes les coutures.

Elle ne se cacherait pas dans le noir. Ne ferait pas semblant d'être quelqu'un d'autre. Ne ferait pas semblant du tout.

Il s'était redressé au-dessus d'elle. Il l'étudia du regard, et Sam s'aperçut qu'il savait. Ses secrets. Ses peurs. Il voyait tout. Peut-être depuis toujours.

— Pas seulement du sexe entre deux inconnus.

Sam se crispa à ce murmure. Il fit descendre sa paume sur le ventre de Sam et la referma sur sa hanche.

— J'en veux plus.

Elle en donnerait plus. Cette fois, pour lui. Elle écarta les cuisses, s'ouvrant à lui. Il pouvait la pénétrer, la prendre, et…

— Non.

Une douleur envahit sa poitrine, comme s'il venait de lui donner un coup de poing, en plein sur le cœur.

— Max ?

Il lécha son téton une fois encore. Elle sentit la délicieuse morsure de ses dents sur sa chair.

— Je vais te regarder, déclara-t-il. Je vais tout voir.

C'était déjà le cas. Mais il posa les deux mains sur elle, la souleva, la retourna, dans un bruissement de draps.

Max s'étendit sur le lit. Le regard étincelant, il attendit. Le sexe luisant, il attendit.

Sam se dressa au-dessus de lui. Elle posa un genou de chaque côté de son bassin, et fit glisser son sexe le long du membre de Max, en une caresse douce et humide, car elle était prête, elle aussi. Elle l'était depuis leur premier baiser, au rez-de-chaussée.

La lampe semblait les baigner d'une lumière trop crue, mais Sam savait qu'elle n'émettait qu'une lueur douce, qui s'étendait à peine plus loin que le lit. *Trop vive encore.* Elle ne pouvait plus se cacher, ni de lui, ni d'elle-même.

Max la tenait par les hanches de ses mains tièdes et puissantes, et lorsqu'elle s'arc-bouta, le bout épais de son sexe s'enfonça légèrement en elle.

Chair contre chair. C'était si tentant…

Elle avala sa salive et se redressa. Elle se mit à chercher maladroitement…

— Je… je n'ai…

Sam n'avait pas de préservatif près du lit. Elle en possédait une boîte, mais elle se trouvait dans la salle de bains, tout au fond de son armoire à linge.

— Sur la table de nuit. (Elle sentait son souffle sur sa peau.) J'en ai posé un avant d'entrer dans le lit.

Elle braqua son regard sur la gauche, et trouva le paquet d'aluminium. Sam s'en saisit. Ses doigts tremblaient, et elle sut qu'il l'avait remarqué. Elle déchira l'emballage, sortit le préservatif, et le déroula sur son membre aussi vite qu'elle le put.

Son corps se raidit sous le sien. Ses muscles étaient tendus et durs comme l'acier.

Elle enroula ses doigts à la base de son sexe et le guida en elle, exactement au bon endroit… puis elle abaissa son bassin d'un coup, glissant sur lui, le prenant tout entier.

— Samantha !

Il la remplissait entièrement, l'étirait, et, pendant un instant, Sam hésita. Elle ne se sentait plus sexy et sûre d'elle, mais au contraire perdue, empotée…

Et il la voyait. Sam ferma les yeux.

Il fit courir ses doigts sur elle, lui caressa le ventre, puis se glissa entre ses jambes. Il pressa son pouce sur son clitoris et un frisson la secoua lentement.

— Tout doux, murmura-t-il.

Mais elle ne voulait pas que ce soit doux ; elle voulait que ce soit brutal, frénétique, débridé.

— Tout doux, répéta-t-il.

Elle ouvrit les yeux pour plonger dans les siens. *Pas seulement du sexe.*

— Embrasse-moi, Samantha.

Elle se pencha vers lui. Ce mouvement fit se presser son clitoris contre ses doigts caressants, au contact exquis. Le membre de Max glissa sur sa chair sensible. Leurs bouches se rencontrèrent. Lèvres. Langues. Sam resserra son sexe sur celui de Max, et sa souffrance disparut. Seul le plaisir demeurait. Un gémissement lui échappa.

— C'est mieux, gronda-t-il. Doucement… doucement.

Elle posa les mains sur son torse. Enfonçant ses genoux dans le matelas, elle se redressa en gardant son gland en elle. Puis elle descendit à nouveau, très lentement cette fois, s'empalant sur son membre centimètre par centimètre.

Oh, bordel.

— Encore, ordonna-t-il entre ses dents serrées.

Elle se releva. Se laissa glisser de nouveau.

— Encore.

Elle accéléra le rythme. Max excitait son clitoris, le tirait, le pétrissait. Son membre épais glissait aisément, dans la crème de son entrejambe.

Elle s'abaissa… juste comme il venait à sa rencontre d'un coup de reins.

— Max !

Il retira sa main de sa chair gonflée de plaisir, et elle faillit hurler. *Encore!* Elle était trop près de jouir, elle voulait…

Max plaqua les mains sur le lit et se redressa face à elle, poitrine contre poitrine. Il l'embrassa passionnément tout en plongeant en elle, à coups de bassin puissants, et elle adorait ça, elle adorait ça! Sam se fichait de la lumière. Elle se fichait de ce qu'il voyait. Enfin, tout était parfait. Il était parfait.

Sam enfonça ses ongles dans la chair de son torse en l'étreignant. Elle était si proche de l'orgasme que son sexe frissonnait.

Il avait collé sa bouche à son cou, à présent, et la léchait, la suçait. Il enfouit ses mains dans sa chevelure et les serra.

— Tu es tellement, tellement belle.

Avec lui, elle avait l'impression de l'être.

Il leva la tête et posa sur elle un regard incandescent.

— Magnifique.

Sam frissonna et eut la sensation que son corps se brisait en deux. Le flot brûlant de l'orgasme déferla sur elle, et elle jouit au cœur de cette chaleur tourbillonnante.

Max la contemplait.

Son sexe se crispa sur son membre. Max l'embrassa, plongea la langue dans sa bouche, et elle frissonna contre lui. Sam se dressa sur les genoux, descendit une fois encore, et il jouit. Non, il sembla à Sam qu'il explosait en elle. Son membre tressauta, tout son corps se tendit, et le plaisir les ébranla tous les deux, passant de l'un à l'autre. Tellement fort, tellement violent.

Sam sentait son cœur pulser contre ses tympans. Elle resserra ses muscles internes sur lui, tentant de lui voler jusqu'à la moindre goutte de plaisir.

Elle avait envie d'arrêter le temps. De rester avec lui.

En sécurité, dans ses bras.

Même si ce n'était qu'une illusion.

— Mon frère est parti.

Le regard de Quinlan n'était pas posé sur la pleine lune, juste derrière la fenêtre. Il avait penché la tête, et Beth le vit regarder sa main gauche. Cette main toujours couverte de bandages, tout comme la plus grande partie de son corps.

Non pas que les bandages aient ralenti son ardeur au lit. Ils s'étaient juste montrés… prudents. Elle connaissait la différence entre le plaisir sexuel et la douleur. Beth avait retenu la leçon il y a bien longtemps.

Et ces foutus agents connaissaient son passé.

Après avoir inspiré lentement, profondément, Beth le rejoignit et déposa un baiser sur son épaule nue.

— Tu sais où il est, dit-elle.

Avec elle. Ce non-dit flotta un instant dans le silence.

Quinlan se raidit.

— Elle est du FBI, se remémora-t-il, incrédule.

Beth venait tout juste de l'apprendre, elle aussi. Bon sang. Tous ses projets…

— Je pensais qu'elle n'était que son nouveau plan cul, déclara-t-elle.

Max aimait la variété, en matière de femmes, et elle avait même songé une ou deux fois à lui faire des avances.

Quinlan se tourna vers elle.

— C'est le cas. Elle est à la fois sa maîtresse et agent fédéral. (Le clair de lune éclaira son visage.) Ils avaient dit à Max : pas de flics. Ils lui avaient dit, martela-t-il. Et il a transgressé les règles.

— Et ton père est mort, ajouta-t-elle doucement.

Beth songea qu'elle aurait probablement dû ressentir un certain chagrin. Ce n'était pas le cas. Elle n'avait plus à se taper ce vieux con ni à arborer ce sourire idiot, le sourire hypocrite qui disait qu'elle aimait sentir sa petite bite en elle.

Quinlan sursauta, et serra sa main indemne.

— Quand je m'endors, je vois mon père. Les agents ont braqué leurs torches sur nous, et j'étais au-dessus de lui, et il y avait du sang partout.

Beth déglutit. OK. Elle n'avait pas envie d'entendre ça.

— N'y pense pas, conseilla-t-elle en lui prenant le bras. Reviens te coucher.

Les draps froissés les attendaient. S'il lui en laissait l'occasion, elle pourrait lui faire oublier presque tout ce qui le préoccupait.

Quinlan soutint son regard, et pendant un court instant, la colère déforma ses traits séduisants. Colère, et… dégoût ?

— Tu étais dans son lit il y a quelques nuits à peine, siffla Quinlan. Son corps est encore tiède, et tu reviens déjà vers moi.

S'il s'était attendu à ce qu'elle rougisse ou ressente le moindre soupçon de honte, il ne savait pas à quelle femme il s'adressait.

— J'étais avec toi alors qu'il respirait encore.

C'était si facile : il suffisait de traverser le couloir. Et Quinlan avait été en mesure de lui donner ce qu'elle voulait, ce que Frank n'avait jamais su faire.

— À présent, c'est encore plus facile.

Quinlan secoua la tête :

— Je n'arrive jamais à en être sûr. (Il marqua une courte pause et plissa les yeux.) Est-ce que tu es vraiment la salope sans cœur que tu prétends être ?

Beth esquissa un sourire.

— Peut-être.

Son cœur battait trop vite. *Peut-être pas.*

— Et toi, est-ce que tu es vraiment l'enfant perdu et trop gâté que tu prétends être ?

Il s'empara de ses lèvres. Doucement d'abord, puis plus fort, plus fort ! Car il savait ce qu'elle aimait.

— Peut-être, murmura-t-il contre sa bouche.

Il plaqua son corps contre le sien, et pressa son sexe, dressé, épais, impatient, contre les cuisses de Beth.

Peut-être pas.

Chapitre 13

— Il y a quelque temps, lors d'une autre affaire... (la voix légèrement voilée de Samantha flottait dans l'obscurité) il m'est arrivé quelque chose.

Elle était étendue près de Max dans le lit, une main posée sur son torse, la tête tournée vers lui pour plonger dans ses yeux. Un parfum de sexe et de femme emplissait l'air, attisant la faim de Max.

Avec elle, il en voulait toujours plus.

Mais un écho douloureux accompagnait ses paroles, et le corps de Max se tendit.

— Quoi ?

Elle retira sa main de son torse, et ce contact lui manqua aussitôt.

— Samantha ?

— Je travaillais sur une affaire dans le Mississippi. L'affaire du Guetteur.

Ce nom lui rappela quelque chose.

— Ce salaud qui assassinait des femmes ?

— Il ne faisait pas que les tuer, rectifia-t-elle d'une voix toujours aussi douce et sensuelle. Il les torturait, d'abord. Il donnait vie à leurs pires cauchemars.

Max n'aimait pas la direction que prenait cette conversation. Il tendit la main vers elle, la posa sur sa hanche et tira Sam à lui.

— Tu l'as arrêté ?

Elle eut un rire amer.

— Si seulement…

Le bruit qu'elle fit en avalant sa salive fit mal à Max.

— Mon avion venait d'atterrir à Jasper, et je traversais le terminal. En tout cas… (elle émit de nouveau ce pauvre rire, dépourvu de joie) c'est ce qu'on m'a raconté. Je n'ai pas beaucoup de souvenirs de l'aéroport. Tout ce dont je me souviens, c'est de m'être réveillée attachée à une chaise dans une sorte de cabane.

Lorsqu'elle prit une inspiration nerveuse, Max s'aperçut qu'il avait serré les doigts trop forts sur sa hanche. Il se força à relâcher sa prise.

— Qu'est-ce qu'il a fait ? demanda-t-il.

Sam baissa les yeux.

— Est-ce que tu as peur de quelque chose, Max ?

Oui, de toi.

— J'étais mort de peur à l'idée de ne pas revoir Quinlan vivant. Lorsque je suis arrivé à l'hôpital et que j'ai trouvé ma mère dans le coma, parce qu'elle avait fait une overdose d'antalgiques, oui, j'ai eu peur.

Il était même terrorisé.

— Je connais la peur, acheva-t-il. Comme tout le monde.

— Mais tu as peur pour les autres, rétorqua-t-elle en rouvrant les yeux. Tu es comme Monica. Vous deux… vous êtes forts.

— Tu l'es aussi, répondit-il avec la certitude absolue d'avoir raison.

Les draps bruissaient comme elle remuait contre lui.

— Il faut que… il faut que je me lève.

Il ne voulait pas qu'elle s'éloigne, mais il ne la forcerait pas à rester près de lui. Il relâcha donc son emprise, laissant ses doigts glisser sur sa peau soyeuse.

Samantha bondit pratiquement hors du lit. Elle se précipita vers sa coiffeuse et s'empara d'un peignoir. Elle tremblait lorsqu'elle l'enfila et noua la ceinture sur sa taille. *Pour se protéger.*

Elle fit quelques pas, nerveusement, puis s'arrêta près du lit. Max se redressa et s'assit, le drap recouvrant ses hanches. Elle vivait un moment important, et il ne voulait pas la presser, même s'il était impatient de savoir…

— Si j'avais été plus forte, il ne m'aurait pas brisée si facilement. (Elle croisa les bras sur sa poitrine.) À la fin, je le suppliais de me laisser mourir.

Ce cauchemar qu'elle avait eu, dans son lit… *Merde.* Max fut debout en une fraction de seconde. Tant pis s'il n'arrivait pas à garder son sang-froid. Il avait besoin de la toucher. Il lui saisit les bras et l'attira à lui.

— Qu'est-ce qu'il a fait ?

— Comme je te l'ai dit, l'autre jour… Quand j'étais enfant, j… j'ai failli me noyer près de la maison de vacances de mes parents.

Et elle avait dit que sa mère… ne l'avait même pas remarqué, tant elle était soûle. Bordel. Il n'était pas près d'oublier cette histoire.

Elle lâcha un soupir étranglé.

— Après ça, je me suis mise à détester l'eau. À la haïr, même. Ma mère… elle a commencé à se sevrer, et une fois qu'elle a été guérie, elle a voulu que je guérisse aussi.

— Toi ? Mais pourquoi…

— À chaque fois qu'elle tentait de me faire tremper un orteil dans la piscine, coupa Sam, je me mettais à trembler. Si j'avais l'impression qu'on allait me forcer à entrer dans l'eau, je faisais une crise d'angoisse. Ma mère m'a emmenée voir des psys. Une bonne dizaine de psys différents. Ils ont dit que je faisais de l'hydrophobie… (Elle s'interrompit et secoua la tête.) Comme si j'avais besoin d'eux pour savoir que j'avais peur de l'eau.

— C'est normal d'avoir peur, après un tel événement.

— C'est ce qu'ils ont dit, murmura-t-elle. Ils ont ajouté que je pouvais travailler à dépasser ma peur. (Elle soupira longuement.) Mais je leur ai dit d'aller se faire voir. Je n'aimais pas l'eau, et je n'avais pas la moindre envie de me baigner à nouveau.

Puis le Guetteur était arrivé.

Samantha riva son regard à celui de Max avant de reprendre :

— Quand je me suis réveillée, ligotée, j'ai entendu l'eau clapoter non loin de moi, et j'ai su ce qu'il allait faire. (Elle parlait si bas que Max était obligé de tendre l'oreille.) Mais je ne pensais pas… je ne pensais pas qu'il allait m'y ramener autant de fois.

Max secoua la tête, car il était persuadé d'avoir mal compris. Elle ne pouvait pas être en train de dire…

— Quand il m'a tuée pour la cinquième fois dans l'eau, avant de me ramener à la vie – sa bouche sur la mienne, son souffle dans mes poumons – j'ai arrêté de compter. Et j'ai commencé à le supplier de me laisser mourir.

Il l'attira contre son torse et la tint serrée contre son cœur. *Non, non, putain, non.*

— Est-ce que tu sais ce que ça fait, de se noyer ?

Son murmure devenait plus confus, plus faible.

— Non, lâcha-t-il en resserrant son étreinte.

Il avait enfoui les mains dans ses cheveux, et le corps de Samantha se pressait contre lui. Doux. Chaud. Vivant.

— La plupart des gens pensent qu'on se noie rapidement et sans douleur, mais c'est faux. Chaque seconde est interminable. Tu sens ta gorge se serrer, tes poumons s'enflammer, et tu as tellement, tellement envie de respirer… (Les mots cascadaient hors de sa bouche, à toute allure, et sa voix se faisait de plus en plus ferme, plus forte.) Tes tempes explosent, et la douleur arrive, par vagues successives, comme l'eau.

Et puis… tu commences à couler. Ton corps ne répond plus. Tu ne peux plus donner de coups de pied, tu ne peux plus agiter les bras, tu ne peux que couler, et l'eau devient de plus en plus sombre, etc.

— Samantha !

Il la secoua, et elle releva la tête. Elle cligna des yeux comme si elle recommençait tout juste à le voir.

Elle pinça les lèvres. Il y eut un instant de silence, puis elle reprit :

— Ce n'est pas plus facile la deuxième fois. Ni la troisième, ni…

Des larmes roulèrent sur ses joues. Il les frôla de ses lèvres et sentit leur goût salé.

— Tu as survécu.

— Non.

Il tourna la tête et s'abîma dans les lacs sombres de ses yeux.

— Je suis morte ce jour-là, lui dit-elle. Et quoi que je fasse durant les mois qui ont suivi, je n'arrivais pas à revenir. Je n'arrivais pas à vivre. (Elle se passa la langue sur les lèvres.) J'avais perdu la maîtrise de moi-même. La peur me dominait en permanence, et tout ce que je voulais, c'était lui échapper. Je voulais faire semblant de ne pas être cet agent brisé.

Il se remémora une femme splendide pénétrant dans un bar enfumé. Une jupe courte, de longues jambes, un sourire à se damner. Mais des yeux où luisait la peur.

Elle ne voulait que du sexe, alors. Pas de passé, pas d'avenir, seulement eux deux dans l'obscurité.

Elle l'avait quitté quelques heures plus tard. Elle était partie. Mais elle était revenue le trouver à la réception…

Puis l'enfer s'était abattu sur eux.

— Tu étais censé être un coup d'un soir, avoua-t-elle en écho à ses pensées. (Elle lui adressa un regard franc.) Un moyen pour moi de reprendre le contrôle, pour prouver que je n'étais pas une poupée cassée.

Une femme qui prenait ce qu'elle désirait.

Elle secoua doucement la tête. Les larmes avaient séché sur ses joues.

— Mais j'avais besoin de toi. Je ne voulais faire ça qu'une fois, mais j'avais tellement besoin de toi. Il a fallu que je te retrouve.

Il ne relâcha pas son étreinte. Il ne la relâcherait jamais.

— Tant mieux, rétorqua-t-il sans ambages, parce que si tu n'étais pas revenue, c'est moi qui serais allé te chercher.

Et les ombres parurent refluer de son visage.

— Les autres me regardaient tous comme si j'étais sur le point de m'effondrer. Ils s'attendaient tous à ce que j'échoue. (Elle scruta son regard.) Quand tu m'as regardée dans ce bar, tu n'as vu qu'une femme.

Une femme qu'il désirait plus que l'air qu'il respirait.

— C'est toujours ce que je vois.

Non, ce qu'il voyait, c'est qu'elle était forte. Tellement plus qu'il ne l'avait imaginé.

— Je suis obligée de faire mon travail, Max. (Elle releva légèrement le menton.) Je dois prouver que j'en suis capable, quoi qu'il arrive.

Pourquoi ses paroles sonnaient-elles comme un avertissement ?

— Mon travail m'a menée à toi. Il m'a guidée jusqu'à ce bar. (Elle sourit, avec une pointe d'amertume.) Mais je ne m'attendais pas à ça. Je croyais que j'étais blindée, que…

Personne ne le saurait. Bien qu'elle ne les ait pas prononcés, ces mots flottèrent entre eux.

— Puis l'enfer a débarqué, compléta Max.

Elle hocha tristement la tête.

— Et aujourd'hui, on est obligés de ramasser les morceaux. (Elle poussa un petit soupir.) Voilà, tu sais, maintenant. Tu sais tout.

— Et tu connais mon histoire.

Un tueur et une victime. Bon sang, c'est ce qu'on appelait le choc de deux mondes opposés. Pas étonnant qu'elle ait été si terrifiée lorsqu'elle avait appris, pour lui. La véritable surprise venait du fait qu'elle l'ait laissé la toucher à nouveau, sachant ce qu'il était.

Mais elle l'avait attiré dans son lit avec tant de tendresse, et s'était montrée si généreuse… Au lit, elle n'avait jamais semblé effrayée. Seulement passionnée.

— Tu as tué pour protéger. (Elle secoua la tête.) Tu n'étais qu'un enfant. Tu essayais de sauver ta mère.

Max était un homme désormais, et il était prêt à recommencer. Si le fils de pute qui avait fait du mal à Samantha se trouvait devant lui, il le réduirait en bouillie.

Elle leva les mains, lentement, et les posa sur la nuque de Max.

— Je… j'ai pensé que tu devais le savoir. Si tu veux qu'on soit ensemble, tu mérites de savoir.

Des lèvres, il effleura sa joue. Le parfum léger et fleuri de son shampoing lui chatouilla les narines.

— On peut tout reprendre à zéro, maintenant, dit-elle. Plus de secrets.

Il ferma les yeux et la tint serrée contre lui. Le cœur de Samantha tambourinait si fort et si vite qu'il le sentait battre contre son torse. Elle lui avait révélé jusqu'aux tréfonds de son âme.

Il baissa la tête et s'empara de ses lèvres. La confiance. Oui, il savait à quel point c'était une chose fragile.

Difficile à donner. Si facile à briser.

Max patientait dans la chambre d'interrogatoire numéro deux. Son frère Quinlan, lui, se trouvait dans la première. Et les deux autres victimes, Curtis Weatherly et Scott Jacobson, devaient arriver d'un instant à l'autre. Beth Dunlap n'avait pas donné signe de vie, mais un agent était parti la chercher chez les Malone. Manifestement, Beth n'avait pas vraiment envie de se replonger dans ses souvenirs.

Dommage. Le plongeon n'était pas franchement facultatif.

Sam avala une longue goulée d'air, pressa ses mains moites sur le tissu de son pantalon, et frappa à la porte du bureau de Hyde.

Lorsqu'elle l'entendit aboyer « entrez », elle tourna la poignée et glissa sa tête dans l'embrasure.

— Monsieur… (Sam inspira de nouveau profondément) j'ai besoin de vous parler.

Il fronça ses sourcils noirs.

— Je croyais que vous deviez mener un interrogatoire.

Elle referma la porte derrière elle.

— Vous savez… vous savez que je fréquente Max Ridgeway.

Et pour cette raison, elle n'avait pas compris l'ordre qui lui avait été donné ce matin même.

— Je ne peux pas l'interroger.

Hyde roula les épaules.

— Je pensais qu'il s'agissait juste d'une couverture.

— Non, monsieur, notre relation… (était-ce le bon mot ?) est bien réelle.

Hyde lâcha le stylo qu'il serrait dans sa main.

— Dans ce cas, vous ne travaillez plus sur cette affaire.

C'était la réponse qu'elle attendait. La tension qui crispait ses épaules se relâcha un peu.

— Je comprends.

— Officiellement.

À ce mot, Sam se figea.

— Monsieur ?

Le cuir de son fauteuil chuinta doucement lorsqu'il se leva. Hyde contourna son bureau, d'un pas lent et délibéré, sans la quitter du regard.

— Nous avons un problème. Plusieurs problèmes, en réalité. (Il pencha la tête vers elle.) Mais vous le saviez, n'est-ce pas ?

Le nœud, au fond de son ventre, signifiait que oui. Elle savait.

— Je n'aime pas cette affaire, Kennedy. Je n'aime aucune de ces affaires d'enlèvement. Nos suspects nous ont été présentés sur un plateau, tous bien ficelés. Pas seulement bien ficelés : morts.

Les cadavres formaient une pile impressionnante.

— Je trouve ça un peu trop pratique, poursuivit-il. Quand tout le monde est mort, il ne reste plus personne pour pointer du doigt le responsable.

Avec effort, Samantha demeura les bras ballants, espérant paraître détendue. *Pas sûr.*

Hyde la soupesa du regard.

— Certaines questions n'ont toujours pas de réponse. Ces victimes qui nous échappaient depuis des mois… leurs parents les ont finalement ramenées à la maison.

Car leurs parents les pensaient en sécurité, désormais. Mais l'était-on jamais ?

— Tant que je ne serai pas satisfait de la résolution de cette affaire d'enlèvements en série, le dossier restera ouvert.

Sam se força à acquiescer.

— Bien sûr.

— Et j'ai besoin de vous. (Son regard étincela.) Je veux que vous assistiez tout de même à l'interrogatoire de Max.

Sam secouait déjà la tête. Hyde leva une main.

— Laissez-moi le temps de m'expliquer.

Elle s'immobilisa.

— Je veux que vous l'observiez, et que vous me disiez si vous pensez qu'il ment.

— Monsieur, je ne…

— Vous êtes la seule à le connaître réellement. (Hyde croisa les bras.) Officiellement, je ne peux pas vous laisser passer derrière la vitre de la salle d'interrogatoire…

Mais officieusement, il souhaitait qu'elle espionne la séance et qu'elle vienne ensuite lui faire son rapport.

— Je viens de vous dire qu'il était mon amant.

Elle ne détourna pas son regard du sien, et garda le dos bien droit.

— Et si Ridgeway n'a rien à cacher, cela n'a pas d'importance. Il y a une très grosse somme d'argent en jeu, Kennedy, et même des gens bien peuvent être parfois tentés par la promesse d'une telle fortune.

Mais Max se fichait de l'argent de Frank. Max avait pavé sa propre route dans ce monde.

— S'il cache quelque chose, continua Hyde, ne voudriez-vous pas le savoir, de toute façon ?

Sam le maudit intérieurement.

— Max n'a rien à cacher.

Elle avait enfin trouvé quelqu'un à qui elle pouvait faire confiance, et elle préférerait mourir plutôt que de violer sa confiance à lui. Même pour son travail.

— Nous verrons cela, répliqua Hyde.

Sam tourna les talons.

— Je veux que vous assistiez à cet interrogatoire, insista-t-il d'un ton qui avait pris la dureté de l'acier. Faites votre travail, Kennedy.

Très bien. Mais elle le ferait à sa manière.

— Est-ce qu'on va bientôt commencer ? (Max jeta un coup d'œil à la montre noire qui ceignait son poignet.) J'ai quelques rendez-vous professionnels à honorer.

— Nous n'allons pas vous retenir très longtemps, monsieur Ridgeway, murmura Luke en se tirant un siège. (Il posa une lourde pile de dossiers sur la table.) Je n'ai que quelques questions à vous poser.

Le regard de Max s'étrécit.

— Vous m'avez déjà posé une tonne de questions.

— Et il m'en reste quelques-unes, répliqua, avec un sourire carnassier, l'agent que Max appréciait le moins.

— Où est Samantha ?

Le regard de Max flotta jusqu'au miroir derrière lui. Samantha se trouvait-elle de l'autre côté, à l'observer ? Il avait quitté sa maison avant l'aube, il ignorait donc si elle était déjà partie au bureau.

— Je suis certain que l'agent Kennedy se trouve dans le bâtiment.

Luke ouvrit un dossier tandis que l'autre agent, Kim Daniels, s'adossait au mur du fond en croisant les bras.

— Bien, êtes-vous donc disposé à répondre à mes questions ?

Max leva les mains en l'air :

— Allez-y.

— Et vous ne souhaitez pas qu'un avocat soit présent ? ajouta Daniels.

— Je n'en ai pas besoin.

Car il n'avait absolument rien fait de mal. Pas cette fois-ci.

Quinlan Malone était pâle comme la mort. À travers le miroir sans tain, Sam regarda fixement l'homme assis, les épaules voûtées, devant la petite table de la chambre d'interrogatoire numéro un.

— Monsieur Malone, amorça la voix mélodieuse de Monica Davenport, êtes-vous certain que vous ne souhaitez pas être accompagné d'un avocat ?

— Je suis la victime.

Quinlan se balança légèrement d'avant en arrière. Sa main bandée était posée sur la table, témoin silencieux de l'enfer qu'il avait vécu.

— Je ne suis pas un criminel, bon sang. Je n'ai pas besoin d'un avocat.

— Très bien.

Monica ouvrit un de ses dossiers.

Sam ajusta le niveau du volume. Les interrogatoires étaient filmés – c'était toujours le cas au FBI – mais elle ne voulait pas suivre celui-ci depuis la salle de contrôle. Elle voulait se trouver ici, au plus près, afin de distinguer chaque mouvement et de déceler le moindre changement d'expression, instantanément.

— S'il vous plaît, racontez-moi le soir de votre enlèvement.

Quinlan eut un frisson et inspira avec difficulté.

— J… j'étais au *Centre*. Mon frère était là…

— Max Ridgeway ?

— Ouais, ouais, il était là… avec sa nouvelle copine. (Sa bouche se tordit.) L'agent.

— Vous faites référence à Samantha Kennedy ?

— Je fais référence à la rousse avec le sourire sexy. (Il haussa les épaules.) Je n'ai pas retenu son nom, à ce moment-là.

Sam l'étudia fixement. Il avait posé les deux mains sur la table, à présent. Le blanc de ses bandages se détachait sur le reste du décor.

Monica ne cilla pas.

— J'aimerais que vous dressiez la liste des personnes à qui vous avez parlé dans ce bar.

Il haussa de nouveau les épaules.

— Quand mon frère est parti, j'ai dragué une… une… femme. (Quinlan fronça les sourcils et secoua la tête.) Elle était blonde, je crois. Et elle avait… Elle portait une robe noire. (Il lâcha un soupir agacé.) Je sais que j'ai rencontré une fille, mais je n'arrive pas vraiment à me le rappeler.

— Quelle est la première chose dont vous vous souvenez après *Le Centre* ?

Il leva la tête. L'espace d'un instant, son regard se braqua sur le miroir, avant de revenir à Monica. Il leva la main gauche.

— Un connard m'a coupé le doigt.

Le genre de choses qu'on n'oubliait pas facilement.

— Je me suis évanoui, au bout d'un moment. (Sa voix était rauque, éraillée. Il s'éclaircit la voix.) Je me suis réveillé plusieurs fois, et il faisait toujours noir. Je pense… je pense que je devais avoir les yeux bandés. Je n'ai jamais vu personne, j'entendais seulement leurs voix.

— « Leurs » ? saisit aussitôt Monica.

— Ouais, ouais. Un type qui chuchotait tout le temps. Ce salaud n'arrêtait pas de dire qu'on verrait combien je valais, et il y avait une fille avec lui, une femme. Quand il a commencé à me trancher le doigt, je crois qu'elle a essayé de l'en dissuader.

Plus bas, il ajouta :

— Je crois qu'elle a essayé.

— Vous avez donc entendu sa voix ?

Quinlan plissa les yeux.

— J'ai entendu une femme parler. J'en suis sûr.

— Et que disait-elle ?

Quinlan se contenta de regarder Monica. Les secondes s'égrenèrent dans un silence de plomb.

Puis Monica reprit doucement la parole :

— Dites-moi une chose, monsieur Malone. (Elle se pencha vers lui.) Connaissiez-vous Adam Warrant ?

Quinlan attrapa son verre d'eau. Il le vida presque entièrement en deux gorgées.

— Vous savez déjà que oui, répondit-il.

— Et Jeremy Briar ?

— Je…

— Voici sa photo. (Monica fit glisser une image dans sa direction.) Le voilà, avec vous. La photo a été prise l'année dernière, au cours d'une fête à l'université de Melline.

Quinlan contempla la photo.

— Il est mort, lui aussi.

— Trois victimes décédées, trois survivants. (Monica tapota la table de ses ongles.) Vous avez lu les articles, vous connaissez donc l'identité des deux autres survivants. (Monica marqua une pause avant de poursuivre.) Est-ce que je dois vous montrer les photos, ou êtes-vous prêt à admettre que vous les connaissiez, eux aussi ?

Quinlan lança un nouveau regard au miroir, les traits tendus par la colère.

— Je sais ce que vous faites. Ce n'est pas moi, le criminel, putain ! (Il bondit sur ses pieds.) Je suis celui que ces salauds ont ligoté à une chaise. Celui qu'ils ont découpé ! Regardez-moi ! hurla-t-il.

Monica le regardait. Sam aussi. Elle voyait sa rage, sa peur.

— Vous les connaissiez tous, insista calmement Monica. Drôle de coïncidence, non ?

La chaise tomba en arrière et heurta le sol avec fracas.

— Je ne me souviens pas de Scott Jacobson, lui lança-t-il. Oui, je me rappelle avoir été dans la même classe que Greg Tyler en première année, mais je ne l'ai pas revu depuis.

— Vous êtes le seul lien que nous avons pu établir entre les victimes pour le moment.

— Ce n'est pas moi que vous cherchez, soupira Quinlan, excédé. Peut-être qu'on est tous sortis avec la même fille. Peut-être qu'on a tous mis le même connard psychopathe en colère. (Il se détourna et se dirigea vers la porte.) Il n'y a pas que moi. Il existe un autre lien. Faites votre boulot et découvrez ce que c'est.

— J'ai d'autres questions, monsieur Malone.

La voix de Monica demeura basse et sereine, et elle ne bougea pas de son siège.

— Je ne répondrai plus à vos questions. (Il lui décocha un sourire nerveux.) À moins que mon avocat ne donne son accord, et une fois que je lui aurai raconté cette conversation, ce ne sera pas le cas.

À présent, Monica se levait. Lentement.

— J'aimerais un échantillon de votre ADN. Cela nous aidera à éclaircir…

— Non, non ! Vous n'obtiendrez plus rien de moi.

Monica pencha la tête à droite.

— Je croyais que vous n'aviez rien à cacher.

— Oui, eh bien, c'était avant que je comprenne que vous vous foutiez pas mal de ce que j'avais traversé. Tout ce qui vous intéresse, c'est votre putain d'affaire. (Il ouvrit brusquement la porte.) Vous ne comprenez pas, hein ? J'ai cru que j'allais mourir dans ce trou. Et quand ils ont commencé à me torturer, j'ai eu *envie* de mourir.

Et il sortit en trombe. Monica se tourna pour regarder le miroir. *Non, pour me regarder, moi.*

J'ai eu envie de mourir. Les derniers mots de Quinlan. Sam les comprenait trop bien.

Elle se rua vers la porte. Lorsqu'elle sortit dans le couloir, elle se trouva nez à nez avec Quinlan. Il trébucha et faillit s'écrouler sur elle. Elle leva les mains pour l'arrêter, et tous deux se figèrent.

— Vous allez vous en remettre, lâcha-t-elle sans réfléchir.

Il émit un ricanement sombre.

— Conneries.

Quinlan tenta de la dépasser. Sam lui empoigna le bras.

— Vous avez survécu.

On lui avait dit tout cela, à elle aussi, mais…

Sur le moment, je ne comprenais pas.

— J'ai tué mon père, lança-t-il. (Ses yeux étincelaient de colère.) Je me réveille toutes les nuits, et vous savez ce que j'entends ? Le gargouillis qu'il a fait lorsque je lui ai enfoncé le couteau dans la gorge. J'entends ce son, et ça me donne envie de vomir.

Monica avait surgi de la chambre d'interrogatoire, et elle les observait, un peu en retrait. Sam ne lui prêta pas attention.

— Il faut que vous alliez consulter. Commencez tout de suite une psychothérapie.

— Thérapie, mon cul, cracha Quinlan en se dégageant. Il y a des choses, et des gens, qu'on ne peut pas réparer.

— Et d'autres qui peuvent l'être. (Sam inspira profondément.) Vous n'êtes pas seul, Quinlan. Votre frère tient à vous. Il vous accompagnera tout au long du chemin.

Quinlan jeta un coup d'œil à Monica par-dessus son épaule.

— Qu'est-ce que vous en avez à foutre ? Vous avez attrapé les méchants. Allez tous vous féliciter en vous donnant des claques dans le dos et laissez-moi tranquille.

Ce n'était pas si simple.

— Ne voulez-vous pas savoir pourquoi ? demanda Samantha. Pourquoi ils vous ont choisi ? Pourquoi ils vous ont fait subir tout cela ?

— Je sais pourquoi, rétorqua-t-il avec une grimace. Parce que j'ai la poisse. Je l'ai toujours eue.

Quinlan continua sa route, d'un pas ralenti par ses blessures, mais la tête haute. Et il disparut.

— Est-ce que c'est la question que tu te poses ? demanda doucement Monica en se rapprochant de Sam. Pourquoi le Guetteur t'a enlevée, ce jour-là ?

Sam soutint son regard.

— Je me pose beaucoup de questions, mais pas celle-là.

Le moment était propice, elle faisait une victime parfaite. Il était prêt à la recevoir, mais elle-même n'était pas prête à l'affronter. Sam jeta un coup d'œil à sa montre. L'interrogatoire de Max n'était pas terminé. Enfin, peut-être pas.

— Excuse-moi, il faut que j'y…

— Tu fais toujours des cauchemars ?

Était-ce son amie qui le lui demandait ? Ou bien l'agent haut placé qui faisait son rapport directement à Hyde ? Sam déglutit.

— Ça n'a rien à voir avec l'affaire.

— On ne peut pas se remettre de l'enfer si vite. Tu ne peux pas, et Quinlan non plus.

C'était vrai.

— Je dois y aller.

Sam se hâta le long du couloir, et faillit ne pas entendre…

— Moi non plus.

Le murmure s'était échappé des lèvres de Monica.

— Votre frère vous a-t-il expliqué comment il s'était trouvé en possession de ce couteau ? demanda Dante.

Max lui lança un regard acéré.

— Je ne lui ai pas demandé. Il n'est pas franchement d'humeur bavarde, en ce moment. Il a perdu son père, et il souffre.

Quinlan n'aurait pas dû se trouver dans les bureaux du FBI. À l'extérieur, ces charognards de la presse attendaient certainement l'occasion de prendre la photo que tous rêvaient de placarder en première page : celle de la main blessée de Quinlan.

Dante étudia ses notes :

— Les victimes survivantes indiquent qu'elles étaient attachées en permanence.

Max s'ébroua.

— Alors je suppose qu'elles l'étaient, mais que Quinlan a réussi à se libérer.

C'était la seule possibilité sensée.

— Il a mis la main sur le couteau dont ils s'étaient servis pour le découper, et il a décidé de prendre sa revanche.

Mais Quinlan n'avait pas eu sa revanche. *Frank*. Le timing n'aurait pas pu être pire.

— Les seules empreintes que nous ayons retrouvées sur l'arme étaient celles de Quinlan, intervint Kim Daniels. Nous y avons également trouvé des traces de son sang. Celui de Frank, bien sûr, et celui de Quinlan.

— Parce qu'ils s'en sont servis pour le torturer, et qu'ils ont été assez malins pour porter des gants.

Allons... ils le savaient, tout de même. Ces agents n'étaient pas complètement stupides.

— Notre légiste a remarqué quelque chose... d'étrange, concernant les entailles sur le torse de votre frère.

Dante fit glisser une photo du torse de Quinlan sur la table. Prise à l'hôpital, sans doute, avant que les blessures aient été pansées.

— Vous voyez ceci... ? (Il désigna le bas de l'abdomen de Quinlan, à gauche.) C'est ici que les plaies sont les plus profondes, puis lorsqu'elles remontent, elles deviennent de plus en plus superficielles.

— Et alors ?

Bordel, il y avait au moins cinq longues balafres rien que sur cette photo. Quinlan ne s'était pas plaint de la douleur. Pas une seule fois.

— Aucune entaille n'est assez profonde pour toucher un organe vital…

— Eh bien, coupa Max avec humeur, soit ce salaud a eu de la chance, soit il savait ce qu'il faisait.

Il repoussa la photo. Il ne voulait pas regarder le corps lacéré de son frère.

Dante forma une pyramide avec ses doigts et lui adressa un regard grave.

— D'après l'angle et la profondeur des lésions, notre légiste pense qu'il est possible qu'elles aient été auto-infligées.

Le champ de vision de Max se teinta de rouge, et il se leva d'un bond.

— C'est n'importe quoi !

Derrière lui, la porte s'ouvrit avec un grincement. Max tournoya sur lui-même et découvrit Samantha à l'entrée de la pièce. Son regard passait de lui à Luke.

— Tu savais ça ? interrogea Max en tapant du doigt l'image sanglante. Tu savais qu'ils allaient dire que Quinlan s'était coupé lui-même ? Putain, j'imagine qu'il s'est enlevé tout seul, aussi, hein ?

Dante et Kim restèrent muets.

— De quoi parles-tu ? demanda Sam en faisant un pas vers lui. Je n'ai pas entendu parler de…

— Brantley a examiné les photos, lâcha enfin Kim. Il pense que les plaies ont pu être auto-infligées.

« Ont pu ». Nom de dieu…

— Et elles « ont pu » lui être infligées par un malade pour le torturer, rugit Max.

Samantha s'approcha et baissa les yeux sur la table.

— Le point d'entrée est plus profond, en bas à gauche, l'informa Dante en poussant la photo vers elle.

— Oui, je le vois. (Elle soupira.) Il faut que nous demandions à Quinlan où se tenait son agresseur lorsqu'il l'a blessé. (Elle releva les yeux.) Et ça ne va pas être facile, parce que Quinlan n'est plus d'humeur à coopérer avec le FBI.

— Difficile de le blâmer, cingla Max. Je pensais que nous étions ici pour éclaircir les derniers détails.

« Auto-infligées », mon cul.

— C'est un détail, affirma Dante.

— Conneries. C'est vous qui essayez d'attribuer ces horreurs à mon frère. (Max pointa l'agent du doigt.) Allez parler aux autres survivants. Découvrez ce qu'ils savent, eux.

— J'ai bien peur que ce ne soit pas si facile, intervint une voix grave du côté de la porte.

Max regarda par-dessus son épaule et découvrit un grand homme à la peau sombre.

— Nous venons d'apprendre, annonça l'homme d'une voix ferme et puissante, que la première victime, Scott Jacobson, ne se présenterait pas à son interrogatoire.

Il devait s'agir du fameux Hyde, dont il avait entendu pis que pendre dans les médias.

— Il ne vient pas ? s'étonna Dante. Et pourquoi ?

— Parce qu'il vient d'être assassiné, répondit Hyde. Sa voiture a explosé sur le chemin de nos bureaux.

Chapitre 14

Max se rua hors des locaux du FBI en pressant son portable contre son oreille. Il fallait qu'il trouve Quinlan. Bordel, si quelque chose lui arrivait…

— Attends ! Max, arrête-toi !

Il se tourna et vit Samantha courir vers lui, ses cheveux roux embrasés par le soleil. C'est à cet instant que le répondeur de son frère se déclencha. Merde.

— Quinlan, rappelle-moi. Reste avec tes gardes du corps, et rappelle-moi, insista Max avant de raccrocher.

Sa Jeep ne se trouvait plus qu'à deux ou trois mètres de lui. Il s'était garé à quelques pâtés de maisons du bâtiment fédéral, et il voulait grimper dans sa voiture pour se lancer sur les traces de son frère.

Retrouver Quinlan. Car son frère n'était pas en sécurité. Pas encore. Pas alors que Jacobson était mort.

— Ils pensaient que c'était lui, cracha Max. Tes amis, ces agents… ils disaient que c'était lui.

Ils prenaient son frère pour un meurtrier.

Samantha se rapprocha jusqu'à ne plus se trouver qu'à quelques pas de lui.

— Tu sais que nous sommes obligés d'explorer toutes les pistes.

— Je m'en fous ! Il arrive à peine à marcher ! C'est la victime !

— Je sais, dit-elle doucement.

Si quelqu'un savait ce que c'était d'être la victime, c'était elle.

Max inspira, nerveux.

— Chérie, je dois y aller. Il faut que j'aille m'occuper de mon frère. Je...

— Je ne peux pas te laisser aller où que ce soit, Max.

Ces paroles étaient les dernières auxquelles il s'attendait de sa part.

— Quoi ?

— L'équipe de déminage se trouve déjà sur les lieux de l'attaque de Jacobson. Quelqu'un avait manipulé la voiture de Scott afin de provoquer cette explosion. (Son regard se braqua sur le véhicule de Max.) Maintenant, je voudrais que tu t'éloignes de ta voiture et que tu viennes avec moi.

Elle n'était pas sérieuse. Mais si, elle l'était. Max regarda de nouveau sa Jeep.

— Tu penses que c'était le kidnappeur ? Que c'est lui qui a piégé la voiture de Jacobson ?

— À ce stade, on ne peut pas se permettre de penser autre chose. (Elle tendit la main.) Viens avec moi, Max.

Il fit un pas vers elle.

— Mais je ne fais pas partie des victimes.

Personne ne devrait s'en prendre à lui. Il ne courait sans doute aucun danger.

Une sonnerie de portable carillonna doucement dans le silence tendu. Max baissa les yeux, par réflexe. Ah, non, ce n'était pas lui…

— Max ! hurla Samantha.

Celui-ci releva aussitôt la tête et lut la terreur sur son visage. Elle s'élança vers lui et lui prit la main. Puis quelque chose vint s'écraser dans le dos de Max, quelque chose de gros, de lourd, et de brûlant. Max fut projeté en avant.

Quelques secondes plus tard, lorsqu'il s'effondra sur le bitume, il entraîna Samantha avec lui.

Max était étendu sur le sol, inerte, cette salope du FBI allongée sous son corps. Cette pétasse avait empêché Max de monter dans la Jeep. À quelques secondes près…

Fabriquer des bombes était vraiment enfantin, de nos jours. Il suffisait de quelques clics pour faire apparaître un guide sur Internet. Bien sûr, elle se souvenait des grandes lignes, de toute façon. Ce n'était pas le genre de choses qu'on oubliait. Elle avait juste dû rassembler les pièces.

Tout simple.

Mais nettoyer derrière quelqu'un d'autre, ça, on pouvait dire que c'était foutrement chiant.

Le moteur de la BMW rugit tandis qu'elle fonçait le long de la rue, dépassant en un éclair les grands panaches de fumée noire. Elle faillit percuter une vieille dame qui n'était pas assez maligne pour se cantonner au trottoir.

Bordel, maintenant Max allait se montrer prudent. Et cette salope allait jouer les gardes du corps.

Mais elle n'avait pas eu le choix. *Trop risqué de leur abandonner un indice pareil.* La bombe avait été installée ce matin même. Si le FBI l'avait trouvée sur la voiture…

Ils auraient pu remonter jusqu'à moi. Elle ne pouvait pas les laisser faire. Alors, avec ou sans Max, la Jeep devait sauter.

Elle prit un virage serré à gauche, et la colonne de fumée disparut. Max se dressait sur son chemin, et il devait être éliminé. Après tout ce qui s'était passé, ça n'allait pas se terminer comme ça… Max tenant les cordons de la bourse, et tous les autres sans un radis.

Pas question.

Tuer Max et se débarrasser de ce Jacobson en une seule matinée aurait été parfait. Le FBI aurait simplement pensé qu'un des kidnappeurs avait voulu les descendre. Ils auraient reporté leur attention sur les enlèvements.

— Et pas sur moi, murmura Beth en ajustant son rétroviseur.

Des sirènes hurlèrent, et un camion de pompiers la dépassa en trombe. Puisqu'elle ne se trouvait plus aux abords immédiats de la scène, Beth s'arrêta sur le côté de la route et joua les citoyennes modèles. Elle s'efforça de faciliter le passage du camion et des deux voitures de police qui l'accompagnaient.

Elle patienta un moment, leur offrant tout le temps dont ils avaient besoin, puis regagna la chaussée. Elle conduisait lentement, à présent, avec prudence.

Et elle planifiait ses prochains coups. Comme toujours. Elle n'avait pas été l'esclave sexuelle de ce vieux connard pour des prunes. Non, elle avait gagné son argent et son bonheur, et elle obtiendrait les deux. Personne ne l'arrêterait. Personne.

Si elle devait tuer pour récupérer son dû, tant pis. Ce n'était pas la première fois, de toute manière. Elle s'était déjà assurée que son salaud de mari récolte ce qu'il méritait. Il avait prévu de la quitter. Elle !

Au lieu de cela, les flics avaient raclé ce qui restait de son corps sur l'autoroute. Exactement comme pour Jacobson.

Elle devait juste se montrer prudente… *Ne te fais pas prendre*. C'était l'unique règle qu'elle s'imposait.

Et elle ne s'était pas fait prendre, la dernière fois. Elle avait exploité ses relations, s'était procuré la bombe, avait appris comment la fixer sur la voiture et comment provoquer un bon gros « boum ». Son bref séjour en prison, après cette condamnation ridicule pour racolage, lui avait permis de se faire des amis particulièrement utiles.

Son sourire s'élargit tandis qu'elle passait au feu vert. Peut-être aurait-elle de la chance. Peut-être Max était-il mort. Peut-être avait-il reçu un morceau de métal sur le crâne, de même que l'autre pétasse, et tous deux avaient-ils été tués sur le coup. *Peut-être.*

Elle n'avait jamais été quelqu'un de très chanceux. Si elle l'avait été, alors sa mère n'aurait pas été une sale menteuse accro au crack et morte d'une overdose à vingt-trois ans, et son vieux n'aurait pas été un taré qui aimait toucher les petites filles.

Mais elle s'était chargée de cet enfoiré. Il était dans la voiture avec son mari, quand elle avait appelé pour leur dire à tous les deux combien elle les aimait.

— Samantha ? Samantha ?

La peur pulsait dans les veines de Max tandis qu'il saisissait Samantha et la retournait. Du sang lui dégoulina dans les yeux, et il passa une main sur son visage pour tenter de libérer sa vue.

Elle ne bougeait pas. Ses yeux étaient fermés. Le côté droit de son visage était couvert d'égratignures, et lorsqu'il posa la main sur sa joue, elle ne se réveilla pas.

Non.

La fumée tourbillonnait autour d'eux. Des voix retentirent, des cris. Non, pas des voix... Des sirènes.

Max regarda par-dessus son épaule. Sa Jeep n'était plus qu'un tas de débris fumants. Un des pneus était toujours en train de rouler le long de la rue. Si Samantha ne l'avait pas arrêté, les morceaux du véhicule ne seraient pas les seuls à joncher la chaussée.

Ses mains tremblaient lorsqu'il souleva la tête de Sam.

— J'ai besoin d'aide ! hurla-t-il à travers le rideau de fumée.

Max avait été projeté sur elle par le souffle de l'explosion. Il l'avait heurtée de plein fouet et l'avait fait tomber sur le bitume.

Ses cils se mirent à bouger.

— Samantha ?

Elle remua les épaules, presque imperceptiblement.

— Qu'est-ce… qui se passe… ici, tonna une voix furieuse.

Elle appartenait au type qu'il avait aperçu plus tôt. Hyde. Le chef de la SSD.

— Faites venir les secours ! hurla Max sans lâcher Sam.

— Vous êtes blessé ? interrogea Hyde en surgissant à travers la fumée.

Ramirez, l'agent qui avait abattu le kidnappeur dans le parc, le suivait comme une ombre.

— Pas moi. (L'écorchure sur son crâne, ce n'était rien.) Samantha.

La peur et la rage qui bouillonnaient en lui menaçaient de le faire exploser. *Ça n'aurait pas dû arriver.* Ce cauchemar aurait dû être terminé.

Mais un salaud courait toujours. Un salaud qui n'en avait pas fini avec cette histoire. Et maintenant, Samantha était blessée. Comme si elle ne l'avait pas suffisamment été par le passé.

Hyde tenta d'écarter Max de Samantha.

— Non !

Max ne fit que resserrer son emprise. Il ne l'abandonnerait pas.

— Si vous voulez que je l'aide, aboya Hyde, alors dégagez !

— Max ? murmura Sam.

Il devint rigoureusement inutile d'essayer de faire bouger Max. Samantha ouvrit les yeux. Elle plongea son regard sombre dans le sien.

— Ça… va ?

Lui ? La première chose qu'elle faisait, c'était s'inquiéter pour lui ? Max pencha la tête et déposa un baiser sur ses lèvres.

— Tu m'as sauvé la mise, chérie.

Puis elle lui avait infligé une terreur qui lui avait coûté dix ans de sa vie.

— Ridgeway, reculez, rugit Hyde.

Max soutint le regard de Samantha.

— Est-ce que ça va, toi ?

— Me suis cogné la tête… (Un faible sourire naquit sur ses lèvres.) Je t'ai juste laissé seul une petite minute.

— Et si tu ne me laissais plus jamais seul ?

Elle écarquilla les yeux.

Une sirène hurla, encore plus fort qu'auparavant, et une ambulance freina brutalement à trois mètres d'eux.

— Scott Jacobson *et* Ridgeway, commenta Ramirez d'une voix clairement audible malgré le vacarme. Monsieur, j'ai l'impression que nous avons un problème.

— Un putain de problème, oui, rétorqua aussitôt Hyde. J'ai déjà envoyé des flics chez les Weatherly.

Ils vont mettre Curtis sous protection rapprochée avant que son père le réexpédie à l'étranger.

— Ou qu'il se fasse tuer, grommela Ramirez.

Samantha inspira profondément. Son regard était toujours rivé sur Max.

— Il t'a pris pour cible, murmura-t-elle.

Max ne pouvait détacher son regard d'elle. Qui que soit cet enfoiré, oui, il l'avait pris pour cible, mais il avait failli les tuer tous les deux.

— Je veux qu'on passe la scène au crible ! ordonna Hyde tandis que l'équipe médicale se précipitait sur eux.

Max se força à s'écarter de Samantha. *J'ai besoin de la sentir contre moi.*

— Qu'on m'obtienne l'accès à toutes les caméras de surveillance dans un rayon de dix rues. Je veux pouvoir consulter les vidéos. Immédiatement ! exigea Hyde.

— Je m'en occupe, monsieur, annonça Ramirez avant de s'éloigner.

Hyde abattit sa main sur l'épaule de Max.

— On va le retrouver. Ce type s'est invité sur mon terrain, il a fait exploser une bombe à deux pas du FBI. Il a un sacré culot.

C'était une manière de le formuler. « Il est totalement cinglé » en était une autre.

— Pourquoi ? lâcha Max.

Il ne comprenait pas. Un secouriste lui prit le bras, mais il se dégagea et dit :

— Je ne vais pas monter sur votre foutue civière ! Occupez-vous d'elle. Elle risque une commotion cérébrale.

Les yeux de Samantha étaient si sombres qu'il distinguait à peine ses pupilles.

S'ils s'étaient trouvés ne serait-ce qu'un peu plus près de la Jeep…

Un élancement sourd lui brûlait les tempes.

— C'est lui, n'est-ce pas ? Le salaud qui a enlevé Quinlan.

Et dire qu'ils cuisinaient son frère adoptif seulement quelques instants auparavant. Oh, seigneur…

— Quinlan ! (Max se tourna vers Hyde.) Si le gars s'en est pris à moi et à l'autre victime, il va s'en prendre aussi à Quinlan.

Peut-être était-ce déjà le cas. Deux voitures sabotées. Pourquoi pas trois ? Jusqu'où allait la minutie de ce salopard ? Un froid glacé envahit le corps de Max.

— Je m'en occupe déjà, mon gars, le rassura Hyde. J'ai mis deux agents et l'équipe de déminage en route pour la demeure des Malone.

— Le maître des pantins, marmonna Sam.

Elle grimaça lorsque le secouriste lui palpa l'arrière du crâne.

Max plissa les yeux.

— Quoi ?

— L'un d'eux nous a échappé, souffla-t-elle. Celui… qui tirait les ficelles. Quelqu'un qui se tenait en retrait, qui observait tout… qui faisait le ménage.

« Le maître des pantins ». Qui ? Qui était-ce ?

Et où était ce fils de pute ?

Beth courut dans l'escalier, le cœur battant.

— Quinlan ?

Bordel, il était rentré plus tôt que prévu. Sa voiture était déjà garée devant la maison lorsqu'elle s'était engagée dans l'allée.

Il vaudrait mieux que ça n'interfère pas avec ses calculs. Elle avait planifié les attaques pour qu'elles aient lieu tandis qu'il se trouvait dans les bureaux de ces cons du FBI. Elle lui avait offert l'alibi idéal. Plus de soupçons, et plus de connard de grand frère pour s'interposer entre Quinlan et l'argent de Beth.

— Quinlan, où es-tu ?

Elle ouvrit la porte de sa chambre. Celle-ci était vide.

— Quinlan ?

Elle se hâta le long du couloir. Où étaient-ils tous passés ? Deux femmes de ménage étaient censées travailler aujourd'hui, mais elle ne les avait pas croisées.

Un choc sourd retentit dans la chambre de Frank, suivit d'un bruit de verre brisé. Beth s'élança, saisit la poignée et ouvrit la porte en grand.

— Qu'est-ce que…

La chambre était sens dessus dessous. Les meubles avaient été retournés. Les miroirs fracassés. Les cadres, fendus, gisaient au sol. Quinlan était debout au milieu de ce chaos, les épaules voûtées.

Beth inspira profondément.

— Quinlan, qu'est-ce que tu fais ?

Pas une crise de nerfs, pas maintenant. C'était la dernière chose dont elle avait besoin. Une fois qu'ils seraient bien installés, et qu'elle aurait la bague au doigt, alors il pourrait bien tourner dingue si ça lui chantait. *Mais pas maintenant.*

Il se pencha et ramassa un long éclat de verre, provenant de ce qui avait été un miroir ancien.

— J'ai vraiment la poisse, dit-il d'une voix si basse qu'elle dut tendre l'oreille pour comprendre.

— De quoi parles-tu ?

S'il voulait qu'ils comparent leurs histoires respectives…

Non. Elle n'avait jamais parlé à Quinlan de ses parents. Elle ne lui avait donné de son passé qu'une poignée de détails concis.

— Ma mère est partie quand j'avais quatre ans. Elle m'a laissé avec ce con qui se foutait pas mal de moi, et elle n'a jamais regardé en arrière, déclara Quinlan en faisant tourner l'éclat de verre dans sa main.

La pointe était aussi aiguisée qu'une lame. Elle étincela en accrochant un rayon de lumière.

— Quand j'avais quinze ans, il m'a enfin rappelé de cette prison qu'il appelait une pension, et pourquoi ? Pour me présenter à elle. La pute bon marché qu'il avait décidé d'épouser !

Au moins, il ne fourrait pas la main dans ton pantalon chaque putain de jour de ta vie. Les épaules de Beth se raidirent, et elle ferma la porte derrière elle avec un déclic, soudain très, très contente que la demeure soit déserte. Elle ne pouvait pas se permettre de laisser quiconque le voir dans cet état.

— Quinlan, il faut que tu te calmes, mon cœur.

Délibérément, Beth adopta une voix basse et douce afin de l'apaiser.

— Tu as vécu des choses difficiles. Tu es stressé, mais ça… ce n'est pas une solution.

Oui, on aurait juré qu'elle se faisait du souci pour lui, n'est-ce pas ? Pauvre petit bourgeois. Faites entrer les violons.

Un rire amer franchit les lèvres de Quinlan.

— Il n'a jamais eu de place pour moi dans sa vie, mais il en avait pour elle. Elle et son fils repris de justice.

Quoi ?

En l'entendant hoqueter de surprise, Quinlan leva la tête et braqua son regard sur Beth.

— Tu ne le savais pas, hein ? Max a tué un homme. Il l'a battu à mort avec une batte de base-ball. (Ses yeux enfiévrés se mirent à luire.) Et mon vieux le prenait quand même pour la septième merveille du monde. Il me comparait tout le temps à lui, il ne se lassait jamais de me dire que ce bon vieux Max travaillait pour se faire un nom… ça oui, on peut le dire, avec l'argent de MON père !

Max avait tué un homme ? Ça, c'était une vraie surprise.

— Et quand cette pute a fini par tomber malade, j'ai découvert la vérité.

— Est-ce que tu as bu ? lui demanda Beth.

Cela ne ressemblait pas à Quinlan. Oui, il râlait et se plaignait, mais il n'avait jamais traité Katie de pute.

— C'est pas de l'alcool. C'est des médicaments. (Il se passa la main sur le visage.) J'en avais marre de voir sa g… gueule. J'ai repris des pilules que ce foutu psy m'a données.

Beth passa la langue sur sa lèvre inférieure. Ah, les pilules. Elle s'en était amplement servie pour manipuler Frank.

— Il faut que tu ailles te coucher. Tout ça… (Elle désigna d'un geste l'anarchie qui régnait dans la pièce.) Tu aurais pu te blesser.

Il s'était blessé. Du sang avait traversé le tissu blanc qui couvrait son abdomen. Il avait dû faire sauter quelques-uns de ses points de suture.

— Tu sais qu'il voulait donner son argent à des œuvres humanitaires ? Quand elle était mourante…

Quinlan se comportait comme si Beth n'avait rien dit, et il baissa une fois de plus les yeux sur l'éclat du miroir.

— … j'ai découvert qu'il voulait donner tout son fric à la recherche contre le cancer. Tu y crois, toi ?

Oui. Parce que même si Frank la sautait, elle, ce vieux salaud avait semblé sincèrement amoureux de Katie.

— J'ai empêché ça. Je l'en ai empêché.

Il serra sa main droite sur l'éclat de verre. Trop fort. Une goutte de sang s'écrasa au sol.

— La poisse, putain.

Beth enjamba les tiroirs brisés de la commode de Frank. Il fallait qu'elle lui arrache ce morceau de verre. Vu la façon dont il se comportait, il était impossible de prédire ce qu'il pourrait faire. Et si ce petit bourgeois se tranchait les veines, que ferait-elle, alors ? Que récolterait-elle ? *Rien*.

— Et puis cet enlèvement… (Il leva la main gauche.) Mon père, mon père… je le vois…

Elle posa la main sur la sienne.

— Ça va aller.

— Non. (Il la cloua au sol de son regard hanté.) Ça n'ira plus jamais.

Un tourbillon de lueurs rouges et bleues éclairait la scène. Tandis que les pompiers entouraient l'épave encore brûlante de la Jeep, les flics et les agents du FBI grouillaient dans la rue.

— Je pense que c'était une bombe activée par téléphone, affirma Samantha qui se tenait à côté de Max.

Le secouriste avait terminé de l'examiner sur place après avoir tenté, en vain, de la faire monter dans l'ambulance.

— J'ai entendu la sonnerie, et j… j'ai su tout de suite que c'était ça.

Il lui prit la main et la serra dans la sienne.

— Sans toi, je serais mort.

Hyde les rejoignit.

— Nous avons un suspect.

— Ah ? Qui ? demanda Samantha.

Hyde désigna une vieille dame au chapeau un peu de travers, qui s'adressait avec animation à l'agent Daniels. D'une main tremblante, elle désigna le bout de la rue.

— Mme Sarah Ann Douglas a manqué d'être renversée par une voiture aujourd'hui. (Hyde pencha la tête sur le côté.) Juste après l'explosion, une femme conduisant une BMW bleue a failli écraser Sarah Ann.

Une femme ? Une BMW bleue…

Max se raidit. Non, il y avait des centaines de BMW à Washington. Le fait que Frank en ait une dans son garage ne voulait rien dire.

— La caméra de surveillance au feu rouge a filmé la voiture et sa plaque d'immatriculation. Et nous venons d'apprendre le nom du propriétaire. (Hyde braqua le regard sur Max.) Nous allons nous y rendre immédiatement, mais j'ai pensé que vous voudriez peut-être nous accompagner.

— Vous accompagner où ? demanda Sam en secouant la tête, les yeux plissés. Qui est le propriétaire ?

Merde. Max répondit, ses tripes lui dictant qu'il s'agissait de…

— Frank.

Et la femme qui conduisait la voiture ? Le suspect de Hyde ?

Beth.

— Ça n'ira plus jamais, lui cracha Quinlan, parce que je viens de regarder les infos. Scott Jacobson est mort. Il avait été enlevé par les mêmes kidnappeurs que moi, et, aujourd'hui, il est mort.

Elle laissa l'horreur se peindre sur son visage. C'était la réaction à laquelle il s'attendrait.

— Quoi ? Oh, mon dieu, Quinlan… je suis désolée !

Il leva brusquement la main et emprisonna son poignet. Les bandages s'imprimèrent dans sa chair comme il la tirait vers lui.

— J'ai vu le reportage à la télé juste avant que tu arrives. Max a aussi été pris pour cible. L'explosion qui lui était destinée l'a manqué.

Bordel. Mais ça n'arriverait plus. La prochaine fois, elle ne le raterait pas.

— Je les avais presque convaincus, marmonna-t-il. La pétasse de Max me mangeait dans la main. Cette femme pleurait presque en me regardant, et toi, tu as tout fait foirer.

Beth battit des paupières, assimilant peu à peu ses paroles, trop lentement.

— Qu… quoi ?

En un éclair, il la fit pivoter, et enserra son corps de son bras droit. Le dos de Beth était plaqué contre son torse.

— Espèce de petite conne, chuchota-t-il. Tu croyais vraiment que j'allais rester avec toi ? Que si je récupérais l'argent aujourd'hui, je te garderais ?

Elle sentait son souffle dans ses cheveux.

Une terreur véritable la prit aux tripes.

— Quinlan, l… lâche-moi.

La main bandée, la main qu'elle évitait de regarder, enserrait son avant-bras dans une poigne d'acier.

— Tu as tout fait foirer, répéta-t-il. Maintenant, qu'est-ce que je dois faire de toi ?

Oh mon dieu, oh mon dieu…

— Ça, je suppose…

À l'aide de l'éclat de verre, il lui trancha le poignet gauche.

— Non ! hurla-t-elle tandis que son sang se répandait sur le tapis.

Elle se débattit, rejetant la tête en arrière pour frapper la sienne.

— Non ! Laisse-moi !

Il desserra son étreinte. Le poignet et le bras de Beth l'élançaient et la brûlaient. *Quinlan ?* C'était lui qui l'avait fait entrer dans cette maison. Il avait tout organisé pour lui faire une place dans son monde.

C'était même lui qui lui avait dit de se taper Frank.

Beth s'éloigna de lui en titubant. Il l'avait profondément coupée, ouvrant une longue entaille depuis la base de sa paume presque jusqu'au coude. Elle referma ses doigts dont le bout était déjà engourdi, et lâcha une plainte tremblante.

— Tu pensais que je t'aimais ? demanda-t-il d'une voix douce.

Les jambes de Beth se dérobèrent sous elle, et elle s'effondra. Son sang tacha le bois luisant du parquet, et couvrit les doigts de Beth alors qu'elle tentait de ramper loin de lui.

— Moi, je t'aimais, lui cria-t-elle.

Et c'était vrai. Elle le voulait depuis le premier jour. Elle voulait la vie qu'il lui offrait.

Mais il se contenta de la regarder, et elle se demanda pourquoi elle n'avait jamais décelé l'éclat glacé de son regard. *Lève-toi.* Aucun homme ne la ferait ramper. Elle parvint à se remettre sur pied, trébucha, et glissa dans la flaque de sang. Il demeura immobile, l'observant avec un rictus cruel, l'éclat de verre sanguinolent toujours serré dans sa main.

— J'ai tué pour toi, lui lança-t-elle. (N'avait-il rien compris ?) Pourquoi…

Les battements de son propre cœur lui emplirent les oreilles. Trop forts, trop rapides.

— J'avais besoin de toi pour surveiller le vieux salaud. Pour m'assurer qu'il ne changeait rien à son testament. (Quinlan baissa les yeux sur l'éclat trempé de sang, et ses lèvres se tordirent.) Et puis, il y avait un petit effet bonus. À chaque fois qu'il te sautait, mon père se sentait tellement coupable qu'il n'arrivait même pas à me regarder en face. (Il eut un rire sec.) J'aimais bien le voir stresser. Il s'en voulait à mort, et il ne faisait pas attention à moi, ni aux projets que j'élaborais.

Elle expulsa une courte bouffée d'air, et pressa les doigts de sa main droite sur sa plaie palpitante. Sa main gauche était totalement engourdie, et le sang s'échappait bien trop vite de sa blessure.

— On peut réparer tout ça, suggéra-t-elle, désespérée.

Tout cet argent. Elle avait travaillé si longtemps pour l'obtenir. Baisé. Menti. Tué. Sa récompense était si proche.

— T… tu es en colère. Tu n'avais pas l'intention de…

Quinlan ricana, goguenard.

— Au contraire, Beth.

Il fit un pas vers elle, et Beth ne put s'empêcher de reculer.

L'argent. Elle avait besoin de cet argent. De la nouvelle vie qu'il lui offrirait. Elle ne serait plus une fille de pute, une fille dont tout le monde avait pitié. Une nouvelle femme.

— J'avais toujours prévu de te tuer, affirma Quinlan en s'approchant encore. Mais je voulais attendre que les flics arrêtent de surveiller tous mes faits et gestes. (Il brandit l'éclat de verre.) Changement de programme.

— Salaud !

Il bondit vers elle. Beth tourna sur elle-même et courut en direction de la porte, en hurlant aussi fort et aussi longtemps qu'elle le pouvait.

Il y avait forcément quelqu'un. *Donnelley.* Il ne partait jamais. Il serait là. Il serait…

Quinlan saisit une mèche de ses cheveux, mais elle ne s'arrêta pas de courir vers la porte. Des gouttelettes de sang volèrent, giclant de sa blessure.

— Tu es en train de tout salir, marmonna-t-il, et c'est moi qui vais devoir nettoyer.

Elle tourna la poignée et ouvrit la porte. Ses pas s'enfoncèrent dans l'épaisse moquette.

— Pas si vite, salope.

Il referma les doigts sur son cou.

— Aidez-moi !

— Personne ne viendra t'aider, lui dit Quinlan en passant un bras autour d'elle et en la serrant contre lui.

Il la tira en arrière, la ramenant dans la pièce. Elle donna des coups de pied, se débattit, mais son étreinte était trop ferme. Pourquoi n'avait-elle jamais remarqué à quel point il était fort ?

Ou peut-être était-ce elle qui était de plus en plus faible. Car la pièce commençait à tourner, et son visage lui sembla soudain trop chaud, puis trop froid, et...

Une douleur aiguë lui brûla le poignet droit.

— Il faut que ce soit bien profond, marmonna-t-il.

Beth cligna des yeux et secoua la tête. Elle regarda ses poignets. La nausée lui retourna l'estomac à la vue des longues et larges entailles. Elle n'était pas censée finir ainsi. Elle allait avoir une grande maison. Un chauffeur. Tout le monde allait l'envier.

Beth fouetta l'air de sa main. Elle tentait de le frapper, mais ses doigts ne lui obéissaient plus. Les battements qui tambourinaient à ses oreilles étaient assourdissants... mais plus si rapides, à présent.

— Ton sang s'écoule vite, Beth.

Ses jambes cédèrent sous son poids.

— Je me demande combien de temps tu vas mettre à mourir.

Des larmes roulèrent sur ses joues.

— J… j'ai tué pour… toi.

Le sourire de Quinlan lui brisa le cœur.

— Et maintenant, tu es morte, Beth.

Non, pas encore. Elle prit une longue inspiration. *Pas encore.* Beth donna un coup de pied, aussi fort qu'elle le put, en visant son genou.

Le son des sirènes emplissait les oreilles de Sam. Leurs cris perçants accentuaient encore son mal de tête.

— Ça va ?

La question provenait de Hyde. Il était à côté d'elle et conduisait, trop vite. Max était assis à l'arrière du 4x4, muet, tendu.

Sam acquiesça, puis s'aperçut qu'elle devait le dire à haute voix.

— Ça va.

Elle avait dû lutter contre les secouristes pour obtenir sa liberté, mais pour rien au monde elle n'aurait manqué ça.

Un cortège d'agents du FBI et de flics fonçait en direction de la demeure de Frank Malone. Ils progressaient aussi vite que possible, traversant en trombe les intersections, filant le long des rues.

— Pourquoi ? finit par demander Max.

C'était le premier mot qu'il prononçait depuis qu'il avait grimpé dans le 4x4.

— Pourquoi Beth essaierait-elle de me tuer ?

Pour l'argent.

— De mon point de vue, répondit Hyde, vous êtes l'unique obstacle entre l'amant de Beth et une sacrée grosse somme d'argent.

Sam jeta un regard à Max et le vit serrer les dents.

— Pourquoi s'attaquerait-elle à Scott Jacobson, dans ce cas ? reprit-il. Il ne constituait pas un obstacle, lui !

— C'est une question que je prévois de lui poser.

Le cortège bifurqua brusquement à droite. Hyde suivait la voiture de tête.

— Dès que j'aurai mis l'assistante de votre beau-père en garde à vue.

Beth avait du courage. Quinlan étudia son corps inanimé tout en se déshabillant. Elle n'avait pas été facile à maîtriser. Beth avait lutté jusqu'à son dernier souffle.

Mais il ne lui avait pas laissé beaucoup de temps pour le faire.

Nu, il se dirigea vers le coffre-fort caché de Frank. Il était toujours caché ; Quinlan avait pris garde de ne pas révéler son emplacement en saccageant la pièce. Le coffre ferait une cachette idéale pour ses vêtements pleins de sang. Personne ne l'ouvrirait avant un bon moment. Son père avait choisi un modèle extrêmement sûr.

Mais il avait fait l'erreur de donner la combinaison à Beth.

Quinlan fit rapidement tourner le cadran et entendit un léger déclic lorsque le coffre s'ouvrit.

Et Beth me l'a répétée.

Il fourra les vêtements à l'intérieur. Il reviendrait les chercher plus tard pour les brûler. Pour le moment, il fallait qu'il se lave, vite, avant que les flics débarquent.

Grâce à Beth, Quinlan savaient qu'ils viendraient. Les flics et ces connards du FBI.

Il enjamba le corps de Beth. Elle avait déconné, mais il pouvait encore mener son plan à terme. Il le mènerait à terme, point. Rien, ni personne, ne l'en empêcherait.

Si quelqu'un essayait, il mourrait.

— Tu penses qu'elle était dans le coup depuis le début ? voulut savoir Max. Est-ce qu'elle a participé aux projets de ces malades, aux enlèvements ? À ce qu'ils ont fait à Quinlan ?

Sam se passa la langue sur les lèvres. La ceinture de sécurité lui cisaillait l'épaule, frottant contre le point sensible qui s'était écrasé sur le bitume.

— Il est trop tôt pour le dire.

Seigneur, j'ai failli le perdre. Elle n'avait pas couru assez vite. Pas réussi à le rejoindre à temps. Dès qu'elle avait appris ce qui était arrivé à Jacobson, elle avait eu terriblement peur pour Max. Puis elle avait entendu ce petit carillon. Juste un portable, une sonnerie…

Mais Ramirez lui avait parlé de son expérience au Moyen-Orient : de nombreuses bombes étaient liées à des téléphones portables. Un appel, et le monde explosait, grâce à un détonateur électronique.

Si Sam n'avait pas entendu ce simple son…

J'aurais perdu Max. Elle n'oublierait jamais cette image, l'intensité de son regard sur elle, alors que les flammes jaillissaient derrière lui.

Sam déglutit. Auparavant, elle avait craint pour sa propre vie. Elle avait eu peur que la mort vienne la prendre… et puis qu'elle ne vienne pas. Mais ce soir, elle avait eu peur pour Max.

Juste quand elle pensait enfin avoir cette affaire bien en main, les règles changeaient. *Scott Jacobson. Mort ? Bon sang.* Le jeune homme était revenu parce qu'il se croyait hors de danger. Il venait s'entretenir avec eux.

Il leur fallut une éternité pour atteindre la maison. Ils se retrouvèrent bloqués par un embouteillage, et durent faire un détour pour éviter les routes bouchées. Puis, enfin, ils arrivèrent chez Malone dans un vacarme de freins et de sirènes. Quinlan était là, juste devant la maison. Il était déjà entouré par les agents que Hyde avait envoyés en premier, en même temps que l'équipe de déminage.

— Quinlan !

Max n'attendit même pas que le 4x4 s'arrête complètement pour en descendre. Il se rua vers son frère.

— Bordel, mais tu étais où ?

Quinlan battit des paupières et secoua la tête. Sam se dépêcha de les rejoindre pendant que Hyde aboyait des ordres à ses hommes.

— J… j'avais besoin de me vider la tête, répondit Quinlan en claquant la portière de sa voiture.

Après l'interrogatoire... (Son regard glissa vers Sam.) Ils disaient que c'était moi, Max. Moi ! Il fallait que... que je prenne un peu de distance, tu comprends ?

Max attira son frère contre lui pour le serrer dans ses bras.

— On a des problèmes, OK ? Quand tu as vu que je t'appelais, tu aurais dû répondre au téléphone. (Max fit un pas en arrière, le regard furieux.) Après tout ce qui s'est passé, tu aurais dû...

— Mon téléphone est déchargé. (Quinlan fit passer son poids de son pied droit à son pied gauche.) Avec tout ce qui s'est passé... j'ai juste oublié de le brancher. J'ai vu mon psy, ce matin. Il m'a prescrit d'autres médicaments...

— Monsieur Malone. (La voix de Hyde interrompit le discours confus de Quinlan.) Avez-vous vu Elizabeth Dunlap aujourd'hui ?

— Beth ? (Sa pomme d'Adam tressauta.) Heu, pas depuis ce matin, depuis q... que je suis venu dans vos locaux.

Mais la BMW était là, dans l'allée.

— Est-ce que vous êtes rentré dans la maison depuis votre retour ? lui demanda Sam en dégainant son arme.

Hyde avait déjà la sienne à la main.

Quinlan secoua la tête.

— Nous allons fouiller la maison à sa recherche.

Implicitement, Hyde indiquait à Quinlan de rester en retrait.

— Je viens avec vous, décréta aussitôt Max.

— Mon gars, ce n'est pas…

— Pour le moment, cette maison m'appartient, insista-t-il.

Quinlan lui lança un bref regard. Sam vit ses yeux se plisser, presque imperceptiblement.

— Peut-être, mais nous disposons de suffisamment d'éléments pour y entrer sans votre accord, et vous allez rester là tous les deux. (Hyde pencha la tête vers Max.) Nous savons tous ce qui est arrivé la dernière fois qu'un civil s'est rué sur une scène de crime.

Quinlan fit un pas en arrière.

— Une… scène de crime ?

Max soutint le regard de Hyde. Sam lisait sa fureur dans ses yeux bleus.

Mais Hyde n'était pas près de céder. C'était sa scène de crime. Et après un instant, son supérieur tourna les talons, en criant des ordres aux agents qui se plaçaient en rang.

Sam se tourna pour le suivre. Max la retint par le poignet.

— Fais attention à toi, chérie, lui ordonna-t-il d'un ton bourru.

Elle se força à sourire.

— Ces jours-ci, je le fais toujours.

Elle avait envie de l'embrasser, car la peur l'avait envahie, elle aussi. La peur et la rage. Elle avait besoin de sentir son goût. Ils étaient vivants. Rien n'allait venir les séparer. Plus maintenant.

Mais Quinlan était là, et il les regardait attentivement. Et Hyde attendait. Alors elle s'éloigna.

Quand l'équipe pénétra dans la maison, elle était prête. Sam serra la main sur la crosse de son pistolet. Elle le tenait haut devant elle, et balaya la maison du regard.

Rez-de-chaussée… *R.A.S.*

Elle grimpa l'escalier, le dos au mur. Hyde était devant elle. Le rythme de leurs pas était presque parfaitement synchrone. Hyde appela Beth.

Pas de réponse. Mais s'attendaient-ils vraiment à en recevoir une ?

L'équipe courut le long du couloir. Sam désigna du doigt la chambre de Beth. Cette fois, elle serait la première à entrer. Un… deux… *trois.* La porte s'ouvrit sous la force de son coup de pied.

Vide.

Les agents se dispersèrent pour fouiller les pièces. La demeure paraissait déserte. Où étaient-ils tous passés ? Quinlan ne devait-il pas avoir des gardes du corps ?

Le silence était trop parfait.

La porte de la chambre de Frank était close. Sam baissa les yeux sur l'épaisse moquette devant la porte, et ses narines frémirent. Cette odeur… oh, seigneur, elle connaissait cette odeur.

— Hyde, souffla-t-elle.

Son murmure était à peine audible, mais il tourna immédiatement la tête vers elle. Il se rapprocha en deux enjambées, puis elle le vit froncer le nez. Sa mâchoire se crispa. Oui, il avait perçu lui aussi cette odeur évocatrice.

Hyde leva la main pour lui faire signe qu'il entrerait le premier.

Elle le couvrirait. Le cœur de Sam lui martela les côtes. *Un. Deux. Trois.*

Hyde ouvrit la porte d'un coup de pied. Le battant rebondit bruyamment contre le mur. Il se rua à l'intérieur, presque accroupi, et Sam le suivit comme une ombre, tendue, l'arme au poing. Du regard, elle fouilla la pièce, de gauche à droite, et elle eut un haut-le-cœur en voyant le corps.

— Vérifiez toute la pièce ! aboya Hyde en s'agenouillant près de Beth Dunlap.

Sam s'arracha à la vue du corps et s'élança. Elle regarda sous le lit, fouilla les placards et la salle de bains.

— Personne !

Elle revint vers lui à la hâte, sortant déjà sa radio pour appeler des renforts… ainsi que l'équipe médicale. Même si à première vue, les secours ne pourraient plus rien faire pour aider Beth.

Elizabeth Dunlap gisait au milieu du chaos. Les meubles avaient été fracassés, les cadres fendus. Les éclats brisés d'un miroir jonchaient le sol tout près d'elle, et ses doigts reposaient à quelques centimètres d'un long morceau de verre sanguinolent.

Les yeux de Beth étaient fermés. Le sol était maculé du sang de ses plaies, deux entailles béantes qui s'étiraient sur ses avant-bras. *Tellement de sang.*

Hyde pressa ses doigts sombres contre la gorge blême de Beth.

— Bordel, jura-t-il.

Il secoua la tête et se leva, les yeux rivés sur le corps, les épaules légèrement voûtées.

— Ce n'était pas ainsi qu'elle devait finir. (Il serra les poings.) La mort n'est pas la seule porte de sortie.

Max faisait les cent pas derrière la voiture de police. Il voulait rentrer dans la maison. Savoir ce qui avait bien pu se passer à l'intérieur.

Quinlan, assis sur le capot d'un des véhicules, contemplait la maison.

— Pourquoi est-ce qu'ils mettent aussi longtemps ?

Ils n'étaient entrés que depuis quelques instants, mais on aurait juré que ça faisait cinquante foutues éternités. Max se força à desserrer les dents.

— Ils cherchent Beth. Ils sont obligés d'examiner la maison centimètre par centimètre.

— Bon sang, elle a vraiment essayé de te tuer ? (Quinlan se passa la main sur le visage.) Beth ?

— C'est ce qu'ils disent.

Max n'avait pas vu la vidéo, mais Hyde avait fait montre d'une certitude absolue.

— Oh, merde. (Quinlan baissa la tête.) Qu'est-ce qui se passe, sérieux ? Il n'y a plus rien de normal. Tout ça est tellement cinglé. (Il lâcha un soupir tremblant.) Beth.

Max étudia les épaules voûtées de Quinlan. Ils n'avaient pas beaucoup discuté depuis qu'il était sorti de l'hôpital. À chaque fois qu'il approchait, Quinlan semblait vouloir se dérober.

— Est-ce que ça va ? demanda Max.

Quinlan releva la tête et soutint le regard de Max.

— On fait aller. (Il esquissa un sourire qui faisait peine à voir.) Juste quand j'avais l'impression que les choses revenaient à la normale. (Il eut un rire amer.) Mais ça n'arrivera jamais, si ?

Non. Max n'allait pas lui mentir.

— Comment tu as fait ? demanda Quinlan en s'écartant de la voiture.

Max surprit une légère grimace sur les traits de son frère, et sut que ses blessures le faisaient encore souffrir.

— Après avoir tué ce type, comment tu as empêché ce souvenir de te rendre complètement dingue ?

Max se tendit.

— De quoi est-ce que tu parles ?

Il ne l'avait jamais dit à Quinlan. C'était inutile. Frank s'était assuré que son dossier ne refasse jamais surface. Personne dans cette ville – à l'exception des agents qui fouillaient la maison de son beau-père – ne connaissait son secret.

Quinlan se rapprocha de lui.

— Je sais. Je sais, répéta-t-il. Frank me l'a dit il y a des années de ça.

— Il aurait mieux fait de se taire.

— Il trouvait que tu étais un sacré héros. (Max le regarda et vit les yeux de Quinlan se plisser.) Tu as tué un homme, et il te considérait comme un héros. Je me demande ce qu'il penserait de moi ?

Max le regarda fixement.

— Pas un héros. (Quinlan serra le poing.) Quel genre d'homme je suis, alors ?

Max tenta de trouver quelque chose à répondre.

— Max !

Il tourna la tête en entendant la voix de Samantha. Elle accourait vers lui, le visage pâle. Elle slaloma entre les flics et dépassa le mur de voitures.

Max s'éloigna de Quinlan et se hâta de la rejoindre. Il lui prit les mains et les serra.

— Qu'est-ce que c'est ? Que s'est-il passé ? interrogea-t-il.

Le regard de Samantha se posa derrière lui. Max jeta un regard en arrière. Quinlan se rapprochait d'eux, lentement.

— Je suis désolée, dit-elle. (Ses paroles s'adressaient à Quinlan.) Mais Beth Dunlap est morte.

Quinlan s'immobilisa.

— Quoi ? lâcha-t-il.

Morte ?

— Que s'est-il passé ? demanda Max.

Il n'avait pas entendu de coups de feu après le départ des agents.

— Il semble que Beth se soit enfermée dans la chambre de votre père pour y mettre fin à ses jours. (Samantha marqua une pause. Ses yeux étaient toujours fixés sur Quinlan.) Elle s'est ouvert les poignets, et elle est morte au pied de son lit.

Chapitre 15

Lorsqu'on frappa à la porte de son appartement, Max se précipita, en frottant ses yeux trop secs. Il ouvrit la porte et découvrit Nathan Donnelley qui l'attendait.

Le docteur tenait un petit sac noir dans sa main droite. Bordel… typique.

— Je vous ai appelé il y a une heure, bougonna Max.

Donnelley émit un grognement.

— Dois-je vous rappeler que je ne travaille plus pour vous ni pour votre famille ?

— Depuis quand ? Bon sang, Donnelley, vous avez été le médecin personnel de Frank pendant des années. Et maintenant, vous nous quittez comme ça ?

— Frank est mort. (Donnelley haussa les épaules.) Ma présence n'a plus d'utilité.

Max lui empoigna le bras et le tira à l'intérieur.

— Eh bien si, aujourd'hui, on a besoin de vous. (Max claqua la porte derrière lui.) Beth est morte.

— Je sais, répondit-il d'un ton égal. Je l'ai entendu aux informations.

Ah. Bon sang, tout le monde était au courant.

— J'ai besoin que vous jetiez un coup d'œil sur Quinlan, d'accord ? Il est trop silencieux. Je m'inquiète beaucoup pour lui.

Les yeux verts de Donnelley étudièrent Max.

— Que voulez-vous que je fasse, exactement ?

— Que vous l'examiniez. Je n'en sais rien, moi, faites ce que font les docteurs quand leur patient est sur le point de craquer.

Impuissant. Max se sentait impuissant. Et il détestait ça.

— Débrouillez-vous pour qu'il aille mieux, c'est tout.

Le médecin épingla Max de son regard froid et rationnel.

— Vous savez aussi bien que moi que parfois, c'est impossible.

Car Donnelley était là lorsque la mère de Max était morte.

— Mais je vais lui parler, et je verrai ce que je peux faire. (Donnelley dépassa Max.) Quelle chambre occupe-t-il ?

— Au fond du couloir. La deuxième porte. (Max exhala un long soupir.) C'est trop, tout ça, maugréa-t-il. Tous les jours, il y a autre chose. Je pensais que cette histoire était terminée.

— Elle finira par se terminer, affirma Donnelley. Bientôt.

On frappa doucement à la porte de son bureau. Sam leva la tête, l'esprit toujours concentré sur les données qu'elle avait récoltées, et elle marmonna :

— Entrez.

La porte s'ouvrit, laissant apparaître Kim Daniels, le regard luisant.

— Il faut que tu viennes avec moi, Sam.

Sam éteignit l'écran devant elle, masquant le texte par réflexe. Elle fronça les sourcils en jetant un coup d'œil à l'horloge : 20 h 12.

— OK, laisse-moi juste le temps de terminer ça…

Elle avait piraté le compte en banque de Nathan Donnelley, et découvert que ses économies se résumaient à un petit millier de dollars. Étant donné que le médecin conduisait une Mercedes dernier cri et arborait une Rolex – oui, elle avait remarqué cette montre –, ce montant avait déclenché une alerte rouge dans son esprit.

— Hyde veut tous nous voir dans son bureau. Le légiste vient de terminer l'autopsie de Dunlap, et Hyde veut étudier son rapport avec nous.

Sam bondit, et la tension qui s'était accumulée en haut de sa colonne vertébrale s'accentua. Elle suivit Kim le long du couloir, tourna à droite, et atterrit dans le bureau de Hyde.

Luke ferma la porte derrière elle.

— Merci, murmura-t-elle en remontant sur son nez les lunettes qu'elle avait chaussées un peu plus tôt.

Elle avait pensé que les verres parviendraient peut-être à apaiser son mal de tête. Ça n'avait pas été le cas.

Hyde était assis au bord de son bureau. Il avait la main serrée sur un dossier à couverture kraft. Monica Davenport se tenait à sa gauche. Logique. Ramirez n'était pas là. Il assurait toujours la protection de Weatherly.

—Nous avons un problème, déclara Hyde.

Il braqua son regard sur Sam.

Sam se raidit.

—Oui, monsieur ?

—Au premier coup de cet éclat de verre, les veines et les tendons du poignet de Beth Dunlap ont été coupés, et l'entaille était sacrément profonde.

Sam voyait encore la flaque de sang sur le parquet.

—Dunlap étant droitière, nous supposons que la première coupure a eu pour cible son poignet gauche, poursuivit Hyde, or, d'après le légiste, sa main gauche serait devenue quasiment inutile en quelques secondes.

Sam lâcha un soupir stupéfait.

—Mais son poignet droit…

Hyde secoua la tête.

—Le légiste affirme que jamais Beth Dunlap n'aurait pu faire ça toute seule. Et un tendon du poignet droit a été coupé également.

Oh, seigneur. Sam chancela, et se cogna le coude contre la porte close.

—Sam ? murmura Luke.

Elle secoua la tête :

— Nous n'avons vu personne d'autre dans la maison.

— Parce que Beth Dunlap avait affirmé au docteur… comment s'appelait-il, déjà ? (Hyde fouilla dans ses papiers.) Donnelley ? D'après lui, elle lui avait déclaré que la famille n'avait plus besoin de ses services.

— Et Quinlan a dit aux femmes de ménage de rester chez elles, ajouta Luke. Il leur a dit qu'il avait besoin d'être seul pour faire son deuil. (Ses lèvres se tordirent en un rictus sans joie.) Mais durant cette période difficile, il se tapait Beth Dunlap. Apparemment, Kerri Grace, l'une des femmes de ménage, les a entendus à l'étage avant d'être congédiée.

— À l'étage ? releva Sam.

— Kerri a indiqué qu'ils se trouvaient dans la chambre de Frank, ce matin. (Il haussa les sourcils.) Elle m'a dit que les, hmm, bruits couvraient celui de son aspirateur.

La baise et la mort, dans la même pièce.

— Il y a autre chose. (La voix profonde de Hyde remplit toute la pièce.) Les types de la scientifique ont trouvé deux gouttes du sang de Beth Dunlap dans le couloir, juste devant la chambre de Frank Malone.

Sam déglutit.

— Quinlan était là quand nous sommes arrivés. Il n'était pas dans sa voiture, seulement à côté. Il a dit… il a dit qu'il venait juste de rentrer.

Elle aurait dû toucher le capot. Elle aurait dû vérifier qu'il disait la vérité.

Mais elle avait eu envie de le croire. Envie de penser qu'il s'agissait d'un homme ayant survécu à un cauchemar. Elle en avait toujours envie.

— Nous devons interroger les membres de l'équipe de déminage, suggéra-t-elle doucement. Ils ont certainement inspecté la voiture de Quinlan. (Ils avaient passé en revue tous les véhicules.) Ils pourront nous dire si son alibi tient la route.

— Où se trouve Quinlan, en ce moment ? demanda Monica.

— Je l'ai fait prendre en filature, indiqua Hyde. Il était hors de question que je le laisse partir sans rien faire. (Il tourna la tête vers Sam.) Il est chez son frère, et vous allez vous y rendre, Kennedy.

Ça tombait bien, car c'est là qu'elle serait allée, de toute façon.

— Je veux que vous parliez à Quinlan. Faites-lui détailler tous ses faits et gestes de la matinée. Débrouillez-vous pour qu'il vous parle de Beth. Essayez de dénicher une piste que je pourrai exploiter.

Lorsque Hyde donnait un ordre, on ne discutait pas. Mais…

— Avez-vous la moindre preuve concrète reliant Quinlan à la mort de Beth ?

Pour l'instant, cela ne semblait pas être le cas. Quinlan était à l'extérieur, et Sam avait vu ses vêtements : ils ne portaient pas la moindre trace de sang.

Et la scène de crime en était couverte.

Alors soit Quinlan était parvenu à cacher ses vêtements et à se laver en un éclair, soit il était innocent.

Lorsque Hyde pinça les lèvres, elle eut sa réponse. Mais il ajouta :

— Vous allez m'apporter cette preuve. Vous porterez un micro sur vous.

Un micro ?

— Vous êtes la seule à pouvoir l'approcher aussi facilement. Son frère ne vous claquera pas la porte au nez.

Mais que ferait Max s'il apprenait qu'elle portait un micro destiné à piéger son frère ? Son frère, qui faisait un coupable idéal.

— Je vais le dire à Max, annonça-t-elle en croisant les bras sur sa poitrine. J'accepte l'idée du micro, mais Max doit être mis au courant.

Elle serait inflexible sur ce point.

— Vous lui faites confiance ? (Hyde s'approcha d'elle.) Les gens meurent les uns après les autres, dans cette affaire qui devrait déjà être terminée. Êtes-vous certaine de lui faire suffisamment confiance pour prendre un tel risque ?

Elle garda les yeux rivés aux siens, sombres et luisants. *Tiens bon.*

— En effet.

Il hocha la tête :

— D'accord. Dans ce cas, dites-lui. Mais si cela se retourne contre nous…

Il n'eut pas besoin d'en dire plus. Elle savait que cet échec s'ajouterait à un bilan déjà fort peu brillant.

— Prouvez son innocence ou sa culpabilité, ajouta Hyde. Faites-le parler.

— Entendu. (Elle hésita.) Mais Quinlan Malone n'est pas notre seul suspect. J'ai réussi à accéder au compte en banque de Nathan Donnelley. Ses économies sont quasi inexistantes.

Luke siffla :

— L'argent suffit à en motiver plus d'un.

Y compris à commettre un meurtre.

— Où se trouve Donnelley, en ce moment ? demanda Hyde. Trouvez-le et demandez à ce brave docteur de se présenter ici pour y subir un nouvel interrogatoire. (Il tapa des mains.) OK, c'est parti. Et soyez prêts à tout.

Donnelley frappa quelques coups légers à la porte de la chambre. Après un instant, il entendit grogner :

— Entrez.

Il tourna la poignée et entra dans la pièce, en prenant soin d'arborer un large sourire.

— Alors, Quinlan…

Il balaya la pièce du regard, et ne vit personne d'autre. Il ferma la porte derrière lui et laissa son sourire s'évanouir.

— Qu'est-ce que tu as fait, nom de dieu ?

Ce gamin était en train de saccager ses plans.

— Cette pétasse a essayé de tuer Max. Et elle a tué Jacobson. (Quinlan fit passer ses jambes en dehors du lit.) Qu'est-ce que tu croyais que j'allais faire ?

La laisser s'en tirer comme ça ? Elle a foutu la merde dans mes projets.

— Nos projets, rectifia Nathan Donnelley en arpentant nerveusement la chambre. Nos projets, bon sang. Et ce n'est pas elle qui a foutu la merde, c'est toi.

Quinlan plissa les yeux.

— Pourquoi tu les as tués ? (Nathan serra les poings.) Ça ne faisait pas partie de notre accord. Tu disais que tu allais seulement les retenir prisonniers, juste pour se faire un peu d'argent sur leur dos…

Quinlan se leva.

— C'est ce qui se serait passé, si leurs pères ne s'étaient pas comportés comme des salauds. (Il haussa légèrement les épaules.) J'ai été obligé de m'adapter.

— Je t'ai donné la drogue parce que tu m'as promis que tu ne les tuerais pas !

Cela avait semblé si simple, au départ. Enlever les hommes. Ne pas demander trop d'argent. Récupérer le fric que ces bourgeois gardaient bien au chaud à la banque. Et quitter la ville.

Quinlan rit. Le garçon lui rit carrément au nez.

— Tu m'as donné la drogue… (Quinlan s'approcha et planta un doigt sur le torse de Donnelley) parce que tu voulais ta part de l'argent. Et tu as été dur en affaires, Don. Quarante pour cent. (Quinlan sourit, un sourire qui lui glaça les veines.) Bien sûr, j'ai dû me débarrasser de tous les autres, avec tout le fric que tu réclamais.

Connard. *Il va se débarrasser de moi, comme les autres.* Ce n'était qu'une question de temps. Il devrait se montrer très vigilant, face à lui.

Mais il se montrait vigilant face à Quinlan Malone depuis des années. Depuis que le garçon avait quinze ans. Donnelley n'était pas le médecin de Frank Malone, pas au début du moins. Il était venu pour Quinlan.

Parce que le jeune homme aimait se faire mal. Il aimait beaucoup trop ça.

— Ne te tracasse pas. (Quinlan retira enfin son doigt de son torse.) Le FBI pense que cette salope s'est suicidée. (Il tordit la bouche en un demi-sourire.) Encore un suicide.

— Comment l'as-tu tuée ?

Cette précision n'avait pas été donnée, à la télévision.

— Je lui ai tranché les poignets. (Quinlan se tourna vers la fenêtre et regarda en contrebas.) Elle a tué pour moi. (Il secoua la tête, très légèrement.) Il y a de quoi être impressionné. Si elle n'avait pas failli foutre en l'air mes projets, je l'aurais peut-être même gardée en vie. Beth aurait fait n'importe quoi pour moi. (Il jeta un coup d'œil à Donnelley par-dessus son épaule.) Tu vois ce que je veux dire. Quand je lui ai demandé de coucher avec toi, elle n'a pas rechigné.

Donnelley déglutit.

— Quand est-ce que j'aurai mon argent ?

Tout ceci finirait par leur exploser à la gueule. Donnelley voulait être loin d'ici quand ça tournerait au vinaigre. Loin de Quinlan, et de ses mains pleines de sang.

— Je l'ai déjà fait transférer sur ton compte. (Quinlan regarda au loin, derrière la fenêtre.) Aux îles Caïmans, comme convenu. Tu peux le récupérer quand tu veux.

Donnelley avait les mains moites.

— Et toi, que vas-tu faire ?

Tuer Frank n'avait jamais fait partie du plan. Jamais. *Pas pour moi.*

Mais il se demandait, à présent… Quinlan avait-il prévu cela depuis le début ? Ce salaud était-il si malin que ça ? Peut-être. Quinlan haïssait Frank, et, putain, Frank était mort désormais, et une seule personne séparait Quinlan de la fortune de son père.

Peut-être ce petit enfoiré avait-il tout planifié dès le départ… ou peut-être Quinlan avait-il simplement trop aimé le goût du sang.

— J'ai encore quelques détails à régler.

— Ce que tu devrais faire, c'est te tirer d'ici. (Donnelley s'aperçut qu'il haussait la voix et inspira profondément.) Le FBI va bientôt réunir les pièces du puzzle. Pars, tant que c'est encore possible.

Si cet argent l'attendait bien sur le compte des îles Caïmans, lui-même ne tarderait pas non plus à mettre les voiles. Le plus rapidement possible.

— Peut-être, oui. (Quinlan haussa les épaules, et se retourna enfin vers lui, un sourire carnassier sur les lèvres.) Ou peut-être que lorsque tu disparaîtras, ils penseront que c'est toi, le coupable. Après tout, ils trouveront ton sperme sur les draps. Ceux de Frank. Et tes empreintes digitales partout dans sa chambre.

— Tu as gardé les draps ?

Salaud.

— Pourquoi croyais-tu que je t'avais envoyé Beth ? (Quinlan lui fit un clin d'œil.) Toujours avoir un plan de secours. Quand tu quitteras la ville, tu auras l'air sacrément suspect. Ça détournera l'attention du FBI.

Nathan resserra les doigts sur son sac noir. Une dernière livraison. Il avait apporté la drogue que lui réclamait Quinlan, et, à présent, son estomac noué lui disait à qui elles seraient administrées.

— Tu veux le numéro de ce compte bancaire, Don ? Va offrir un verre à mon frère, et il est à toi.

Quinlan lui adressa un nouveau sourire, et cette vue fit monter la bile dans la gorge de Donnelley.

Plus qu'une personne entre Quinlan et la fortune de son père. Et maintenant, Quinlan voulait lui faire droguer Max. Donnelley lui lança le sac.

— Fais-le, toi. Moi, j'arrête.

Il avait assez de sang sur les mains.

— Dans ce cas, tu n'auras pas un centime.

Donnelley trembla de la tête aux pieds. De rage et de peur mêlées.

— J'ai besoin que ce verre porte tes empreintes, Don. Les tiennes, pas les miennes. Quand le FBI mènera son enquête, il faut que j'en sorte blanc comme neige. (Il se rapprocha du médecin, d'un pas lent et souple.) Tu seras déjà loin. Tiens, tu n'as qu'à prendre l'avion ce soir. Peu importe ce que tu laisses derrière toi, puisqu'ils ne pourront plus t'atteindre.

Riche. Enfin, il n'aurait plus besoin de jouer les lèche-culs chez un bourgeois. Il n'aurait pas à regarder les autres mener la grande vie pendant que lui restait seul sur le bas-côté.

— Je sais pourquoi tu bossais pour mon père. Ta carrière s'est effondrée le jour où cette infirmière t'a surpris en train de te shooter, par vrai ?

Il resta muet. À quoi bon ? Quinlan savait. Ce type savait tout. Surveillait tout le monde.

— J'ai demandé à un détective privé de mener une petite enquête sur toi, il y a quelques années. Cette infirmière… Elle s'appelait Sheila, non ? Elle se souvenait encore de toi.

Bien sûr que cette salope se souvenait de lui.

— Ma femme… venait de me quitter.

Quinlan secoua la tête :

— Est-ce que j'ai l'air d'en avoir quelque chose à foutre ? Je n'ai pas besoin de savoir pourquoi. Garde ces conneries pour ton psy.

Donnelley le fusilla du regard. *Enfoiré.*

— Si je t'ai choisi pour m'aider, ce n'était pas pour la drogue. Franchement, je pouvais m'en procurer n'importe où dans la rue. (Quand le regard de Quinlan était-il devenu si railleur ?) Tu es mon épouvantail. Le type qu'on accuse, mais qui a le temps de se tirer avec une tonne de fric.

Si le FBI ne parvenait pas à le choper avant.

— Ressors, ordonna Quinlan. Dis à mon frère que je vais bien. Puis prends un verre avec lui. (Quinlan baissa les yeux sur le sac.) Un seul. Et tu t'en vas.

Max cessa de faire les cent pas lorsque Donnelley émergea de la chambre de Quinlan.

— Comment va-t-il ?

Donnelley regarda le plancher en secouant la tête.

— Il ne… il ne sera plus jamais le même, Max.

Donnelley traversa la pièce et se dirigea droit vers le bar. Max fronça les sourcils.

— Ça va ?

Le médecin tendit une main tremblante vers la bouteille de whisky.

— Votre beau-père était mon ami.

Du dos de la main, Donnelley renversa un verre qui s'écrasa au sol, envoyant des éclats dans toutes les directions. Le vieil homme se baissa.

— Non, faites attention ! Je m'en occupe.

Max se pencha et ramassa à la hâte les plus gros morceaux. Il les posa sur le bar, envahi d'inquiétude. Donnelley semblait bouleversé. Et il évitait de rencontrer son regard.

— Que me cachez-vous ?

Le médecin tenait un verre dans chaque main.

— Beth était une femme troublée.

Beth ?

— Je ne savais pas que vous étiez proches.

Beth avait semblé tout juste capable de tolérer la présence du docteur.

Donnelley lui tendit un des verres.

— On apprend beaucoup, rien qu'en observant. Beth était très malheureuse.

Max accepta le breuvage.

— Vous saviez qu'elle se tapait Frank alors que ma mère était encore en vie, n'est-ce pas ?

Donnelley descendit son verre en deux gorgées.

— Ce qu'elle a fait n'a plus vraiment d'importance, aujourd'hui, si ? (Il lâcha un long soupir.) À la fin, quelle valeur peuvent bien encore revêtir nos actes ? La mort vient vous prendre, quoi qu'il arrive.

Max avala une gorgée de whisky.

— C'est un point de vue plutôt pessimiste que vous avez là, docteur.

Cette fois, il prit une plus gorgée plus longue.

— Quand on a vu ce que j'ai vu, répliqua le médecin, on a tendance à le devenir.

Donnelley reposa son verre, qui tinta en heurta la surface du bar.

— Votre frère… il faut qu'il continue à voir ce psy. Peut-être… peut-être celui-là parviendra-t-il à l'aider.

Le whisky brûla la gorge de Max lorsqu'il vida son verre.

— Peut-être.

Il pouvait toujours l'espérer.

— Le FBI n'a pas engagé de poursuites à son encontre ?

Les yeux de Donnelley tombèrent sur le verre vide que Max avait reposé sur le bar.

— La mort de Frank était un… un accident.

Max porta une main à sa tempe. Cette foutue douleur était de retour.

— Si c'est ce que vous croyez…

Quoi ?

Donnelley se rapprocha de lui. La lumière se réfléchit sur le haut de son crâne dégarni.

— Certaines personnes ont… des angles morts.

La pièce parut s'estomper sous ses yeux.

— De quoi parlez-vous ?

Donnelley lui donna une claque sur l'épaule.

— Je vous aimais bien. De tous les connards qui entouraient Malone, vous étiez celui qui me dérangeait le moins.

Les jambes de Max se dérobèrent sous lui, et il s'effondra brutalement sur le sol.

— P… putain… qu… qu'est-ce q… que…

Le verre.

Donnelley s'accroupit au-dessus de lui.

— Et je suis désolé pour votre mère. (Il émit un nouveau soupir.) Tout est parti à vau-l'eau, après sa mort.

Max ne sentait plus ses mains. Non, ses bras tout entiers. Son corps était comme immobilisé par un poids gigantesque. Il battit des paupières, tentant de garder les yeux ouverts et fixés sur Donnelley. *Le médecin à qui Frank faisait confiance.*

— J'espère que ça ira vite, déclara Donnelley.

Mais ses mots sonnaient bizarrement. Comme déformés.

— Vous ne devriez pas avoir à souffrir.

Il était un peu plus de 21 heures lorsque Sam frappa à la porte de l'appartement de Max. Le portier l'avait laissée passer lorsqu'elle lui avait montré son badge, et, à présent, elle attendait dans le couloir en faisant passer son poids d'une jambe sur l'autre. Elle portait un micro – le processus avait été rapide – et elle savait que chaque son qu'elle produisait était aussitôt transmis à l'équipe située à l'extérieur.

Sam prit une grande inspiration et se pencha légèrement en avant. L'épaisse moquette du couloir étouffait le bruit de ses pas. Elle frappa de nouveau à la porte. Plus vite. Plus fort.

Aucun son ne provenait de l'intérieur de l'appartement.

— Max ?

Elle tambourina de plus belle.

— Il faut que je te parle. Laisse-moi entrer.

Le portier lui avait assuré que Max se trouvait chez lui.

Les minutes s'égrenèrent. Max était chez lui, mais ne répondait pas. Merde.

Elle saisit la poignée. La tourna. *Verrouillée.*

— Hyde, je n'aime pas ça. (Son cœur battait la chamade lorsqu'elle abattit une fois encore son poing sur la porte.) Je n'aime pas…

À l'intérieur retentit un bruit de verre brisé.

Sam donna un coup de pied sur la porte. Une fois, deux fois. Cette saloperie refusait de s'ouvrir. Le bois était trop épais.

— Hyde, quelque chose ne va pas !

Max était à l'intérieur. *Ce silence…* L'image du corps ensanglanté de Beth passa devant ses yeux.

Sam donna un nouveau coup de pied, de toutes ses forces, et le verrou céda. La porte s'ouvrit en grinçant, et Sam se rua à l'intérieur en brandissant son arme.

La première chose qu'elle remarqua fut la porte-fenêtre qui menait au balcon, brisée. Des éclats de verre étincelaient sur le sol.

— Max ! hurla-t-elle.

— S… Sam…

Elle le vit, dans l'ombre. Max était étendu face contre terre, et ses bras tendus se trouvaient à quelques centimètres des morceaux de verre.

— Hyde, Hyde, montez ! Max est blessé !

Elle courut vers lui, consciente que Hyde entendait chacun de ses mots. Elle baissa son arme et retourna Max.

— Max, que s'est-il passé ?

Mais ses yeux étaient fermés, et ses lèvres s'étaient relâchées.

— Max !

Elle le tâta précipitamment, trouva son pouls. Lent. Elle fit courir ses mains sur son corps mais ne trouva aucune blessure. Pas de sang. Elle s'écarta, et son pied heurta quelque chose. Un verre brisé. Elle comprit alors… *Drogué.*

Comme les autres victimes. Elles avaient été droguées, et avaient tout oublié…

Elle prit son visage dans ses mains.

— Max, il faut que tu tiennes bon, d'accord ? Tiens bon. Les secours arrivent.

La terreur faisait trembler sa voix, car elle ignorait ce qu'on lui avait administré. Quelque chose pour l'assommer, l'immobiliser ? Ou quelque chose pour le tuer ?

— Reste avec moi, implora-t-elle.

Des sirènes hurlèrent au loin. Leurs cris s'infiltraient par la porte-fenêtre brisée.

Fais le tour de l'appartement. Elle savait qu'elle devait sécuriser la scène, mais elle ne parvenait pas à quitter Max. Elle ne voulait pas le quitter. Sam reprit son arme et la serra dans sa main. Elle garda la main gauche sur Max, sur sa poitrine, où elle pouvait sentir les battements lents de son cœur.

— Je ne te quitte pas, murmura Sam sans relâcher sa prise sur son arme. Et tu ne me quittes pas.

Quinlan se hâta le long de la rue, les épaules voûtées, tentant de s'enfoncer davantage dans son manteau. Il maudit cette salope. Il y était presque… et elle était venue cogner à la porte.

Il tourna à gauche et se glissa dans la ruelle.

Une voiture de police le croisa à toute allure. *Bordel !* Quinlan soupira et un petit nuage apparut dans l'air froid.

Max avait réussi à attraper la lampe. Il l'avait envoyée valser sur la porte-fenêtre fragile du balcon.

Et puis cette pétasse avait commencé à hurler.

Il avait à peine eu le temps d'éteindre les lumières, plongeant l'appartement dans la pénombre, avant qu'elle se rue à l'intérieur. *Elle a défoncé la porte.* C'était presque impressionnant.

Elle avait couru vers son frère. L'agent n'avait même pas pris la peine d'examiner les ombres qui l'entouraient, et Quinlan était sorti par la porte d'entrée. Qu'elle avait laissée ouverte.

La salope ne l'avait pas vu. Mais lui les avait vus, elle et son flingue.

Pas le bon moment.

Il s'occuperait bientôt de son cas.

Puisqu'elle était là, il supposait que d'autres connards du FBI se trouvaient dans le coin. Il avait dévalé l'escalier de service et avait filé par la porte de derrière, en prenant garde de se baisser pour éviter les caméras de surveillance. Aucune voiture n'était en vue, et il ne lui avait fallu que quelques secondes pour sauter par-dessus le grillage, malgré ses blessures.

Il savait comment tromper le système de sécurité du bâtiment. Quinlan avait su qu'il devrait éliminer frérot un jour ou l'autre, alors il s'était assuré de pouvoir entrer et sortir de l'immeuble à chaque fois qu'il le souhaitait.

Ils m'attraperont pas, putain.

L'air frais de la nuit lui mordit la peau. Il ne pourrait pas traîner là bien longtemps, pas alors que les flics s'apprêtaient sans doute à fouiller toutes les rues des environs. Heureusement, il savait très précisément où aller.

— C'est bon ! cria Luke en revenant des chambres d'amis. Il n'y a personne, monsieur.

Hyde hocha gravement la tête.

— Vous n'avez vu personne en arrivant, Kennedy ?

— Non, seulement… lui.

Elle serrait la main de Max dans la sienne. Celui-ci était toujours inconscient. Il ne remuait même pas les paupières. Les secouristes l'avaient monté sur une civière. Kim avait déjà empaqueté le verre sur le bar et les éclats qui gisaient au sol.

— Le type à la réception signale la présence de Nathan Donnelley, révéla Ramirez en entrant dans l'appartement. Il dit que Donnelley est arrivé il y a une heure environ, et qu'il n'est jamais reparti.

— Oh, le docteur est reparti, répondit Hyde. Mais pas par la grande porte. (Hyde serra les dents.) Je veux toutes les vidéos de surveillance du bâtiment. Je veux savoir quand et comment Donnelley et Quinlan Malone ont quitté cet immeuble.

Les secouristes se mirent à emporter Max.

— Kennedy… (Hyde reporta son attention sur elle.) Allez examiner ces vidéos. Voyez ce que vous pouvez y trouver pour…

— Non, coupa Sam.

Elle resserra sa prise sur la main de Max. Il était si fort, mais, en cet instant, si vulnérable. Alors qu'il était inconscient, n'importe quoi aurait pu lui arriver. *Aucun moyen de se défendre.*

— Je pars avec Max.

Sa voix était sèche, assurée. Elle lança un regard à Hyde.

— Je vais avec lui.

Tant pis pour l'affaire. Il était plus important que ça.

Il y eut un silence. Sam sentit que tous les regards étaient posés sur elle. Même ceux des secouristes.

— Allez ! leur cria-t-elle. Il a besoin d'aller à l'hôpital !

Ils se mirent en route.

— Faites un signalement général au nom de Quinlan Malone et Nathan Donnelley.

L'ordre sec de Hyde la suivit lorsqu'elle franchit la porte.

Sam jeta un bref regard en arrière, et croisa le regard étincelant de Hyde. Elle lui adressa un petit signe de tête, mais ne lâcha pas la main de Max.

Je ne te quitterai pas.

Chapitre 16

Nathan Donnelley avait regagné son motel, le taudis où il séjournait depuis qu'il avait quitté la demeure des Malone.

Il lui fallut moins de cinq minutes pour jeter ses vêtements dans un sac. Il attrapa son passeport, fourra son portefeuille dans la poche de son pantalon, et sortit son portable.

À la deuxième sonnerie, Quinlan décrocha.

— Où est mon argent ? réclama Donnelley. J'ai besoin du numéro du compte.

Il ouvrit la porte de la chambre du motel. En jonglant entre son sac et son portable, il sortit d'un pas hâtif.

— Ne joue pas au con avec moi, s'énerva-t-il lorsque seul un bourdonnement parasite lui répondit. J'ai besoin…

— Je sais de quoi tu as besoin.

La voix ne provenait pas du téléphone. Oh, putain, non, c'était…

Quinlan se tenait devant lui. Une douleur incandescente transperça le torse de Nathan. Quinlan sourit et plongea la lame plus profondément dans sa poitrine.

De la main gauche, le jeune homme broya l'épaule de Nathan, et il le repoussa vers l'intérieur de la chambre. Le téléphone de Donnelley tomba et rebondit sur le sol.

Quinlan retira le couteau, qui émit en sortant un long bruit de succion. Un sifflement s'échappa des lèvres Donnelley tandis que sa valise lui glissait des mains.

Quinlan eut un rictus.

— J'ai manqué le cœur, pas vrai ? (D'un coup de pied, il ferma la porte.) Alors je ferais mieux de réessayer.

Et il s'élança de nouveau sur le vieil homme.

Donnelley ouvrit la bouche pour hurler, mais Quinlan lui plaqua une main sur la bouche en enfonçant son couteau.

— Et cette fois, je l'ai eu, docteur ?

Lorsque Max ouvrit les yeux le lendemain matin, il ignorait où il se trouvait.

Blanc. Le plafond, au-dessus de lui, était blanc. Les murs aussi. Les rideaux… blancs. Il remua les bras, et quelque chose le brûla près de sa main droite.

Lorsqu'il la regarda, il découvrit la seringue d'une perfusion. *Hein ?*

— Ça va aller, dit la voix de Samantha.

Samantha lui toucha la main. Il rencontra son regard.

— Qu'est-ce que je fous…, articula-t-il d'une voix rauque, à l'hôpital ?

Il avait essayé de s'en souvenir, mais tout était terriblement flou. Il était chez lui. Il faisait les cent pas, il attendait, et puis…

Rien.

Le regard de Samantha parut fouiller le sien.

— Tu ne te rappelles pas ?

— Non. (Il retourna sa main, mêla ses doigts aux siens, et les serra.) Chérie, dis-moi ce qui se passe.

Il avait la gorge sèche, et les mots qui s'en échappaient étaient lents et lourds.

Au lieu de parler, elle se pencha vers lui et l'embrassa. Samantha pressa sa bouche délicieuse contra la sienne et glissa sa langue entre ses lèvres.

Il était peut-être allongé sur un lit d'hôpital, mais son corps semblait en parfaite santé. Une partie de son corps, en particulier, était très excitée. Il enveloppa Samantha dans ses bras. Max ignora la brûlure de la perfusion. Un baiser, un avant-goût, et la faim rugissait en lui.

Au diable l'hôpital, c'était un lit, ils pourraient…

Elle détacha sa bouche de la sienne. Il émit un grondement sourd.

— Ce n'est pas bien de ne pas finir ce qu'on a commencé.

Cela sembla l'ébranler. Samantha le regarda en battant des paupières. Elle pencha la tête sur le côté, et il s'aperçut qu'elle portait des lunettes. De petites lunettes sexy, qui semblaient assombrir ses yeux encore davantage.

— Ne t'inquiète pas, j'ai l'intention de finir, rétorqua-t-elle.

Elle fit glisser sa paume sur la joue de Max, et ses doigts caressèrent sa barbe naissante.

— Dès que tu sors d'ici, tu es à moi, Ridgeway.

Des promesses. Il arracha la seringue de son bras.

— Max ! Tu ne peux pas...

— Je me sens très bien.

Il fit passer ses jambes par-dessus le bord du lit.

— Crois-moi, tu n'étais pas « bien » il y a seulement quelques heures. Tu étais comme mort. Tu ne pouvais pas parler. Tu ne m'entendais pas... (Elle s'interrompit et inspira profondément, dans un frisson.) Pendant un moment, tu n'as plus été là, Max.

Max vit les cernes sombres qui soulignaient ses yeux et remarqua enfin ses vêtements froissés.

— Tu es là depuis un moment, n'est-ce pas ?

— Toute la nuit. (Elle secoua la tête.) Je ne pouvais pas te laisser.

— Samantha...

Il se leva, et elle rejeta la tête en arrière pour le regarder.

— Quand je t'ai trouvé... (Elle s'arrêta et avala sa salive.) Tu ne bougeais plus. Tu étais dans ton appartement, il faisait noir, et, bon sang, j'ai cru que j'étais arrivée trop tard.

Il prit son menton dans sa main, et se pencha pour l'embrasser. Un baiser passionné, les lèvres ouvertes. Un baiser pour lui dire que oui, il était vivant ; elle n'arrivait pas trop tard. *Ils* n'arrivaient pas trop tard.

Le désir tendait tout son corps. Un élancement sourd lui martelait les tempes, mais il l'ignora. En cet instant, rien n'aurait pu le faire relâcher son étreinte.

Rien.

Il l'attira plus près. Il était inutile d'espérer cacher son excitation dans cette chemise d'hôpital aussi fine que du papier, et il n'avait pas envie d'essayer. Quand elle était près de lui, il avait faim.

Il posa les mains sur ses hanches, et effleura la courbe douce de ses fesses. Il adorait ses fesses. Il adorait la toucher. Être près d'elle.

Elle est restée à mes côtés toute la nuit.

De quand datait la dernière fois que quelqu'un avait fait ça pour lui ? La dernière fois que quelqu'un s'était soucié de lui ?

— Max...

Elle se détourna. Il lui embrassa le cou et l'entendit soupirer.

— Max, Nathan Donnelley a disparu.

— Donnelley ? (Il resserra son étreinte tout en luttant pour se souvenir.) Je... l'ai appelé. Je voulais qu'il vienne s'occuper de Quinlan.

Parce que son frère n'avait pas voulu se faire hospitaliser. Ses plaies avaient recommencé à saigner, et Max s'inquiétait, et...

Plus rien.

— Le portier se souvient que Donnelley est monté chez toi, et les vidéos de surveillance le montrent en train de filer discrètement. (Sa voix était lasse.)

Il est descendu par l'escalier et il est sorti par la porte de service.

— Pourquoi ?

— Parce qu'il semble qu'il t'ait drogué. (Une rage sourde étincela dans son regard brun.) On a trouvé ses empreintes sur les verres du salon, et l'un de ces verres contenait un résidu de Rohypnol.

Il fronça les sourcils.

— Drogué ? Ce salaud m'a drogué ?

— Le verre ne portait pas d'autres empreintes que les siennes, et les tiennes. Nous avons identifié ses empreintes parce qu'ayant été militaire, il était connu de notre système.

Samantha lui tendit un sac plein de vêtements propres. Les siens. Un autre agent avait dû les rapporter de chez lui.

— La SSD pense que toutes les victimes ont été droguées, sans doute à l'aide de Rohypnol, par les kidnappeurs.

Il revêtit à la hâte un jean et une chemise.

— Tu es en train de me dire… (il se retourna vers elle après avoir enfilé chaussettes et chaussures) quoi ? Que Donnelley a joué un rôle dans les enlèvements ? Dans l'enlèvement de Quinlan ?

Le regard de Sam ne faiblit pas.

— À toi de me le dire. Cet homme t'a drogué, il a disparu, et, hier, il a vidé ses comptes en banque.

Ce salaud était proche de sa famille depuis des années.

— I… il soignait ma mère. I… il l'a trouvée… Elle avait pris trop d'antalgiques…

Donnelley avait été bouleversé, ce jour-là. Les larmes ruisselaient sur ses joues. Des larmes. Et aujourd'hui, ce type se retournait contre eux ?

— Quinlan a disparu, lui aussi.

Max se figea.

— Hyde a étudié les vidéos personnellement. Il n'y a aucun signe de lui quittant le bâtiment.

— Il n'a pas pu disparaître par magie !

— Non. (Samantha carra les épaules.) Mais j'ai vu la façon dont les caméras étaient placées, et si quelqu'un voulait partir sans être vu, il lui suffirait de planifier très précisément ses déplacements.

Max lâcha un soupir.

— Tu dis que tu as appelé Donnelley pour qu'il vienne s'occuper de Quinlan. Est-ce qu'ils se sont entretenus, seuls, tous les deux ?

L'élancement sous ses tempes redoubla.

— Réponds-moi, Max.

— Je ne m'en souviens pas.

Il aurait tellement voulu s'en souvenir.

— Je venais chez toi, et la raison de ma visite… (Samantha serra les poings.) Beth Dunlap ne s'est pas suicidée. Le légiste affirme que les tendons de ses deux poignets ont été sectionnés. Cela signifie qu'elle n'aurait pas pu tenir le couteau, et encore moins se couper l'autre poignet.

Quelqu'un d'autre l'avait fait.

— Le chaos de la chambre était une mise en scène destinée à faire croire qu'elle était devenue folle, avait tout saccagé, puis avait mis fin à ses jours. Mais les lésions ne concordent pas avec ce scénario, et la scientifique a trouvé des gouttes de son sang dans le couloir.

Non. Il savait où tout cela allait mener.

— L'angle des éclaboussures indique qu'elle était debout, peut-être en train d'essayer de fuir.

Quelqu'un l'avait tirée en arrière, et l'avait tuée.

— Ton frère se trouvait sur les lieux à notre arrivée.

Max ferma les yeux un instant.

— Max, ton frère adoptif nous a dit qu'il venait juste de revenir chez lui, mais deux hommes de l'équipe de déminage jurent que lorsqu'ils ont examiné sa voiture…

Max ouvrit les yeux pour la regarder.

— Le capot n'était pas tiède. S'il venait d'arriver, il aurait dû être encore chaud.

Bordel.

— À la mort de Frank, poursuivit-elle, Quinlan avait une chance de récupérer beaucoup d'argent.

Max secoua la tête. Non, non, il y avait forcément une autre explication. Tous ces autres hommes, les plaies sur le corps de Quinlan…

— Il était coupé, lacéré de partout. Sa main…

— Parfois, on ferait n'importe quoi si on tient suffisamment à obtenir une récompense. (Elle plongea son regard dans celui de Max, et un léger soupir lui échappa.) Il y a autre chose. Nous avons trouvé des traces de sang non identifié dans la ruelle où Veronica James a été tuée.

— Et tu penses que c'était celui de Quinlan.

Elle hocha la tête, presque imperceptiblement.

— Ton frère a refusé de nous fournir un échantillon d'ADN alors qu'il se trouvait au bureau du FBI.

L'écho des mots de Quinlan résonnait dans son esprit. « *Qu'est-ce que ça fait, de tuer un homme ?* » Si l'on en croyait les apparences, son frère le savait déjà.

— Nous avons lancé un signalement général le concernant, ainsi que pour Donnelley. Jusqu'à ce que nous les trouvions, souffla-t-elle, tu seras sous la protection du FBI vingt-quatre heures sur vingt-quatre. Toi et la victime survivante, Curtis Weatherly.

— Tu penses vraiment qu'ils vont s'en prendre à moi ?

« Ils »... De qui parlait-il ? De salauds anonymes ? Ou de son frère et de Donnelley ?

— Je pense qu'on a eu de la chance, à ton appartement. Et je pense qu'il faut qu'on se tienne prêts à tout.

Apparemment, « tout » incluait le fait que son frère adoptif essayait de le tuer.

— Merci de collaborer avec nous sur cette affaire, Lake, déclara Hyde.

Il observa l'agent qui avait quitté son poste à la SSD, quelques semaines plutôt seulement. Avant même que Kenton ait rempli sa demande de transfert,

Hyde avait su ce qu'il préparait. Le cœur de Kenton n'était plus à la SSD.

L'agent spécial Kenton Lake pencha la tête vers Hyde.

— Je ne crois pas avoir vraiment eu le choix.

Hyde laissa ses lèvres s'incurver brièvement.

— En effet.

— Je m'en doutais. (Kenton marqua une pause.) De quoi voulez-vous que je me charge, à présent ?

Kenton s'était déjà adressé plus d'une fois à la presse, ces derniers jours.

— Une conférence de presse est prévue dans deux heures. J'aimerais que vous donniez aux journalistes ce qu'ils veulent et que vous les éloigniez de mon chemin.

Kenton opina. Hyde savait qu'il avait méticuleusement analysé le dossier.

— Vous avez un suspect ?

— Deux, répondit Hyde en lui lançant de nouveaux documents.

Kenton siffla en lisant les noms.

— Vous voulez que je dise ça en direct ?

— Je veux que vous fassiez savoir à ces salauds que nous les traquons. Présente-les comme des témoins, pas comme des suspects.

Hyde connaissait les règles du jeu. Il n'en était pas à sa première partie.

— Des témoins qui doivent être approchés de manière extrêmement prudente, je suppose ? interrogea Kenton.

Hyde acquiesça :

— Et un homme supplémentaire ne serait pas de trop sur le terrain. Sam… Elle protège un témoin.

Il vit la surprise se peindre sur les traits de Kenton. Celui-ci referma les dossiers.

— Ça signifie donc qu'elle a réintégré l'ensemble de ses fonctions ? demanda-t-il.

Hyde se remémora l'éclat féroce qu'il avait vu luire dans ses yeux hier soir. Il n'aurait jamais pu l'arracher à Ridgeway. Enfin ! Ce tempérament d'acier. Il attendait depuis longtemps qu'elle le lui montre.

— Elle est de retour.

Et plus forte qu'il ne l'avait jamais vue auparavant.

— Parlez à Monica, ordonna-t-il à Kenton. Demandez-lui de vous briefer sur les profils qu'elle a élaborés, concernant les deux suspects.

Car il s'agissait bien de suspects. Pas de témoins. Parfois, il était fatigant de protéger ses arrières.

— Oui, monsieur.

Hyde hésita.

— Et d'après ce que j'entends… je devrais vous féliciter.

Un large sourire illumina le visage de Kenton.

— En effet.

— Vous ne perdez pas de temps.

Il n'était marié que depuis peu, mais…

— Vous ferez un bon père.

— Monsieur, je suis terrorisé.

À ces mots, Hyde s'esclaffa.

— Vous avez raison.

Kenton se leva.

— Ce n'est pas vraiment ce que j'espérais entendre.

Mais un sourire adoucit son visage, et il se hâta d'aller trouver Monica.

Le regard de Hyde s'égara sur le cadre posé sur son bureau. Ce si joli sourire. Un sourire qu'il ne voyait plus que sur les photos. Et dans des souvenirs qui s'estompaient trop vite.

— Vous avez raison, murmura-t-il à nouveau, son hilarité envolée.

Car Kenton savait, comme lui, que le mal existait dans le monde. Un mal qui brûlait de dérober la lumière et les moments de joie.

Hyde laissa courir ses doigts sur le bord du cadre. Ils n'avaient pas retrouvé le corps de Heather, et il savait qu'ils ne le retrouveraient jamais. Sa fille ne reviendrait jamais à la maison.

Sam ramena Max chez elle. L'équipe scientifique n'avait pas terminé d'analyser son appartement, en quête du moindre indice.

Deux gardes étaient postés devant sa porte. Il s'agissait d'agents de la Division des Crimes Violents, envoyés en renfort. Elle savait qu'une équipe similaire protégeait Weatherly. Ramirez avait été relevé de ses fonctions, et il était retourné traquer Donnelley.

La porte se ferma derrière eux avec un léger déclic. Sam s'éclaircit la voix.

— Fais comme chez toi, dit-elle.

Max n'avait pas soufflé un mot dans la voiture, semblant perdu dans ses pensées.

— Le frigo est plein, je pourrais faire quelque chose à déjeuner…

— Je n'ai pas envie de manger.

Elle posa son pistolet sur la table et soutint son regard.

— Max…

Il secoua la tête.

— C'est devenu l'enfer, pas vrai ?

Oui.

— Quinlan ne répond pas au téléphone. Les flics n'arrivent pas à lui mettre la main dessus. (Il paraissait désespéré.) Tout ce qui reste à faire, c'est attendre. Et ça me rend fou.

L'attente était horrible, mais ensuite… ce serait pire. Sam ôta son manteau, puis se rapprocha de lui.

Mais son regard ardent la cloua au sol.

— Je ne suis pas d'humeur très douce, chérie, la prévint-il.

Lui avait-elle déjà demandé d'être doux ? Ne serait-ce qu'une fois ?

— J'ai besoin de toi, avoua-t-il, tellement besoin, mais…

Elle se remit à marcher. Lorsqu'elle l'atteignit, Sam posa les doigts sur ses lèvres.

— Moi aussi, j'ai besoin de toi.

Plus qu'elle ne pourrait l'exprimer. Sam n'en pouvait plus. Elle avait besoin de le sentir contre elle, en elle, d'être sûre qu'il était en sécurité. Vivant.

Qu'il était de nouveau tout à elle.

Car c'était ainsi qu'elle le voyait. *À moi.*

Elle empoigna le haut de son jean. Il avait les yeux rivés aux siens. Elle trouva le bouton, le défit, et descendit la fermeture Éclair qui émit un léger sifflement.

— Samantha…

Son sexe lui jaillit dans la main. Long, épais, lourd d'excitation. Elle l'encercla de ses doigts, et le pressa. Elle caressa sa chair, en un long mouvement ferme, de la base jusqu'au gland.

Si tiède. Si dur.

Elle s'agenouilla devant lui et prit le bout de son érection dans sa bouche.

— Bordel ! lâcha-t-il.

Son membre tressauta au contact de sa langue.

Salé. Savoureux. Elle lécha le liquide qui s'échappait de son sexe. *J'ai cru ne jamais le retrouver. J'ai eu si peur.*

Elle ouvrit grand la bouche et l'avala plus profondément. Elle laissa glisser sa main le long de son propre corps et la pressa contre la source gonflée de son désir.

J'avais envie de lui. J'ai toujours envie de lui.

Il mêla ses doigts à la chevelure de Sam.

— Tu es tellement… belle…, grogna-t-il.

Elle creusa les joues en le suçant. Elle voulait le sentir perdre le contrôle et jouir pour elle.

Elle pressa la main plus fort contre son propre sexe. Elle resserra les lèvres sur lui, et son membre se gonfla encore davantage dans sa bouche.

— Non !

En l'entendant rugir, elle s'écarta de lui. Max la contempla d'un regard étincelant.

— Je te l'ai dit, chérie… (sa voix était si rauque, si profonde) je ne me sens pas très doux.

Il lui empoigna les épaules et la poussa en arrière, la plaquant sur l'épaisse moquette.

Max lui retira son jean et sa culotte, entraînant ses chaussures du même geste, et lança le tout dans un coin de la pièce. Il referma les mains – ses doigts légèrement calleux, rugueux – sur ses cuisses, et lui écarta les jambes, la faisant s'ouvrir en grand devant lui.

— Tu es mouillée pour moi.

Ses mots étaient teintés d'une faim insatiable, d'un désir luxurieux.

Il avait suffi qu'ils se touchent pour qu'elle soit trempée. Tout comme il bandait pour elle. Elle se tordit sous lui, impatiente.

— Viens en moi, tout de suite.

— Mon tour, d'abord.

Sa barbe naissante lui piqua les cuisses lorsqu'il s'approcha. Elle sentit son souffle sur la toison légère qui couvrait son sexe. Max y fit glisser ses doigts, écarta ses plis, et trouva son clitoris.

Elle lâcha un souffle haletant. *Là.*

Puis sa bouche fut sur elle. Ces lèvres, cette langue la léchaient, la suçaient. Aiguisant son désir, attisant sa faim dévorante.

Elle s'arc-bouta contre sa bouche et lui griffa le dos. Elle n'était pas douce, elle non plus.

Affamée.

Max plongea sa langue en elle. Elle jouit contre son visage, en une explosion chaude et violente. Et il continuait de lécher.

Elle ferma les yeux, parcourue par les vagues de l'orgasme. C'était bon, terriblement bon, mais pas assez.

— Max…

Elle ouvrit les yeux.

Il leva la tête en entendant son appel rauque. Son regard – aux pupilles si dilatées que ses yeux semblaient noirs – se fixa sur son visage. Il se passa la langue sur les lèvres, et elle sut qu'il avait encore son goût dans la bouche.

Il attrapa son portefeuille et en tira un préservatif. Elle se redressa légèrement pour l'aider, mais en quelques secondes son sexe était recouvert. Puis il exigea :

— Mets-toi à quatre pattes.

Cet ordre sensuel la fit haleter.

Pas de douceur.

Sam plaqua les mains au sol. Son regard se vrilla à la moquette brune pendant que ses genoux s'y enfonçaient et qu'elle cambrait le dos.

— Tu es vraiment… (il passa la main sur ses fesses, jusqu'à son sexe) parfaite.

Non, elle ne l'était pas. Loin de là.

Il pressa son membre à l'entrée de son corps, l'excita de son gland. Sam enfonça les ongles dans la moquette.

Pas de douceur.

Au premier coup de reins puissant, elle hoqueta, puis rapprocha son bassin de Max pour le prendre encore plus profondément. *Encore.*

Il posa la main sur sa hanche, puis la fit glisser le long de son ventre pour appuyer à l'avant de sa chair sensible. Son pouce caressa son sexe comme il se retirait, avant de plonger plus profondément, plus violemment en elle.

Elle s'arc-bouta, tourna la tête, et il était là, derrière elle. Il s'empara de sa bouche tandis que ses mains et son membre prenaient son corps. Il plongea la langue en elle alors qu'il se retirait de son sexe. Il la pénétra, repartit, encore en encore.

Un deuxième orgasme montait en elle. Elle ondulait contre lui, à leur rythme sauvage, effréné. Elle était si trempée qu'il était recouvert de son miel.

Encore un coup de reins. Celui-là la secoua tout entière, elle jouit, s'embrasant autour de lui, sur une vague de plaisir incandescent qui lui coupa le souffle.

Max frissonna derrière elle, autour d'elle, en elle. Son nom s'échappa de ses lèvres, et son membre tressauta en elle tandis qu'il explosait.

Lorsque la respiration de Sam ralentit, que les battements de son cœur se calmèrent, il la remplissait toujours.

Ses genoux étaient endoloris. Son sexe frissonnait, et sa gorge était aussi sèche que du papier de verre.

Cela n'avait pas été doux. Mais c'était exactement ce qu'elle voulait.

— Tu es à moi.

Lorsqu'elle entendit ce murmure, Sam ne sut pas s'il provenait d'elle, ou de lui.

Sam et Max regardèrent ensemble la conférence de presse. Max la tenait dans une étreinte lâche, mais elle sentit la tension parcourir son corps lorsque Kenton annonça le nom de Quinlan.

— Bordel !

Sam se tourna vers lui. Elle entendait à peine ce que disait Kenton, à présent. Elle savait que Hyde avait rappelé Kenton pour cette affaire afin qu'il calme les journalistes. Lorsqu'il s'agissait de communiquer avec la presse, le talent de Kenton était inimitable.

Kenton avait quitté la SSD après être tombé raide dingue de Lora Spade, une femme pompier qu'il avait rencontrée en traquant un pyromane. Ils avaient tous deux frôlé la mort, mais finalement, ils étaient ressortis de l'enfer, plus forts. *Ensemble.* Kenton avait abandonné la SSD pour elle.

Que ressent-on, lorsque quelqu'un nous aime tellement qu'il est prêt à n'importe quel sacrifice ?

— Comment en sommes-nous arrivés là ? demanda Max. Quinlan… Bon sang, il y a forcément une explication. (Il s'écarta d'elle et se releva.) Je ne vais pas rester assis à ne rien faire pendant qu'il se fait traquer.

— Max, attends !

Mais il se dirigeait déjà vers la porte. Sam se précipita sur ses talons.

— Tu ne sais même pas où chercher !

Il lui lança un regard.

— Tout le monde le cherche, martela-t-il. S'il a vraiment fait ça… (Il avala lentement sa salive.) Tu ne crois pas que quelqu'un risque de tirer d'abord et de réfléchir ensuite ? Tu ne crois pas ?

Si Quinlan était armé, si.

— Je peux le convaincre de se rendre. Quoi qu'il lui soit arrivé, quel que soit le pétrin dans lequel il s'est fourré, je peux l'aider.

Sam ne put que secouer la tête. Max était prêt à tout risquer pour Quinlan. La famille… un lien que rien ne pouvait briser.

— Et si tu n'y arrives pas ? (Elle lui empoigna le bras et le serra fort.) Ils ont essayé de te tuer, tu comprends ça ? La dose qu'ils t'ont administrée…

— C'est Donnelley qui…

— … Était trop forte ! hurla-t-elle presque en resserrant sa prise. Ton cœur a failli cesser de battre ! Putain, Max, tu as failli mourir ! Si je ne t'avais pas trouvé, si je ne t'avais pas amené à l'hôpital…

Non, non, elle n'irait pas au bout de sa pensée. Elle s'y refusait.

— Ils t'ont abandonné au seuil de la mort, acheva-t-elle.

Max se raidit.

— Tout du long, depuis le départ, tu le soupçonnais, n'est-ce pas ?

Non, pas toujours.

— Il avait beaucoup de dettes. Il connaissait toutes les victimes.

— Ça ne veut pas dire…

— Non, en effet. (*Pas de preuve concrète.*) Mais il était là quand Donnelley t'a drogué. Il était là, et il t'a laissé agoniser sur le sol.

Ils se regardèrent, et elle vit cette lutte affreuse se jouer dans ses yeux. Il ne voulait pas le croire, ne voulait pas imaginer que son frère adoptif puisse être un tueur. Mais elle voyait aussi l'autre partie de lui-même ; oui, cette partie-là voyait la noirceur qui habitait Quinlan. Une partie de lui envisageait la vérité, l'avait envisagée depuis longtemps, déjà.

— La SSD le trouvera, promit-elle.

Ils l'avaient trouvée, elle.

— Ils sont en train de fouiller toutes les propriétés immobilières de ton beau-père, ainsi que toutes les propriétés liées aux victimes. Tous les endroits auxquels tu pourrais penser ont déjà été fouillés. (Samantha se crispa. Le plus dur était à venir. Bon sang, tout était dur, dans cette histoire.) Et je ne peux pas t'autoriser à déranger l'enquête.

À ces mots, il plissa les yeux.

Sam ne céderait pas. Pas même pour lui.

— Mon devoir est de te surveiller, de te protéger, et de m'assurer que tu ne fais pas obstacle à l'enquête.

En avertissant ton frère.

— C'est pour ça que tu m'as amené ici ? cracha-t-il.

Ses mots étaient imprégnés d'un venin qu'elle ne lui connaissait pas, ou du moins qu'il n'avait jamais dirigé contre elle.

— Pour me distraire pendant afin que je n'aille pas déranger quelqu'un d'autre ?

La colère bouillonna en elle.

— Je n'ai pas fait l'amour avec toi parce que j'avais besoin de détourner ton attention.

— Ah ? Alors pourquoi, dans ce cas ?

Et il l'empoigna durement par les bras, la soulevant sur la pointe des pieds.

— Pourquoi, le premier soir ? Pourquoi moi ?

Parce que tu étais l'homme le plus dangereux, le plus redoutable de ce bar.

— J'avais besoin de toi.

— Tu ne me connaissais pas.

Et cela avait été l'une des raisons. Quelqu'un qui ne la connaissait pas. Qui ignorait son passé.

— Tu t'enfuyais, dit-il d'une voix plus profonde, et tu as couru droit sur moi.

À ce moment-là, oui. Elle ne tenta pas de nier. Peut-être cette réponse lui suffirait-elle.

— Et maintenant, chérie ? Je connais tes secrets. (Un sourire dur se dessina sur ses lèvres.) C'est à cause de l'affaire ? C'est Hyde qui t'a ordonné de…

Elle se dégagea de son emprise.

— Hyde ne m'ordonne pas de coucher avec qui que ce soit.

Restez proche de lui.

— Il t'a ordonné de rester proche de moi, pourtant, non ? Dante t'a transmis cette instruction le premier jour, dans la maison de Frank. Et tu es restée proche… parce que tu veux leur prouver que tu es capable de faire ton boulot ? De gérer n'importe quel problème alors que…

— Non, bordel ! (La voix de Sam déchira les paroles de Max.) Je suis restée parce que je voulais être avec toi !

Il était temps d'arrêter d'avoir peur.

— Max, je ne suis pas avec toi à cause de cette affaire. Je suis avec toi parce que tu es le seul homme que je veux.

Un inconnu pour satisfaire un sombre désir… au début. Mais ensuite, il était devenu bien plus que cela.

— Tu me connais, lui dit Sam. Tu connais tout mon être, comme personne auparavant.

Toutes les zones d'ombre, toutes les peurs. Il savait tout, et il la désirait toujours.

Pas une victime. Pas avec lui. Et elle n'était pas près d'en redevenir une.

Le téléphone de Max se mit alors à sonner. Une note basse, vibrante. Elle s'humecta les lèvres.

— Max, je…

Il tira le portable de sa poche arrière et regarda l'écran.

— Donnelley.

Chapitre 17

— Voulez-vous revoir votre frère un jour ?

La voix était rauque, voilée par un grésillement parasite.

— Donnelley, espèce de salaud, qu'est-ce que vous voulez ? demanda Max en resserrant les doigts sur le téléphone.

Un rire.

— Tout.

Samantha avait sorti son téléphone. Elle s'était éloignée de lui, et elle l'entendait chuchoter à toute vitesse dans l'appareil.

— Où est Quinlan ?

Un autre rire de gorge.

— Vos agents pensent que c'est un tueur, pas vrai ?

Ce n'est pas le cas ?

— Tous les deux… Vous m'avez drogué.

— Vraiment ?

— Le FBI est à vos trousses, et vous feriez mieux de prier pour qu'ils vous trouvent avant moi !

Max voulait arracher la tête de ce fils de pute. La rage tendait tout son corps.

— S'ils me trouvent, je vous promets…, poursuivit ce murmure bas et rauque, qu'ils ne retrouveront jamais Quinlan. Pas avant qu'il soit trop tard.

Encore un jeu.

— Quinlan tuait avec vous.

C'était ce que Samantha pensait, et ce que lui-même craignait. *Comment ? Comment les choses s'étaient-elles déroulées pour en arriver là ? Aurais-je pu intervenir ? Le sauver ?*

L'image de sa mère apparut devant ses yeux. *« Occupe-toi de lui. »*

Max serra les dents. Bordel. Si seulement il pouvait revenir en arrière…

— J'ai rendu visite à Quinlan avant de vous droguer…, reprit le murmure. Et vous ne vous souvenez plus de m'avoir vu le traîner hors de sa chambre, n'est-ce pas ? Les caméras ont vu ce que j'ai bien voulu leur montrer… et personne ne l'a vu, lui.

Samantha était de retour. Elle s'était munie de son arme et l'avait placée dans son étui, sur sa hanche.

— Combien vaut-il ? nargua la voix. Combien allez-vous payer ? Que ferez-vous ? Après tout, c'est vous qui avez tout fait rater… vous et votre pute.

— Ne dites plus jamais…

— Vous voulez être le héros ? Celui qui va sauver Quinlan ? Alors vous allez faire exactement ce que je vais vous ordonner de faire, connard.

Enfoiré.

— Prenez votre pétasse avec vous, montez dans la voiture, et je vous dirai où aller. (Le bourdonnement des parasites redoubla.) Vous pourrez échanger votre vie contre la sienne. Quinlan pourra s'en aller.

Putain de menteur.

— Vous êtes mort, déclara Max en toute sincérité.

— L'un de nous le sera bientôt. (Nouvelle vague de parasites.) Allez, bougez. Si vous laissez cette salope ramener ses potes du FBI, c'est Quinlan qui mourra. Je le découperai en tranches, et vous aurez sa mort sur la conscience, grand frère.

— Sam a appelé, annonça Kim en faisant irruption dans le bureau de Hyde. Le numéro de Donnelley vient de s'afficher sur le téléphone de Max. Sam a dit qu'il avait l'air de lui faire une requête, quelque chose qui concernait Quinlan.

Hyde bondit sur ses pieds. Monica, qui était assise en face de lui, avait fait de même.

— Avez-vous demandé le pistage du portable de Donnelley ? demanda Hyde.

— Oui, nous sommes en train d'analyser le signal. Nous devrions connaître l'emplacement approximatif du docteur dans quelques minutes seulement.

Monica lança à Hyde un regard grave.

— Si le docteur est au téléphone, alors que fait Quinlan ?

Elle venait de détailler tout son travail à Hyde. D'après elle, Donnelley n'était pas le meneur. Trop faible. Trop désorganisé.

Hyde serra les dents.

— Nous allons bientôt le savoir.

L'appel se termina avec un déclic. Max jura et fonça vers la porte. Il tourna la poignée.

— Max ?

Celui-ci ne se retourna pas.

— Ne viens pas avec moi, chérie.

Mais elle se hâta de le rejoindre. Elle posa une main sur son bras pour tenter de le forcer à se tourner vers elle.

— Qu'est-ce qu'il a dit ? Que se passe-t-il ?

Votre vie contre la sienne.

— Il faut que j'y aille seul. (Il secoua la tête.) Il nous surveille peut-être. Il faut que j'y aille seul, insista-t-il.

Il ne voulait pas risquer sa vie à elle.

— Non, tu ne peux pas, cingla-t-elle.

Il se tourna et vit les larmes briller dans ses yeux.

Samantha secoua la tête :

— Non, tu m'entends. C'est un piège, je le sais. Tu ne peux pas…

— Donne-moi ton arme.

Sam écarquilla les yeux :

— J… je ne peux pas. Tu sais que je ne peux pas faire ça !

Il tendit la main.

— Quelle valeur a la famille à tes yeux ?

À ces mots, elle tressaillit.

— Tu sais… tu sais ce qui va se passer.

Il l'empoigna et l'embrassa avec la rage éperdue qui coulait dans ses veines. Il l'embrassa alors qu'il faisait glisser sa main le long de son corps et s'emparait de son arme.

Non, il prit le pistolet parce qu'elle le laissa faire. Max leva la tête, et fit un pas en arrière.

Sam se tenait devant lui, les lèvres tremblantes, rouges et gonflées par son baiser.

— Max, qu'est-ce qu'il a dit ?

— Il veut que j'aille le voir.

— Où ? Dis-moi simplement…

— Je ne sais pas.

Mais ce salaud la réclamait. C'était Max qui l'avait attirée dans son viseur. *Il ne la touchera pas.*

— Il ne me l'a pas encore dit. (*Dépêche-toi. Pas une seconde à perdre.*) Rappelle-toi qu'il connaissait toujours jusqu'au moindre de nos mouvements.

Et il le saurait aujourd'hui, car il était tout proche. Il les surveillait.

— Max…

Ils n'avaient pas le choix, ni l'un ni l'autre.

— Certaines choses sont trop précieuses, dit-il doucement.

Et il la quitta.

Sam demeura un moment immobile, les épaules voûtées et le cœur battant la chamade. Elle regarda partir Max, car elle n'avait pas d'autre choix. Si le kidnappeur lui avait dit de monter seul dans la voiture, alors elle le laisserait monter seul.

Mais je ne te laisserai pas seul pour autant.

Elle lui avait donné son arme, mais elle en avait une de rechange. Et il n'était pas question qu'elle le laisse affronter seul l'enfer qui l'attendait.

Sam saisit son portable. Les autres agents devraient se tenir à l'écart et ne pas intervenir, pour l'instant. Max les mènerait jusqu'à leur proie, et elle serait là pour s'assurer qu'il ne finisse pas comme Frank.

J'arrive.

— On tient Donnelley, annonça Kim d'une voix que l'excitation faisait monter dans les aigus. Nous avons remonté le signal jusqu'au bloc 400, sur New Curtis. (Elle leva les yeux.) Il se trouve dans un motel.

— Allez-y, ordonna Hyde en croisant les bras. Vous et Dante. Allez-y.

— Nous sommes déjà en route, monsieur, cria Dante tandis qu'ils se ruaient vers la porte.

Monica fit un pas en avant. Hyde lut l'inquiétude sur son visage. L'affection qui les liait, elle et Dante, se renforçait de jour en jour. Elle avait annoncé leurs fiançailles à Hyde, et bien qu'il soit ravi pour Monica – *il était temps qu'elle ait une vie en dehors de la SSD* –, il ne pouvait pas laisser des agents mariés travailler ensemble au sein de son unité.

Il était temps pour Monica de recevoir cette promotion.

— Restez sur vos gardes ! recommanda Monica lorsque les agents se glissèrent dans l'ascenseur.

C'était un avertissement dont ils n'avaient pas besoin. Mais Dante rendit son regard à Monica, et ses yeux verts s'adoucirent.

— Quelque chose cloche, murmura Monica. Donnelley ne colle pas au profil du chef des kidnappeurs.

Hyde était d'accord. Il avait lu le dossier de Donnelley. *Usage de drogue.* C'était un miracle qu'il soit parvenu à conserver le droit d'exercer la médecine.

Mais Donnelley avait été le médecin privé des Malone durant des années. On apprenait de nombreux secrets lorsqu'on vivait si près d'une famille. Des secrets pour lesquels on pouvait tuer.

— Quinlan est l'homme que nous cherchons, affirma Monica.

Sa voix était calme et assurée, malgré ses poings serrés.

— Toutes les pistes nous ramènent à lui.

— Alors nous le trouverons.

Le téléphone posé sur le bureau de Kim retentit, émettant une longue note basse. *Sam.* Hyde se hâta de ramasser le téléphone :

— Hyde, annonça-t-il.

— Il est parti ! (La voix de Sam était dure et sèche.) Max est parti retrouver Donnelley, et je ne vais pas le laisser y aller seul ! Je…

— Sam, nous savons où se trouve Donnelley. Il est dans un motel sur New Curtis. Dante et Daniels sont en route pour l'appréhender.

— Si Donnelley est là-bas, alors il ne peut pas être en train de nous surveiller, marmonna-t-elle comme pour elle-même. Je vais y aller. Je ne veux pas que Max se retrouve pris entre deux feux.

Hyde resserra la main sur le téléphone.

— Allumez le GPS de votre voiture. (L'instinct et la peur lui dictaient cet ordre.) Au cas où nous perdrions le contact téléphonique, il faut que nous puissions vous pister.

Car il préférerait se damner que de la perdre une nouvelle fois.

— Oui, monsieur.

— Et… Kennedy ?

Il entendit une porte claquer, et sut qu'elle se mettait déjà en route.

— Monsieur ?

— Protégez-le.

Max sortit en trombe du garage, au volant de la voiture de location. Heureusement que Samantha s'était fait amener cette voiture par un autre agent, tôt ce matin, parce qu'il n'était vraiment pas d'humeur à voler une bagnole.

Son téléphone se mit à vibrer avant même qu'il n'ait rejoint la chaussée. En pestant, il baissa les yeux. C'était un autre numéro, qu'il ne connaissait pas. Il décrocha.

— Max…

— J'arrive, OK ? s'énerva Max.

— Passez-moi la salope.

Le sang de Max se glaça. *Il ne me voit pas, pas encore, ou il saurait que…*

— Elle n'est pas avec vous.

La colère perçait sous ce murmure.

— Non, elle n'est pas là, et vous ne l'aurez pas, rétorqua Max.

Il freina dans un crissement sonore et ordonna :

— Maintenant, dites-moi où vous êtes.

Silence.

— Où êtes-vous ? répéta-t-il.

— Prenez l'autoroute, murmura l'autre. Vers l'ouest.

Max avança.

— Prenez la deuxième sortie.

Les dents de Max étaient si serrées que sa mâchoire lui faisait mal. *Comment en étaient-ils arrivés là ?*

— Vous allez payer pour ne pas avoir emmené la pute.

Max écrasa l'accélérateur. *Non, c'est vous qui allez payer.*

Sam ouvrit brutalement la portière de sa voiture, grimpa à l'intérieur, et fit rugir le moteur de la Volkswagen. En moins de trois secondes, elle fut sortie du garage. Juste à temps pour distinguer la lueur des feux arrière de Max. *Dépêche-toi.*

Son cœur tambourinait dans sa poitrine, et ses mains sur le volant étaient trempées de sueur. Elle n'allait pas perdre Max.

La Volkswagen volait presque lorsque Sam déboucha sur l'autoroute. Elle s'aperçut alors qu'ils ne roulaient pas dans le bon sens. New Curtis était à l'est, à quelques minutes de route seulement.

Mais Max fonçait dans la direction opposée.

— Max…, soupira-t-elle.

Elle pianota sur son portable. Il y avait un problème. C'était un piège. Elle devait avertir les autres agents.

Son téléphone sonna de nouveau quelques instants plus tard. Max le serrait toujours dans sa main droite. Il tapota l'écran.

— Quoi ?

— 4 219, Willow Way.

Max lâcha un sifflement en entendant cette adresse familière. Les agents ne seraient pas allés fouiller cette vieille bicoque, car elle n'appartenait pas à Frank, mais à lui. Sa mère la lui avait léguée.

— Maintenant, baissez la vitre et jetez votre portable.

Il hésita. Ce serait tellement facile d'appeler tout simplement le FBI, d'appeler Sam et de lui donner l'adresse.

Mais alors, le type se serait-il envolé lorsque Max arriverait à destination ?

— Je vous vois…

Son regard balaya l'autoroute. Il n'y vit qu'un tourbillon de voitures. Ce salaud le surveillait-il réellement ? Ou était-il encore en train de mentir ?

— Balancez le portable.

Max pressa le bouton de descente de la vitre. Celle-ci s'abaissa avec un chuintement, et il jeta son téléphone.

La femme de ménage tremblait en déverrouillant la porte de la chambre 203 du Highline Motel. Luke lui prit le bras et la fit reculer à la seconde où la porte s'entrouvrit.

— FBI ! cria-t-il. Nathan Donnelley, nous entrons !

D'un coup de pied, il ouvrit la porte en grand et pénétra dans la chambre, l'arme au poing. Kim, parfaitement silencieuse, le suivait pas à pas.

Et Donnelley les attendait.

Le téléphone de Sam sonna juste comme elle s'apprêtait à appeler la SSD. Elle attrapa le téléphone, sans même regarder l'écran tant ses yeux étaient rivés à la voiture de location.

— Hyde, avez-vous reçu…

Max bifurquait à nouveau. Elle écrasa encore l'accélérateur.

— Jette ton téléphone par la fenêtre, salope, commanda une voix rauque qui lui coupa le souffle.

Sam lança un regard dans son rétroviseur. Elle aperçut le camion sombre aux vitres teintées qui se rapprochait d'elle.

Il nous suit.

Elle jeta un coup d'œil à son téléphone. Ce n'était pas le numéro de Donnelley. *Ce connard a changé de portable.*

— Tu veux qu'il meure ? Ce sera tellement facile de le tuer.

Sam baissa sa vitre. Le vent s'engouffra dans la voiture, faisant voler ses cheveux.

Le téléphone alla se fracasser sur le bitume.

Luke observa le visage de Donnelley. Pâle et inerte. Un sourire rouge avait été gravé sur son cou, un rictus écœurant qui s'étirait d'une oreille à l'autre. Et le torse de ce salaud avait été ouvert en deux.

Luke inhala la puanteur de la mort et tourna les talons, son téléphone déjà plaqué contre son oreille.

— Hyde ! On a un problème. Oui, oui, on a trouvé le téléphone. (Abandonné près du cadavre.) Et Donnelley.

— Amenez-le-moi. Je veux qu'il nous dise…

— Monsieur, il ne parlera pas. (Luke jeta un bref regard au corps.) À qui que ce soit.

Ils pouvaient maintenant être sûrs que ce n'était pas Donnelley qui avait appelé Ridgeway…

— Pouvez-vous contacter Sam ? demanda Dante. Il faut qu'elle sache ce qui se passe.

Le silence, à l'autre bout du fil, dura trop longtemps, et Luke sut que Hyde tentait de contacter Sam sur l'une des autres lignes de la SSD. Enfin, Hyde annonça :

— Elle ne répond pas.

Quoi ? Non, bordel, elle…

— Mais ne vous inquiétez pas, reprit Hyde. Elle nous montre exactement où nous devons nous rendre.

Sam enserrait le volant dans une poigne d'acier. Le camion noir avait disparu en bifurquant hors de leur itinéraire quelques minutes plus tôt. À quelques centaines de mètres devant elle, Sam distinguait l'arrière de la voiture de Max. L'avait-il déjà repérée ? Elle était restée en retrait, au départ, et avait tenté de maintenir plusieurs voitures entre eux deux.

La Volkswagen bondit en heurtant un nid-de-poule. Sam roulait au milieu des bois, et la vieille route aurait bien mérité quelques travaux. Le flot des voitures s'était brusquement tari. Personne d'autre ne roulait sur cette voie désolée qui l'emmenait loin de l'agitation de la ville, au cœur des bois épais de la campagne. Il n'y avait personne… Max devait forcément la voir. Elle n'avait plus nulle part où se cacher.

Ils se trouvaient en Virginie. Au cours de leur voyage, ils avaient traversé la frontière entre les États. Tandis que la route s'enfonçait en serpentant dans les bois, Sam se demanda où cette poursuite allait bien les mener.

Elle perdit Max de vue un moment, en décrivant un virage, et la peur s'instilla dans ses veines. La Volkswagen bondit, filant trop vite le long du tournant, et Sam aperçut l'eau scintillante d'une rivière. Celle-ci coulait à gauche de la route ; au loin, devant, elle se faisait plus étroite, et se déversait avec fracas sous un pont métallique. Le soleil se réfléchissait sur la surface de l'eau, teintant les vagues de gris, et non de noir comme…

Quelque chose heurta violemment le flanc de la voiture. Sam hurla, et tourna la tête vers la droite. *Le camion noir.* Il avait débouché à toute allure d'une petite route non goudronnée, que l'on distinguait à peine parmi les pins, pour la percuter de plein fouet.

Autour d'elle, le verre se brisait, le métal hurlait. Elle appuya de toutes ses forces sur le frein, luttant pour reprendre le contrôle de sa voiture. La Volkswagen tremblait, à demi démontée, et l'airbag du côté passager se déclencha. L'explosion de blancheur lui masqua le camion qui faisait demi-tour…

Et revenait la heurter à nouveau. Le métal protesta de plus belle. Elle cria, et le moteur du camion rugit de toute sa puissance. Il se mit à pousser sa voiture par-dessus le bord de la route.

— Non !

Elle gesticula pour tenter de déboucler sa ceinture. Des éclats de verre pleuvaient sur elle, lui coupant les mains et le visage. Leur sang rendait ses mains glissantes. La Volkswagen tressauta comme le camion la rapprochait de plus en plus de l'eau.

La ceinture se décrocha enfin. Sam tendit la main pour ouvrir la portière.

Trop tard.

La Volkswagen tomba sur le côté de la route et fit un tonneau, envoyant Sam valser dans l'habitacle. Sa tête se cogna au plafond, et son corps se tordit.

Son dos heurta le pare-brise et son genou le levier de vitesse. Sam sentit quelque chose se déboîter.

Tonneau, tonneau, tonneau.

Un nouveau crissement lui déchira les tympans lorsque l'avant de la Volkswagen racla le bord du pont. Puis la voiture tomba dans la rivière. L'eau s'engouffra par les vitres brisées. Le véhicule se remplit rapidement.

Froid. Si froid. L'eau pesait sur elle. La tuait.

Sam ouvrit la bouche et hurla tandis que l'eau montait.

Max braqua le regard sur son rétroviseur. Il avait cru apercevoir un éclair rouge, il y a quelques instants.

Rouge... la voiture de Samantha était rouge.

Avait-elle pu décider de le suivre ? *Oui, absolument.*

Tandis qu'il franchissait le pont, son regard s'égara sur la rivière. Après un instant, il lança un nouveau regard à son rétroviseur, et y vit un cauchemar.

Un camion noir percuta le flanc d'une Volkswagen rouge... *la voiture de Samantha*. Le camion revint frapper la voiture une deuxième fois, et le petit véhicule roula dans la rivière.

Dans l'eau.

— Samantha !

Max écrasa la pédale de freins jusqu'au plancher. Il tourna brutalement le volant, faisant tournoyer sa voiture et soulevant un nuage de poussière. Puis il fonça la retrouver.

Les battements de son cœur lui emplirent les oreilles, et il murmura son nom, encore. *Sois en vie.* Oh, seigneur. Faites qu'elle n'ait rien.

Il sauta de sa voiture avant même qu'elle ne se soit totalement arrêtée. Le camion noir avait fait halte près du bas-côté. Le moteur tournait toujours, et la portière ouverte se balançait dans le vide. Mais le siège du conducteur était vide.

Ce salaud est tout près. Il attend.

Il les surveillait. Il savait que Samantha suivait Max. Il l'avait attaquée, et avait délibérément forcé Max à sortir de sa voiture afin de s'en prendre à lui.

Qu'il aille se faire foutre.

Max courut vers la rivière. Il hurla le nom de Samantha, car il ne la voyait pas. La Volkswagen sombrait rapidement dans les eaux profondes qui écumaient sous le pont. Son cœur se serra comme il se préparait à plonger dans la rivière glacée…

Une balle lui déchira l'épaule. Le coup de feu résonnait encore à ses oreilles lorsqu'il tomba. Max roula le long de la berge, en direction de l'eau. La douleur brûlante lui coupa le souffle, et lorsque le monde s'arrêta de tourner, il était dans l'eau.

Samantha. Il se redressa, parvint avec difficulté à se remettre debout.

Un autre coup de feu… Celui-là l'atteignit à l'arrière de la jambe. Il ne voyait plus les pneus de la Volkswagen. La voiture s'était retournée, et elle avait coulé à pic, disparaissant sous les flots.

Max s'effondra à nouveau.

— Salaud ! hurla-t-il.

Un rire se répercuta sur l'eau de la rivière.

— Non… ça, c'est toi, mon frère.

Max tourna la tête, et, une fraction de seconde plus tard, il croisait le regard de Quinlan. Son frère adoptif était debout sur la route, près du camion noir, une arme à la main. Qu'il pointait droit sur Max.

— Fais un pas de plus vers elle, annonça Quinlan, et je t'abats d'une balle dans la poitrine.

Et il sourit. Il sourit…

L'eau froide clapota contre Max, comme pour le prendre, l'aspirer en elle.

« J… je voulais mourir. À la cinquième fois, je l'ai supplié de me laisser mourir. »

Non. Il n'allait pas abandonner Samantha dans l'eau. Pas question.

— Alors tire, connard, tire !

Max plongea dans l'eau, sans égard pour la douleur qui avait envahi son épaule et les élancements atroces qui lui parcouraient la jambe.

Des balles crevèrent la surface de l'eau, tout autour de lui. Max se projeta en avant, nageant maladroitement car sa jambe n'était presque plus bonne à rien. *Va jusqu'à la voiture. Va la chercher.*

Il sentit le contact du métal sous sa main. La Volkswagen. Il empoigna la portière, l'ouvrit en grand et…

Il sentit des doigts contre les siens. Un contact doux.

Samantha était là et s'élançait d'un coup de pied hors de la voiture, des bulles d'air s'échappant de ses lèvres. Max l'attrapa. Il l'attira contre lui, pressa ses lèvres sur les siennes, et lui offrit la dernière bouffée d'air qu'il avait aspirée.

Son corps remua contre le sien. Max savait qu'elle voulait se projeter vers la surface. Celle-ci était tellement proche…

Mais Quinlan l'était aussi. Le frère qu'il avait essayé de protéger. Celui qui voulait les tuer, lui et son amante.

Ils ne pouvaient pas nager tout droit vers le haut. Ils feraient des cibles faciles. *Il nous abattra dès qu'il en aura l'occasion, et nous abandonnera dans l'eau.*

Une manière bien pratique de se débarrasser de leurs corps.

Samantha se débattit contre lui, tentant de monter, mais il l'enveloppa de ses bras, la serra, et la poussa vers le bas.

Elle ouvrit grands les yeux, fixant sur lui un regard paniqué. Il secoua la tête, souhaitant qu'elle comprenne, désirant plus que tout lui expliquer…

Mais la peur se peignit sur le visage de Samantha, car il la poussait encore, toujours plus bas…

Un épais rideau d'arbres les attendait sur la rive est. S'il parvenait à les rapprocher de la berge, ils auraient peut-être une chance de l'atteindre à temps. C'était mieux que rien. Il la poussa vers ce côté, luttant de toutes ses forces contre le courant.

Mais Max avait employé toute son énergie à la pousser, et ses blessures le ralentissaient, l'épuisaient trop vite. Ses poumons le brûlaient, et il savait qu'ils devraient bientôt remonter à la surface.

Le feu se répandit dans sa poitrine. Les yeux de Samantha étaient posés sur lui. Grands et sombres.

Magnifique. Peut-être serait-ce sa dernière vision : son visage pâle, auréolé du nuage flottant de ses cheveux.

Une autre bulle franchit les lèvres de Samantha.

Il fallait qu'ils reprennent leur respiration. Max se projeta vers le haut. Elle l'imita, à grands coups de pied frénétiques, et ils montèrent vers la surface.

Avant qu'ils n'émergent de l'eau, Max sut qu'ils n'étaient pas assez loin. Pas du tout. Mais peut-être Quinlan regarderait-il dans la mauvaise direction. Vers l'endroit où la voiture avait coulé.

Juste quelques instants.

L'eau s'éclaircit. Il distingua les rayons brillants du soleil. Proches, tout proches.

Ils jaillirent parmi les flots. Ils aspirèrent tous deux de grandes goulées d'air, les plus profondes possibles. Max pivota pour la placer derrière elle, car ils n'auraient pas beaucoup de temps.

Son regard trouva Quinlan. Il vit son frère se tourner vers eux, le vit lever son arme et sourire. Max se prépara à encaisser une troisième balle.

Le tonnerre du coup de feu fut assourdissant. Mais ce n'était pas l'arme de Quinlan qui l'avait produit. C'était celle de Samantha. Elle avait sorti le bras de l'eau, et elle avait tiré à l'aide d'un petit pistolet qu'il n'avait pas remarqué lorsqu'il l'avait extirpée de la voiture. Quinlan tituba, avec sur le visage une expression de profonde surprise. Une tache de sang fleurit sur sa poitrine, formant un large disque rouge. Il tomba en arrière, et disparut dans l'eau.

La main de Samantha était aussi immobile qu'un roc, et elle maintint son pistolet pointé sur l'endroit où se tenait son frère quelques secondes auparavant.

Max haleta, tout comme elle, et il lui passa un bras autour de la taille, l'attirant à lui.

—Il faut qu'on aille voir, murmura-t-elle, ses lèvres chatouillant le cou de Max. Il le faut, Max. J… je ne crois pas qu'il soit mort.

Max se mit à progresser en direction de la rive.

—J'ai… perdu mes lunettes… je ne voyais rien…

Elle toussa, crachant de l'eau.

Les pieds de Max touchèrent le lit rocailleux de la rivière.

—Va dans ma voiture, ordonna-t-il.

Il savait que ce n'était pas que de l'eau qu'il sentait couler sur son corps.

—Va… je vais…, poursuivit-il.

Il s'effondra, à moitié dans l'eau, à moitié sur la rive.

—Max ? (Il sentit ses mains sur l'eau.) Max, il t'a touché !

Il se redressa sur les genoux.

—Vas-y ! supplia-t-il.

—Pas sans toi, rétorqua-t-elle.

Elle voulut le soutenir, et il s'aperçut qu'elle tenait son pistolet de la main gauche, car sa main droite pendait, inerte. *Brisée.*

Et le sang suintait des coupures sur son front et ses bras.

Je vais le tuer. Le frère qu'il s'était démené pour protéger. Le monstre qu'il n'avait pas su reconnaître.

Ensemble, ils parvinrent à remonter d'un pas chancelant cette foutue pente. Samantha tenait toujours son arme. Elle était aux abois, balayant l'endroit du regard à la recherche de Quinlan, mais ce petit enfoiré n'était nulle part en vue.

— Il faut que je t'emprunte ton téléphone, murmura Samantha.

— Ce salaud m'a forcé à le jeter.

Il irait jusqu'à sa voiture, la forcerait à y entrer, puis il retrouverait Quinlan. *Prends le pistolet.* L'arme qu'il avait empruntée à Samantha se trouvait à l'intérieur de la voiture de location. Il l'en sortirait, la laisserait là-bas avec le pistolet qu'elle avait déjà, et mettrait fin à ce cauchemar.

Max avança, lentement. Sa jambe gauche traînait derrière lui, et son bras reposait sur les épaules de Samantha. Elle frissonna contre lui. Trempée, fragile. Il dut ravaler la rage qui menaçait de l'étouffer. *Quinlan s'en était pris à elle.*

Dans l'eau. Putain. Son pire cauchemar.

La voiture ne se trouvait plus qu'à quelques pas. Max scruta l'endroit du regard, de gauche à droite. Où était Quinlan ? Où ?

Max resta muet. Il se força à avancer, malgré la douleur. Ils atteignirent sa voiture. Enfin. Il ouvrit en grand la portière, poussa Samantha à l'intérieur…

Un hurlement furieux le fit s'immobiliser. Max pivota et vit Quinlan surgir de l'arrière du camion noir. Il n'avait plus son pistolet ; peut-être l'avait-il perdu dans l'eau. Quinlan tenait un couteau. La lame étincela, réfléchissant la lumière, tandis que Quinlan courait droit sur eux.

Samantha s'écarta de la voiture et leva son arme.

— Lâche ça ! cria-t-elle d'une voix vibrante de rage. Ne m'oblige pas à le faire, Quinlan, ne m'oblige pas…

Mais il continua à courir vers elle.

Samantha pressa la détente, mais cette fois le pistolet n'émit qu'un sifflement mouillé. Quelques gouttelettes s'écrasèrent au sol, mais cette foutue arme ne tira pas.

Enrayé. Merde. Elle avait eu de la chance que l'arme veuille bien tirer une première fois. L'eau…

Quinlan brandit son couteau en l'air. Max plaqua Samantha au sol, et le couteau l'atteignit, lui, tranchant dans la chair de son bras.

— Tu t'es toujours cru plus fort…, croassa Quinlan à l'adresse de Max. Je vais te montrer, putain… montrer à tout le monde…

Le couteau s'abattit une deuxième fois et lacéra le bras de Max, alors qu'il tentait de repousser son frère.

Un flot de bile remonta dans sa gorge, mais Max parvint à esquiver le coup suivant. Il saisit le poignet de Quinlan et le serra, empêchant la lame d'atteindre son visage.

— Tu as besoin d'aide ! Tu ne comprends pas ? cria Max.

Samantha se redressa derrière Quinlan. Elle se glissa dans la voiture, et Max sut qu'elle allait chercher l'autre pistolet.

— Tu n'as pas toujours été comme ça, murmura Max.

Il souhaitait que les choses aient été différentes. Que tout ait été différent.

— Tu n'étais pas un tueur...

— Mais toi, si, répliqua Quinlan. (Le couteau étincela.) Et Frank te trouvait parfait.

La lame n'était qu'à quelques centimètres du visage de Max.

Celui-ci se redressa et parvint à repousser son frère de quelques pas.

— Tu ne seras plus parfait quand j'en aurai fini avec toi, promit Quinlan en se jetant sur Max.

Ils s'écrasèrent à terre.

Max tenta de plaquer son frère au sol, mais le sang avait rendu ses mains glissantes, et Quinlan se débattait sous lui. Quinlan parvint à rouler hors de son emprise et se redressa, le couteau à la main.

Son regard rencontra celui de Max. Puis avec un sourire, Quinlan plongea le couteau dans le ventre de Max.

— Non ! hurla Samantha.

Max s'affaissa au sol, et un vent froid courut sur sa peau.

— Max !

La voix désespérée de Samantha couvrit les éclats de rire de Quinlan.

Max aurait juré entendre hurler des sirènes, au loin.

Quinlan se passa la langue sur les lèvres.

— C'est à moi, maintenant. Tout a toujours été à moi… Et j'en avais marre d'attendre la mort de ce connard.

Max secoua la tête et rassembla ses forces. La lame allait bientôt replonger en lui, et il fallait qu'il se tienne prêt.

— Lâche ça, ordonna la voix, tremblante et furieuse, de Samantha. Lâche ça, Quinlan, ou je te jure que je te tire une balle dans le cœur.

Chapitre 18

Tout son corps était secoué par la peur, mais Sam tenait l'arme d'une main ferme. Max bougeait à peine. *Tellement de sang.* Elle n'allait pas laisser cette ordure avec son couteau le blesser à nouveau. Il ne ferait plus jamais de mal à personne.

— C'est fini, déclara Sam en s'approchant.

— Non…, affirma Quinlan d'une voix douce. Ça ne fait que commencer.

Pas pour toi. Car ce pistolet-là n'allait pas s'enrayer. Prudemment, Sam fit un autre pas en avant.

— Tu entends ces sirènes ? reprit Sam.

Quinlan releva brusquement la tête, comme s'il venait effectivement d'entendre leurs hurlements pour la première fois.

— C'est la SSD. Ils viennent te chercher.

Quinlan se leva et se tourna pour lui faire face. *C'est bien. Éloigne-toi de Max.* Les sirènes étaient si proches. *Dépêchez-vous.*

Max se dressa à genoux. Elle ne laissa pas son regard dériver sur lui, car Quinlan tenait toujours son couteau, et il se rapprochait d'elle.

— C'est fini, répéta Sam.

— Salope !

Quinlan parut alors sombrer définitivement dans la folie. En hurlant, il bondit vers elle, la main serrée sur son couteau.

— Samantha ! hurla Max.

Elle braqua son regard sur lui. Les yeux de Max étaient emplis de terreur et de colère. Lorsqu'il se mit debout péniblement, Sam vit ses lèvres bouger, mais elle ne parvint pas à distinguer ce qu'il criait, car les sirènes hurlaient si fort à présent, et Quinlan vociférait en s'approchant, et...

— C'est fini, murmura-t-elle avant de presser la détente.

La balle toucha Quinlan, non pas au cœur, mais au bras, le bras qui tenait le couteau. Il hurla de douleur tandis que le couteau échappait à ses doigts et allait glisser le long de la berge en pente.

— Non ! rugit-il.

Sam le regarda plaquer la main sur sa plaie.

Dans un grand crissement de freins, les voitures de police et les véhicules banalisés de la SSD envahirent la zone. Les renforts étaient arrivés.

Sam ne baissa pas son arme, cependant. Elle garda Quinlan en joue.

— Tu ne vas pas t'en tirer si facilement, lui dit-elle doucement.

Il ne mourrait pas sous les balles d'un flic. Il paierait pour ce qu'il avait fait.

— Sam ! cria Hyde.

Sam n'avait jamais été si heureuse d'entendre sa voix de toute sa vie.

— On a besoin d'une ambulance, signala-t-elle en frissonnant.

L'eau glacée lui avait volé jusqu'à ses dernières réserves de chaleur, et à chaque fois qu'elle parlait, des nuages blancs se formaient devant sa bouche.

Quinlan baissa la tête.

— Ça ne peut pas se finir comme ça ! geignit-il. Pas se finir comme…

Les agents l'encerclèrent.

— Quinlan Malone, cingla Luke Dante, vous êtes en état d'arrestation.

Sam lâcha un souffle affolé. *Max.* Elle baissa son arme et tenta de forcer ses doigts à relâcher leur emprise trop forte sur le pistolet. Ils lui faisaient mal. Elle avait mal partout. Et Max, mon dieu, Max, tout ce sang…

— Du calme.

Hyde se tenait devant elle. Il décrocha ses doigts de l'arme.

— Agent Kennedy… Sam, est-ce que ça va ?

Elle grelottait. Le froid la pénétrait jusqu'aux os, la secouant des pieds à la tête.

— M… Max…

Il n'y avait que lui qui comptait, en cet instant. Il était entré dans l'eau pour elle. Il lui avait littéralement fait un rempart de son corps.

Il était prêt à mourir. Pour moi.

Et elle était prête à tuer pour lui.

Elle courut vers Max et tomba à genoux près de lui. Ses yeux étaient ouverts. Si bleus.

Elle lui toucha la joue.

— Faites venir les secours, immédiatement ! aboya Hyde.

— Vous ne pouvez pas faire ça ! hurlait Quinlan. Je suis la victime, je suis…

— Vous êtes un tueur, l'interrompit Dante, et ses mots flottèrent jusqu'à Sam.

Sam se pencha sur Max. Il avait la peau blême, et le corps agité des mêmes frissons qui parcouraient le sien. *Trop froid.*

— Ça va aller, murmura-t-elle. Nous sommes en sécurité, maintenant.

En sécurité. Mais la mort les avait frôlés de très près.

Des mains la saisirent, tentèrent de l'écarter de Max. Les secouristes. Elle le lâcha tandis que des larmes roulaient sur ses joues.

Puis on la guida jusqu'à un brancard. L'un des secouristes se mit à tâter ses blessures, et des lueurs rouges et bleues tourbillonnèrent en clignotant autour d'elle.

Des voix bourdonnaient à ses oreilles, mais tout ce qu'elle était capable de percevoir clairement était le son de ses dents qui s'entrechoquèrent, et les battements effrénés de son cœur.

Ils la hissèrent dans l'ambulance, l'enveloppèrent dans des couvertures et fixèrent son brancard au fond du compartiment. Les secouristes poussèrent celui de Max près du sien. Il tourna la tête vers elle, et son regard capta le sien.

Quelqu'un claqua les portières.

Max leva la main et la tendit vers elle. Elle attrapa ses doigts, les serra. Lorsque l'ambulance bondit en avant, elle ne le lâcha pas.

Elle ne voulait plus le lâcher.

— M… Max, je t'aime, murmura-t-elle.

Elle avait eu besoin de prononcer ces mots, en avait ressenti l'envie impérieuse. Mais les paupières de Max s'étaient fermées, et elle sut qu'il ne l'avait pas entendue.

Sam fut facile à soigner. Les coupures sur son visage ne nécessitaient qu'un nettoyage et des pansements. On remit son poignet droit en place et on lui fixa une attelle, et les docteurs firent quinze points de suture sur son bras gauche. Ils l'emmitouflèrent, firent remonter sa température, et elle s'arrêta enfin de trembler.

C'est alors qu'elle se mit à exiger de voir Max.

Mais lui n'était pas si facile à remettre sur pied. Deux heures plus tard, Sam attendait toujours. La peur lui nouait les entrailles. *Faites qu'il aille bien. Faites qu'il aille…*

Un coup retentit à la porte.

— Entrez !

S'il s'agissait d'une infirmière, elle allait pouvoir la harceler de questions sur l'état de Max.

La tête de l'agent spécial Kenton Lake apparut dans l'embrasure.

— Kenton ? murmura-t-elle. Qu'est-ce que tu fais ici ?

N'aurait-il pas dû être en train de donner une interview ? De remettre en ordre tout ce bazar et d'expliquer à quel point la SSD avait été formidable ?

Il lui adressa un large sourire. Le même sourire qui – autrefois – la faisait fondre.

— Je ne pouvais pas partir sans passer te voir. (Kenton entra dans la pièce et referma la porte derrière lui.) Bon sang, ma grande, quand j'ai entendu parler de cette scène avec Malone…

En se passant rapidement une main dans les cheveux, il s'approcha du lit.

Lorsque le Guetteur l'avait enlevée pour lui infliger son jeu pervers, Kenton avait été là. Lorsqu'elle avait ouvert les yeux, la gorge pleine d'eau, luttant pour respirer, c'était la première personne qu'elle avait vue.

Il était aussi venu la voir, plus tard, à l'hôpital. Il l'avait vue craquer, sangloter jusqu'à forcer les médecins à l'assommer de médicaments. Il n'en avait parlé à personne. Kenton était le genre d'homme qui savait garder un secret.

Mais il n'était pas le genre d'homme à conquérir son cœur. Ils étaient sortis ensemble, sans vraiment s'engager, mais il n'avait jamais fait naître en elle un besoin, des sentiments, comparables à ceux qu'elle ressentait pour Max.

Il l'étudia du regard.

— Tu as une mine horrible.

Ah, Kenton, toujours aussi beau parleur. En fait, d'habitude, c'était effectivement un beau parleur.

— Ça ne m'étonne pas, rétorqua-t-elle.

Elle tenta de se redresser sur le lit. Son poignet protesta immédiatement, et un hoquet de douleur lui échappa.

— Ils ne veulent rien me dire.

Kenton plissa les yeux.

— Max, soupira-t-elle. J'ai besoin de savoir comment il va.

Son regard était trop alerte, trop aiguisé.

— Le frère de Malone ?

Elle hocha la tête.

— Tu tiens à lui, n'est-ce pas ?

Arrête d'avoir peur.

— Je suis amoureuse de lui.

Et elle le lui dirait dès qu'il pourrait l'entendre.

Kenton inspira profondément.

— Ils ont transféré Quinlan dans nos locaux. Je, heu… Je pense qu'il y a une chose que tu devrais savoir.

Une infirmière entra sans frapper.

— Mademoiselle Kennedy ? L'opération de Max Ridgeway est terminée. Le docteur Gretchen m'a dit que je pouvais vous emmener le voir, juste quelques minutes, si vous vous en sentiez la force.

Elle tirait derrière elle un fauteuil roulant.

Si Sam s'en sentait la force ? Rien n'aurait pu l'empêcher de se ruer dans la chambre de Max. De la main gauche, Sam repoussa les draps et tenta de se lever, malgré la douleur.

Kenton se pencha vers elle :

— Attends.

Non, elle n'attendrait plus.

— Il faut que je le voie.

Mais Kenton ne s'écarta pas.

— C'est dur d'aimer quelqu'un, n'est-ce pas ? De tenir à la vie de quelqu'un d'autre plus qu'à la sienne.

Non, ce n'était pas dur. C'était absolument terrifiant.

— Mais il faut que tu sois prudente, Sam. Simplement parce qu'on aime quelqu'un… ça ne veut pas dire qu'il est parfait.

De quoi parlait-il ? Elle savait que Max n'était pas parfait. C'était pour ça qu'elle aimait. Il était vrai, solide, fort, et prêt à tout supporter pour elle. Qu'est-ce qu'une femme aurait pu souhaiter de plus ? La perfection pouvait attendre.

— Quinlan dit…

Kenton se pencha plus près encore, et baissa la voix pour ne pas que l'infirmière l'entende.

— Quinlan raconte que Ridgeway était complice des kidnappings depuis le début. Il dit qu'ils ont tout planifié ensemble, et que Max a ensuite bouleversé leurs projets en tombant amoureux de toi.

Sam secoua la tête.

— Non, non, Max ne ferait pas ça…

— Tu es sûre ?

— Oui ! répliqua-t-elle, agacée.

Elle ne voulait pas entendre un mot de plus. *J'ai besoin de voir Max.*

Kenton inclina la tête, tristement.

— Tu lui fais confiance à ce point-là ?

— Oui.

Elle avait vu l'horreur se peindre sur le visage de Max. Sa fureur lorsqu'il avait compris les atrocités que son frère avait commises. Non, Max n'était pas complice des crimes, et elle se fichait pas mal des mensonges que vomissait Quinlan. Max n'était pas comme lui.

Il n'était pas diabolique.

Elle se leva avec précaution, mais secoua la tête à l'intention de l'infirmière.

— Je n'ai pas besoin du fauteuil. Dites-moi simplement où il se trouve.

J'arrive, Max.

L'infirmière battit des paupières.

— Chambre… heu… 212, au bout du couloir.

Sam se mit en route, le dos droit et la tête haute.

— Sam !

À l'appel de Kenton, elle lança un regard en arrière.

— Tu as été géniale, sur ce coup-là. Vraiment géniale.

— Merci.

— J'ai toujours su que tu étais faite d'acier. Tu as traversé l'enfer, et tu en es sortie grandie. (Il esquissa un sourire à peine visible.) Tu ne t'es pas brisée.

Elle savait qu'il avait subi son propre cauchemar. Il avait bravé les flammes, lors de sa dernière affaire avec la SSD. Elle se força à sourire.

— Toi non plus.

— Et ça n'a fait que nous rendre plus forts. Souviens-toi de ça. Tu n'es pas faible, Sam, et tu ne l'as jamais été.

Et Kenton la connaissait bien.

— Tu as battu ce salaud, la première fois, et tu as aussi battu celui-là.

Oui, en effet. Mais elle avait reçu de l'aide. D'un homme qui s'était délibérément interposé entre elle et un assassin.

Comment une femme était-elle censée laisser tomber un type pareil ?

Elle n'était pas censée le faire, voilà. Elle était censée rester avec lui, quoi qu'il arrive, et se battre pour leur construire un avenir.

Max était entouré de machines, qui bourdonnaient et émettaient des bips à intervalles réguliers. Son visage était pâle, et ses lèvres n'avaient pas encore tout à fait perdu leur couleur bleue. La partie supérieure de son corps, jusqu'au bassin, était presque entièrement couverte de bandages.

— Il a fallu un moment pour recoudre tout ça, murmura le jeune médecin qui se tenait à côté d'elle. Celui qui lui a fait ça n'a pas fait semblant.

Sam prit la main de Max.

— Dans combien de temps doit-il se réveiller ?

— Pendant un bon moment, il va émerger de temps en temps pour de courtes périodes. Mais il a besoin de dormir. Après avoir perdu une telle quantité de sang, il va lui falloir beaucoup de repos. (Le docteur la jaugea d'un regard en biais.) À vous aussi, d'ailleurs.

Elle remarqua ses yeux rougis. Le docteur n'en était pas à sa première nuit blanche.

— Il y a une chaise, ici. Ça ira très bien.

Le médecin pinça les lèvres, mais opina sèchement de la tête.

— Devons-nous prévenir quelqu'un ? Sa famille ? demanda-t-il.

« Celui qui lui a fait ça n'a pas fait semblant. »

— Sa famille est au courant.

Il referma son bloc-notes.

— Très bien. Quand votre petit ami ouvrira les yeux, vous pourrez lui dire qu'il a eu de la chance. Beaucoup de chance. La balle qui l'a atteint à la cuisse a touché une artère, mais l'eau froide a ralenti l'hémorragie. Si les vaisseaux ne s'étaient pas contractés… (Il secoua la tête sans achever sa phrase.) Entrer dans l'eau lui a sauvé la vie.

— Non, répliqua Samantha en resserrant la main sur celle de Max. En entrant dans l'eau, c'est ma vie qu'il a sauvée.

La porte se referma avec un déclic derrière le docteur. Du pied, Sam tira la chaise pour la rapprocher du lit, puis elle s'assit, sans relâcher sa prise sur la main de Max. La nuit s'étirait devant elle, longue et noire.

Elle n'avait jamais eu peur du noir. Et même l'étreinte glacée de l'eau n'avait pas déclenché cette peur en elle. Mais au moment où elle avait cru perdre Max à jamais, lorsque Quinlan avait approché son couteau de lui…

La peur m'a coupé le souffle.

— Réveille-toi, lui murmura-t-elle en se penchant sur le lit. Il faut que je te dise…

Ses paupières tressautèrent, et Sam se figea.

— Max ?

Les bips s'accélérèrent. Un grognement s'échappa de ses lèvres.

Max. Elle serra sa main.

— Ça va aller, tu es en sécurité. Tu m'entends, Max ? Tu es en sécurité. Tu es à l'hôpital, tout ira bien et…

Ses lèvres bougèrent en un murmure muet.

— Je n'ai pas… Max, je n'ai pas entendu.

Il entrouvrit les yeux. Son regard rencontra celui de Max.

— Tue… le…

Ces mots… étaient les mots qu'il lui avait criés lorsque Quinlan avait couru vers elle, le couteau à la main. Sa vie, contre celle de Quinlan. Max avait fait son choix.

Mais elle ne l'avait pas tué.

— Je n'ai pas eu à le faire, dit-elle en se penchant pour déposer un petit baiser sur sa joue. La SSD est arrivée. Ils l'ont emmené.

Son regard semblait si las. Elle n'était même pas sûre qu'il puisse véritablement la regarder.

— Il ne fera plus de mal à personne, lui promit-elle. Il va…

— Barreaux…

Et elle se remémora les paroles qu'elle lui avait adressées, il y a si longtemps. « *Leur place est derrière les barreaux, hors de portée des innocents.* » Elle déglutit pour tenter d'éliminer la boule qui lui bloquait la gorge.

— Il va aller en prison. La SSD s'assurera qu'il n'en ressorte pas avant très longtemps.

Les paupières de Max retombèrent.

— Fini, souffla-t-il.

— Pour lui.

La douleur qu'elle lisait sur son visage la faisait souffrir. Le dernier membre de sa famille encore en vie était un salaud dément qui avait essayé de le tuer.

— Mais pas pour toi, Max. Tu vas te remettre bien vite, tu m'entends ? Les médecins t'ont soigné, et tu seras bientôt sur pied. Pour toi, ça ne fait que commencer.

Max s'éveilla en nage, frissonnant, le nom de Samantha sur les lèvres.

— Chut… tout va bien, lui murmura-t-elle dans l'obscurité, et il mit un moment à se souvenir.

Plus à l'hôpital. Après presque une semaine, ils l'avaient enfin autorisé à sortir. Il n'était pas rentré chez Frank – il ne supportait pas cette idée – et Samantha n'avait pas voulu qu'il demeure seul chez lui.

Chez elle. Son parfum l'enveloppait, son lit moelleux formait un nid sous son corps, et sa main aussi légère qu'une plume était posée sur son torse.

— Ce n'était qu'un rêve, lui dit-elle. Tu es en sécurité. C'est fini.

Il était de retour au bord de cette rivière. Quinlan était là, avec son pistolet, et Max n'avait pas pu parvenir jusqu'à Samantha. Son corps inerte était remonté à la surface. Et il l'avait perdue.

Il roula sur lui-même, la prit dans ses bras et la serra contre lui.

— Max, non, tes points de suture !

Il se fichait de ses points de suture. La douleur ne faisait que lui rappeler qu'il était vivant. Qu'elle était vivante. Et il n'allait pas laisser passer sa chance d'être avec elle.

Il trouva ses lèvres dans le noir, et l'embrassa avec le désir éperdu qui échauffait son sang. Un besoin qu'elle seule pouvait satisfaire. Elle avait contourné ses défenses, s'était glissée sous sa peau, et il savait que sans elle, il ne serait plus jamais le même.

Mais de ses mains, elle le repoussait, au lieu de l'attirer contre elle. La douleur le transperça.

— Tu vas te faire mal, murmura-t-elle d'une voix sensuelle qui lui emplit les oreilles.

— Ne pas te prendre me fera beaucoup plus mal.

Ne comprenait-elle pas ? Tout son corps était tendu de désir. Son sexe était déjà dur et gonflé, mais son besoin d'elle était tellement plus profond. Un creux douloureux dans sa poitrine.

J'ai besoin d'elle. Chair contre chair. Je la veux. Tout entière. Tout.

Elle le poussa des deux mains, et Max se retrouva allongé sur le dos.

— Je ne veux pas te faire souffrir, dit-elle.

Ses mots flottèrent dans l'obscurité. Un rire sourd agita le torse de Max.

— Aucun risque.

À moins qu'elle le quitte.

Les draps bruissaient doucement, l'air frais lui caressa les jambes, puis Samantha se plaça à cheval au-dessus de lui, le surplombant de sa chair tiède. Samantha prenait grand soin de ne pas s'appuyer sur sa jambe blessée ni de toucher ses plaies à l'abdomen.

Elle le contempla, et, à la faible lueur de la lune, il distingua ses yeux sombres.

Pas de culotte. Ses jambes étaient écartées, et le membre de Max frôlait le centre chaud de son corps. Il glissa une main entre ses cuisses, trouva le noyau de son désir, et la caressa. Max voulait qu'elle soit aussi prête, aussi affamée que lui.

Elle se cambra contre lui, et un gémissement léger lui échappa. *Pas suffisant.*

Du pouce, il la pressa plus fort. Elle fit peser ses hanches contre sa main. Max trouva l'entrée étroite de son sexe et y enfouit deux doigts. La preuve onctueuse de son excitation les recouvrit.

De ses doigts, il prépara son corps. Max la toucha comme il savait qu'elle aimait l'être. Faisant grimper son désir. La poussant au bord du précipice. Le sexe de Samantha se crispa sur ses doigts. Ses muscles délicats l'enserrèrent dans leur emprise puissante, et il désira la sentir sur son membre. Il voulait la pénétrer profondément. Si profondément qu'elle ne pourrait jamais se détacher de lui. Si profondément qu'elle saurait, toujours, qu'elle était…

À moi.

— Max ! cria-t-elle d'une voix étranglée par le désir.

Et il sentit soudain ses doigts sur son membre, doux et subtils comme elle le touchait, le caressait, et il fut obligé de serrer les dents.

Elle guida son sexe, le plaçant juste à l'entrée de son corps. Si humide et tiède. Il n'y avait rien pour les séparer, rien…

Préservatif.

— Samantha…

— C'est bon, pour moi, haleta-t-elle en rejetant ses cheveux en arrière.

Pour lui aussi. Et si elle voulait qu'ils soient chair contre chair…

Elle s'abaissa et le prit en elle.

C'était le paradis. Putain. Tellement bon qu'il en eut le souffle coupé. Elle était si étroite qu'il faillit jouir au premier glissement chaud contre son corps. Il oublia la douleur et ne sentit plus qu'elle.

Max se joignit au rythme, levant le bassin pour la rejoindre, la serrant fort, sans la quitter des yeux.

Samantha. La femme pour laquelle il avait failli mourir. La femme pour laquelle il tuerait volontiers.

Les gémissements de Samantha emplissaient l'air. Il enfonçait ses doigts trop profondément dans la chair de ses hanches, mais il n'arrivait pas à s'arrêter. *Trop besoin d'elle.*

Il sentit ses ongles sur ses épaules. Son sexe frémit autour de son membre, et elle jouit, murmurant son nom et se cambrant au-dessus de lui.

Magnifique.

Son orgasme vibra sur son membre, et il explosa en elle tandis qu'une vague de plaisir chaud déferlait en lui. Max l'entoura de ses bras et la tint serrée contre lui.

Parce qu'il ne la laisserait pas s'en aller. Les cauchemars pouvaient venir – ceux de Max, ceux de Samantha – il ne la lâcherait pas.

Lorsque la passion reflua, elle se laissa glisser contre son flanc. Elle avait posé la main sur son torse, juste au-dessus de son cœur. Et il ne parla pas, car il savait ce que le lendemain apporterait avec lui : le face-à-face avec son frère adoptif. Le dernier interrogatoire. L'avenir.

Après un moment, son souffle se fit plus régulier, et il sut qu'elle dormait près de lui. Mais lui ne dormit pas, car il ne voulait plus la voir mourir en rêve. Il se cramponna donc à l'obscurité, et se demanda comment une femme qui combattait les meurtriers pourrait en aimer un.

Le matin suivant, Max traversa aux côtés de Samantha le long couloir sinueux. Derrière eux retentit un choc sourd, métallique. Max connaissait bien ce son. Pendant des années, il avait hanté ses rêves. *Le son de la liberté qu'on vous arrache.*

Mais cette fois, ce n'était pas sa liberté. C'était celle de son frère adoptif.

Les doigts fuselés de Samantha se resserrèrent sur les siens. Max boitait légèrement, en raison de la balle que Quinlan lui avait tirée dans la cuisse.

Puis Monica Davenport s'avança vers eux, Ramirez à ses côtés. Ils leur désignèrent la petite salle de conférences qui leur avait été attribuée. Une table vide les attendait.

— Vous comprenez ce qui va se passer ici, aujourd'hui ? murmura Monica.

Max fit rouler son épaule et sentit les points de suture tirer douloureusement sur sa chair. La nuit dernière, il n'avait même pas accordé la moindre pensée à ses blessures. Le sexe et Samantha les lui avaient fait oublier.

— Oui, Quinlan s'apprête à débiter un tissu de mensonges afin d'essayer de faire baisser sa peine.

Ou de me donner l'air coupable. Samantha lui avait déjà parlé des accusations de Quinlan.

Monica le jaugea du regard.

— J'ai demandé au procureur d'attendre un instant à l'extérieur. J'aimerais que vous ayez le temps de parler à votre frère, d'abord.

Max haussa les sourcils.

— À quoi bon ?

— Je pense que vous êtes capable de le faire avouer. Tout avouer.

Elle lui adressa un petit sourire en coin. Ramirez posait sur eux un regard circonspect.

— Vous plaisantez, n'est-ce pas ? demanda Max.

Samantha tenait sa main fermement serrée dans la sienne.

— Non, pas du tout.

— Quinlan veut ma mort. Il n'a aucune envie de me faire des aveux !

— Votre frère a toujours quémandé l'attention de son père, n'est-ce pas ? avança Monica. Le fils unique, pour un certain temps du moins, celui qui n'a jamais été à la hauteur.

« Mon pauvre incapable de fils... » La voix de Frank résonna dans sa mémoire. Max déglutit.

— Les meurtres n'avaient pas grand-chose à voir avec l'argent. Nous envisagions le problème sous le mauvais angle. L'argent... ce n'est que la surface, affirma Monica avec un geste de la main. Il prenait de jeunes hommes très favorisés – des garçons riches, adorés par leurs pères – et il forçait les pères à prouver combien ils les aimaient.

Max secoua la tête.

— C'est complètement tordu.

— C'est Quinlan. (Ramirez prenait enfin la parole.) Il aurait pu prendre l'argent et s'enfuir après les deux premiers enlèvements, mais, au lieu de ça, il est allé jusqu'au stade où l'argent ne rivalisait plus avec le plaisir qu'il prenait à torturer ses victimes.

— Et lui-même. (Monica ramassa un dossier sur la table.) J'ai ici des comptes-rendus médicaux...

— Est-ce qu'ils ne sont pas censés être confidentiels ? demanda Max.

Derrière lui, Samantha se pencha pour examiner les documents.

— À peu près aussi confidentiels que votre condamnation pour violences ayant entraîné la mort, murmura Ramirez en plantant son regard dans celui de Max.

— Allez vous faire voir, rétorqua Max.

Il n'était pas d'humeur à supporter les agents.

— Que disent les comptes-rendus ? voulut savoir Samantha.

— Qu'à l'âge de quatorze ans, Quinlan Malone a été admis à l'hôpital Saint John pour des lacérations sur le haut du torse. (Monica haussa un sourcil noir.) Il a prétendu être tombé sur une clôture, mais le médecin qui l'a examiné ne l'a pas cru et a conseillé à Frank Malone de s'en remettre à un psychiatre. (Monica referma le dossier et son regard revint se poser sur Max.) Il semble que votre frère adoptif aimait se faire du mal.

Il a tranché son propre doigt.

— L'automutilation peut être un symptôme de dépression, d'anxiété, de traumatisme émotionnel, ou...

— Frank a rencontré ma mère lorsque Quinlan avait quatorze ans, lâcha Max entre ses dents serrées.

Monica acquiesça.

— Savez-vous à quoi Nathan Donnelley était employé par votre père ?

— C'était son médecin.

— En réalité... (Monica se tourna à présent vers Samantha) non.

Max suivit son regard.

Samantha haussa légèrement les épaules.

— J'ai piraté son ordinateur, et j'ai déniché de vieux fichiers. Quand Donnelley a été embauché par Malone, il était là pour s'occuper de Quinlan. (Elle marqua une pause.) Frank en avait assez des questions que posaient des médecins de Saint John.

Max déglutit, avec la sensation d'avoir reçu un coup de poing dans le ventre.

— Quinlan est malade. Il a besoin d'aide.

Et cela lui brisait le cœur de ne pas s'en être rendu compte plus tôt. *Aurais-je pu empêcher ça ? L'arrêter ? Sauver ces…*

— Si vous le pensez sincèrement, intervint doucement Monica, si vous croyez réellement qu'il a besoin d'aide, alors aidez-nous. Obtenez ses aveux, et nous ferons en sorte qu'il suive un traitement psychiatrique durant son incarcération.

— Pour combien de temps ? (Les tempes de Max le lançaient.) Jusqu'à quand va-t-il être emprisonné ?

Elle ne répondit pas, mais il le savait déjà. *Pour toujours.*

Ramirez lança un bref regard à sa montre.

— Ils seront bientôt là.

Max tourna la tête et plongea les yeux dans ceux de Samantha. Tout ce qu'il voulait, c'était elle, et par un putain de miracle, elle avait l'air de le vouloir aussi. Même après ce que son frère lui avait fait, elle le voulait, lui.

Il ferait n'importe quoi pour la maintenir à ses côtés. N'importe quoi pour faire partie de sa vie. Il se pencha et lui effleura les lèvres des siennes.

— Je vais parler à Quinlan. (Il relâcha son étreinte sur Samantha.) Pas que ça serve à grand-chose, à mon avis.

Max ne se leva pas lorsque Quinlan fut conduit dans la salle de conférences.

Quinlan lui adressa un rictus mauvais.

— Je savais que tu passerais par ici, tôt ou tard.

— Vous ne pouvez pas lui parler.

Le grand homme mince en costume qui accompagnait Quinlan – probablement son avocat – secoua la tête.

— Ceci n'est absolument pas conforme au règlement. Le procureur devrait être présent. Il faut…

— Il faut qu'on parle, coupa Max en posant les mains à plat sur la table.

Quinlan rit.

— Ouais, ouais, en effet. (Il fit signe à l'avocat, le poing serré, le pouce désignant la porte.) Tirez-vous de là.

L'avocat écarquilla les yeux.

— Ne voyez-vous pas ce qu'ils font ? (Il désigna le miroir.) Ils sont en train de vous espionner. Ils enregistrent tout ce que vous dites. C'est un…

— Quand j'aurai besoin de votre avis, grommela Quinlan, je vous sonnerai.

Le visage de l'avocat se décomposa.

— Allez, barrez-vous !

— Vous faites une erreur ! (L'homme secoua de nouveau la tête.) Mais d'accord. C'est vous qui aurez creusé votre tombe, jeune homme.

Puis il rebroussa chemin, bousculant les deux gardes qui avaient escorté Quinlan à l'intérieur.

— C'est bon ? l'un d'eux demanda-t-il à Max.

Max opina. *Pas vraiment.*

Les gardes les laissèrent seuls. Sans doute sur l'ordre de la SSD. Max ne parla pas tout de suite. Il se contenta d'observer Quinlan. Son frère adoptif était plus pâle qu'avant, et son habit de prisonnier orange était trop vif.

— Non ! cingla Quinlan. Je t'interdis d'avoir pitié de moi.

Mais c'était ce que ressentait une partie de Max. L'autre moitié avait envie de bondir par-dessus la table et d'étrangler ce salopard. Il pressa les paumes plus fort sur la table.

— J'ai quelques questions à te poser.

Quinlan se pencha en arrière, aussi loin que le lui permettaient ses menottes.

— Tu veux dire que ta pute du FBI a quelques questions à me poser, non ? (Quinlan eut un sourire cruel.) Je savais que cette salope était un agent, depuis le début. Kevin m'avait prévenu quand elle était arrivée au *Centre* en posant tout un tas de questions. (Il serra les dents.) Je t'avais dit de ne pas parler aux flics, mais tu la sautais…

— J'ai beaucoup pensé à toi, l'interrompit Max en ravalant sa rage. La SSD m'a convoqué aujourd'hui.

Ils m'ont dit que si je te faisais avouer, ils te feraient traiter par un psy.

— Je n'ai pas besoin d'un putain de psy ! Je ne suis pas malade !

— Je me fous totalement que tu sois malade ou non.

Quinlan cilla.

— Ils pourraient ouvrir la cellule, te balancer à l'intérieur et ne plus jamais te laisser ressortir, que je n'en aurais toujours rien à battre.

Quinlan secoua la tête.

— Non, ce n'est pas…

Max tapa des deux poings sur la table.

— Tu as tué Frank.

— Ce connard l'avait mérité.

— Et ensuite… (Max se pencha en avant.) Tu as commis ta plus grave erreur. Tu t'en es pris à elle.

Quinlan se figea.

— Tu as de la chance que ce soit elle qui ait eu un flingue à la main, parce que je t'aurais fait exploser le crâne sans la moindre hésitation. (La mâchoire de Max se crispa de dégoût.) Un traitement ? Ils veulent essayer de te soigner ? Mais rien ne te guérira jamais. Tu es brisé, tordu. Mais je ne me suis jamais attendu à ce que tu vailles grand-chose, de toute façon. Tu as laissé tomber la fac, jamais été foutu de garder un job, et merde, maintenant tout le monde sait que tu n'es qu'un putain de taré…

— Ta gueule !

Quinlan avait bondi sur ses pieds, faisant tressauter la table comme il levait les bras et que les liens de ses menottes, qui y étaient attachés, se tendaient.

— Ferme ta gueule, bordel ! J'ai l'impression de l'entendre ! Ce n'était jamais assez bien ! Quoi que je fasse. Mais je lui ai montré ! Je leur ai montré, à tous ces cons ! C'était moi. C'est moi qui l'ai fait. Qui ai tout planifié de bout en bout. J'étais le roi, j'étais Dieu, je pouvais faire tout ce que je voulais...

— Et ce que tu voulais, c'était tuer.

La voix de Max était plus douce, plus triste, parce qu'il avait obtenu ce que demandaient les agents. Et il avait su exactement quoi dire.

Il avait dit ce que Frank aurait dit à son fils. C'était facile, vraiment.

— Je voulais montrer à ces salopards que la vie n'était pas parfaite ! Que papa ne pourrait pas toujours venir leur sauver la mise !

Le visage de Quinlan s'empourpra.

« Ne pourrait pas », ou ne voudrait pas ?

— Est-ce que Beth t'a supplié ? demanda Max parce qu'il y était obligé.

Ils observaient la scène. Il voulait simplement que ça s'arrête. Que tout s'arrête. À présent, quand il plongeait son regard dans les yeux de Quinlan... *Je ne vois plus le même homme.* Un inconnu lui rendait son regard, d'un œil trop brillant.

— Oh, que oui. Elle a supplié, imploré, elle m'a promis de faire tout ce que je voudrais. (Il grimaça.)

Mais je voulais juste en finir avec cette salope. C'était mon spectacle, et elle avait essayé de s'en mêler…

— Un spectacle ? coupa Max. (Son estomac se noua.) C'est tout ce que c'était ?

Un spectacle destiné à prouver qu'il était le meilleur.

Quinlan plaqua sa main gauche sur la table.

— Les flics n'arrivaient pas à m'attraper. Le FBI n'arrivait pas à m'arrêter. Ces petits cons me suppliaient de les laisser en vie, mais ils n'avaient pas assez de valeur.

À combien estimait-il « assez » ?

— Qu'as-tu fait de l'argent ?

Max garda les yeux rivés sur Quinlan.

— Je ne le dirai jamais.

Lentement, Quinlan se rassit. Une partie de sa rage semblait s'être apaisée en un éclair.

— Je vais sortir. Les psys diront que je suis cinglé, et je sortirai. (Un large sourire s'étira sur son visage.) Je sortirai, j'irai chercher mon argent, et ensuite je te retrouverai, mon frère.

Et il comprit que Quinlan avait un plan. Il avait toujours un plan.

— Toutes ces fois où tu t'es mutilé…

— Ah bien, ils sont déjà au courant. (Quinlan tourna la tête vers le miroir.) Je ne suis qu'un pauvre jeune homme malade, à qui on n'a jamais accordé assez d'attention, toujours obligé de rivaliser avec le meurtrier qui s'était invité dans mon foyer. Un tueur. (Il secoua la tête et désigna Max.) Pas génial, comme modèle de développement masculin, hein ? Je me demande… (Quinlan se passa la langue sur les lèvres.) Tu crois que tes enfants seront aussi barrés que moi ? Parce que bon, avec toi comme…

La porte s'ouvrit brusquement.

— Assez !

Samantha se tenait là, le souffle haletant. Ses yeux étincelaient d'un feu sauvage.

— C'est terminé.

Quinlan ricana :

— Je savais qu'elle était là, cette salope. J'espérais qu'elle viendrait nous rejoindre.

Le champ de vision de Max devint rouge.

— Ne la regarde même pas, rugit-il.

— Je ferai bien plus que ça, promit Quinlan.

« Je sortirai… »

— Nous avons tout ce qu'il nous faut, Max. C'est fini. (Elle le rejoignit et lui prit la main.) Il est temps de partir.

Max mêla ses doigts aux siens. Il se leva, l'attirant à lui. Son parfum sucré lui emplit les narines. La vie. L'espoir.

Et bien davantage.

L'amour.

— Ne lui fais pas confiance, ma belle, provoqua Quinlan. Il joue les innocents, mais il savait ce que je faisais. Pourquoi crois-tu qu'il était au *Centre* cette nuit-là ? Il avait rendez-vous avec Veronica, pour planifier l'enlèvement suivant. Il te sautait peut-être, mais c'était juste pour se couvrir. Il n'a jamais…

Elle effleura la joue de Max du bout des doigts.

— Il n'en vaut pas la peine, dit-elle.

Et ses paroles étaient claires. Fortes.

Silence.

Puis le visage de Quinlan se marbra de colère, et il hurla :

— Putain de salope ! Putain de salope, je vais te découper ! Je te ferai supplier, je te ferai hurler, et je le forcerai à regarder !

Un nuage de postillons s'échappait de la bouche de Quinlan.

Max prit la main de Sam et déposa un baiser sur ses doigts. Puis il se retourna vers Quinlan. Des veines pulsaient sur le cou de son frère, et ses yeux étaient exorbités, déments.

— Tu ne reverras plus la lumière du jour, lui dit-il.

Quinlan le fusilla du regard, le visage déformé par la haine.

— Ils vont te jeter dans une pièce de trois mètres sur deux. Ils vont t'y enfermer comme un chien, et tu n'en sortiras jamais.

Il ne la touchera jamais.

— Mais si d'aventure tu parvenais à t'extirper de ton trou, reprit Max en bougeant de manière à lui masquer la vue de Samantha, si par un quelconque maléfice du diable, tu parvenais à sortir… je te retrouverai. Et crois-moi, Quinlan, c'est toi qui me supplieras, parce que je ne te laisserai plus jamais faire du mal à quelqu'un que j'aime.

Max soutint le regard de Quinlan, déterminé à percer la folie et à s'assurer que son frère l'avait compris.

— Si je te revois, dit-il, tu es mort.

Lorsque Sam et Max émergèrent du bâtiment, le vent agita ses cheveux, les faisant voler autour de son visage. Elle les repoussa en arrière et dévisagea Max, consciente que ses mains tremblaient.

— Max, l'affaire est terminée, maintenant. Nous avons assez de preuves pour envoyer Quinlan en prison pour le restant de ses jours. Tu es blanchi, tu n'as pas besoin de t'inquiéter.

Silence.

— Kenton va donner une conférence de presse avec Hyde, plus tard dans la journée. Ils prévoient d'aborder tous les petits détails qui seraient restés flous. (Elle fit un pas vers lui.) C'est fini.

— L'affaire, oui. (Il empoigna son poignet gauche et la plaqua contre lui.) Mais pas nous.

Samantha sentit le nœud de son estomac se desserrer.

— Que veux-tu de moi ?

Elle ne pouvait pas se montrer plus directe.

Ces yeux bleus, au regard si intense, scrutèrent son visage. Puis…

— L'éternité. Je veux l'éternité, chérie.

Et sa peur fondit. Elle esquissa un sourire tremblotant.

— Moi aussi.

Il s'empara de sa bouche. Appétit insatiable, désir, luxure. Amour.

Max.

Il était à elle.

— Tout a été tellement cinglé, murmura Max contre ses lèvres. Ça avait mal commencé, et puis l'affaire, Frank, Quinlan…

La souffrance perçait dans sa voix. Mais elle l'aiderait à dépasser cette souffrance, tout comme il l'avait aidée, elle.

Il leva la tête, puis posa sur elle un regard étincelant.

— Est-ce que tu pourras être avec moi, sachant ce qu'il a fait, est-ce que…

— Essaie donc de m'en empêcher, rétorqua-t-elle.

Max n'était pas Quinlan.

— Tu m'as sauvée, dans la rivière. Tu es entré dans l'eau, et…

— Et je n'en serais jamais ressorti sans toi, compléta-t-il d'un ton égal. Tu ne le sais pas encore, chérie ? Tu n'as pas compris… ?

Sam attendit. Attendit.

— Je t'aime, dit-il enfin. (Ses mots étaient simples. Solides. Son regard n'avait pas fléchi.) Je n'aurais jamais imaginé aimer une femme à ce point, mais je te jure que quand je suis avec toi, la plupart du temps, je n'arrive même pas à réfléchir correctement. J'ai envie de toi, j'ai besoin de toi, et je t'aime, bordel, plus que n'importe quoi au monde.

Elle posa sa main gauche sur son épaule.

— Je t'aime aussi, Max Ridgeway.

L'inconnu qu'elle avait attiré dans son lit. L'amant qui l'avait réconfortée, la nuit. L'homme qui était venu la sortir de l'enfer.

Cela avait été rapide, au début, torride, et puis ils avaient foncé à travers l'obscurité. D'autres ombres reviendraient peut-être – cela faisait partie de la vie – mais ils les affronteraient côte à côte.

Elle avait passé sa vie à chercher un homme comme lui. Quelqu'un qui se battrait pour elle, qui la tiendrait dans ses bras, et qui ferait naître son désir. Quelqu'un qui pensait qu'elle valait le coup de lutter, de mourir.

Quelqu'un... *Max.*

Elle se dressa sur la pointe des pieds et l'embrassa.

Il vaut tout l'or du monde. Et bien plus encore.

Épilogue

Six mois plus tard…

Quinlan Malone traîna les pieds le long du couloir de la prison. Des sifflets retentirent sur son passage. Des commentaires et des plaisanteries malsaines s'élevèrent de la foule de ses codétenus. Sa combinaison orange pendait sur ses épaules, et ses entraves tintaient légèrement à chacun de ses pas.

Keith Hyde regarda Quinlan entrer pour la première fois dans sa nouvelle maison, à mille lieues du manoir qui aurait pu lui revenir. Un manoir que Max Ridgeway avait récemment offert à la Société Américaine de Lutte contre le Cancer. Il serait transformé en un lieu d'accueil et de repos des patients en rémission.

Le garde ouvrit la porte de la cellule 185. Quinlan entra. Il se retourna et offrit ses mains menottées au garde. Il connaissait la routine par cœur à présent.

Hyde franchit le couloir et lança un regard à l'intérieur de la cellule. Des toilettes. Deux lits. Quinlan aurait de la compagnie.

— Vous êtes content, connard ? demanda Quinlan. Vous pensez que c'est fini, pour moi ? C'est faux ! Je vais sortir d'ici, vous allez voir. Mon avocat se prépare à faire appel. (Il rit, en secouant la tête.) Vous n'êtes pas au courant ? Je suis fou ! Je devrais être placé dans une institution pour malades mentaux, pas en prison.

— Vos séances de thérapie ne vont pas tarder à commencer.

Car Hyde connaissait la vérité.

Quinlan Malone était bel et bien fou. Il n'avait pas montré le moindre remords, lors du procès. Pas la moindre empathie à l'égard des victimes. Ce type n'avait même pas l'air de comprendre qu'il avait fait quelque chose de mal.

Et quatre jours plus tôt, ils l'avaient surpris dans sa cellule en train de se suriner les bras.

Les gardes devraient se montrer vigilants, avec lui. Plus le temps passerait, plus il serait désespéré.

— Et si jamais vous sortez d'ici un jour, reprit Hyde en le regardant se balancer vivement d'un pied sur l'autre, vous ne trouverez rien ni personne pour vous attendre à l'extérieur.

Ils avaient récupéré tout l'argent des rançons avant le procès. Quinlan avait caché les billets dans l'une des maisons à louer de Malone, un petit pavillon sur Sycamore Lane. L'endroit empestait la mort et le détergent, mais il contenait une véritable fortune.

— Mon frère m'attendra ! rectifia Quinlan avec un sourire pervers.

Pour vous tuer. Hyde était au courant de cette menace. Il ne se passait jamais rien, à la SSD, qui ne lui revienne pas très vite aux oreilles. Hyde se détourna.

— Peter et Jeremy étaient dans le coup, révéla Quinlan.

Sa voix était à peine audible par-delà les sifflets.

Hyde fit halte et lança un regard en arrière.

— Vous ne l'aviez pas compris, pas vrai ? (Quinlan arborait un sourire suffisant.) Pourquoi croyez-vous qu'il ait été si facile de les enlever dans les bars ? Pete est parti tout guilleret au bras de Veronica. Il a trouvé que c'était une super blague, et il avait hâte de mettre la main sur l'argent de son fonds fiduciaire.

Peter Hollings. Il avait été renvoyé à sa famille en petits morceaux. Hyde dévisagea Quinlan et conserva une expression neutre.

— Si Peter était dans le coup, pourquoi l'avez-vous tué ?

— Parce que son connard de père ne voulait pas payer. (Quinlan haussa les épaules.) J'avais dit à Pete qu'il mourrait si son vieux ne casquait pas. Mais bordel, vous l'auriez entendu brailler quand j'ai sorti mon couteau !

Car Peter n'avait pas compris à quel point Quinlan prenait les choses au sérieux. *Des proies faciles. Ses propres amis.*

— Et ce pauvre Jeremy. (Quinlan secoua la tête.) Il était tellement certain que son père allait payer. Jeremy avait déjà dépensé son fric, dans sa tête. Il voulait retourner en Europe.

Mais il n'avait gagné qu'un aller simple pour le cimetière.

— Et les autres ? interrogea Hyde.

Quinlan sourit.

— Ces salauds m'avaient juste énervé. Je me suis dit que j'allais prendre une petite revanche.

Un vrai malade.

— On dirait que c'est à vous qu'on vient de rendre la monnaie de votre pièce, aujourd'hui.

Une vie d'emprisonnement à la prison d'État de Wallens Ridge. Cette fois, Hyde laissa son masque imperturbable se dissiper, et il sut que son dégoût se lisait sur son visage lorsque Quinlan se raidit.

Puis, car il n'y avait plus rien à dire, Hyde se détourna.

Il se remit en route vers la sortie. Hyde n'avait pas l'habitude de suivre les criminels jusqu'à leur cellule après leur condamnation, mais, cette fois, il avait fait une exception.

Un homme, qui aurait dû tout avoir, se retrouvait sans rien.

Un meurtrier de plus sous les verrous. Et plusieurs victimes six pieds sous terre. Le bilan n'était pas juste. Loin de là.

Pas encore. Mais, si Dieu en décidait ainsi, bientôt.

Nous les arrêterons.

Car il avait fait une promesse, il y a bien longtemps. Une promesse à une petite fille qu'il n'avait pas vue depuis plus de trente ans.

Le soleil le baigna de ses rayons lorsqu'il émergea de la prison. Si chaud, si vif. Hyde s'arrêta et sortit son portefeuille. Il contempla la photo jaunie.

Il y avait des promesses que le temps reniait. D'autres, que l'âme tenait.

Je n'abandonnerai pas.

Sa fille avait disparu depuis si longtemps… et cependant, un jour, bon sang, un jour, il retrouverait l'homme qui l'avait enlevée. Et Hyde s'assurerait qu'il paie.

Car il préférait mourir que de laisser les monstres gagner.

SUSPENSE

Découvrez aussi chez Milady Romance :

En librairie ce mois-ci

Maya Banks	KGI : *Mémoire volée*

19 septembre 2014

Mary Burton	*Sans issue*
Eileen Carr	*Disparue dans la nuit*

Achevé d'imprimer en juillet 2014
Par CPI Brodard & Taupin - La Flèche (France)
N° d'impression : 3006451
Dépôt légal : août 2014
Imprimé en France
81121278-1